花城出版社
中国·广州

图书在版编目（CIP）数据

杜丽娘诅咒 / 风雨如书著. -- 广州：花城出版社，
2025. 8. -- ISBN 978-7-5749-0331-9

Ⅰ. I247.5

中国国家版本馆CIP数据核字第202587CV92号

杜丽娘诅咒
DU LINIANG ZUZHOU

风雨如书/著

出 版 人	张 懿
责任编辑	李 卉　徐嘉悦
责任校对	衣 然
技术编辑	凌春梅
封面绘制	木佑天成
封面设计	周文旋
出版发行	花城出版社
经　　销	全国新华书店
印　　刷	深圳市福圣印刷有限公司
开　　本	787毫米×1092毫米　16开
印　　张	25.75　1插页
字　　数	470,000字
版　　次	2025年8月第1版　2025年8月第1次印刷
定　　价	59.80元

版权所有·侵权必究。如发现印装质量问题，请与出版社联系。
联系电话：020-37604658　37602954

目 录

第1章　孤夜来客 / 001

第2章　迷雾重重 / 004

第3章　千金撞邪 / 008

第4章　诸客身份 / 011

第5章　戏院传闻 / 014

第6章　生死绝杀 / 019

第7章　重新开始 / 023

第8章　寺小事大 / 027

第9章　佛前推凶 / 031

第10章　探花少郎 / 034

第11章　刘家祠堂 / 039

第12章　郎心似铁 / 042

第13章　阿和复仇 / 045

第14章　意外良缘 / 048

第15章　顺从天意 / 052

第16章　黑白关系 / 055

第17章　如履薄冰 / 058

第18章　死城悲剧 / 062

第19章　太师诡异 / 066

第20章　一箭双雕 / 069

第21章　离别最爱 / 072

第22章　散爱成灰 / 076

第23章　夜诉神伤 / 080

第24章　身份浮现 / 083

第25章　贵妃家事 / 086

第26章　后宫争斗 / 089

第27章　冷宫传说 / 092

第28章　藏身之人 / 095

第29章　丽娘诅咒 / 098

第30章　容妃故事 / 101

第31章　冷宫走水 / 104

第32章　隐身他乡 / 107

第33章　惊现鬼戏 / 110

第34章　隐身原因 / 113

第35章　诅咒再现 / 116

第36章　天竺人说 / 119

第37章　心底之秘 / 122

第38章　隐门背后 / 127

第39章　惊天秘密 / 130

第40章　鬼舞戏台 / 133

第41章　墓室奇事 / 136

第42章　揭穿真相 / 139

第43章　意外之争 / 142

第44章　真相已定 / 145

第45章　残酷之法 / 148

第46章　情报遇险 / 151

第47章　全军覆没 / 155

第48章　暗夜救灵 / 158

第49章　告别往事 / 162

第50章	隐藏秘密 / 165
第51章	明玉父亲 / 168
第52章	降魔灵杵 / 171
第53章	鬼像出现 / 175
第54章	诅咒真相 / 178
第55章	翠竹赠言 / 181
第56章	闹鬼传言 / 184
第57章	重遇良人 / 187
第58章	死亡任务 / 190
第59章	翠竹身份 / 194
第60章	俗家往事 / 197
第61章	真正真相 / 201
第62章	目睹痛苦 / 204
第63章	营救了尘 / 207
第64章	奇怪往事 / 211
第65章	破局闯关 / 214
第66章	自我障碍 / 218
第67章	神秘杀手 / 222
第68章	各怀鬼胎 / 225
第69章	了尘画像 / 229
第70章	了尘家族 / 232
第71章	来寺原因 / 235
第72章	痛心醉苦 / 238
第73章	沦落之人 / 241
第74章	诀别之苦 / 244
第75章	神秘画师 / 247
第76章	道人把戏 / 250
第77章	背后隐秘 / 253

第78章　容妃画像 / **256**

第79章　良言相劝 / **259**

第80章　背后风云 / **262**

第81章　子升赎莲 / **265**

第82章　特殊的人 / **268**

第83章　梅姑收莲 / **271**

第84章　皇上重托 / **274**

第85章　命运改变 / **277**

第86章　落泪告别 / **280**

第87章　背后迷踪 / **283**

第88章　众人关系 / **286**

第89章　接连反转 / **290**

第90章　三女身份 / **293**

第91章　明玉作画 / **296**

第92章　江湖往事 / **299**

第93章　忘忧清香 / **302**

第94章　太后揭秘 / **305**

第95章　自曝身份 / **308**

第96章　分类身份 / **311**

第97章　掩饰部分 / **314**

第98章　再无重逢 / **317**

第99章　深夜暗访 / **322**

第100章　米罗花开 / **326**

第101章　旧人重现 / **329**

第102章　决斗转变 / **333**

第103章　昔日记忆 / **336**

第104章　宁兰绝别 / **339**

第105章　寻根问源 / **342**

第106章　身份质疑 / 345

第107章　见到恩人 / 348

第108章　发现线索 / 351

第109章　亲人下落 / 354

第110章　真实身份 / 357

第111章　落央故人 / 360

第112章　分娩真相 / 363

第113章　叶童选择 / 366

第114章　何去何从 / 369

第115章　囚禁线索 / 372

第116章　针对太后 / 375

第117章　蒙尘往事 / 378

第118章　皇位之争 / 381

第119章　关键证人 / 384

第120章　逼宫退位 / 387

第121章　放弃皇位 / 390

第122章　身份真相 / 393

第123章　背后杀机 / 397

第124章　再次重逢 / 400

第1章　孤夜来客

雨来得很快，先是零星小雨，很快便倾盆而下。

因为下大雨，周边的树林荒草都像活了一样，随着风雨飘摇晃动，不知名的怪鸟叫嚣着在里面来回窜动。

油纸伞几乎要被吹跑了，但是叶承安紧紧地护着手里的东西。

"公子，要不我来拿着东西吧？"身旁打着灯笼的书童叶童，看着叶承安被风雨吹着的样子，不禁说道。

"你看好灯笼，这风雨太大了，我们到前面找个地方避避雨。"叶承安虽然这么说着，但是看着眼前黑漆漆的树林和前路，不禁皱了皱眉。

这时候，天空掠过一道闪电，瞬间就将整个大地照得通明。

叶童看着前方愣住了，然后激动地说道："公子，公子！那里，那里有一座房子！"

闪电掠过的时候，叶承安没有注意，他不禁问道："在哪里？"

"就在前面那里，刚才我看到了。"叶童欣喜地指着前面。

"那我们快点过去看看吧。"叶承安说着，快步向前走去。

果然，没过多久，借着微弱的光亮，叶承安看到了前面一座隐藏在树林里面的寺院。寺院墙壁周边的颜色和旁边树林的颜色太过相似，使得寺院看起来仿佛是镶嵌在树林里一样。

走近寺院的时候，叶承安甚至看到有光亮从寺院的门缝里面露出来，这说明里面有人。

"太好了，我们可以在这里休息一下了。"叶承安看着叶童，高兴地说道。

"我去敲门。"叶童兴奋地走过去，然后拍了拍寺院的大门。

"砰砰砰"，门被敲了几下，结果自己开了。

叶童回头看了看叶承安。

叶承安走了过去，然后犹豫了一下，直接推开门，走了进去。

起先在外面看着眼前的寺院时，叶承安还以为里面会很大，结果进去后才发现前后只有一间房子，中间是一尊巨大的铜佛像，下面烧着一团篝火，烧得正旺。

一个穿着青衫的男人正围着篝火烤着湿透的衣服，旁边还有一个衣着褴褛的老和尚，闭着眼，轻声诵经。

青衫男人冲着叶承安点了点头，然后继续烤着他的衣服。

叶承安坐了下来，然后将身上的湿衣服也脱了下来，旁边的叶童立刻帮着收拾起来。

风雨被隔离在外面，叶承安和叶童身上的衣服也渐渐干了。

叶承安将手里的东西放到了旁边，那是一个金色的盒子，自始至终，一直在叶承安手里拿着，显然对他来说是非常重要的。他小心翼翼地打开盒子，然后取出了里面的东西，竟然是两本书。

"进京赶考的书生？"旁边的青衫男人看到叶承安拿出了书本，不禁问道。

"我家公子是……"旁边的叶童一听，不禁挺起胸膛想说什么，但是他话说了一半，直接被叶承安拉住了，然后叶承安笑着说道："见笑，见笑。"

空气有点沉闷。

篝火在烧着，偶尔发出啪啦的声音。

叶童靠着旁边的墙壁睡着了。

那个青衫男人在旁边看着一本书。

叶承安从书中拿出了一张折起的纸，然后轻轻展开。那是一幅画像，画着一个栩栩如生的女人，淡红色的长裙，袖口上绣着淡蓝色的牡丹，下摆密密麻麻一排云图。即使只是一幅静止的画像，却是眉目含情，樱桃小嘴不点而赤，娇艳若滴。腮边两缕发丝，贴在双鬓，多了一丝说不出的调皮与可爱。

恍惚间，叶承安感觉上面的女子像活了一样，轻飘飘地走到了自己身边，然后凑到他耳边吹气如兰地轻声说道："公子高中之日，就是你们重逢之时。"

"这是公子的墨宝吗？"不知道什么时候，旁边的青衫男人看到了叶承安手里的画像，不禁问道。

"啊，不，我怎么会有如此妙手？这是别人赠给我的。"叶承安一边笑着，一边尴尬地收起了画像。

突然，对面一直闭目诵经的和尚一下子睁开了眼，然后一把按住了叶承安手里的那幅画。

"你……"叶承安愣住了。

和尚看着叶承安说道:"公子可知,这幅画不太吉利,画中带有凶气,乃诅咒画像。听老和尚一句劝,及时将它烧掉,换取平安吧。"

"这怎么可能?你、你胡说什么?这有什么不吉利?"叶承安听了老和尚的话,顿时涨红了脸。

"那公子可否告知老僧,你这幅画像从何而来?"和尚目光如刀,直直地盯着叶承安。

"这……"叶承安皱了皱眉,有点为难。

"大师说的诅咒画像,可是最近安城发生的画像凶杀案?"这时候,旁边的青衫男人说话了。

"正是,想来安城的人,此刻正对这画像草木皆兵,闻风丧胆。"和尚叹了一口气说道。

"什么诅咒画像?这从何说起啊?"叶承安听得一头雾水,不禁疑惑地看着他们。

"据说最初的恐怖是来自一幅女人的画像。坊间一家珍宝店无意间收得一幅古画,展开是一女子。当天夜里,老板睡得正香,忽然感觉有人在看着自己,睁开眼,却发现房内并未有人,于是继续睡去。但是刚刚睡着,那种感觉再次来临,睁开眼却什么都没发现。他留了个心眼,假装睡着,眼睛眯成一条缝,结果看到了诡异的一幕……"老和尚说着瞪大了双眼,身体微微颤抖。

"他、他看到了什么?"叶承安急促问道。

"他看到墙壁上挂着的那幅画像,上面的女人竟然轻飘飘地从画像中走了出来,又轻飘飘地来到了床边,直直地看着床上的老板。"

"啊!"突然,旁边的叶童大声叫了起来。

叶童的叫声一下子让叶承安和其他人悚然一惊,叶承安瞪了他一眼说道:"你干什么?"

"公子,公子!那里,那里有人!"叶童指着前面的窗户,哆嗦着喊道。

所有人顺着叶童的指向望去,只见前面的窗户不知道什么时候开了一条缝,一个人影站在外面。随着窗户被风吹开,篝火的光亮下映出窗外人的样子,竟然是一个披着披风的女人。只不过女人的样子看上去冷若冰霜,仿佛是刚刚从阴曹地府爬出来的鬼魂一样……

第2章 迷雾重重

夤夜曲魅影迷雾重重……

荒寺,大雨,夤夜。

那个女人站在雨中,微弱的光亮下,身体轻轻摆动,仿佛一只轻飘飘的纸鸢。

叶童紧紧地蜷缩在叶承安的后面,拉着他的衣服。

青衫男人则皱着眉头,一语不发。

旁边站着的和尚则不停地拨弄着手里的念珠,轻声诵读佛经。

"情不知所起,一往而深,生可以死,死可以生。生而不可与死,死而不可复生者,皆非情之至也。"突然,那个女人开始唱起了歌,悲戚的歌声,在大雨中并不响亮,却格外清晰。

叶承安走了出去。

"公子!"叶童一惊,慌忙伸手想去拉他,但是没有拉住。

雨水打在叶承安的身上,他的目光却在那个女人的身上。

凄美的舞姿,悲伤的歌词,女人在雨水下,宛如一幅灵动的画像。叶承安走到她面前的时候,她慢慢停下了舞姿。

"绣绣,是你吗?"叶承安声音颤抖地问道。

女人的头发被雨打湿,遮掩着脸,看不清样子。

天地间只有雨水的声音。

"是你,我知道,是你。"叶承安的眼泪流了出来,混着雨水,他伸手想往前走去,女人却伸手拦住了他。

"好,我不过去,我不过去。你只要来见我,我就已经很高兴了。"叶承安连连说道。

雨，渐渐停了下来。

"我知道你等了我很久，我不是不赴约，我让家仆带了书信回去的。不过后来才知道送信的人半路出了意外，所以那些信并没有送到你的手里。可是我们说过的，即使书信不来，彼此的心还是可以感受到的。"叶承安顾不得脸上的雨水，大声说道。

这时候，女人忽然动了动身体，然后微微抬起了头。她的头发向两边轻轻散开，露出了一双眼睛。

叶承安顿时呆住了。

"这么说，你一点错都没有？"女人低声说道。

"你……"叶承安张大了嘴巴。

"不过一切都晚了。"女人忽然从袖口抽出一把闪着寒光的刀子，然后对着叶承安刺过来。

叶承安不但没有躲开，反而迎着刀子向上而去，一把抱住了女人，跟着转身向后一闪。

只见后面一个男人挥着一片刀锋悄然而至，如果不是叶承安不顾刀子会刺中自己，女人已经被后面的刀砍中。

这一幕发生得太快，等所有人反应过来的时候，叶承安已经跪在了地上，女人手里的刀子也从他的身体脱落而出。

血滴落在雨中。

"你，为什么？"女人呆滞地看着眼前受伤的叶承安，显然，她已经明白了刚才的情况。

那个从后方袭击女人的男人也现身走到了面前：黑色的飞鱼服、刺目的绣春刀，以及一张眉眼冷峻的脸。

"公子。"叶童看到叶承安受伤，立刻冲了过来。

叶承安挣扎着站了起来，看着女人说道："你不是她。"

"是你？锦衣卫贺子升？"回过头，叶承安看到后面的男人，顿时愣住了。

"没想到在这里遇到你，探花郎。"贺子升从口袋拿出了一瓶药，扔给了旁边的叶童，"这是金疮药，你的伤不太重。"

"她，是你要抓的犯人？"叶承安忽然明白了过来，转过头看了看后面的女人。

"和你一样，认错人了。"贺子升说着，拍了拍身上的雨水，然后大步向前面的大殿走去。

叶童扶着叶承安也走了过去。

很快，那个女人也跟着走了进来。

外面的雨仿佛一个调皮的孩子，刚刚才停下来，又开始下了。

也许是因为刚才的事情，女人主动过来帮着叶童给叶承安上药。

大殿里，篝火烧得更旺了。

和尚依然诵经，仿佛刚才发生的一切与他无关。

那个青衫男人则有点紧张，时不时看看贺子升。贺子升闭着眼，似乎在想什么事情。

叶承安伤口的血很快止住了。

"你、你为什么那么做？"女人看着叶承安问道。

叶承安没有说话，微睁着眼看着前面。

"你是探花郎？"女人又问。

"是啊，我们公子是这次的探花郎，刚刚……"叶童跟着说道。

"叶童。"叶承安瞪了叶童一眼。

叶童吐了吐舌头，不再说话。

"今天这隐安寺真的是热闹，不但有锦衣卫千户大人，还有探花郎，真是意外。"青衫男人说话了。

"你是何人？"贺子升睁开了眼，看了看旁边的青衫男人。

"在下左向风，一介白丁，不过在京城也结交了一些朋友。今天认识千户大人和探花郎，实属有幸。"左向风恭敬地行了一个礼说道。

"不用奉承，我已经不是千户。"贺子升说完站起来，走到了那个女人面前，然后冷声问道，"我来问你，你是何人？为什么会出现在这里？"

女人站了起来，对着贺子升行了一个礼，道："回大人，民女红袖，本是清水楼歌女。三天前，有个客人给了我三百两银子，并帮我赎身，让我来隐安寺献舞《牡丹亭》。"

"那个客人是什么人，你可清楚？"贺子升问道。

"民女不知，他来过清水楼两次：第一次是看民女的舞蹈；第二次是帮民女赎身，然后交代我要做的事情。每次见面，客人都戴着面纱，并且声音嘶哑，似是有意隐藏自己的身份。"红袖说道。

"贺大人，你不是在京城追查命案嘛，怎么会来到这里？"这时候，叶承安说话了。

贺子升站了起来，然后看了看叶承安说："探花郎，你还记得当时京城分别时我跟你说的话吗?"

"记得,你说京城最近发生多起凶杀案,希望我多加留心。"叶承安点点头说道。

"还有一句,你忘了吗?"贺子升又说道。

"我记得,贺大人说,莫要相信陌生女人,包括与女人有关的东西。只是,这和凶杀案有关系吗?"叶承安想了想说道。

"当然有关系,因为京城发生的凶杀案,全部源于一幅女人的画像。"贺子升说道。

"画像?可是刚才老和尚所说的闹鬼画像?"叶童脱口说道。

"关于这个画像,坊间说法不一,不过真正的源头要从户部侍郎秦和府里发生的一件事开始……"贺子升目光掠过叶承安,陷入了回忆中。

第3章　千金撞邪

一个月前，京城，户部侍郎秦和府邸。

内厅房间门口站了两排穿着黄金战甲的士兵，两两相对。在那黄金战甲士兵之外，还有六个道士，他们每个人手里都拿着一面镜子，且侧着身体，一起面对着里屋。

另有一个身着黄色道士服的道士正在念念有词，手里持着桃木剑，挥舞几下后，桌子上的黄符瞬间贴在桃木剑上并且点燃了。随着黄符燃尽，桃木剑对准了女孩的身体，然后快速刺了过去。

桃木剑即将刺到女孩面前时却突然停住了。女孩的眼睛凝视着那个道士，眼神里顿时冒出了鬼魅般的红光，冲着道士露出了一个妩媚的笑容。道士随即慢慢垂下手里的桃木剑，慢慢向女孩走去。

站在旁边的辅助道士惊呆了，不知道该怎么继续。

女孩一伸手，抓住了黄衣道士的脖子，将他瞬间举到了半空，发出了犀利的尖叫声。

守在门外的黄金战甲士兵听到动静，立刻冲了进来，然后看到了惊人的一幕。

黄衣道士道帽脱落，人被女孩扔到了地上，狼狈不堪，爬起后和六个辅助道士落荒而逃。

随后赶来的一行人，为首的户部侍郎秦和看到眼前的情景，不禁哀声道："这可如何是好？这可如何是好啊？"

"老爷，不行就找钦天监的丁云凡。听说他是钦天监里唯一懂得除妖驱邪的，我看小姐的样子似乎中邪了。"旁边的管家低声说道。

"好，你带上我的拜帖，立刻去找丁云凡。快，快去！"秦和说道。

房间内的女子对于外面发生的一切并不在意。风吹起她的一头长发，她看着前面，轻轻舞动着水袖，开始翩翩起舞。只是她的舞姿看上去如鬼魅般阴森，尤其是在月光和烛光的照耀下，仿佛一个独舞的幽灵。

"有狐绥绥，在彼淇梁。心之忧矣，之子无裳。"此时，她甚至开始轻声吟唱起来，幽怨的歌声，仿佛一个被囚禁的幽灵悲戚的哭诉，又像是一个等待爱人归来的亡灵，字字句句都充满了悲伤。

面对女孩的如鬼魅般的吟唱，秦和和其他家人都被吓得不知所措，秦和甚至急得掉下了眼泪。

这时候，后面传来一阵骚动，秦和的夫人走了过来。

"夫人，你怎么起来了？你应该好好休息的。"秦和拉住了夫人说道，因为女儿的事情，秦夫人之前都晕倒了。

"环儿，你怎么成这样了啊？"秦夫人顾不得秦和的话，直接向前面的女孩走去。

"夫人，别过去。"秦和想拉住她，却没拉得住。

秦夫人走到了站在门前的黄金战甲士兵面前，但他们将秦夫人拦在了外面。

"你们给我让开，让开！"秦夫人歇斯底里地对着里面的女孩喊了起来，"环儿，你这是怎么了？你变成这样，你让为娘怎么活啊！"

面对这样的情况，秦和不禁也落下了泪水。女儿秦环变成现在这样，他们做父母的有很大的责任。秦和本来和同僚户部尚书家里结为秦晋之好，没想到秦环却死活不同意，甚至以死相逼。秦和对此非常生气，便将秦环关了起来，结果秦环开始疯疯癫癫，最后变成了现在这个样子。

时间一点一滴过去了，终于，外面传来了一阵骚动，还有管家的喊声。

一个身着白衫、手拿折扇、步伐轻快的男人跟着管家走到了房间前面，他正是钦天监的丁云凡。

秦和走了过去，说了一下情况。

"秦大人放心，我去看看具体情况。"丁云凡说着收起折扇，往屋里走去。

黄金战甲士兵让开了一条路，丁云凡直接走到了秦环的面前。

秦环止住了舞姿，冷眼看着丁云凡。

"秦小姐，在下有礼了。"丁云凡做了一个奇怪的姿势，他的身体微微往前弓着，脑袋却保持不动，目光直直地看着秦环。

秦环身体往后一退，似乎看到了什么可怕的东西，她双手保持着原样，嘴里发出了一个奇怪的声音。

丁云凡紧追过去，手里的折扇打开，往前面一扔。折扇的扇面瞬间被放大，秦环一下子跌落到地上，身体开始瑟瑟发抖。

丁云凡收起折扇，然后快速在秦环的后背上点了几下，最后抽出一张黄纸，快速在上面写了一道符，扔到半空，直接烧成了灰烬。

黄金战甲士兵让开了一条道，只见丁云凡背着秦环走了出来。此时的秦环已经睡着了，没有任何反应。

丁云凡说秦环受到邪祟伤害，需要他用钦天监的日月光进行调养，不然无法恢复。面对这样的情况，秦和只好同意。

两日后，贺子升因为公事来到了秦府。

"贺大人其实不用亲自过来，我让管家将东西送过去就好。"秦和说道。

"秦大人客气了，您所提供的名单非常重要，事关朝纲安稳，我怕中途有问题，所以亲自过来。"贺子升说道。

"名单已经备好，既然贺大人过来了，不如去内厅饮茶一叙，正好名单上面有一些情况需要当面说清楚。"秦和说道。

"好。"贺子升跟着秦和走进了内厅。

名单是皇上钦点之物，并无问题，只是在名单里有一些人的情况需要单独解释。贺子升自然也明白秦和的意思，这份名单的价值取决于皇上的判断，如果顺利，名单上的人则可能飞黄腾达，反之很有可能全部面临灭顶之灾，所以秦和才会如此看重。

其实一进入秦府，贺子升就感觉到秦府的奇怪。虽然秦和以及其他人对他客气有加，但是很明显秦府的人看上去都是愁容满面，甚至送来的茶水都是凉的。贺子升断定，秦家应该是遇到了什么难事。

在贺子升的询问下，秦和讲出了女儿秦环撞邪的事情，也把请丁云凡之后发生的事情说了一下。

听完后，贺子升去了秦环闺房查看一番，出来后他直接断定：秦家上下中了丁云凡和秦环一起合伙设下的圈套，恐怕此刻两人已经私奔，离开了京城⋯⋯

第4章　诸客身份

火烧得更旺了。

贺子升的讲述，让所有人都屏住呼吸，耳边甚至连外面的风雨声也被隔开。

"你怎么发现事情是秦环和丁云凡合伙欺骗秦家的？"红袖忍不住问了一下。

"事情很简单，所谓鬼神之说并无根据。根据秦家人说，秦环是因为路过山神庙之后犯的病。山神本是护民，何来害民之说？秦家人之所以对秦环中邪深信不疑，是因为他们找来的道士在作法时出现意外，让秦家人亲眼见到诡异之事。而钦天监丁云凡到来后，却将秦环邪症镇住了。前有道士出事，后有丁云凡传说中的驱鬼镇邪，所以让秦家人对秦环之事确信不疑。

"对于丁云凡，我有所了解，在钦天监里属于一个特别的人物。他原本是修道之人，后来才考取功名，这样的人本来就来历复杂。我去了秦环闺房查看，发现了一些被烧去的书信残迹，其中有一些暧昧词语，想起秦侍郎所说的之前要为秦环结亲，但是秦环不愿意，后来却又要去山神庙许愿，我便猜测，这很有可能是秦环与这丁云凡早有情愫暗生。而在秦环身上所发生的事情，则是两人的计策，意欲推掉秦环结亲之事。"贺子升说道。

"可是，这秦环是秦侍郎之女，丁云凡也在钦天监为官，单凭两人的感情，他们如何逃得出这大明的疆域？"叶承安听后不禁说道。

"所以，事情远不止于此。这只是这画像案子的开端，真正让人想不到的恐怖事件在后面。"贺子升吸了一口气说道。

"对啊，不是说画像案吗？可这秦环和丁云凡的事情并没有什么画像啊！"叶童叫了起来。

"贺大人所说的画像，可是京城流传的杜丽娘鬼像？"这时候，旁边的左向风忽然说话了。

贺子升抿了抿嘴，然后看了看左向风："不错，正是杜丽娘鬼像。"

贺子升的话刚说完，寺庙的大门一下子被风吹开了。一阵风从外面呼啸而至，众人中间的火堆瞬间被吹开，火星、灰尘顿时四散飞开，仿佛有鬼魂从外面蹿入一样。

"啊！"红袖吓得蜷缩着身体，躲到了叶承安的身后。

和尚睁开了眼，然后站起来走了过去，将寺庙的门用力一顶，门重新关上了。

风雨声瞬间被隔开了。

"各位施主，这寺庙有点落魄，因为位置偏远，偶尔会有落脚的路人，只是没想到，今天竟然来了这么多。各位请多见谅，慧海有礼了。"和尚说着双手合十，轻声念了一句"阿弥陀佛"。

"原来大师名为慧海，失礼了。"叶承安对着和尚微微点了点头。

"我也觉得奇怪，这小小隐安寺，怎么今夜如此热闹？本来以为只有我一个人，没想到一下子就来了这么多人。探花郎，看你刚才对红袖姑娘的举动，你来这里莫非另有隐情？"左向风看着叶承安，不禁问道。

叶承安没有说话。

"我们只是路过这里，能有什么隐情？你说笑了。"叶童冷声说了一句。

"高中探花，本该荣归故里，怎么没有借用官家的护卫队？深夜带着书童独自来这隐安小寺，这怎么会是路过呢？"左向风笑着说，但是字字句句满是疑惑。

"也没什么可隐瞒的，我来这里是见一个朋友。"叶承安抬起头看了看左向风，然后说道，"至于我要见的人是谁，也没必要跟你说吧？贺大人作为查案之人都没有多问一句，倒是你这个过路之客如此关心。也不知道左先生你，又为何深夜落脚这隐安寺？"

"我？我一商客，常年漂泊外地，落脚在这里只不过是因为这方圆十几里找不到客栈。对了，这是我的商品，大家可以看看，兴许你们都会感兴趣，这可是我从关外带来的。"左向风说着，从包袱里面取出了一个黑色的盒子打开，里面是十几个锦瓶。然后他拿出两瓶递了过来，说道："这是流传于关外的一种香粉，名为醉生梦死，极为特别，如果你有想见却不能见，能见却无法见面的人，这香粉可以帮你完成夙愿。今日我与诸位有缘，就赠予大家一些。"

"一听就是祸乱之物，你最好到了京城找布政司验明清楚，免得危害民众。"贺子升皱了皱眉头，对着左向风冷声说道。

"这个自然，这个自然。"左向风连连说道。

红袖毕竟是女人，对于香粉还是有着很大的兴趣，便接过了左向风的香粉。叶童也拿了一瓶。

"贺大人，刚才你讲的关于画像的情况，应该还有后续吧？这杜丽娘的鬼像之说，又是什么意思？莫非和之前民间流传的诅咒画像有关系？"这时候，慧海忽然说话了。

"慧海大师，你乃空门之人，怎么也相信这鬼神之说？"左向风笑了起来。

"阿弥陀佛，鬼神之说不过是人间虚言。鬼也好，人也好，区别无非在于人心。鬼若有心，与人又有何区别？杜丽娘鬼像流传人间，无非是人们对情爱的一种幻想追求。实不相瞒，我这隐安寺就有一幅杜丽娘鬼像。"慧海说着，站起来走到了佛像面前，然后从佛前的功德箱里取出了一幅画像。他走到众人中间，将画像打开。

火光下，画像上一个女人正在翩翩起舞，女人的样子惟妙惟肖、栩栩如生，如果不仔细看，还以为是一个真人被镶嵌在上面。尤其是杜丽娘的眼睛，画得非常传神，深邃的瞳孔，仿佛一个深不见底的湖，让人不禁深陷其中，神思恍惚。

"大师，你这画从何而来？"贺子升问道。

"昔日一位过路的施主留下的。她还留下两句话，说他日若是有缘，希望碰上能解读之人。"慧海说道。

"什么话？"叶承安的声音有点颤抖，不知道是伤口疼，还是想到了什么。

"红烛泪干不忘君，孟婆汤下盼重逢。"慧海说出了两句话。

第5章　戏院传闻

叶承安听到慧海这两句话，不禁叫出声，跟着竟然吐出了一口鲜血。

"公子，你、你没事吧？"叶童见状，慌忙扶住了他。

"是刚才的伤所致吗？不是已经止住血了吗？"旁边的红袖跟着问道。

"我没事，我没事。"叶承安摆了摆手，眼神中却充满了伤痛。

"贺大人，刚才你讲秦环和丁云凡的私奔计策只是开始，那和后面的画像又有什么联系啊？"这时候，左向风说话了。

"秦侍郎在听完我的分析后，立刻带人去了钦天监，结果发现丁云凡已经离开。他随即向皇上请命，希望通缉丁云凡，于是皇上命我负责追缉丁云凡。没想到的是，在我刚回去带上锦衣卫准备追缉的时候，丁云凡却自己找上了门。不过当时他已经身负重伤，只留下了一句'东城戏院'，便死了。"贺子升说完轻叹了一口气。

"东城戏院，可是那座荒废已久的戏院？传说当年台上戏子在唱杜丽娘鬼戏，结果真的闹了鬼，从此戏院关闭，而当时在那儿唱戏的戏班子成员也个个暴毙而亡。"左向风脱口而出。

"这个我知道，我听清水楼的姐姐说过这个事情。之前楼里还有姐妹过去串戏。一些大官人喜欢深夜在那里听戏，据说是一些商贾的家乡传统，夜听鬼戏，钱财无数。正好那天晚上闹鬼的事情，我一个叫凤娘的姐姐亲眼所见，所以并不是传说，而是真实存在的。凤娘说，当时台上唱杜丽娘角色的戏子唱到还魂的时候，背后突然浮现出了杜丽娘的鬼魂，那个戏子还直接被杀死在了台上，台下的人吓得一阵慌乱。当时听戏的人有很多是朝廷官员和豪商巨贾，所以事情就被掩盖下来。说得最玄乎的就是杜丽娘鬼魂复仇。"红袖说道。

"好像那次以后，那座戏院变成了一个禁忌之地。我之前也听生意上的朋友说过，本来是一个非常隐秘、非常适合谈生意的地方，可惜出了那档子事情后，再也没人敢去。"左向风点点头说道。

"那里的确成了一个废弃的院子，当天晚上，我便带人一起去了东城戏院。到那儿以后，我们才真正感受到了画像案的恐怖……"贺子升说着站了起来，似乎那天晚上的事情依然让他心有余悸。他走到门口，透过门缝，看着外面的风雨，开始讲起——

来到东城戏院门口的时候，贺子升特意看了看四周。之前繁华热闹的东城戏院，此刻荒凉阴森，恍如坟场，孑然孤独。

"老大，听说这东城戏院闹鬼很凶，我们……我们真的要进去吗？"跟着过来的下属陈东问道。

"对啊，上次我还来这里处理过一件事情：一个外地过来的人，无意中进入里面，结果发了疯。当时我和老宋一起送他去的医馆，他嘴里直呼见鬼了，那样子着实吓人。"另一个下属阿和说道。

"有鬼没鬼的我们都来了，再说我从来不信鬼神之说。当日那丁云凡在侍郎府装神弄鬼，搞得秦府上下深信不疑，但是我觉得不太可能。这东城戏院荒废许久，难免会有些阿猫阿狗的，如果连我们都怕这怕那，这飞鱼服干脆也别穿了。"贺子升冷声说道。

"就是，我们身着飞鱼服，手拿绣春刀，还能怕了这些魑魅魍魉？"陈东挺直了腰板，厉声说道。

贺子升推开了东城戏院的门。

之前贺子升曾经跟着指挥使大人来过一次，对于这些戏子伶人，贺子升并没什么感觉，他更大的兴趣还是调查案件，寻访线索。习惯了风雨中杀戮，血海中游走，忽然面对优雅的唱词和舒缓的世界，贺子升浑身上下都不舒服。

眼前东城戏院的样子，比起之前的繁华，简直是天壤之别。尤其是进门的那一片假山池，之前上面悬满了金银珠宝，象征着来客无论是什么人，都可以开门见财。而此刻，池中干涸，假山溃落，再无昔日之风光。

假山后面就是戏院的中心位置，戏台还在前面，两边是后台换衣服的地方。因为戏院并不大，几乎一眼就能看清楚戏院的大致布局。

"看那里。"阿和挑着灯笼，往前一眼就看到了走廊旁边的一个情况，那里有一摊血迹，还有一行带血的脚印往后院延伸而去。

"秦环和丁云凡是一起来这里的，但是只有丁云凡回来给锦衣卫报信，显然他知道能够救他俩的只有我们。现在看来，秦环应该还在这东城戏院里面。"贺子升说完，快步向前面的中心戏台走去。

此刻，月光暗淡，整个东城戏院如同一个迟暮的老人，浑浑噩噩，光源只有贺子升他们手里三只摇曳的灯笼，仿佛是三个寻找落脚处的幽灵。

贺子升为了快速寻找线索，和阿和、陈东兵分三路，分别进行搜查。

贺子升选的地方是戏台的中心位置，那里之前也是戏院表演的最中央，这里可以让戏院内各个方向的人聚焦于此，同时也能观察台下所有来客。

站在戏台上面，贺子升往前走了两步，身体后面缓缓坠下一幅画，光线下，看得出那是一幅女人的画像。虽然贺子升对于书画并不精通，但是眼前出现的这幅画他还是知道的，那是杜丽娘的画像。

画像上的杜丽娘眉眼低垂，巧笑嫣然，让人不自觉地沉醉。

这时候，前面突然传来了阿和的叫声。

贺子升一听，立刻纵身一跃，从戏台上跳了下去，朝着阿和刚才离去的方向跑去。

只见阿和在前面站着，他似乎听到了什么，竟然快步向前跑去。

"阿和。"贺子升喊了一下。

阿和似乎没听见，径直拐进了前面一个房间里面。

贺子升快步走了过去。

结果，前面的房门突然开了，阿和又从里面跑了出来。他低着头，指着前面的房门，半天没有说出一句话。

贺子升没有理他，直接推门走了进去。

这是一个堆放道具的房间，里面乱七八糟的什么都有。在前面不远处，吊着一个人，身体轻飘飘的，像是一只风筝。

"你是什么人？"贺子升警惕地走了过去。

那个人没有说话，身体慢慢停了下来。

贺子升走过去看了一眼，顿时惊呆了，因为上面吊着的人不是别人，竟然是阿和。

贺子升一把砍断了阿和身上的绳子，然后接住阿和的身体，伸手在他的鼻子处探了探，感觉身体还有余温，于是放心地站了起来。

此时，贺子升突然意识到了一个问题，如果眼前吊着的人是阿和，那么刚才出去的那个人又是谁呢？

这时候，有人从外面跑了进来。

贺子升抽出绣春刀一把挥了过去，但是对方连连叫道："是我，老大！是我，陈东！"

贺子升停住了动作。

"阿和怎么……怎么了？"看到地上的阿和，陈东问道。

"不知道，刚才有人穿着飞鱼服从这里出来，我以为是阿和，结果没想到是阿和被吊在这里，现在只能等阿和醒过来再说。你呢，什么情况？"贺子升看了看陈东。

"什么都没发现，然后我回来找你们。我先去了戏台那儿，发现没人，便来这边了。对了，我在戏台好像，好像听见了……"陈东的话没有说完。

"听见了什么？"贺子升皱了皱眉头问道。

"也可能我听错了，就是好像有人在唱戏。"陈东说道。

"乌烟瘴气的地方，越是这样越代表想掩藏什么不可告人的秘密。"贺子升冷声说道。

这时候，阿和呼出了一口气，睁开了眼。

"阿和，你没事吧？"陈东问道。

"陈东闪开。"只见阿和突然翻身一滚，然后抽出腰间绣春刀，照着贺子升直接砍去。

"阿和，你疯了吗？"陈东被阿和的这个动作惊呆了。

"阿和，你做什么？"贺子升身体一闪，躲过了阿和的攻击，然后一脚踩住了阿和的绣春刀，将他压在了身体下面。

"他不是老大，他是假的，刚才我就是被他袭击的。"阿和愤怒地说道。

"这是老大，你可能刚才遇到的不是真的，但是这个是真的。"陈东扶起了阿和。

"是吗？"阿和看着贺子升，表情有点尴尬。

"说说你刚才遇到的事情。"贺子升挑起阿和的刀，将它重新收进了刀鞘。

"刚才我来这里搜查，然后看到一个人影，于是追了过来，进来这里之后，我却没找到人。正当我在房里搜查的时候，外面忽然有脚步声传来，我走到门边一看，发现是老大你来了。我以为你过来帮我，便跟你说了一下我发现的情况，但是你也没说话，跟着就忽然对我出手。我不知道是怎么回事，后来便被打晕了。不过恍惚中，我看到那个冒充你的人走向前面的柜子，他似乎在那里看什么东西，后来我便晕了过去。"阿和讲了一下他的遭遇。

"柜子，哪个柜子？"贺子升问道。

"就是这个。"阿和走过去指了指前面一个立起来的柜子。

"打开看看。"贺子升说道。

阿和转过身,拉住柜子的门往外一拉,柜门开了,里面有个东西也一起从里面摔了出来。仔细一看,竟然是一个女人。

"这是秦侍郎的千金秦环?"旁边的陈东惊声叫了起来。

贺子升走了过去,然后阿和将地上的女人扶了起来。果然,那人是秦环,之前贺子升曾经在秦府见过两次,一个温润秀气的女孩,可是此刻她脸色灰白,已经没有了呼吸。

"这里!这里有一幅画。"突然,阿和叫了起来,然后从秦环的身边抽出一幅画像,上面是一个女人的画像。

贺子升一愣,这幅画像和刚才在戏台上看到的那幅画像一模一样。

"这是杜丽娘的鬼像。"陈东脱口说道。

"坊间传说,宫廷有一位画师,天生判官笔,曾经画下一幅杜丽娘画像,后那画被人带出民间,结果成了一幅诅咒画像。有心人深夜面对画像,会见到画像里的杜丽娘,并且可以满足心愿,当然也会承担诅咒的代价。"阿和说道。

"诅咒之说,纯属无稽之谈。"贺子升瞪了阿和一眼。

"你看这个。"陈东看到,秦环的手上握着一张纸条,于是抽出来看了一眼,上面写着"悠悠请之,岁岁完之"。

"难道说这是秦环向杜丽娘的诅咒画像求救,所以才会有这样的结局?"阿和忽然明白了。

贺子升收起那幅画像,陷入了沉思中。

第6章　生死绝杀

"你收起了那幅画像？"叶童听到贺子升说完，顿时惊叫了起来。

"其实已经无所谓了，那幅画应该不是真的杜丽娘诅咒画像。如果说杜丽娘的诅咒画像是真的，秦环死后，应该被害她的凶手拿走了。至于贺大人拿的那幅画，想来是赝品。"左向风听后说道。

"不错，我在现场拿到的那幅的确是赝品。"贺子升点了点头。

"这、这诅咒画像竟然也有赝品？"红袖呆住了，有点不敢相信。

"正因为是诅咒画像，所以才会有赝品。不然一幅宫廷画师所作的画像，怎么可能传遍民间？人们对于诅咒画像的需求并不在于它是不是真的可以诅咒杀人，而是人们可以通过画像多得到一丝心安。在京城街头，只要你有需求，至少有十个人在京城不同的地方偷偷贩卖这赝品画像。"贺子升说出了其中缘由。

"贩卖的毕竟是赝品，所谓诅咒画像不用当真。如果真的有如此作用，这世上万物，天命循环，岂不乱了轮回？不过贺大人，我看刚才你来的时候对着红袖姑娘进行偷袭，莫非这红袖姑娘长得像你追捕之人？"左向风看了看贺子升问道。

"确实是一场误会，刚才的事情，对不起了。"贺子升转过身，走到红袖面前，诚心赔罪。

"我没事，倒是无意间让叶公子受伤了，这让我内心惶恐。"红袖说道。

"砰砰砰"，这时候，门外突然传来了一阵急促的敲门声。

所有人一惊，立刻意外地看向外面。

"大家不用慌，应该是我的下属阿和来了。"贺子升说着走到门边打开了门。

果然，门外站着一个穿着和贺子升一样的锦衣卫，不过他的身边还有一个男人，看上去柔柔弱弱，像是一名书生。

"大人，我把明玉带来了。"阿和说着，拉着书生走了进来。

"明玉？"听到书生的名字，左向风有点疑惑。

"这位明玉公子，可是……可是宫廷画师判官笔明玉？"这时候，旁边的红袖突然显得格外紧张，看着贺子升问道。

"没错，他就是传说中的判官笔画师明玉。这次我们调查画像案，很多线索都指向了同一源头，也就是说杜丽娘的诅咒画像出自明玉之手。正好明玉就在这附近住，所以我便过去将他带了过来。"阿和说道。

"阿弥陀佛，真没想到这隐安小寺，今天却来了这么多特别的人物。"慧海打了一句佛号道。

"红袖，我问你，那个让你过来的客人，除了让你表演舞蹈，还有其他要求吗？"这时候，叶承安看了看旁边的红袖说道。

"有的，刚才我其实想说的，但是……但是有点不敢。"红袖说着低下了头。

"什么要求？"听到红袖的话，贺子升不禁也问了一句。

"是这个。"红袖说着从身上取出了一个东西，放到了地上。

看到地上的东西，所有人愣住了。那竟然是一幅画像，上面是一个女人。

"杜丽娘鬼像？"贺子升看到那幅画像，脱口而出道。

"那个客人说，让我等画师来了，拿出这幅画。刚才我还纳闷，我们这里根本没有画师啊，可是……可是明玉画师忽然就出现了。"红袖小声地说道。

"这么说，红袖，帮你赎身、让你过来这里的客人，知道明玉画师会来这隐安寺？"贺子升剑眉一聚，厉声说道。

"我不知道，他、他就是这么说的，我只是照做。"红袖说道。

"贺大人，你们怎么会带着明玉来这里呢？这也太奇怪了吧？难道给红袖赎身的那个客人事先就知道了这事情？又或者说是你帮红袖赎身的？"旁边的叶童惊讶地问道。

"胡说，我贺子升堂堂锦衣卫，怎么会做那种隐藏身份的人？不过说来确实奇怪，我们本来是要带明玉回去的，后来我在半路遭到一个女人袭击，她抢走了我从秦环身上拿走的画像，后来我便追到了这里，差点错伤红袖。至于阿和为什么会带着明玉过来这里，是我发了信号，让他带着明玉来这边找我。"贺子升说道。

"这显然是有人有意让贺大人带着明玉过来这里，或许就是抢走你画像的"

那个女人。你跟着她来到这隐安寺,那么阿和大人自然会带着明玉来这里和你集合。这其实没有什么奇怪的,不过是对方使用的一个小手段而已。"叶承安分析了一下贺子升的情况。

"真是有趣啊。说起来,我也是因为杜丽娘的这幅画像才来到这里的。卖给我醉生梦死的上家说,如果我想在京城彻底地推广醉生梦死,便来这隐安寺停留一晚,并且送了我一幅杜丽娘的鬼像。他还说,杜丽娘的鬼像加上醉生梦死,将会是一场意想不到的盛宴。刚开始我只觉得这是无稽之谈,并没有在意,可是现在听各位这么一说,好像我们都是因为杜丽娘的鬼像才来到这隐安寺的。"左向风跟着说了一下他的情况。

"那探花郎,你呢?"贺子升的目光落到了叶承安身上。

叶承安站了起来,然后迟疑了一下说道:"没错,我也是因为杜丽娘的鬼像来这里的。不瞒各位,在我苦读寒窗之时,杜丽娘的鬼魂一直都陪在我左右。她跟我约好,我功成名就之时,便可以来这隐安寺寻她回家。"

"探花郎,你、你莫不是在说笑吧?这杜丽娘本是话本中人,怎么还有鬼魂陪你夜读?你、你是不是搞错了?"左向风一听,不禁笑了起来。

"不,就是杜丽娘的鬼魂。你们看到的那幅画像,和她一模一样。对了,明玉画师,既然这画像是你所画,你应该能够做证。这画像之人并非虚构,而是真实存在的吧?"叶承安看着明玉问道。

"探花郎说得没错,这杜丽娘鬼像并不是虚构而来的,不过民间传说有点错误。其实这画像的原型并不是杜丽娘,只是刚好和话本里的杜丽娘十分相似。"明玉说道。

"那、那这画像中人是真的存在了?她叫什么?家在哪里?"叶承安顾不得身上的伤痛,走过去一把抓住了明玉的手,急声问道。

"探花郎,你不是说陪你的女人就是杜丽娘的鬼魂吗?莫不是你认为陪你的人是这幅画像中的人本人?"阿和看了看叶承安问道。

"对啊,叶公子,你不是说陪你夜读的那个女人是杜丽娘的鬼魂吗?怎么又追问画中人的信息?"红袖跟着说道。

"这世上哪有鬼神?不过我宁愿她是鬼魂,因为她给我的,好过人给的千千万。我们约定好的,无论是生死之别,还是人鬼殊途,都要在一起。我当然知道,如果她不是鬼魂,那必然有她骗我的苦衷。既然画像中人是她,机缘巧合我们又因为这幅画像来到这里,我自然是想知道她的身份。明玉画师,你能不能告诉我画像上的女人到底是谁?"叶承安坦然说道。

"好吧，既然叶公子如此深情，其他人又都因为她来到这里，那我跟大家说说关于这幅画像的来历。"明玉叹了一口气，看了看在场的人说道。

明玉的祖上世代为宫廷画师，他们专为后宫女眷作画，偶尔遇到皇上钦点作画。明家的画，除了神态相似，更是有一种说不出的立体感，让人感觉画上之人仿佛真人一般。说起来，这也是明家的画像秘密。作为明家的独苗，明玉从小就被爷爷和父亲培养，五岁就能临摹，十岁就和父亲一起给皇妃作画，到十二岁时，他已经是宫廷里小有名气的画师。

身为宫廷画师，明玉从小长在宫中，比起皇家子女地位自然不高，但是也好过宫女、太监。明玉从小聪慧过人，又身在宫中，所以和皇子、公主格外熟悉。十二岁之前，明玉一直为自己的身份感到非常骄傲，认为整个宫廷的画师里，他必然是以后的首席。可是，忽然有一天，一名民间画师来到宫中为皇后画下一幅画像，堪称绝美。

这让明家的人大感意外，因为一直以来，明家的画像之所以能显得栩栩如生，除熟练的画技之外，最主要的是因为他们作画的颜料非同常物。这个突然来到宫里的民间画师，看似为明家解忧，实则是挑衅，甚至提出了和明家竞争宫廷御用画师的挑战。

明玉的爷爷和父亲毕竟经验丰富，主动远离这样的挑战，倒是年轻的明玉无法忍受对方的挑衅，直接接下了挑战。

面对骑虎难下的境况，明玉的爷爷不得不告诉他，明家的画像之所以出神入化，让人如身临其境，除了画工和颜料以外，其实还需加入一个东西。这个东西太过邪祟，容易被反噬，却也是祖上一代一代传下来的。这个东西就是隐藏供奉起来的画笔，它常年浸在阴暗之处，据说具有夺命催魂的能力，并且有反噬之力，所以用的时候要千万小心，因为一不留神，可能会使自己付出代价。

画笔有了，剩下的便是挑选作画的对象。明玉本来是想找与自己关系比较好的朋友，但是爷爷让他选择其他人，最后选到了兵部侍郎赵之阳之女赵灵。当时，明玉不以为意，认为只是一次普通的作画，却不知道自己被卷入了一个旋涡。等他明白过来的时候，已经处在旋涡中心，想要上岸，却根本没有人愿意帮他。

关于赵灵，明玉和她并不熟悉，只在一次女眷会上见过一次，当时还给她们一起画了一次百女图，所以赵灵知道明玉要给自己画像时，显得挺高兴。于是那一场对决，就在诸位皇亲国戚和百官的注视下进行……

第7章 重新开始

"这杜丽娘鬼像,竟然是赵侍郎之女赵灵画像,这、这太意外了。"听到明玉的讲述,贺子升顿时脸色巨变,和旁边的阿和低声说道。

"可是之前因为涉嫌刺杀七公主,全家被斩的兵部侍郎赵之阳?"左向风说道。

"不错,之前我爷爷对我说,拿起判官笔,画下必见血。没想到我的一己之私却断送了赵灵的性命。也许别人会觉得那只是一个巧合,但是爷爷的忠告并非没有道理。我给赵灵画像没多久,赵侍郎就出了事,赵家被满门抄斩。我曾想着找人帮助赵灵,但是苦于无门路。从那以后,我便封笔弃画,离开了京城。后来,不知道为何,民间开始流传诡异的杜丽娘鬼像传说,当我看到那幅画像时,便知道民间的传说纯属无稽之谈:那杜丽娘鬼像其实就是赵灵的画像,只是世人不知真相而已。"明玉苦笑一下说道。

"如此说来,我们来到这里并不是因为所谓的杜丽娘鬼像,这画像其实是死去的赵灵的画像?"阿和和贺子升对视了一眼说道。

"不管是死是活,一定是有人在搞鬼。如果让我抓住,一定不会轻饶。"贺子升冷眼看了一下其他人。

名不见经传的隐安寺,今夜因为一个人鬼难测的女人聚集了几个行为各异之人。追查血案的锦衣卫千户贺子升和属下阿和、身份诡异的商人左向风、清水楼出来的神秘歌姬红袖、杜丽娘鬼像的源头画师明玉,以及和杜丽娘鬼魂纠缠不清的叶承安。

"贺大人,你还没说你们在东城戏院后来的事情,你们不是三个人一起去的吗?那个陈东怎么没和你们一起过来?"叶承安看了看贺子升问道。

"东城戏院的案子已经结了,你们不知道吗?"阿和听到叶承安的问话,不禁说道。

"这是什么意思？"其他人也不明白，一起看了看贺子升。

"好，我继续说东城戏院后面发生的事情。"看到大家都关心东城戏院的后续，贺子升干脆继续说了。

诡异的东城戏院、神秘的贺子升冒充者，更有传说中的诅咒画像。秦环手里的纸条似乎说明，她向诅咒画像求助，然后又想背叛画像，结果遭到了杀害。

为了找出冒充自己的人，贺子升决定带人对东城戏院进行仔细搜查。锦衣卫用了一夜的时间搜查，然而并没有查到任何线索。那个冒充贺子升的人就像一滴水消失在大海里一般，无影无踪了。

天亮的时候，站在东城戏院门口的贺子升等人上马准备离开。

"你们说会不会真的是鬼神所为？"贺子升看着东城戏院的大门说道。

"诅咒之说，不可不信，也不可全信。这秦环与丁云凡之事太过诡异，我看大人还是和秦侍郎仔细说说，以免后面再出问题。"陈东说道。

"听说秦侍郎最近在朝上因为税赋问题，弹劾了李太师。没想到女儿又出了这样的事情，真的是太倒霉了。"贺子升说道。

"朝中一直传言李太师本是天子之命，却甘于向皇上称臣，秦侍郎得罪了李太师，这可能是天罚吧。"陈东说道。

"陈东，我记得你是三年前来到锦衣卫的吧？"贺子升说道。

"是的，大人。"陈东说道。

"也不容易，跟着我在外面严寒酷暑早出晚归，甚至要面临随时被处罚的风险。说起来能在锦衣卫待三年的人，真不是一般人。你说你熬得这么辛苦，为什么要做坏人呢？"贺子升说着，微微迟疑了一下，然后将目光落到了陈东的身上。

"啊，大人，你在说什么？这是什么意思？"陈东愣住了。

"在这东城戏院里冒充我，打晕阿和，甚至在里面做各类诡异事，都是你在搞鬼吧？当时我们在柜子里发现秦环的尸体，她的脸部朝内，我们所在的位置根本看不清样子，但是你看都没看就说出了那是秦环的尸体，这说明你一早就知道了秦环已死的事实。还有一点，能在这里冒充我的人，必然是对我们非常熟悉的人。鉴于这两点，我并没有完全确定是你。现在，经过我们连夜搜查，还是没有找到其他人，所以就只有一种可能。在东城戏院搞鬼的人只能是你——陈东。"贺子升说道。

"大人，你误会了，我、我怎么会？"陈东脸色变得苍白。

"我非常不喜欢别人骗我，尤其是利用感情来骗我。我一直想不通你为什么要这么做。直到后来我得知，原来在你来锦衣卫报到的时候，李太师曾将你带走，一个时辰后才把你送回来。如此，我便明白了其中缘由。"贺子升叹了一口气，然后冲着前面的人摆了摆手。两个锦衣卫将陈东拉下了马，离开了现场。

经过审查，秦侍郎之女撞邪迷案终于真相大白。

这是一起利用鬼神之术谋害他人的案件，尤其是钦天监丁云凡，利用秦侍郎千金秦环的感情来伤害秦侍郎，陈东则利用鬼神之说掩盖秦环被杀之谜。

不过，让贺子升没想到的是，他没有因为破案得到嘉奖，还差点丢掉性命，在指挥使的求情下，最终得以降职审查。

对于自己的遭遇，贺子升自然是明白其中缘由的，不过他早已经习惯了这官场中的沉浮。如果不是京城再次发生画像诅咒案，且被害者与秦侍郎案子有点雷同，贺子升也不会被再次举荐，负责调查杜丽娘鬼像凶杀案。

"明白了，难怪在京城遇见的时候，你对我说不要相信女人，尤其是女人的东西，想来是嘱咐我莫接触杜丽娘的鬼像。"听完贺子升的讲述，叶承安恍然大悟。

"不错，当时京城已经发生了三起凶杀案，所有死者的身边都有杜丽娘的鬼像，因为怕闹得满城风雨，我们没有对外言明，所以只能对读书之人进行劝导。当日探花郎离开京城，正好遇到我们在调查案件，所以有此嘱咐。可是谁能想到，探花郎竟然和这画像之女早就相识。如果当时仔细询问，或许我们会查明更多的线索。"贺子升感叹道。

"贺大人，即使当日你询问我，我也断然不会说出我和杜丽娘，不，是我和安绣绣的事情。我不管她是赵灵还是安绣绣，毕竟，那是我们的约定，更何况她的画像涉及命案，我自是要查明的。"叶承安摇了摇头如此说道。显然，他已经接受了事实，将画像上女人的称呼从杜丽娘换成了安绣绣。

"那这安绣绣现在究竟是人是鬼？又或者说，她如果是赵灵，赵家不是已经被满门抄斩了吗？她又怎么会出现在探花郎的身边？"红袖悄悄问了一句。

其他人没有说话，目光落到了画师明玉身上。刚才明玉说得很清楚，他用祖传的判官笔给赵灵画了一幅画像，然后赵家便出事了。

"赵家全家确实已经全部被处死，当时我代表锦衣卫在现场担任监斩护卫，人员、尸体均确认无误。"旁边的阿和说话了。

"因为判官笔的事情，我特意去现场看了赵灵的情况。她身着我当时给她画像的衣服，尸首分离，鲜血浸染了脸面，看不清样子，想来是已经去世了。"明玉闭上眼叹了口气。

"那出现在我身边的安绣绣，难道是赵灵的鬼魂？"叶承安颤抖着问道。

"阿弥陀佛，是人是鬼，不过一场相识。叶施主用情至深，宁可抛开光宗耀祖的探花郎荣耀，也要来这隐安寺寻求真爱，实属难得。"慧海叹了一口气说话了。

"你们不懂，如果没有安绣绣，别说当上探花郎，我可能早已不在这个世上。什么探花郎，什么杜丽娘，什么鬼魂，什么赵灵，我都不在乎。"叶承安坐了下来，悲伤地说道。

第8章 寺小事大

这时候，中间的篝火暗了下去，里面的干柴几乎烧尽。

"柴没了，我去旁边柴房拿点。"慧海说着站了起来。

"大师，我和你一起去吧。"左向风跟着站了起来。

门被打开了，外面的雨已经小了很多，不过风还是很大。

"真没想到，这小小的隐安寺竟然容了我们这么多人。"阿和看了看四周说道。

"说是寺，其实就是一个小庙，除了旁边一个柴房和茅房，慧海平常就在这里休息。今天估计是他这里来人最多的一次。"贺子升说道。

"不过终日有佛像陪着，也算是不错了。哪像我们，虽然红尘万丈，花花世界，却没有一个可以静下心的地方。"叶承安叹了一口气说道。

"公子，我总觉得这佛像有点凶，尤其是眼睛，好像要吃人一样。"叶童吸了一口气说道。

"这是伏魔金刚像，所谓'菩萨低眉，金刚怒目'，'金刚'说的就是这金刚。其实这隐安寺确实有点奇怪，我总觉得有种说不出的味道，似是花香，又像是尘土味。"叶承安说道。

"想是刚才左向风拿出的香粉的味道吧？是这个吗？"红袖拿出了刚才左向风给她的那个锦瓶。

"不，这是脂粉香味，还不一样。"叶承安摇了摇头，然后站起来向前面走去。

自从他们进入这座寺庙以来，一直在大殿围着篝火而坐，前面的位置一直是慧海在坐着，所以大家都没有走近佛像去观看。

此刻，叶承安走到了佛像周边看了看，这才发现在旁边的墙壁上还有一些壁画，壁画的内容因时间久远，几处地方甚至有些淡化。

叶承安顺着刚才闻到的味道往前走去，结果在佛像的后面发现有一口棺材。他顿时心里一紧，思索几秒后，他慢慢看向棺材里面。看到里面的情景，叶承安不禁呆住了。

听到后面叶童喊自己，叶承安才从佛像后面走了出来。

"公子，你没事吧？"叶童看着叶承安问道。

"没事，没事。"叶承安笑了笑。

"后面有什么？"贺子升问道。

"没什么。"叶承安摇了摇头。

"其实，我知道隐安寺的来历。"这时候，明玉忽然说话了。

"你怎么会知道？"阿和看了看他。

"之前我和宫廷另一名画师在聊天的时候曾经听他说过，这世上有两个离奇的地方，一个名曰忘川，一个名曰隐安。据说人死之后会去忘川，在那里看尽前尘往事，然后踏入轮回之路；也有一些时辰未到的人，误入忘川，所以会被送回生路，那么需要去一个地方，便是隐安。据说在回去隐安的路上，会有一座终日在雨中的隐安寺，很多大彻大悟的人都会经过隐安寺，重新回到人间。这隐安寺位置、周边环境，真的很像那个画师说的隐安。"明玉说道。

"你是说，我们都是将死之人？"阿和皱了皱眉头说道。

"我、我不是这个意思，我也只是听那个画师说说而已。"明玉有点无措地说道。

"我从不相信这世上有鬼神之说，即使钦天监的人说命数风水、星宿排位，我只认为那是专业的问题。我自小勤修武术，后来被送进锦衣卫，跟随指挥使办案。我们见过太多的案子，也听过太多的诡异传说，最终全部都不是鬼神做下的。所以，探花郎，我认为你所见到的安绣绣应该是另有其人，这世上很多无法解释的事情，常人便会冠之为鬼神之说。或许，安绣绣只是和赵灵长相相似，就像明玉画师为赵灵作的画像，只不过安绣绣的样子和画本里杜丽娘长相相似而已。"贺子升说道。

"如果这世上真的没有鬼魂，只有巧合，那我宁愿相信我见到的那个女人就是安绣绣，可能她并不是杜丽娘，也不是什么赵灵的鬼魂，她就是安绣绣。"叶承安说道。

"探花郎，你这个想法更加偏激了。如果安绣绣就是赵灵，她躲过了一劫，救她的人想必一定是花了大功夫，至少行刑时要凑够他们赵家一百三十一口，那么也就是说，必然有人替她挨了刀子。大难不死的赵灵要么选择隐姓埋名，要么选择为全家复仇，怎么可能化作一名陪读来到你身边？据我所知，探花郎你虽然家境殷实，但是如果想替赵灵报仇，又或者帮她隐瞒身世，怕也是无法做到。"贺子升冷笑一声说道。

"那，会不会……会不会叶公子和安绣绣的这段经历其实也是赵灵复仇的一个环节呢？我们……我们会不会都和赵灵的复仇有关系啊！明玉画师为赵灵画了像，阿和大人是赵家被斩的监斩护卫，而贺大人你……和赵家被灭门有什么关系吗？"突然，旁边的红袖说话了。

"我？"贺子升皱了皱眉头，不知道该说什么。

"可是我家公子和赵家一点关系都没有啊？为什么我家公子会成为赵灵复仇的一环？这种猜测不成立的。"叶童听后，看着红袖反驳道。

"叶公子的确和赵家被杀没有直接关系，但是叶公子的父亲，安城第一富豪叶世安，却和赵家被杀有关系。"这时候，左向风抱着一捆干柴从外面走了进来，接口说道。

"什么意思？"叶承安看着左向风问道。

"不好意思，刚刚听到大家的话，顺口说了一句。我左某人以经商为生，所以也听到了一些事情。当年赵侍郎一家之所以被判为通敌叛国主要有两个证据，第一是人证，也就是当朝太师李太师；第二是物证，其中第一个物证是赵侍郎和邻国的通敌书信，第二则是赵侍郎为邻国提供的一百八十万两黄金。这一百八十万两黄金的来源，主要是赵侍郎逼迫一些富商所得，其中带头指认赵侍郎的人便是叶公子的父亲叶世平。所以说，叶公子虽然和赵家的死没有直接关系，但是叶公子的父亲是直接造成赵家定罪的关键人物。"左向风解释了一下，然后给篝火添置了一些薪柴。

"你、你怎么会知道这些？你、你到底是什么人？你怎么能如此评论家父？"叶承安身体微微颤抖，怒视着左向风。

"在下说了，一介商贾而已。当然我所说的这些也是民间传闻，几分真，几分假，大家也别在意。叶公子也别当真，毕竟赵侍郎的罪名是皇上钦定的，你的父亲也没有错。"左向风冲着叶承安微微行礼说道。

"慧海师父呢？怎么你一个人过来了？"红袖见左向风和叶承安起了争执，于是问道。

"慧海在后面，马上过来。"左向风说道。

"我看，你和慧海才是有问题的吧？"叶承安看着左向风，沉声说道。

"叶公子，这是何意？"左向风看了看他。

"我且问你，我们来这里的时候，这寺里只有你和慧海，可对？"叶承安问道。

"不错，当时的确是我和慧海在。"左向风点点头。

"如果说我们见到的慧海是这里的和尚，那么佛像后面棺材里的和尚又是何人？"叶承安指着佛像，怒声问道。

"什么？"听到叶承安这么一问，所有人都惊呆了，贺子升一下子站了起来。

"刚才我闻到一股奇怪的味道，后来寻到佛像后面才发现，原来那里有一口棺材，里面躺着一个和尚，而我所闻到的味道正是和尚身上的味道和香粉的味道。左向风，你也说了，你是做香粉生意，你刚才执意拿出锦瓶给我们，目的就是掩盖佛像后面那具和尚尸体的味道吧？"叶承安冷声说道。

第9章 佛前推凶

所有人的目光都聚到了慧海和左向风的身上。

叶承安的分析让他们瞬间对慧海和左向风产生了疑问，红袖甚至有点警惕地躲到了旁边。

贺子升和阿和将尸体从棺材里抬了出来，然后开始仔细检查尸体的情况。

旁边的人都躲在一边，目光却都盯在贺子升和阿和的身上。

贺子升和阿和将尸体仔细检查了一番，然后看了看旁边的慧海和左向风问道："你们有什么要说的吗？"

"阿弥陀佛。"慧海双手合十，念了一句佛号。

"两位大人，叶公子说的这些纯属猜测，我没有杀人的，我那些花粉生意是真的，我怎么会知道这佛像后面躺着一口棺材啊！"左向风无奈地辩解道。

"慧海，你有什么说的吗？这个和尚你认识吗？"贺子升看着慧海，厉声问道。

"这是永宁寺的了尘大师，也算是我的师弟。至于他为什么会在这里，其实很简单，因为永宁寺最近正在接受朝廷的特别布置，一律禁止举办白事，所以他们只好把了尘送到我这边做法事。本来我是想在大殿这里给了尘做一下法事的，但是左施主过来的时候看到了，觉得有点别扭，便跟我商量先把了尘师弟的棺材放到佛像后面，等天亮雨晴后他要离开时再抬过来。后来因为几位施主一起过来了，我更是没有说出来。"慧海说道。

"是的，我们怎么可能杀人啊？我进来的时候，这了尘的棺材就在大殿这边，我们一起抬到后面的。"听到慧海的解释，左向风跟着说道。

"永宁寺的事情？可是指因为太后病重，皇后特去那里为其祈福七天的事情？"贺子升皱了皱眉头问道。

"似乎是这个事情，送了尘过来的人并没有详细说明。"慧海说道。

"好哇，好你个慧海，枉为出家人。关于了尘的死，你再编，继续编下去！"贺子升忽然拍了旁边的柱子一下，厉声喊道。

慧海看到贺子升的动作，顿时吓得跪到了地上，连连说道："大人，这是何故？我……我……"

贺子升抽出绣春刀，直接放到了旁边左向风的脖子上，然后说道："既然慧海不愿意说，那你来说吧。"

"贺大人，我们刚才不是已经说了，还、还说什么？"左向风缩了缩脖子，小心翼翼地说道。

"好，既然你们不说，我来给一些提示。"贺子升将刀直接指到了尘的僧鞋上，"你们说了尘是被人送过来的，但是这僧鞋上全是泥土湿水。如果了尘是在来这里之前就已经死了，那么他的僧鞋应该是干净的，怎么会全是泥土、湿水？上面还沾有一些槐树叶，这槐树叶可是在这隐安寺入门之后必过的槐树下面沾上的——如果不信，各位看看脚下是不是都有。"

听到贺子升的话，其他人纷纷看了看脚底下，果然，脚下都沾染了湿泥和槐树叶。

"还有一点，你说了尘是死在永宁寺，然后来这里做法事的，那么如果了尘是之前死的，即使永宁寺不让做法事，也会对了尘做一些基本的死后修整。可是你们看了尘脸上的胡子参差不齐，还有他的左手上面还有一些没有洗干净的污浊。这一切，慧海，你又作何解释？"贺子升冷眼看着慧海。

"贺大人说得没错，这了尘身上还有一股淡淡的香粉味道，肯定和你左向风有关系。"叶承安跟着说道。

"好吧，既然话说到这里了，我看也没什么可隐瞒的了。了尘的确不是死了以后来这里的，而是在这里死的。不过，他的死也不能算是我们害的，是他咎由自取，被老天收走的。"左向风看着贺子升和叶承安，叹了一口气说道。

"阿弥陀佛。"慧海跟着念了一句佛，低下了头，手里开始拨动念珠。

"那了尘到底是怎么死的？"明玉问道。

"我来的时候，正好看到了尘和慧海在争执，当时了尘拿着一把刀子准备刺杀慧海。我和慧海虽然是旧相识，但是也不常见，不过看到这个场面，我自然是过去拉开了他们。面对我的到来，了尘收起了刀子，然后我问了一下情况，知道了具体原因。原来这隐安寺是慧海和了尘的师父之前剃发修行之地，了尘和慧海两个人性格不同，一个不甘平庸，一个温顺平和，所以了尘外出寻找其他地方发展，而慧海则留守隐安寺。后来了尘和慧海的师父圆寂后，慧海便在隐安寺留守。这次了尘从外地回来，想让慧海将隐安寺并入永宁寺，这样除了可以得到一笔巨款，还可以成为永宁寺一员。对此，慧海并不同意，还说了尘凡心太重，劝说他和自己一起守护隐安寺，完成师父的遗愿。可惜，了尘已经答应了永宁寺的人，一定要完成两个寺院的合并，所以情急之下拿起了刀子。

"对于了尘的做法，我是非常不同意。虽然我不是空门之人，但是这了尘要将隐安寺送给永宁寺，显然是相当于把自己的基业给了别人。所以我当时支持的自然是慧海，还一起帮着慧海劝说了尘，希望他迷途知返，不要被人蒙蔽眼睛。但是了尘已经红了眼，歇斯底里地威胁着慧海，无奈之下，慧海说，如果想让他把隐安寺交给永宁寺，除非他死了。听到这句话，了尘再次拿起了刀子，冲向了慧海。"

"啊！"听到这里，红袖惊叫了起来。

"那后来呢？"叶童问道。

"不用说了，后来的事情我想应该是这样的。"贺子升看了看地上的了尘，说道，"了尘拿着刀要去刺杀慧海，左向风去拉他，然后三个人争执起来。了尘火冒三丈，将刀子刺向了左向风，而了尘后方的慧海将了尘推倒在了地上。结果争执之间，本来在了尘手里的刀子却无意中被左向风夺走，并且刺到了了尘的身上，这也是了尘丧命的原因。"

第10章　探花少郎

空气中一片沉寂。

中间的篝火烧得旺了起来，一些碎柴发出了噼里啪啦的声音。

"阿弥陀佛，我不杀伯仁，伯仁却因我而死，这份罪过我已经承下，将来进入阿鼻地狱，无论会受到什么惩罚，我都坦然接受。只是连累了左施主，我心惭愧不安。"旁边的慧海看了看左向风，愧疚地说道。

"大师，您言重了，这也许就是天意。再说，如果当时我们没有反抗，可能此刻被杀的人就是您了。"左向风说道。

贺子升和阿和对视了一眼，没有再说话。

这个时候，外面的雨停了。

明玉走到门口拉开了大门，夜风从外面冲进来，一股说不出的清新瞬间扑面而至。

叶承安的脸色有点难看，额头上渗出了大颗的汗珠，他想站起来，但是疼痛让他又一下子跌落在了地上。

"公子，你怎么了？伤口又疼了吗？"旁边的叶童看到叶承安的样子，顿时惊叫了起来。

"我看看。"看到叶承安的情况，红袖立刻蹲到了叶承安的身边，然后将他上衣直接解开，就见刚才缠绕了布条的伤口已全是血水。

"这可怎么办？没想到这伤口这么严重。"红袖无助地看了看其他人说道。

"不行就找一下郎中吧？"明玉说道。

"距离这里最近的集镇也要两个时辰才能到，再加上现在夜黑风高，实在不适合出行。"慧海说道。

"可是，他的伤口在恶化。"红袖说道。

"我的金疮药应该很管用的，这一剑看来是刺中了要害之处，没想到会出这么多血。"贺子升也皱紧了眉头。

"难道就没有办法了吗？这可怎么办啊！"叶童看着其他人，眼泪落了下来。

"或许我有个办法，只是不知道当说不当说。"这时候，左向风说话了，语气中带着一丝犹豫。

"什么办法？"贺子升问道。

"我这里的香粉中有一种药粉，可以治疗他的伤口。不过这种香粉有一些副作用，虽然具有治疗伤口的作用，也会让他产生一些幻觉。"左向风说出了他的办法。

"幻觉？什么幻觉？"叶承安不解地问道。

"我也不清楚，给我香粉的人是这么说的。如果现在要治疗叶公子的伤，用这个香粉是可以的，但是怕他会有一些幻觉。"左向风说道。

"比起伤口的恶化，有点幻觉也没什么，我自己可以忍受。"叶承安想了想说道。

"对，幻觉总会结束的，现在是能够帮助叶公子的伤口，我也觉得没什么。"明玉跟着说道。

"那好，那我给叶公子上一些药粉。"看到叶承安自己也同意，左向风说道。

贺子升也没有反对，毕竟叶承安自己也说了，他可以承受所谓的幻觉。明玉说的话也没错，现在深更半夜的，去外面找郎中，赶过来也不一定什么时候了。

左向风从他的背柜里找到了一个药粉瓶子，然后小心翼翼地拿出来，开始给叶承安进行涂抹。

"我们把了尘的尸体处理一下。"贺子升说着看了看阿和，对方立刻明白了贺子升的意思，于是站起来走到了尘尸体面前。

"阿弥陀佛。"慧海看着了尘的尸体，闭上了眼睛。

贺子升和阿和抬着了尘的尸体走出了门外。

此刻，左向风也给叶承安抹完了药粉。

"感觉怎么样，公子？"叶童忧心地看着他。

"没什么感觉？再说就算有幻觉，也不可能马上出现。没关系的，我可以忍住的，如果我真的有什么问题，你们要及时制止我。"叶承安笑了笑说道。

"没事的，你肯定没事的。"叶童说道。

"其实这对我来说也未尝不是一件好事。"叶承安看着前方，眼睛突然一亮，嘴角微微扬了起来。

"什么意思？"大家都不太明白。

"其实就像我和绣绣的相遇一样，本身就带着幻觉。当时我被母亲逼着去老宅后院读书，她希望我能考取功名，光耀门楣。你们应该也可以想到，我一个富家子弟，之前从来都没想过入仕，所以被母亲逼到老宅后，我依然没有认真读书。直到有一天，我正躺在床上休息，忽然听到门外传来了一个声音……"叶承安说着，瞳孔里仿佛又回到了那个夜晚。

寂寞深夜，独影阑珊。月光从窗外照进来，正躺在床上倍感无聊的叶承安突然听到了一个声音，这让他瞬间坐了起来。这个声音似乎是什么东西在草丛里窸窸窣窣走动的声音，中间还夹杂着一声轻微的嬉笑。

桌子上的烛光明亮，偶尔被窗外的风吹着微微晃动，整个房间突然变得诡异起来。之前听家里的管家说过，多年前，叶家老宅曾经发生过一些诡异之事，叶家祖上还专门请了风水师过来调整这里的方位朝向，甚至在宅子中间专门修筑了一尊天师像。

不过叶承安从小胆子大，对于这些鬼神之说从不相信。之前他还在酒楼和几个公子哥打赌，一个人跑到东山坟堆里抄写墓冢名号，那一次也让叶承安一夜成名。所以对于外面的声音，叶承安非但没有害怕，反而觉得兴奋，让他在这百无聊赖的夜晚有了一个乐子。他第一个想到的是，可能是自己的书童叶童过来找他，但是又想到叶童胆子很小，肯定不敢违背母亲下的死令；另外一个可能就是别家的公子哥知道自己在这里读书，过来吓唬他。于是，叶承安拿起了书桌上自己临摹的一个鬼面具，戴上后打开了门。

星光璀璨，夜色如水。寂静的叶家老宅看上去如同一个沉睡的老人，不过那个窸窸窣窣的声音还在。叶承安辨别了一下方向，很快锁定了它的方向，于是蹑手蹑脚地走了过去。

那个声音是从凉亭传过来的，凉亭的旁边有一片花圃，因为常年没有打理，有些花草长得很茂盛，甚至有的要比人高。叶承安手里拿着一根柳树枝，脸上戴着鬼面具，很快来到了凉亭旁边，然后看到那里有一抹绿影，仔细一看，竟然是一个女人。她似乎是被地上的花草绊住了脚，正在解开那些花草，因为身体在来回转动，所以发出了窸窸窣窣的声音。

半夜来叶家老宅的女人？是那些公子哥派来吓唬自己的，还是母亲派人过来送东西的，又或者是误入叶家老宅的？叶承安的脑子里一下子闪过几个念头。

不过不管对方是什么人，叶承安已经想到了一个办法，那就是冲过去先把她吓倒再说。

于是，叶承安直接跳了过去，同时发出了一个怪叫声。

结果，那个女人一下抬起了头，手里拿着的一根木棍挥手打了过来，正好打中了叶承安的脑袋。叶承安感觉眼前一黑，直接晕倒在了地上。

等到叶承安醒过来的时候，人已经在床上了。

女人坐在旁边看着他，然后面色惊慌。

"你是什么人啊？怎么在我家老宅？"叶承安坐了起来，质问道。

"我、我、我也不知道。我醒过来的时候就在这里了。"女人一脸茫然地说道。

"什么意思？你醒过来？你叫什么名字？"叶承安好奇地问道。

"这是我的名字吧。"女人从袖口拿出了一块手帕，上面绣着三个字：安绣绣。

"你不记得自己之前的事情？"叶承安问道。

"不记得，只记得在这个院子里，有蛇一样的东西缠着我的脚。"安绣绣说道。

"那真的很巧啊！"叶承安狐疑地打量着安绣绣，他可不相信眼前的女人说的话。这人平白无故地会突然出现在他家老宅，还说想不起自己是谁，十有八九是那些公子哥找过来试探他的人。

"你醒了就好，我得走了。这里孤男寡女，被人看见了不好。"安绣绣说着站了起来。

"你不是记不起自己之前的事情吗？那你去哪里？"叶承安冷笑道。

"我的身上有一张字条，上面有一个地址，兴许和我有关系。"安绣绣说着拿出了一张纸条，上面的确写着一个地址：苍耳街刘永福。

"刘永福？"这个名字叶承安自然是知道的，这个刘永福是城里最大的丝绸商户，家大业大，妻妾成群，过着城里很多男人向往的生活。难道安绣绣是刘永福的家人？

"公子好生休养，告辞了。"安绣绣说着站起来，走出了房间。

叶承安还想说什么，但是安绣绣已经离开了。

叶承安说到这里，忽然感觉心口有点疼痛，不禁停了下来。

"公子，没事吧？"叶童着急地看着他。

"没事，没事。"叶承安摇了摇头。

"这是香粉产生的药效,不碍事的。"左向风看了看叶承安说道。

"那……那安绣绣真的是刘永福的家人吗?不过听叶公子这么说,感觉安绣绣应该和刘永福关系不浅吧?"明玉跟着问道。

"我之前也是这么觉得,便在叶童过来给我送饭的时候托他去打听了一下。"叶承安点点头说道。

"那问到具体情况了吗?"明玉转头看着叶童问道。

第11章　刘家祠堂

"我去打听了，去了。不过……不过……"听到问自己，叶童目光游弋地看了看叶承安，似乎不知道该说还是不该说。

"既然话说到这里了，也没什么不能说的，你就说下你当时打听到的情况。"叶承安对着叶童点了点头。

"好，当时接到公子的吩咐后，第二天一早我就去了刘永福经营的丝绸店。因为那里有个叫李二的伙计是我的同乡，这人跟着刘永福好多年，所以对刘永福的事情基本上了如指掌。那天，我到了丝绸店，李二正好要出去送货，我便坐上了他的货车，然后我们一边送货一边聊了起来……"叶童讲起了自己探听时的情况。

对于刘永福这个人，李二可以说知根知底，因为他早期的时候跟着刘永福跑过几次外地的生意，当时跟着刘永福的几个心腹在酒后讲了很多关于刘永福的事情。刘永福的生意做得很好，家大业大，春风得意，但是唯一让他头疼的事情就是子嗣问题。虽然刘永福妻妾成群，却一直都没有后代。刘永福因为这个事情也是煞费苦心，用尽办法，但是一直都没什么效果。

眼看着刘永福年龄越来越大，他对于子嗣的事情几乎到了癫狂的状态，不但用尽各种偏方，还找神婆作法，可是最终也没什么用。后来偶然一次机会，刘永福的夫人认识了一个游方的道长，道长给了她一个方子，据说做好了便可以让刘永福顺利有后。

关于那个方子是什么，只有刘永福和他的夫人知道。不过后来刘永福确实有了一个孩子，所以很多人便传出，那个让刘永福有后的方子其实不是什么正常方子，而是借天续命的神邪术。坊间传说，刘永福为了让自己有后代，不惜用其他人的性命来换自己孩子的性命。而最让人怀疑的地方，就是刘永福曾经娶过一个小妾，但是并没有进刘府，而是去了刘家祠堂。从此以后，再也没有人见过那个小妾。

对于叶承安见到的安绣绣，李二更是没听过。他在刘府多年，对于刘永福的妻子、小妾、儿子女儿都熟悉，就连刘永福在外面的相好，也根本没有安绣绣这个人。

"没有安绣绣这个人？她真的是骗子吗？"听叶童讲完，明玉愣住了。

"当时我也这么想的，我想安绣绣定然是我那些朋友找来戏耍我的女人，所以也没在意。但是到了晚上，我正躺在床上休息的时候，安绣绣竟然又来了……"叶承安跟着说道。

叶承安看到门被推开，安绣绣再次进来后，当时是有点生气的。他冷眼看着安绣绣，想看看她到底要做什么。

"打扰你了，叶公子，我是真的不知道为什么又来到了这里。我唯一记起来的事情就是昨天晚上我来这里遇到你。"安绣绣有点惶恐不安地说道。

"那你还记得自己叫什么吗？"叶承安冷笑一声问道。

"安绣绣，这是我的名字，我有这个。"安绣绣拿出了身上的手帕，上面绣着她的名字。

"那你去苍耳街刘府了吗？"叶承安又问道。

"苍耳街刘府？我为什么要去那里？"安绣绣睁着两只大眼睛，迷惑地看着叶承安。

"怎么？你身上没有纸条了吗？你找找看。"叶承安笑了笑说道。

安绣绣在身上找了一下，果然找到了一个纸条，上面和昨天的一样，写着个那个地址：苍耳街刘府。

看到纸条上的内容，安绣绣忽然脸色一变，她立刻转身向门外走去。

这个时候，叶承安快速跟了过去，他之前就想好了，这次如果安绣绣再离开，他就要跟上去看看到底是谁在搞鬼。如果可以，直接撕破这个安绣绣的画皮脸谱。

安绣绣看起来轻车熟路地从叶家老宅的后门走了出去，叶承安不禁感叹，他自己被母亲关在这里之后，找遍了满屋都没有找到出口，这个安绣绣竟然知道从哪里出去。叶承安出去后还发现后门竟然没人看守，不禁欣喜万分，快速跟着安绣绣往前面走去。

安绣绣的确来到了苍耳街。

苍耳街不大，进去后大部分都是刘永福的家业，无论是两边的铺子，还是前面的宅子。安绣绣走到了前面刘家祠堂门口，闪身钻了进去。

叶承安没有多想，直接跟着钻了进去，进去后看到里面的情景，顿时惊呆了。因为眼前这个宅子既不是刘永福的铺子，也不是他的住宅，竟然是刘家祠堂。

眼前一片寂静，刘家祠堂虽然是一个祠堂，但是不比一般的宅院小。叶承安犹豫着要不要过去，这个时候却看到安绣绣从前面一个房间出来，走进了隔壁的房间。

这帮人竟然搞到刘家祠堂来吓唬自己，真是下够了血本。叶承安冷哼一声，直接跟了过去。

推门走进安绣绣进去的那个房间，一股阴冷的风立刻吹了过来，叶承安不禁打了一个哆嗦。他看了看眼前房间里的情景，顿时皱紧了眉头。

因为房间中间竟然放着一口棺材，并且棺材的四周点满了蜡烛，旁边还有一些红色的线勾勒在一起，看起来似乎是一个专门设置好的造型。

叶承安看了看房间里面，除了眼前这口棺材，再没有其他东西，而刚才他亲眼看到安绣绣走进这个房间，现在却没有她的人影。

难道说……叶承安的目光落到了前面的那口棺材上，不禁慢慢走了过去。

棺材静静地躺在那里，四周的蜡烛将本来暗红色的棺材映衬得血红。

叶承安忽然紧张起来，感觉有什么东西慢慢爬到了后背上，密密麻麻的。

终于，他走到了棺材的旁边，伸手抓住了棺材的盖子，用力拉开，棺材里的情景逐渐出现在他的面前。

棺材里躺着一个女人。

她正是刚才走进房间里的安绣绣，此刻她安静地躺在棺材里，一动不动。

叶承安刚想凑过去看个仔细，结果躺在里面的安绣绣忽然睁开了眼睛……

第12章　郎心似铁

寺庙的门忽然推开了，贺子升和阿和走了进来。刚才他们将了尘的尸体一起抬到了旁边的柴房，此刻两人拍了拍身上的灰尘，重新坐了下来。

"叶公子，你莫不会是遇到鬼了吧？那安绣绣怎么会在刘家祠堂里的棺材里呢？"旁边的明玉忍不住问了一下。

"哈，我宁愿她是一个鬼魂，只是来我的世界里的恍然一梦。"叶承安无奈地笑了笑。

"这世上怎么可能有鬼？简直是无稽之谈，虽然没有听到刚才探花郎所讲之事，但是我从不相信鬼神之说。"贺子升听后不禁说道。

"不错，我自幼饱读圣贤书，虽然之前不思进取，但是也有自己的判断。所以，当时看到安绣绣在棺材里忽然睁开眼，我第一感觉并不是害怕，反而觉得有趣。我认为可能是其他人跟我玩的一个游戏，所以我非但没有离开，还过去拉住了安绣绣的手。这个时候，门外有人走了进来，看到我半个身子都钻进棺材，顿时大声叫了起来。我一惊，整个人一不留神滑进了棺材里面。这个时候，我是和安绣绣有了亲密的接触，我的身体压到了她的身体，然后我清晰地感觉到了安绣绣的身体状况，那是一种说不出的感觉。直到后来我被刘家的人从棺材里捞出来，我才确定在棺材里我看到的安绣绣的的确确是一具尸体，根本不是活人。"叶承安说起当时的事情，依然心有余悸。

"那安绣绣到底是什么人？"左向风忍不住问道。

"当时我真的被吓到了，感觉身体都软了。前一秒还是一个人，后一秒就变成了尸体，我不相信自己看到的一切，整个人当时好像陷入了棉花团里，想站起来都无法站起来，晕晕乎乎的，不明所以。"叶承安说道。

"那个时候的事情我来说吧。"叶童跟着说话了，"其实公子那天去刘家祠堂棺材里看到的女人不是安绣绣，而是刘永福家人听从那个游方道长的办法，娶的一个女孩，用来给刘家传宗接代的妾。那个女孩被他们活活困死在了刘家祠堂的棺材里面。当时公子也不知道怎么就去了那里，结果被刘家的人发现，直接抓了起来。好在我们老爷和刘永福关系还算不错，于是在保证祠堂的事情不对外说，再加上给了刘永福三处商铺后，才算把事情谈好了。不过那天以后，公子就病倒了，整个人昏昏沉沉的，还胡言乱语。府里去外面找了好多有名的郎中，但是都没有办法医治；老爷甚至托人请了宫里的御医，结果也是束手无策。最后有人说公子可能是中邪了，让去找道士求助。当时那情况，府上的人都以为公子可能不行了，甚至说是被刘府那个女人索命了。无奈之下，我只好说出了公子在老宅里的事情。于是，老爷找人去老宅重新看了风水，找了一个风水师，并在他的提议下，让公子再次住进了老宅。这些事情，公子当时一直在昏迷，并不知情的。"

"我当时感觉就像是做了一场梦，在梦里我感觉在穿梭一个又一个房间，然后我时而看到安绣绣，时而又看到那个女孩，她们两个就像一个人变幻重影，我也不知道到底谁是真的，谁是假的。后来，我迷迷糊糊地醒了过来，然后再次看到了安绣绣，她看着我，目光充满了柔情。那一刻我觉得哪怕她是鬼，我也愿意和她在一起。"叶承安说着，脸上露出了微微的笑容。

"叶公子，听上去真的是一件不错的事情，不过我有点怀疑，这一切会不会是你幻想的呢？你确定你在老宅醒过来后再次遇见了安绣绣？"一直没有说话的贺子升看了看叶承安问道。

"是的，后来我的身体也逐渐好转，每天晚上，安绣绣都会来陪我读书。不过安绣绣说了，她的身份特殊，不让我问她的情况，更不让我对外人说她的情况，否则她就不会再出现。我当时已经彻底爱上了安绣绣，所以对于她的话我言听计从，对于家里，我想了一个理由，不让他们过来。就这样，安绣绣陪着我挑灯夜读，红袖添香，在她的陪伴下，我竟然完成了之前我从来没有想过的事情。我陆续参加了后来的考试，最后取得了科考的资格。当日我离开家进京赶考的时候，我们约定待我高中之时，她会告诉我所有真相，并且嫁给我，陪我一生一世。我中了探花，因为心中有她，在入朝面圣之时，有朝中大臣向我抛出橄榄枝，我都拒绝了。等我回到家乡，来到老宅，只找到安绣绣留给我的一纸文书和一个盒子。盒子里是两本书和一幅画像，文书里说的是如果我真想找她，就来这隐安寺。所以我第一时间来到这隐安寺，想要寻找安绣绣。"叶承安讲出了他来隐安寺的来龙去脉。

"安绣绣留给你的就是这个盒子吗？"贺子升其实一早就看到了叶承安身旁的那个盒子。那是一个铜制的盒子，叶承安一直将它小心地放在身边。每当有人注意到那个盒子时，他都会有意无意地将盒子往身体后面拉拉，显得非常珍视。

"是的，这里面的两本书是《牡丹亭》，画像本来是杜丽娘的画像，其实我看她的样子和安绣绣有点相像，本来以为那是安绣绣的画像，后来看到了你们拿的画像，我才发现其实这幅画像和你们说的那个画像是一样的。"看到贺子升说起自己身边的盒子，叶承安干脆将盒子拿到了面前，然后拿出了里面的东西。

"《牡丹亭》，这是有什么其他特别的意义吗？"贺子升疑惑地问道。

"绣绣特别喜欢《牡丹亭》的唱词，很多时候，她都会在夜里清唱戏词，然后翩翩起舞。那个时候，是我最快乐的时光。我甚至可以忘记自己还活着，简直就是被带进了仙境。"叶承安说着，眼前又出现了安绣绣舞姿翩翩的样子……

第13章　阿和复仇

叶承安的故事似乎感染到了现场的其他人,他们都沉默不语,尤其是阿和,他手里拿着一个香囊,似乎在想什么事情。

"那后来那个刘永福的事情被人知道了吗?他平白无故地害死一个女孩,真的是太可恶了。"这时候,红袖忽然说话了。

"这样的世道能有什么办法?我听李二说,那女孩是被家人卖给刘永福家的。女孩的父亲嗜赌如命,为了还赌债,不惜将自己的女儿卖出去。那女孩生在这样的家庭,也是一种悲哀。"叶童叹了口气说道。

"不过最坑人的还是那个游方道长,说什么用命可以换来刘永福的后继有人,这不是无稽之谈吗?如果说真的有这种办法,这世上没有子嗣的都去效仿,这不乱了?"明玉跟着说道。

"可能那个游方道长也是无辜的,刘永福只是对外这么说,为的是害怕别人对他的做法指指点点。不过他这样的做法必遭天谴。"阿和听后,冷声说道。

"对,真的是恶人有恶报。这刘永福一家在后来的一天晚上真的是离奇出事了。刘永福和他的夫人死得最惨,另外管家和一些跟着刘永福干过坏事的人都死了。说来奇怪,倒是刘永福从外面抢回来的那些女人都平安无事。所以人们都说刘永福是恶有恶报,老天都看不下去。"叶童说道。

"这是什么时候的事情?我怎么不知道?"叶承安听到叶童这么说,不禁问道。

"就是公子你去赶考后发生的事情,不过好像这事被官府的人压着,不让说出去。对了,我记得当时还有锦衣卫的人过来,说如果谁乱说,后果自负。所以大家对这事都不敢说,今天也是说到这儿了我才想起来。"叶童说着,小心翼翼地看了看贺子升和阿和,毕竟他们两个也是锦衣卫。

"算算时间,应该是两个月前的事情。阿和,两个月前我记得你休假回老家了,好像你的老家和探花郎家是一个地方吧?"贺子升皱了皱眉,转头看了看阿和。

"我老家是怀安的,一个小地方,人人贫穷,还有很多恶习。探花郎出身名门,家住城中,我们怎么能相提并论?确实,两个月前我回了一趟老家,因为有个亲人去世了,回去看了看。"阿和笑了笑,收起了手里的香囊。

"这个……这个香囊是你的吗?"这时候,前面的叶承安突然看到了阿和手里的香囊,一下子走了过来。

"是,是我的。"阿和笑笑。

"我怎么好像在哪里见过?阿和大人,能让我看一下吗?"叶承安疑惑地说道。

"香囊本是女人所做之物,外形花样比较相似,探花郎觉得眼熟也无可厚非,我这个是街上常物,没什么稀奇。"阿和讪笑了一下拒绝了。

"不,我好像真的见过。对了,这个好像是刘永福害死的那个女人手上之物。"叶承安突然想了起来,那日他跟着安绣绣去了刘家祠堂,然后无意中看到了棺材里那个女人。当时他接触到那个女孩身上一个东西,就是眼前这个香囊。因为太过恐慌,所以反而记得特别清楚,并且那个香囊的样子和平常的不太一样,上面好像绣着一把刀子。

"这怎么可能?"阿和脸色一变,脱口说道。

"拿出来看看。"贺子升说话了。

阿和拿了出来,叶承安接过看了看。的确眼前这个香囊就是那天他看到的香囊,上面的刀子虽然绣得细小,但是非常精致,此刻看来,那竟然是一把绣春刀。

"这个刀……就是这个香囊。阿和大人,莫非你认识那个女人?"叶承安突然想起了什么,抬头看了看阿和。

阿和的脸色有点阴沉,嘴唇微微颤抖。

"那人是小莲?"贺子升眉头一挑,惊声看着阿和。

"是,是小莲。我知道的时候小莲已经被送进刘府了。刘永福在当地势力很大,纵然我有锦衣卫的职位,他对我也无所畏惧,因为小莲的父亲给他签的是卖命书,无论谁来了都没用的。当时我并不知道小莲会被刘永福害死,只是以为她嫁给了刘永福。后来小莲的朋友告诉我这一切后,我怒不可遏,于是去刘府希望要走小莲的尸首。可刘永福根本不给我,还找出官府的人来压制我。无奈之下,我只好脱掉飞鱼服，取下绣春刀，只身一人在晚上去了刘府。当我看到小莲被活活闷死在棺材里的惨景，看到她的双手为了求生，指甲全部脱落，棺材内侧全部都是她的血手印时，我杀了刘永福，包括那些参与害死小莲的人。"阿和舒了一口气，然后说话了。

"我应该想到的，当时你说要接小莲回来，结果却只有你自己回来了。后来官府那边提到了刘永福家里的命案，不过因为涉及锦衣卫，指挥使大人便直接扣了下来。想来是你去找了指挥使大人。"贺子升说道。

"不错，我杀了他们之后，回来去找指挥使大人请罪。指挥使大人后来帮了我，我自知这么做也是有罪的，但是面对小莲的死，我忍无可忍。"阿和叹了口气。

"他们该死，这么祸害一个女孩，真的是惨无人道。阿和大人，你没错，如果换作是我，我也会这么做。"旁边的红袖听着眼泪落了下来。

"小莲和我从小相识，本来我说要回去娶她，结果却被她的父亲如此残害。只是我没想到的是这事情竟然和探花郎有关系。"阿和说道。

"刚才贺大人也说了，好像我们几个人来到这里还挺巧的。本来我以为阿和大人只是跟着贺大人过来执行任务的，现在看来竟然也是有原因的。这还真奇怪了。"这时候，旁边的明玉突然提出了一个看法。

"这小小的隐安寺今天晚上突然多了这么多人，并且好像我们每个人之间都有关联。慧海，你知道原因吗？"贺子升转头看了看旁边的慧海。

第14章　意外良缘

"既然大家都好像有一些特殊的原因来到这隐安寺，那不如我们都讲讲其中的原因？或许通过我们的讲述，可以找到线索。"慧海刚才一直闭着眼，捻着手里的佛珠，听到贺子升对他询问，才睁开眼睛说话，"刚才叶公子讲述了他来这里的经历，我想其他人可能也有来这里的缘由。虽然我们开始都简单地说了，但是具体的情况并没有讲述。"

"可以，我觉得可行。"阿和点点头，第一个赞同。

"那我们大家就当是给这漫漫长夜找一个消遣吧，大家都知道我和阿和是追踪画像调查案过来的，但是要说起具体情节，其实还真有一些事情。"贺子升站了起来，走到了门口，看着窗外说道。

"贺大人，难道你们不是因为有个女人抢走了秦环手里的画像，才追踪到此的吗？"叶承安想起刚才贺子升说的情况，不禁问道。

"那只是其一，真正让我过来找明玉画师的，其实还有另外一件事情。那要从我刚到锦衣卫的时候说起……"贺子升转过身，然后看着众人说了起来。

贺子升十一岁就进入了锦衣卫。他家世显赫，父亲和哥哥都是朝中武将，所以为了锻炼他，给他一个好前程，让他在十一岁就跟着锦衣卫的千户大人，也就是他的师父罗万春。贺子升虽然年龄小，但是从小在父亲和哥哥的影响下习武练功，与锦衣卫里的其他人相比不相上下。后来经过罗万春的栽培，两年后，他成了整个锦衣卫年纪最小的正式成员。十三岁生辰那天，罗万春亲自给他穿上了特制的飞鱼服，配上绣春刀。之后，他也接到了自己成为锦衣卫的第一个任务，那就是保护七公主和兵部尚书的女儿宁兰。

七公主是皇上最疼爱的公主，且她的外公是一人之下、万人之上的李太师，所以她的身份特别尊贵；而宁兰是兵部尚书的独女，又是七公主最好的朋友。

贺子升之所以被派去保护他们，是因为七公主和宁兰要去慈安寺游玩，她特别要求保护她们的人必须和她年龄差不多，贺子升自然成了最佳人选。再加上虽然贺子升看起来年龄不大，武功能力绝非一般。

于是，七公主和宁兰去慈安寺游玩的主要护卫工作便由贺子升负责。本来一切正常，但是在她们路过大雄宝殿的偏门时，七公主看到一只小白兔钻进旁边的一个院子里，善心萌发的七公主便和宁兰一起追了进去。贺子升也跟了过去，身后的护卫和总管都以为七公主和宁兰是小孩子心性，并没有太在意。可是，当贺子升追进去的时候，却发现两个黑衣人一前一后，劫了公主和宁兰往前跑去。

"有刺客。"贺子升大声喊道，门外的守卫们立刻冲了进来。与此同时，贺子升已经纵身向前追去，手里的绣春刀瞬间扔出去，直接刺中了后面一个黑衣人的后心，令他身体一软，直接栽倒在了地上。另外一个黑衣人见状，一把抓住了旁边的宁兰，又拎起七公主，带着她们两个人翻墙而过。

"快点追，追啊！"后面的总管大声叫着。

贺子升快步跳上墙头，看到那个黑衣人跳到了前面的许愿井旁边，于是他直接跳下墙头追了过去。那个黑衣人看到贺子升追过来，干脆停了下来，直接拎着七公主和宁兰说道："你再靠近一步，我就将她们扔进井里。"

贺子升停了下来，他自然知道对方的意思，七公主和宁兰两个都是重要人物，无论她们谁出了问题，自己都难逃其罪。他看看那个黑衣人说道："你跑不了的，你知道锦衣卫的手段。"

"你就是贺子升吧？小小年纪就进入锦衣卫，不过我既然敢过来抢人，自然是不要性命的。大不了大家同归于尽，能和七公主以及兵部尚书的千金一起上路，黄泉路上我也不孤单了，我还挺高兴的，哈哈哈！"黑衣人笑了起来。

"不错，你的确不会孤单，因为如果锦衣卫调查清楚你的情况，会诛你九族，甚至只要和你有关系的人，无论老幼，一律处死。我想如果你到了黄泉地府，看到家族团聚，你应该更高兴。"贺子升冷声说道。

"我是不会让你知道我是谁的，贺子升，你等着和我们一起受死吧。"黑衣人有点慌乱了。

"不信你可以试试？"贺子升抽出了腰里的绣春刀，因为身材还小，这是罗万春特意给他定制的绣春刀。虽然比起正常的绣春刀要短很多，但是依然带着绣春刀特有的寒气和诡异。

"绣春一出，非血不回。"旁边的七公主忽然笑了起来，跟着说道。

"那你们都去死吧！"黑衣人顿时吓坏了，直接将七公主和宁兰扔进了许愿井里。

千钧一发之际，贺子升直接往前一跃，整个人也跳进了许愿井里，并在跳进许愿井的一瞬间，将绣春刀直接扔了出去。绣春刀瞬间刺中了前面逃跑的那个黑衣人，而贺子升也直接坠入许愿井里。

七公主和宁兰比贺子升先坠入许愿井，但是贺子升在跳入许愿井时，将身上的飞鱼服外披卷成一团，然后往下面一扔，直接将下面的七公主和宁兰卷住。接着他身体用力往下一坠，直接快速下沉到许愿井底下，而七公主和宁兰因为有了飞鱼服做缓冲，下降的速度慢了一些，在贺子升落下来之后，她们才从上面坠下来。贺子升拉了一下飞鱼服，将宁兰和七公主安然无恙地接到了自己的怀里。

"我们……我们没事。"看到平安落地，七公主欣喜地说道。

"谢谢贺护卫。"宁兰则对着贺子升感激地行了一个礼。

贺子升笑了笑没有说话。七公主和宁兰虽然没事，但是他在下来的时候，腰部擦到了旁边的石壁，只能忍着疼痛。

"那群御前侍卫都跟傻瓜一样，还好有贺子升，不然我和宁兰就惨了。等我们上去了，我一定跟父皇说说，好好赏赐你。"七公主看着贺子升说道。

贺子升点点头，没有说话。

"你怎么老是跟木头一样啊？"七公主看到贺子升的样子，忍不住冲着他的腰部推了一下。这一下让贺子升的伤口顿时剧烈地疼痛起来，他一下子靠在了旁边，发出了一个痛苦的叫声。

"你、你受伤了？"七公主这才看到，自己的手上竟然满是血。

"我没事。"贺子升说着，身体却一阵发软，直接坐到了地上。

"我看看。"旁边的宁兰立刻走了过来，看了一下贺子升的伤。然后她从身上取出一块手帕，帮着给贺子升的伤口止血，还从她的衣服上撕了一块包住了伤口位置。

贺子升他们本以为很快就会有人来救他们，但是过了一晚上都没人来。因为那个许愿井的底部距离地面非常远，三个人中也只有贺子升可以上去。但是他的腰受了伤，没有办法像平常一样上去。七公主和宁兰都是女流之辈，平常养尊处优，根本没有缚鸡之力。

"我们不会被困死在这里吧？怎么办啊?!"七公主面对这样的情况，开始害怕起来。

"不会，等我的伤好了，我马上上去。"贺子升说道。

"可是哪有那么快啊！我看还没等你的伤好，我们都饿死了。"七公主冷声说道。

"不会，我会保护好你们的。即使，即使我丢了性命，也不能让你们有事。"贺子升说道。

"别说了，我们肯定会没事的。我们在慈安寺出了这样的事情，无论是皇上，还是我的父亲，包括锦衣卫，都会搜寻我们的下落的。"宁兰说道。

"对，七公主，你身份显赫，皇上那边不会不管的。"贺子升安慰道。

随着时间越来越长，七公主的焦虑让宁兰也有点害怕了，无奈之下，贺子升决定试着上去。他的伤还没好，且他个人的负重能力只能带一个人，所以宁兰主动留下来。于是，贺子升背着七公主用尽全力往上爬去。

虽然许愿井的高度只有几米，贺子升却用了足足半个时辰。汗水将他的整个衣服浸透，和血水混在了一起，背上的七公主都被吓哭了，几次劝他下去，不要尝试了。最终，贺子升还是将七公主送了出去，但是因为体力不支，他自己没有爬出井，而是直接摔了下去。好在，当时下面的宁兰看到这一幕，立刻用身体挡了一下，要不然贺子升怕是直接摔死了。

七公主上去后，很快带着人过来了，当时的贺子升和宁兰都受了伤，而且贺子升是昏厥的。等他醒过来的时候已经是三天以后了，当时门外的宣旨太监已经在贺家等了一天一夜，看到贺子升醒过来，宣旨太监立刻过来宣告圣旨，鉴于贺子升对七公主和宁兰的拼死护卫，直接晋升为千户，皇上还御赐了七公主和贺子升的婚姻。

第15章　顺从天意

没有人知道那道等了一天一夜的圣旨，对于贺子升以及贺家人来说是一个怎样的命运转折。

即使到了现在，面对隐安寺意外相逢的陌生人，或者说跟了自己几年的下属阿和，贺子升都能清楚地记起当时自己以及家人的反应。

贺子升的家境虽然显赫，但是贺子升和母亲在贺家过得并不好，原因很简单：贺子升不是嫡子，而是庶出。贺子升的母亲本是平民出身的女医，之前贺子升的父亲遇到袭击，和下属走散，又身负重伤，最后被贺子升的母亲救治。两个月的养伤时间让贺子升的父亲爱上了贺子升的母亲，然后两人私订终身。当时父亲已经有了正妻，所以母亲只能为妾。然而，让人没想到的是，贺子升的奶奶对于这件事情极力反对，并且搬出家法逼迫贺子升的父亲。这样的对峙僵持了很久，一直到贺子升的母亲发现怀孕，贺子升的父亲既不敢忤逆母亲，又不愿意辜负贺子升母子二人，帮他们奋力争取了一个住处，也算是解决了娘俩的生存问题。

对于父亲以及奶奶的做法，贺子升是从小就理解的。因为从他懂事的时候，母亲就告诉他，这个世界上的人，从出生就是分为三六九等的，如果你想成为人上人，就必须靠着自己努力，否则你就算是有机会过上上等的生活，还是会被排斥。

贺子升的父亲对他们母子一直都不错，除了不能让他们进入贺府，不能加入族谱，其他方面对他们都非常照顾。但是不被承认就难以生存，即使贺子升的父亲对他们再好，其他人背地里根本看不起他们，甚至一些府里的下人都对他们指手画脚，傲慢不屑。所以，从那个时候起，贺子升就发誓，一定要成为人上人，让所有人都对自己以及母亲俯首帖耳。

贺子升七岁开始跟着府里的护卫与门客修习武功，因为他年轻，学得多，再加上天赋很高，没到十一岁就要比府里的护卫们厉害很多。这让本来对贺子升就很是喜欢的父亲愿意教给他更多东西，并在贺子升十一岁的时候，直接将他送到了锦衣卫进行磨炼。

所以，当贺家接到圣旨，所有人都惊呆了。

贺子升的父亲在朝近二十年，也不过一个正五品，贺子升的哥哥只是跟在父亲身边，而年纪轻轻的贺子升竟然直接成了锦衣卫的千户，和父亲的职级相同。最让他们意外的是，皇上竟然御赐了贺子升和七公主的婚姻。要知道七公主的身份非常特别，她不仅仅是皇上最疼爱的公主，更是太师李文的唯一外孙女，这样从天而降的富贵，对于贺家来说简直是无法想象的。所以，贺子升和他的母亲顿时成了整个贺家最大的功臣。因为贺子升的关系，他的师父罗万春也从千户升职为指挥使，可以说一夜之间，因为贺子升一人得道，全家升仙。

但是，贺子升并不高兴。

当时十三岁的贺子升已经懂得什么是御赐婚姻，更懂得有些东西可能是一个家族一辈子都得不到的东西，更明白了这中间的人情世故。所以即便他不高兴，还是没有过多地表现出来。但是他的情绪，还是被母亲发现了。

夜里，母亲找到了他，低声落泪，直言委屈了贺子升。

"师父说过，这世上很多事情本来就不是都能遂人心愿的，更何况我和母亲在贺家的情况又不一样，这可能对于我们所有人来说是最好的办法。"贺子升说道。对于七公主，贺子升并没有什么感觉，在他眼里，七公主只是一个高高在上的皇亲国戚，她和皇上以及其他皇家族人一样，是他们贺家的天，是整个国家的天。就像母亲说的一样，他们属于最高层，即使七公主什么都没做，但是她一出生就是在皇家，所有人都要为他们卖命，无法改变。

所以，当时在许愿井下面，贺子升对于七公主更多的是尊重，而旁边的宁兰不一样，她和贺子升都是出自官宦家庭，虽然宁兰的父亲官职比贺子升的父亲高，但是他们命运相似，所以从感觉上，贺子升对宁兰更加喜欢。

十天后，贺家大摆筵席，贺子升再次见到了宁兰。三个人的遭遇已经传遍整个京城。宁兰的父亲特别感谢贺子升对宁兰的照顾，并且提出让贺子升和宁兰结为异姓兄妹，贺家和宁家世代交好。

那天，贺子升看到父亲的眼里满是开心，那一定是他最开心的一天，只有母亲眼神带着一丝忧伤。碍于礼制，七公主那天没到现场，但是她是所有人嘴里最受赞美的一个，所有人都在讨论七公主和贺子升的事情，似乎这就是他们成亲的订婚宴。而宁兰则从头到尾笔直端正地坐在父亲旁边，偶尔看到贺子升，微微一笑，看不出任何情绪。

那天，贺子升喝酒了，师父和同僚们为他高兴。父亲也说了，从此以后子升是大人了，可以饮酒了。因为从来没喝过酒，贺子升喝多了，甚至都不知道是怎么回房的。

醉酒让他做了一场大梦，在梦里，他回到了那个许愿井，但是里面只有他和宁兰。宁兰抱着他，帮他擦着身上的血，柔声在旁边喊他的名字，然后说："子升，我给你唱首歌吧。以前我生病难过的时候，我娘都会给我唱歌哄我。你听到我的歌声，你身上的伤也会好点的。"

"夜黑云朵回，娘亲盼儿归，风也萧萧，雨也霏霏；夜明月儿出，妾身盼君回，星也闪闪，云也飘飘。"宁兰的歌声像是一股清泉，缓缓地从贺子升的头顶流过全身，让他有一种说不出的安心。

"宁兰，我不要娶七公主，我要娶你，我不要做你的哥哥。"贺子升一下子从梦里惊醒了，脱口说道。

床边，母亲坐在旁边，看到贺子升醒了，拿起毛巾给他擦了擦额头上的冷汗，然后说道："第一次喝酒难免不舒服，以后自己控制好自己的量，有些事情该埋死在心里就埋死在心里。"

第16章　黑白关系

篝火烧得更旺了。

坐在门口旁边的明玉觉得有点热了，于是轻轻拉了拉门，夜风从外面吹进来，瞬间凉快了很多。

所有人都陷入了贺子升的经历里，虽然他没有讲完，但是大家自然能够明白当他接到要和七公主成亲的圣旨时内心的纠结。对于他来说，可能宁兰更适合他，从宁兰的反应也能看出，她对贺子升也是心有爱慕。可是皇命难违，命运让他们即使互相喜欢，也无法言说。就像他酒醒以后，母亲对他说的那句话一样，有些事情该埋死在心里就要埋死在心里。

"我这里有上等的天竺好茶，大师，火干心热，不如给大家煮一壶茶，我们边喝边说吧。"左向风打破了沉默。

"好，虽然我这隐安寺破落，给各位施主一壶热茶，还是可以的。之前没有想到，失礼了。"慧海听到左向风的话，顿时明白过来，于是对其他人做了抱歉的一拜。

"我们只道是大人年纪轻轻就是锦衣卫千户大人，没想到原来是这样的情况。只是后来七公主为什么远嫁他乡？莫非她知道了大人的心思？"旁边的阿和看了看贺子升，低声问道。

"对，我也知道七公主远嫁他国，说是为了两国和平。可是所有人都知道，七公主是皇上最疼爱的公主，并且李太师还是她的外公，有这样的关系怎么会让联姻落到她身上呢？"旁边的红袖说道。

"以她的身份，如果不愿意自然没人逼她，那是她主动要求联姻的。其实那个时候，我们距离成亲的年纪也没差多久了……"贺子升抬起了头，眼前出现了最后一次见到七公主的情景。

自从皇上钦定了七公主和贺子升的婚姻后，每个月贺子升都要和母亲去宫里一趟。一是为了让七公主和贺子升见面，另一方面是让贺子升的母亲去给七公主的母亲行礼。母亲虽然出身布衣，但是当年为了能够融入夫家，学习了各种规矩，尤其是之前跟着父亲面见皇上，无论在礼数还是表达上，都非常得体，以至于很多人都以为贺子升的母亲出身名门。

贺子升也能感觉出来，七公主对自己确实青睐有加。每次见面的时候，她都很期待，不仅盛装打扮，甚至因为担心贺子升觉得和她身份有别，总是将身边的随从宫女只留下一两个，在他的面前也没有任何公主的架子，有时候还放下身份为他擦汗。

七公主越是对贺子升好，他的内心就越纠结。

感情不像武功，练对路子就可以跃过阶层。对于七公主的感情，贺子升是真的没有感觉。不爱就是不爱，七公主对他越热烈，他就越难过。很多时候，他反而会想起那个站在七公主后面温柔轻语、巧笑嫣然的宁兰。当年宁兰的父亲带着她来贺家登门道谢，宁家将一锦绣帕赠予贺子升，上面是一只腾飞的大鹏，寓意贺子升以后的前程像大鹏展翅，扶摇九万里。就连母亲都对宁兰盛情赞誉，说她蕙质兰心、聪慧过人。

那一锦绣帕终日被贺子升放于胸口贴身珍藏，像是宁兰的笑容一样日夜相陪。

七公主成人那年，皇上宴请皇家重臣，除了太师等重臣去参加，贺子升的家人和锦衣卫也被邀请。朝中重臣都已明白，贺家虽然官职不大，却已经成为皇亲。这一点贺子升一直不太明白，自己只不过是七公主的钦定郎君，即使七公主深得皇上喜爱，且有她外公那层关系，贺家也不至于被皇家如此看重。直到后来，师父罗万春给他讲解了其中关系。一直以来，皇上和太师的关系看起来是翁婿和睦，但是事实上，太师利用手中职权，将朝中很多关键的官职全部掌控在自己人手中，可以说把控着朝野。皇上这边，自然担心朝政安危，但是鉴于太师的势力，又不敢轻举妄动。所以，他把最后的希望寄托在了七公主身上，因为七公主是太师最喜欢的外孙女。坊间传说，按照太师的实力，其实完全可以将皇上取而代之，之所以没有这么做，就是因为有七公主。

贺子升和七公主的婚约，让皇上看到了转机。贺家虽然没有什么背景，但是贺子升的师父是锦衣卫指挥使，并且朝内和太师不和的几名官员都和贺家关系颇深。如果能让贺子升和七公主成婚，整个朝内的局势将会发生彻底的改变。关键的一点是，七公主对贺子升青睐有加，这对皇上来说是一个天大的良机。

听到师父的解读，贺子升豁然开朗，同时也明白了很多事情。如果他和七公主没有皇上的支持，一个小小的五品官员家，怎么会搭上皇家？这几年，贺子升的父亲和哥哥在仕途上也是节节高升，虽然表面看起来没有过多的提拔，但是每次提拔的职位都是关键职位，这看起来其实是皇上在为自己拉拢亲信。

"这些年，你和七公主保持见面，培养感情，当年和你们一起落入许愿井的宁兰，其实也一直时不时地出现在你身边。你没有发现吗？每次皇上办关于你和七公主的宴会，宁兰也会来。按照规矩，宁兰的父亲是兵部尚书，他来没什么；但是宁兰只是一介平民，没有官封御赐，她为什么会来呢？"罗万春叹了一口气说道。

"这是什么意思？难道说是皇上钦点她过来？"贺子升突然后背发冷，感觉原本没有多想的事情，瞬间变得复杂起来。

"你以为你对宁兰的感情别人看不出来吗？我想可能也只有那个单纯的七公主没有看出来。皇上阅人无数，别说你一个毛头小子，就算是我，有时候都难以捉摸。皇上想来早已经看出来你钟情于宁兰，对七公主并没有什么心思。"罗万春说道。

"那、那为什么皇上还要御赐七公主和我成亲？难道说……难道说这也是他的布局？"贺子升一下子想起了什么。

罗万春没有说话，也许是默认，也许是不想说。

面对如此复杂的政治舞台，贺子升感觉自己不知道什么时候已经身陷其中，并且所有观众都隐藏在下面，从开始就已经就位。

可是，即使贺子升已经明白其中利害关系，但是当两个刺客同时出现，分别刺向七公主和宁兰的时候，贺子升还是没有多想就直接拦在了宁兰的身前。等到他明白过来的时候，七公主旁边的侍卫已经将刺客打倒在地，而所有人的目光都聚集到了贺子升和宁兰的身上……

第17章　如履薄冰

那是皇上御赐婚姻以来，七公主第一次生气。一向温顺的七公主在房间里砸了很多东西，甚至打了贴身的丫鬟与其他宫人。

所有人都明白七公主为什么生气。

当然，谁都看出来在七公主和宁兰同时有危险的时候，贺子升第一时间做出的反应竟然是去保护宁兰，而忽略了自己身边的七公主。这个突如其来的举动也出卖了他的内心：他真正喜欢的其实是宁兰，并非七公主。

贺子升本来想去解释一下，但是又不知道该说什么，或许感情的事情本来就是无法说清楚的。

虽然，贺子升的父亲极力解释着贺子升是下意识的反应，并没有其他意思，但是很多人都心知肚明，这让他父亲的话显得无力苍白。

两名刺客被交给了锦衣卫南镇抚司审讯，当时负责的人就是贺子升，审讯也很顺利。刺客很快交代了一切，他们会来刺杀七公主，是因为他们和七公主的外公，也就是李太师有旧时恩怨，最近几年一直在找机会复仇。后来他们知道七公主是李太师最喜欢的外孙女，便决定对七公主下手。

一切审讯结束，物证、人证封档结案后，贺子升才离开镇抚司回家。

第二天一早，贺家来人了，是朝上贺子升父亲的好友梁大人和穆大人，他们一个是吏部的官员，一个是布政司的官员。他们面色匆匆地和父亲进入书房密谈，没过多久便将贺子升喊了过去。

父亲的两位好友看到贺子升，面色沉重。

"升儿，我且问你，昨天你说刺客的情况已经查清楚，是李太师的仇人来复仇，你们锦衣卫已经结案了？"父亲看着贺子升问道。

"对，整个审讯过程我都在场，最后拿走结案书的是副指挥使陆河，当时我和他是一起离开的。因为案情重要，他昨天晚上将人送到锦衣狱，然后向皇上汇报案情。"贺子升说道。

"那刺客具体是什么人？可有幕后指使人？有没有交代其他同伙？"旁边的梁大人问道。

"刺客说是之前被李太师害死的一个官员的后人，我们查了，没什么幕后指使人。刺客在一年前就混进了御膳房，因为之前每次李太师过来都没有机会下手，御膳房那边马上要更换旧人，所以他们才不得已出手的。"贺子升想了想说道。

"可是今天早上吏部那边发布的内传文书却说，刺杀七公主的幕后指使人是兵部侍郎赵之阳。今天一早，北镇抚司那边已经将赵之阳全家押解入狱，李太师那边亲自督办此案。"穆大人说道。

"兵部侍郎赵之阳？这怎么可能？要知道昨天刺客行刺的时候，还对兵部尚书的女儿宁兰动手了，这兵部侍郎赵之阳不是宁尚书的门生吗？怎么可能做这种事情呢？"赵之阳的情况，贺子升还是明白的，宁尚书下面的两个侍郎将都是跟着宁尚书的手下，他们早些年一起作战。武将和文官不太一样，他们更注重兄弟师徒之间的感情，所以说赵之阳派人去刺杀宁兰，并且还是在这种国宴上，根本不可能。

"所以我们马上赶过来找贺大人商量，这到底是怎么回事呢？会不会和昨天宴会上的事情有关系？"梁大人眼睛转了一下，问出了一个问题。

"你是说？"穆大人看了看眼前的贺子升欲言又止。

"可是，这也有点太让人意外了吧？如果真的是那样的话，那后果真的不堪设想啊！"贺子升的父亲一听，顿时一脸震惊。

"其实可以想象得到。那李太师是什么人？睚眦必报。昨天的宴会上，七公主脸面受挫，作为李太师最宠爱的外孙女，看到她痛苦难过，肯定不会咽下这口气。但是对于贺大人这边，他并不会做什么，毕竟所有人都知道七公主对贺公子深爱不疑，如果他对贺家做什么，七公主肯定不会高兴，所以他便只能把目标转到宁尚书身上。但是平白无故地，他没有办法对付堂堂的兵部尚书，所以最好的办法就是找到一个突破口，而赵之阳应该就是这个突破口。目前看来，这只是赵之阳的所为，但是赵之阳是宁尚书的手下，徒弟出事了，师父都难逃其责。目前看来，无论是李太师还是皇上，都已经默认了这一点。"梁大人仔细分析了一下具体情况。

"可是，宁尚书不是和皇上的关系一直都很好吗？皇上怎么会对他下手呢?"贺子升不太明白。

"皇上能有什么办法?今天是李太师让人过去的,正因为宁尚书一直和皇上关系好,但是他和李太师一直互不来往。之前李太师曾经想过拉拢宁尚书,却被他拒绝了。我听说,如果不是因为宁尚书的女儿和七公主关系要好,可能宁尚书早就被李太师收拾了。这一次,李太师想来是正好抓住这个机会,就对宁尚书下手了。"穆大人叹了口气说道。

"宁尚书跟我关系其实也不错,听到这样的情况,我真的有点难过。"贺子升的父亲听后不禁有点伤感。

"伴君如伴虎,这朝堂之上看似有着锦绣前程,殊不知我们如履薄冰,步步小心啊!"梁大人无奈地说道。

"那宁尚书家里会有事吗?"贺子升又问道。

"难说。目前来看,我认为解局之关键可能在贺公子身上。如果我猜得不错,最近几天贺公子将会被推到风口浪尖,他的任何一句话都有可能改变整个朝堂的风向。所以我们特意过来和贺大人商讨,千万不要出了问题,否则甚至可能会影响到我们以后的前途命运啊!"梁大人看着贺子升和他的父亲,焦虑万分地说道。

"两位大人,你们的心情我明白了,我贺某人之前在这朝堂无人理会,一直以来都是两位大人帮忙扶持。这紧要关头,你们过来诚恳相告,贺某感激不尽,我一定会好好处理。"贺子升的父亲对着两位大人微微躬身。

"贺大人客气了。这朝堂看似波澜不惊,其实动荡不安,一阵微风都可能掀起惊涛骇浪,我们只能相互依靠,否则很容易陷入其中,无法回头。"穆大人叹了口气说道。

听到这里,贺子升明白过来了。他突然觉得这朝堂风云简直犹如猛虎,他一个没有留意的动作竟然会引发如此震动,并且祸害了赵之阳大人全家。身在锦衣卫,他见过太多的冤案、假案:有人一夜之间,平白无故被冠以重罪;有人一夜之间,从犯死罪变成平安无事。虽然国有法度,但是权力通天的南镇抚司,甚至可以不用经过皇上就直接带人进入锦衣狱。这也是朝堂上下,无论是达官贵人,还是平民百姓,都视锦衣卫如厉鬼,避而远之的原因。

梁大人和穆大人的帮助,其实也是自保,毕竟他们和贺子升的父亲关系很深,而贺子升的父亲的动向,必然是他们的动向。当然,这个也是搏命一赌,如果七公主对贺子升由爱生恨,决绝离去,那么贺家以及所有和贺家亲近的人,必然遭到连累。

回到锦衣卫，贺子升从罗万春那里得到了确切的消息，昨天的刺客的幕后主使已经认定为赵之阳。这一点，无论是从送案宗的陆河还是罗万春，都明白其中的利害。

锦衣狱之内，贺子升去看了一眼赵之阳。赵之阳对此显然已经无所畏惧，他静坐牢中，看到贺子升，微笑不语。

"赵大人，如果可以，我愿意帮你去找皇上一试。毕竟您是兵部侍郎，这天大的冤屈怎么能如此黑白不分？"贺子升抓着门把，愤怒地说道。

"小贺大人，有心了。想来你应该是知道了我是这朝堂风云的牺牲品，非常感谢你，不过不用了。这起纷争，如果能够用我赵之阳的性命来结束，我也死而无憾，至少不会牵连到我的老师了。"赵之阳凄然说道。

"可是，这……这是为什么？"贺子升实在不解。

"小贺大人，你心地善良，真是难以相信你这样的人身在锦衣卫，想来必然是罗万春对你照顾有加，希望你能是这大明朝锦衣卫寒刀之下一束温暖的光。如果你真的同情我，希望大人能够答应我一件事情。"赵之阳说着站了起来，走到了门口，和贺子升四目对视。

"赵大人，您说。"贺子升点点头。

"离宁兰远一点，最好此生不见，这对你和你们贺家、宁尚书宁家，是最好的保护。"赵之阳沉声说道。

贺子升的脸皮颤抖了一下，眼神充满了悲伤。终于，还是有人跟他说了这句话。

梁大人没说，穆大人没说，父亲没说，罗万春也没说。

因为他们知道，这次的风云转变，虽然根在李太师和皇上之间的权位之争，起因却是贺子升对宁兰的隐忍之爱。如果不是涉及七公主，皇上自然不会任凭李太师如此处理宁尚书的人，这无异于在给皇上斩手断脚。一个赵之阳看上去似乎并没有影响大局，影响的却是宁尚书以及所有跟在宁尚书后面的文臣武将。

如果贺子升当时伸手先救的是七公主，那么一切自然是另一个结局。

所以，贺子升自然是知道这个情况的，他也明白，与宁兰的缘分恐怕就此结束，否则可能下一个出事的就是宁尚书，甚至是他们贺家。

"赵大人放心，你的请求我已知晓。"贺子升转过身，准备离开。

"天长地久有时尽，此恨绵绵无绝期。"赵之阳悲伤地吟出了两句诗词……

第18章　死城悲剧

"赵之阳全家行刑那天我去现场了。"明玉忽然说话了。

本来所有人都沉浸在贺子升痛苦的回忆中，忽然听到明玉的话，大家都愣住了。

"赵之阳的二公子跟我算是朋友吧。行刑之前，他托人找到我，希望我给他们画一幅全家像。所有人都知道赵之阳全家是枉死，所以本来这种锦衣狱死刑犯不可能通过的请求，竟然被同意了。于是行刑前的一夜，我在锦衣狱差役的带领下，去了锦衣狱最大的天字号，那里关着赵之阳的全家，一共三十六人，老少妇孺，一应俱在。因为这是非常大的画像工作量，所以我带了四个副手。我们用一张五米的绢纸铺在牢狱地面，整整画了三个时辰，直到现在我还记得当时的情景……"明玉望着前方，眼里闪出了泪光。

四盏昏暗的灯挂在天牢的四个角落上面，赵之阳全家三十六人，父母、妻儿、兄弟、叔嫂、侄子侄女，全部整整齐齐地站在牢里。虽然穿着褴褛囚衣，妆容粗陋，但是他们的眼神却是一致坚定，从老到小，没有一丝恐惧，更多的反而是坦然，仿佛他们不是在天牢里，不是在等待死亡，而是在赵家府邸。所有人的脸上从容自若，甚至眼里都充满了坚定。

赵之阳和父母坐在中间，这个从戎征战大半辈子的钢铁汉子，没有战死在战场，却沉没在这朝堂的钩心斗角之中。

四个助手在旁边勾勒人物外线，明玉恭敬地取出祖传画笔，对着赵之阳全家跪拜，然后举笔对天，轻声说道："世人都知我明家判官笔，画下之人，无一生还。我作为明家后人，从不在意，可是今天我多么希望这个说法是谣言。"

"明先生，您能过来这里为我们赵家留下这一幅全家像，我们赵家上下都感激不尽。虽然我们赵家可能在这次以后断了香火，但是我希望这幅画可以交由我的老师帮我收藏，也算是代表着我赵之阳对国家，对皇上付出了一切。"赵之阳不卑不亢地说道。

明玉没有说话，只是点头，因为他担心自己一开口就无法忍受内心的悲伤。

三个时辰，赵家所有人如同雕塑一样一动不动地让明玉为他们画像。画像完成后，明玉和助手将画拉起来，赵之阳的家人们终于发出了低沉的哭泣声。

赵家行刑那天，明玉站在刑场围观人群中。看着赵家人被行刑，明玉用力握着手里的那幅画像，虽然现场人那么多，但是他还是能感觉到赵之阳在临死之前，回头看了他一眼。

明玉将那幅画像送到了宁尚书府邸，并将赵之阳的请求告知。

"那天我离开之前，本来想去见一下宁兰，但是走到后院的时候，看到宁兰和一个男子在说话，我不愿意打扰便离开了。现在想起来，那个男子的身影似乎是贺大人。"明玉说着看了看贺子升。

贺子升嘴角动了动："对，赵之阳行刑那天，我去了宁尚书家里。不过在当时的情况下，我一个人怎么敢过去？要知道，赵之阳死前曾经对我说的话，那可是命谏之言，我岂能不知？"

"那……那你和谁一起去的？"红袖问道。

贺子升将手里的绣春刀放到了旁边，然后看着前方的篝火，目光陷入了回忆中。

贺子升没想到七公主会提出要去宁尚书府邸。

"怎么？你不会因为刺客的事情，都不敢再见宁兰了吧？"七公主心思单纯，自然不懂那次事件后面发生了什么。

"是，我和宁兰本身也没什么交集，再说已经和公主有婚姻之约，也不好再多见其他女眷。"贺子升说道。

"其他人可以，宁兰你不能不见，她可是我最好的姐妹。还有那天，我们三个一起坠入许愿井，后来是她一直在照顾你的。贺子升，你怎么这么冷血？"七公主看着他说道，"我明白了，你是害怕我不高兴吧？"

贺子升低声轻言："怎么会？"

"你肯定是知道那天我回来生气的事情吧。其实不是因为刺客过来的时候你没有保护我，而是因为那两个刺客打坏了我最爱的琉璃盏，那是我皇爷爷生前留给我的。"七公主说道。

"竟是这样？"这是贺子升没有想到的。

"是的。所以我才让皇上一定要处死那两个刺客，他们太可恨了。"七公主噘着嘴说道。

面对七公主的回答，贺子升竟然不知道该怎么回答。

七公主要去看宁兰，并且让贺子升一起。两人出宫门的时候，贺子升提出了一个要求："今天是我一个朋友离开的日子，我想去送他最后一程。"

"那我和你一起去吧。"七公主说道。

"我那个朋友身份特殊，今天是他行刑的日子，公主身份尊贵，还是在旁边那条街等我吧。"贺子升说道。

"那好吧。"听到这里，七公主明白了贺子升的意思，没有再说什么。

贺子升骑着马，就站在人群后面。行刑台上，刽子手已经准备完毕，赵之阳全家跪在地上，随着监斩官一声令下，刽子手举起了鬼头刀，然后齐齐砍下。

贺子升没有看最后一幕，勒着马头转身离开。

对于七公主和贺子升的到来，宁尚书并没有表现出太多的意外，而是像以往一样接待他们。

七公主去找宁兰聊天，贺子升则坐在会客厅。

杯子里的茶已经见底，贺子升放下了杯子。

"贺大人，那天刺客之事，感谢你救下小女。"宁尚书微笑说道。

"宁尚书客气了，我那无心之举，现在想来是非常难过，还希望宁尚书能原谅小子的无心之错。"贺子升一直不知道该怎么和宁尚书说这个事情，现在宁尚书提出来了，他立刻站起来，躬身说道。

"贺大人客气了，这是做什么？"宁尚书慌忙过去扶他。

贺子升抬起了头，泪水滑过脸颊："来的时候，我路过刑场，送了赵大人一家最后一程。只是这么多人的生命，竟然是源于我自己的一个无心之错……"

"贺大人慎言，一切事情都有因有果，你无须自责。"宁尚书皱紧了眉头。

"尚书大人不用宽慰我了，其中曲折缘由我已经知晓。今天七公主坚持要我过来，我想也许是一件好事。"贺子升说道。

"贺大人什么意思？"宁尚书愣住了。

这时候，七公主和侍从走了过来，手里拿着一个锦盒，笑着问贺子升："这个是宁兰送我的礼物，很好看的。"

"七公主喜欢就好，我去方便一下。"贺子升笑了笑说道。

贺子升并没有去茅房，而是去了后院，然后看到了正在收拾东西的宁兰。

"你怎么来了？"宁兰先是满眼欢喜，但是很快又警惕起来。

"我有事情和你说。"贺子升从口袋里拿出了一方锦帕，然后递给了宁兰，那是上次宁兰留给他包扎伤口用的。

"你这是？"宁兰愣住了。

"一直忘了还给你，今天来府上了，正好给你。"贺子升将手帕递了过去。

宁兰看着手帕，愣了一下，然后伸手接了过去。

两人都没有说话，空气沉默着。

"也好，父亲跟我说，让我们尽量远离一些，毕竟你和七公主有婚约，免得她误会。"宁兰用力攥着那块手帕，颤声说道。

"其实，宁兰，我……"贺子升不知道该怎么说。

"好了，贺大人，如果没什么事，我回去了，免得被七公主误会了。"宁兰微微低了低身子，然后往前走去。

贺子升没有过去，他站在后院看着前面花圃里的花，有的花朵姹紫嫣红，开得正好，有的却已经枯萎。

回去的路上，七公主让贺子升坐到自己的马车里面。本来贺子升有点犹豫，但是七公主坚持让他上去，他只好同意。

"侍卫说看到你和宁兰说什么了，然后宁兰似乎有点生气。"七公主问道。

"上次在许愿井，宁兰用她的手帕帮我包扎了伤口，所以特意将那条手帕还给了她，并且和她说了她父亲对我说的话。"贺子升说道。

"宁尚书和你说什么了？"七公主好奇地问道。

"宁兰尚在闺阁，宁尚书希望我以后和宁兰保持一点距离。"贺子升说道。

"宁尚书这是什么意思？难道他要限制我们和宁兰交朋友吗？"七公主一听，不禁生气地说道。

"不，七公主你误会了，宁尚书的话其实是对的。我和宁兰确实不适合走太近，毕竟我和七公主有婚约，如果被别人看到，会影响到七公主。"贺子升说道。

"那你同意和宁兰保持距离，究竟是因为担心宁尚书的话，还是因为我是七公主？"七公主好奇地问道。

"都不是，有一些原因，比起这些，重要得多。"贺子升摇摇头说道。

"好了，我不为难你了，不过我真的希望不是因为我的关系让你和宁兰变成这样。"七公主叹了一口气说道。

贺子升看了看七公主，想说什么，最终还是将话咽了下去……

第19章 太师诡异

京城下第一场雪的时候，朝中发生了一件惊天命案。李太师府里发生了一起闹鬼事件，一夜之间，李太师家里所有的牲畜活物、植物花草，全部死亡凋残，场面惊人。

锦衣卫南北镇抚司、六扇门，以及钦天监的所有重要人士都来到了现场，贺子升跟着师父罗万春也在其内。

李太师全家站在会客厅，妇孺幼童在瑟瑟发抖，李太师和三个儿子毕竟经历过风雨，看上去并无异常。

贺子升跟着锦衣卫以及六扇门的人去看了现场，比起命案现场，这样的现场有点意外。以往见过最惨烈的现场便是满门被灭的案件现场，最多的时候，曾经有一个官员全家一百三十口，从老到小，从主到仆，无一生还，惨状惊人。

但是，李太师府上的惨象全是牲畜花草遭殃，无论是家里女眷的宠物，还是用来圈养的鸡鸭鹅，包括看门的猛犬、花园里所有的花朵、草坪上所有的绿草，全部都死掉了。

锦衣卫的南北镇抚司都办案无数，却是第一次见到这样的案子，同样地，负责京城治安的六扇门也没见过这样的现场，就连负责处理离奇事件的钦天监也是闻所未闻。

大家对于这样的情况，心知肚明，这最多也就是仇人对李太师的警告，毕竟没有伤害到李太师府上任何一人。不过细思下来，对方这次对付的都是李太师府里的牲畜花草，下一次，可能对付的就是李太师家里的人。

站在朝堂上，面对李太师府上发生的事情，无论是六扇门的总管，还是钦天监的大人，都是沉默不语，南北镇抚司的两个指挥使更是哑口无言。

皇上看着他们，显然不知所措。

"皇上，老臣府上所发生之事不仅仅是老臣一家之事，更是整个朝廷的脸面之事。堂堂太师府，发生这种事情，这是对我们朝堂司法的挑衅，更是对我们大明的蔑视。这一次是老臣家里的牲畜花草，下一次可能就是老臣全家三百二十一口。老臣全家出事没有关系，但是这样的事情传出去，关外邻国将如何看待我们大明？祖宗好不容易创造下来的边疆安稳，都可能重新出现变动。"李太师双袖一甩，对着皇上愤声说道。

"太师这话有点严重了吧？会不会是一个巧合，比如牲畜吃了什么毒药，花草遇到了天敌？怎么……怎么会扯到江山社稷、祖宗基业？"皇上有点尴尬地说道。

"皇上，这事情的确可能如您所说是牲畜误吃毒药，可是老臣家里根本没有有毒之物，再说事情怎么可能这么巧？皇上认为这事情不过是老臣一家之事，不可能牵扯到江山社稷、祖宗基业，但是皇上别忘了，老臣是大明朝的太师，我这太师之位，也是先皇当年因我剿灭邻国三个国家而赐封的，所以我不仅仅是先皇钦定的太师，更是震慑邻近三国的标志。如今我的府上出现如此事情，那三国知晓，会如何想？它们会认为我这个太师在自己国内都无法受到保护，那么我大明朝必然也为无须顾忌，必然会再次萌生反叛之心。如此重要的情况，皇上怎么能觉得没有关系呢？"李太师对着皇上怒声说道。

面对李太师的质问，皇上不知如何回复。

最终还是北镇抚司指挥使解围："既然太师认为此事关系重大，那我们一定仔细调查，找出真相，以平复李太师内心担忧。"

看到北镇抚司的态度，六扇门和钦天监纷纷默许。

"各位卿家如此态度，太师应该不用担心了。"皇上看着李太师说道。

"感谢北镇抚司以及六扇门和钦天监的支持，但是我认为这个案子还是交给南镇抚司吧。我想凭罗万春指挥使的能力应该完全可以调查出真相。"看到北镇抚司的主动请缨，南镇抚司镇抚使并没有急着表态，但是没想到的是，李太师竟将这事交给了他们。

"既然太师如此看重我们南镇抚司，那我们只能尽力而为。不过也希望在调查的时候，北镇抚司、六扇门以及钦天监能够多多帮助，争取早日找到真相，破解太师府上这诡事。"南镇抚司镇抚使说道。

"好，那就这么决定了。"皇上也没有办法，只好同意了。

回到锦衣卫，贺子升跟着罗万春一起去见了镇抚使。

镇抚使坐在一个棋盘面前，正在用白子和黑子自己对弈。这样的人，不是独身，就是社恐。

贺子升和罗万春看着镇抚使一个人下完一盘棋。

"关于李太师的事情，你们两个去查吧，其中的情况，我想你们也清楚吧。"镇抚使说道。

"明白。"罗万春说道。

"那你呢，小贺大人？"镇抚使问道。

"我、我……"贺子升不知所措地说道。

"你得明白，不懂的问一下你师父。"镇抚使拿着一枚棋子，微笑着说道。

"好。"贺子升说道。

"可怜了宁家啊。"镇抚使叹了一口气，将手里的棋子放到了棋盘上。

走出镇抚使的房间，贺子升将心里的疑惑说了出来，尤其是镇抚使最后说的那句关于宁家的话。

"你觉得李太师全家牲畜花草出事，会是什么人做的？"罗万春问道。

"其实今天在李太师的府邸我就发现了，能够神不知鬼不觉，在李太师的府上做出现在的事情，那真的不是一般人。要知道这李太师的府邸无论是侍卫还是安全设施，那都是可以和皇宫媲美的。在这种号称从来不会出问题的太师府邸，如果说杀个人不被发现，还有可能性，但是要将所有的动植物都杀死，这比起杀人要难得多。所以，我认为能够做到这种事的人只有一种可能……"贺子升没有说出来。

"朝堂风云变，你我只不过是其中的棋子而已，可能唯一的区别就是你选的是黑子，我的是白子。"罗万春说道。

第20章　一箭双雕

罗万春带人抓了十个人，他们都是李太师怀疑的嫌疑人。其中三个是李太师府外的人，他们是和李太师府上合作的一些商贩，另外七个是李太师府里的下人。

十个人进入锦衣卫，没有开始讯问就有两个吓破了胆。

烈狱森森，鬼火荧荧。

一十八种刑具放在面前，铁汉也要被低头。

陆河坐在审讯台前，端一个紫砂壶，里面是上等的碧螺春，他的目光在那七个人身上来回游走。

贺子升和罗万春进来的时候，他正在翻看那些人的资料，右手五指轻轻在桌子上敲击。

整个锦衣卫的人都知道，南镇抚司锦衣卫的审讯铁手副指挥使陆河，拥有无数种让犯人开口认罪的办法。很多人可以屈打成招，但是陆河有办法让招供求死的人翻供做证。人被屈打成招是为了不想再受刑罚的痛苦，但是陆河能让已经求死的人翻供，有什么样的痛苦比死还难受？可想而知陆河的手段有多狠毒。

看到罗万春和贺子升过来，陆河站了起来。

贺子升看了看那几个准备接受审讯的人，不禁说道："这些人会是凶手吗？"

眼前的七个人，看上去都是一些普通的老百姓，看他们的样子就知道应该是李府的下人。做了这么多年的锦衣卫，抓过太多的人，是不是有罪，又或者是什么人，贺子升几乎一眼就能看出个大概。贺子升都能看出来，那么审讯高手陆河自然要比他更专业，更能看出来，这些人根本都是替罪羔羊。

"所以，他们都不值得我陆河开刑具，那是对我专业的侮辱。"陆河说道。

"这是什么意思？"贺子升不太明白。

"这还不明白吗？这些人既是嫌疑人，也不是嫌疑人。"罗万春叹了口气说道。

"这不是李太师怀疑的人吗？他们看起来应该是被冤枉的，尤其是那个。"贺子升指了指左边的一个人说道，"他的右手都抬不起来，说他是凶手，这简直让人无法相信。"

"走吧。"罗万春拍了拍贺子升，然后转过身离开。

走出刑房，贺子升追了过去。

罗万春看着前面的练武场说道："这案子你看不出来吗？"

"我只是觉得这案子有点太蹊跷，似乎李太师有什么不能说的秘密。"贺子升说道。

"这案子其实就是李太师自己一手策划的，什么府里的牲畜花草全部离奇死亡，那都是他让下人做的，所以，哪有什么凶手？"罗万春说道。

"啊，那、那他为什么在皇上面前显得那么委屈？其他人都看不出来吗？"仔细一想，罗万春的这个答案好像让贺子升一下子明白了过来。

李太师府上发生这种情况，在现实中基本上是做不到的。现在看来疑点有两个。第一，如果说凶手真的和李太师有仇，那么为什么只对李府的牲畜和花草动手？第二，李太师的府上戒备森严，能够如此轻松地进入李府，并且不留下任何痕迹，这不符合案情的特点。罗万春的话，顿时提醒了贺子升。当时在皇上面前，明明有南北镇抚司、六扇门和钦天监，最后李太师却指定他们，南镇抚司来查这个案子，显然是早已经计划好的事情。

"所有人都知道是怎么回事，但是所有人又没有办法说出来。这简直就是当年赵高指鹿为马的手法。李太师自己策划了府里的案子，再指定我们来查案，最后将凶手送给我们，这一切看起来是给我们功劳，其实却是给了我们一个烫手的山芋，丢也不是，捧也不是。"罗万春说道。

"我不太懂，对于我们来说，无非是查出真相就好。陆指挥使的能力肯定可以查出来的吧？我看李太师给的那几个人，总能找出一个凶手吧？"贺子升的意思很明确了，这样的案子，就算真的没有凶手，那么李太师送过来的那几个嫌疑人里，随便找几个顶罪，也能完成任务。

"这正是李太师要的结果。"罗万春说道。

"那……那我们的职责和这次给我们的任务不就是这个吗？这有什么不妥吗？"贺子升有点蒙了。

"你可知道这次我们要查出的真相会是什么？李太师给出的这几个人，无论最后定谁是凶手，真相必然也是李太师安排好的。李太师要的不是我们查出谁是凶手，而是这个凶手给出的真相，这个真相才是他花费这么大功夫设计这个案子的真正目的。就像指挥使说的那句话，可惜了宁家。这次我相信无论我们定出的凶手是谁，那么交代出来的背后指使者定然是兵部尚书宁平之。"罗万春说道。

"啊，怎么会这样？这是为什么？"贺子升无论如何也无法相信即将要出现的结局会是这样。

"原因很简单，上一次兵部侍郎赵之阳的无妄之灾就已经预示今天的结果了，当时赵之阳全家的死，也是李太师对宁尚书的警告。但是宁尚书对于李太师的警告并没有理会，反而在后来的几次朝堂争议上和李太师持对立的意见，所以这次李太师才会对他下如此杀手。"罗万春说道。

"可是，宁尚书是皇上的人，他是兵部尚书，怎么能这么随便就被定罪？这、这简直让人无法相信。"贺子升惊讶地说道。

"正因为他是兵部尚书，才会有之前赵之阳被杀的铺垫，要不然可能早就死了。你知道李太师为什么会把这个案子交给我们吗？"罗万春看看贺子升问道。

"为什么？"贺子升此刻已经完全没有了自己的想法。

"他要你亲自交出凶手，然后将查出真相的功劳给你，让你亲自定下宁尚书一家罪行。他要让所有人都知道，是你亲自处决了宁尚书全家，包括宁兰。也是证明，当时你在那个宴会上没有保护七公主反而去保护宁兰，只是你的无心之举。"罗万春悲声说道。

第21章 离别最爱

这是贺子升第一次感受到朝堂之争里的步步为营，如履薄冰。

即使宁尚书一直对皇上忠心耿耿，皇上仍没有办法保他，只能眼睁睁看着他被摘取官帽，除去官衣，押入锦衣狱。

满朝文武，没有一个人为他说一句话。

站在百官面前的李太师一脸傲慢，即使是龙椅之上的天子，也只能默不作声。

即使宁尚书已经一人承担了罪责，希望能放过他们宁家。李太师却并不同意，依然提出要灭掉宁家满门，包括宁家的所有牲畜和花草植物。

"太师，这恐怕有点太过分了吧？即使宁尚书有责任，也不至于如此牵连吧？"天子震怒，站了起来。

百官跪地，一语不发。

李太师站着，和天子对峙，一步不让。

"皇上，我只是提议灭掉宁家满门，并没有诛其九族，这已经给了他天大的恩惠。"李太师说道。

"那如此说来，宁家上下还要感谢太师了？"贺子升实在无法忍受，转头看着李太师说道。

贺子升的举动震惊了百官，尤其是他旁边的师父罗万春。

今天本来是贺子升查获李太师家里诡案真相，升官晋职的日子。要知道，这一次李太师之所以提出让南镇抚司调查这个案子，摆明了就是给他们功劳。而所有南镇抚司的人都知道，贺子升是七公主未来的良婿，更是李太师的外孙女婿，他这么做，自然是要把这个功劳交给贺子升：第一是让贺子升表明态度，第二是给他升职的机会。

在来之前，贺子升百般推托，但是在师父罗万春的一番劝慰下才来到朝堂，将早就定好的真相禀明言说。所谓的真相，不过是李太师早已经做好的托词，他早已准备好了必要的人证和物证，与其说是贺子升陈述了宁尚书的罪责，还不如说一切都是李太师事先安排好的结局。

所以，当贺子升提出那句反对的时候，罗万春以及其他所有官员都为他捏了一把汗。要知道，在朝堂之上如此和李太师讲话，是何等危险。但这也显示出了贺子升的铁骨铮铮。

李太师的脸色有点难看了，贺子升提出来的疑点让他特别意外，因为他和贺子升接触过两次，感觉他并不是那种不知深浅的人。现在贺子升却在这样的情况下，突然提出如此疑问，显然代表了他对李太师的反对。

"贺大人果然年轻刚烈，你觉得老夫对宁家处理不公，这满朝文武这么多人，竟然没有一个人觉得错。"李太师笑了起来，继续说道，"你说得没错。之前我认为宁尚书的罪责让人痛心，但是毕竟他之前也为我大明立过不少战功，所以我才想着只灭他满门，留下其他族人，以示后人。可是贺大人，你提醒我了，我已经灭了贺家满门，宁家的其他家族定然不会感谢我，甚至会把我当作仇人。所以与其那样，还不如直接诛其九族，以免再生事端。"

贺子升惊呆了。

李太师的话很快得到了其他群臣的附和。

怎么会这样？贺子升彻底蒙了，如果说之前的事情不过是给他一些小小警示，但是今天他的几句话，竟然让宁家多赔上了几十条人命。

"太师，我不是这个意思，我……"没有多想，贺子升慌忙对李太师说道。

"贺子升，你给我闭嘴。我知你想说什么，但是朝堂之事，岂能随便？还有一点，如果不是因为你是七公主的未来驸马，你刚才的举动已经没有资格站在这里了。"罗万春对着贺子升厉声喊道。

"好了，年轻人嘛，可以理解。"李太师看了看罗万春，笑了笑。

贺子升转头对着李太师行礼，然后低声说道："太师见谅，小子失礼了。"

"好了，看在小七的面子上，我不会在意。皇上，既然这一切真相是贺大人调查清楚的，那么监斩宁尚书全家的事情就交给贺大人吧？"李太师转头对皇上提议道。

"一切随你们。"自从确定宁尚书全家灭门一时无法挽回后，皇上已经彻底陷入了痛苦中。

"贺大人，后面的事情就麻烦你了。我知道你和宁尚书的千金关系不错，她也是小七的朋友，所以我想着你能亲自送她一程，也不枉你们相识一场。"李太师微笑着说道。

贺子升感觉自己两条腿在哆嗦，他用力咬着牙，没有说话。

直到退朝，百官离开，贺子升才感觉整条左腿像是被打折一样，一下子栽在了地上。

空荡荡的金銮殿，值班的太监仿佛没有看见贺子升摔倒一样。

贺子升慢慢爬了起来，走了出去。

门外两名军将是李太师特意留下来等贺子升的，他们负责陪同协助贺子升查抄宁家，说是帮忙，其实是监督。

贺子升十一岁进入锦衣卫，跟着罗万春查封过不少官员的家，也见过不少官员全家被抓，但是这一次他的内心充满了纠结。因为这次是宁尚书的全家，先不说宁尚书一直以来对贺子升都不错，最主要的是宁兰。

因为李太师的特别交代，宁兰并没有被直接带走，而是失神落魄地看着全家的人被带走，整个宁家轰然倒塌。

贺子升不知道该怎么面对她。但是当宁兰发疯一样冲向一个官差，对方要对宁兰动手的时候，他还是走了过去，将那个官差一脚踹翻在地上，还冲着对方疯狂地打了两拳。

宁兰的头发散开了，昔日温和如水的眸子变成了愤怒与仇恨。她看着贺子升，咬着嘴唇说道："是你，是你诬陷我们宁家，一切都是你做的，为什么？你为什么要这么做？你明知道我爹是冤枉的。"

贺子升没有动，也没有说话。

宁兰冲了上来，疯狂地殴打着他，最后无助地瘫在了地上，哀伤地哭了起来。

不知道过了多久，宁家安静了下来，整个世界只剩下了他们两个人。

"为什么会这样？为什么？"贺子升的眼泪落了下来，泪水滑过刚才宁兰抓的伤口，火辣辣地疼。

"宁兰，我不会让你有事的，我会保下你的。"贺子升忽然说话了，他看着宁兰。

"不用，全家都死了，我活着还有什么意思？不劳贺大人发慈悲心肠了。"宁兰说着站了起来，然后往前走去。

"宁兰，我……"贺子升想解释，话到嘴边却不知该怎么说。

"贺子升，你我从此恩断义绝。即使有一天黄泉地府相见，也是陌路之人。"宁兰说着快步向前走去。

贺子升感觉自己整个人都在颤抖,一股咸液喷口而出。他一下子坐到了地上,心里仿佛有无数条虫子在爬,他用力握着自己的拳头想让自己站起来,最终还是晕了过去……

第22章　散爱成灰

宁尚书全家行刑的时候，贺子升没有去现场。

根据街头巷尾传来的消息，很多百姓和宁尚书的老部下现场请命，即使面对监斩官下的连罪之责都毫无惧色。甚至还有忠勇之士拦在宁尚书家人面前，当场自杀，以阻挡刽子手的寒刃。

即使如此，最终也没有救下宁尚书全家。

那天夜里，寒风突起，甚至下起了小雪。

南镇抚司锦衣卫的大门前被人扔下了鸡蛋和烂菜叶，一样的情况也出现在李太师府前和贺家门前。

贺子升回到贺家的时候，甚至被母亲逼着离开。

面对如此情况，贺子升的父亲说出了其中的原因，但是贺子升的母亲依然拒绝见儿子，并且让他以后都不要来相见。

贺子升跪在贺府前，冰雪落在他的身上，寒风吹过他的脸庞，他却没有一丝痛感。贺府的人聚在门口看着，却没有人敢过去。

终于，贺子升倒在了地上。恍惚中，他感觉有人将自己抬进了鸾驾，一个温暖的声音传入他的耳朵里，还有一双手在他的脸上抚摸。

醒来的时候，已经是第二天，贺子升看到自己身在七公主的闺房。旁边的七公主看到他，立刻坐到了旁边。

贺子升这才看到自己身上只穿着内服，整个人顿时惊呆了。

"你昨天晚上都冻傻了，贺家不让你进门，我只好将你带了回来。还好你身体不错，不然都要大病一场了。"七公主说道。

"我、我怎么能躺在这里？"贺子升慌忙下床，拿起旁边自己的衣服。

七公主从背后抱住了贺子升，然后将脸贴在他的身上说道："子升，我知你难过。无论你做什么事情,我都会支持你;无论你在哪里,我的府邸永远给你敞开门。"

"可是,根据礼制,你我私自见面都是大罪,更何况我现在在你的这里。"贺子升说道。

"你或许还不知道吧,你我婚约已经终结了。再说以你现在的罪责,还怕见我这个公主吗?"七公主凄惨地笑了笑。

七公主的话让贺子升心里一沉。他看着前方,突然感觉有一种说不出的无助,手里的衣服也掉到了地上。

现在的贺子升,已经是一个全民罪人。因为他,宁尚书一家被满门抄斩,甚至自己的母亲都无法原谅他。

可能,只有七公主这里,才是他唯一的归宿。

"我知道你心里难,宁尚书家里的事情不是你所愿。如果你愿意,我们现在就成亲,我可以跟父皇请命,让父皇给我一块封地,我们离开京城,不再参与这朝堂纷争。"七公主说道。

"感谢七公主的厚爱,可是我不是孑然一身。我如果离开,我父母怎么办?这朝堂纷争怕会累及他们,还有我锦衣卫的同僚、我的师父,他们都会因为我受到牵连。事情已然如此,我也不会说什么。在我进入锦衣卫的时候,我师父跟我说过一句话:'来到这里,就不可能独善其身。'所以,今日之事,我其实早已经想到。之前赵侍郎全家赴死,我已然感受到了这朝堂的冷血残酷。我身在锦衣卫,就做不了好人。现在这样也好,至少可以让我不再为自己那点可怜的愧疚而犹豫。我现在要回去了,七公主以后找我可以去锦衣卫。"贺子升说着弯腰拿起衣服。

"不,子升,你和他们不一样。你眼里有光,你有慈悲心肠,你和那些杀人不眨眼的锦衣卫是不一样的。你不是说过,你母亲教你明辨是非,忠于内心,你难道忘了吗?"七公主看着他说道。

"可能自我们被从许愿井救出来的那一刻开始,我的命运就已经变了,我眼里的光、我的慈悲心肠,已经不是我自己能够控制的了。我母亲教我的明辨是非,忠于内心,也随着宁尚书的事情彻底改变了。"贺子升说完,抬脚走了出去。

贺子升没有再回贺府,他住到了锦衣卫,住宿之地就在罗万春的隔壁。

罗万春站在门口看着他。

贺子升收拾好一切后走到了门口。他看着房门对面的阴森铁门,然后说道:

"我终于明白，你什么会住在这里了。"

"那是你第一天来锦衣卫的时候问我的问题。你说：'外面繁花似锦，为什么要住在这冰冷的铁门之内？'当时我没有回答你的问题，因为我知道，终有一天，你会和我一样，到时候你自然就明白其中道理了。"罗万春说道。

"你怎么会这么确定？锦衣卫这么多人，为什么你单单看我如此之透？"贺子升问道。

"因为你眼里的光，从看到你的第一眼，我就知道，你是一个聪明通透的孩子。你进入锦衣卫不仅仅是因为我和你父亲的关系，更不是因为这是一份工作，而是因为你内心的愤怒。想来之前你因为母亲无法住进贺府而愤怒，所以你想成为你母亲进入贺府的砝码；后来你得到了七公主的青睐，但是你并不高兴，因为你不是那种依靠别人的人，更不喜欢被人操纵，所以你爱上的人是宁尚书的女儿。赵侍郎的死让你知道，你命中注定无法和宁兰在一起，所以你即使知道要背上害死宁尚书全家的罪责，你也毫不退缩，因为这是你唯一可以摆脱七公主的方法。"罗万春说道。

"我摆脱七公主，谈何容易？"贺子升苦笑了一下。

"男欢女爱、宦海沉浮、朝堂风雨，这一切才刚刚开始。希望你能在这暗潮涌动的朝堂内外拥有自己的判断。"罗万春摇了摇头，然后离开了。

那一天开始，贺子升在房间的门上刻下了一个字：绝。

绝内心之慈悲，绝感情与内心。

一年后，七公主远嫁他国。

临行之夜，七公主和宣告退婚的太监一起来到了锦衣卫南镇抚司。

算算时间，好像他们之间已经有半年没有见面。

贺子升面无表情地接受了圣旨。

"明日我就要嫁去邻国，恐怕此生再也不会见面。"七公主说道。

"你大可不必这样，即使我们没有缘分成为夫妻，至少你还是大明的七公主。"贺子升说道。

"大明的七公主又如何？我爱的男人都不看我一眼，我无数次想起当年在许愿井的时候。那个时候身边没有宫女侍卫，只有你和宁兰。我现在都觉得，如果我们三个人能一直在那里就好了，好过这红尘里的悲欢离合。"七公主说着眼泪落了下来。

"世上哪有随心所欲之事？宁兰已经离开我们一年多了。其实我倒宁愿没有那天我们坠入许愿井之事，至少宁家也不会被满门抄斩，诛了九族。"贺子升说道。

"原来你终是恨我的。"七公主痛苦地说道。

"你又有何错?要错就错在上天,我们的身份注定了命运的别离。"贺子升低头说道。

"我明天就走了,希望你能放下那些不必要的过往,做回最初遵循内心的你。临走前,让我抱抱你吧?"七公主看着他,柔声说道。

贺子升伸手抱住了七公主,七公主凑到了他的耳边,低声说了一句话,然后离开了。

贺子升呆滞地看着前方,然后内心一阵翻涌,眼泪痛苦地落了下来……

第23章　夜诉神伤

万历十八年，东瀛逐渐走向统一，为满足商人的要求，丰臣秀吉积极进行海外扩张，企图入侵中国。丰臣秀吉写信给高国国王李昖，要求他率兵作为先导，然后自己再派兵借道高国，一同进攻明朝。李昖义正词严地拒绝了丰臣秀吉。

两年后，丰田秀吉派出数十万军队、上百艘战舰进攻高国，企图占领高国后以高国为跳板入侵大明，接连攻破釜山、王京、开成、平壤等地。李昖逃到义州，派使者向万历皇帝求援。

锦衣卫南镇抚司接到皇命，配合明军帮助高国对抗东瀛军。

那一战，明军打得丰臣秀吉大败而归，也帮助高国结束了被日军侵略七年的历史。

战役大捷那日，李昖携带众臣和百姓感谢明军。

贺子升去了队伍后方的女眷面前。

女眷对于贺子升的突然到来显得慌乱无措，尤其是一些未婚女孩，她们看着贺子升威武英俊的样子，每个人的眼里都闪着欣喜的目光。

贺子升的目光一一略过，最后落在了后面一个女孩身上。他下马走过去，看着女孩，沉声问道："香兰，七公主呢？"

香兰跪在地上，哭了起来。

香兰是七公主的贴身婢女，当年七公主离朝远嫁的时候，其他人都没要求一定要带走，只指定要香兰一起去。贺子升知道，香兰和七公主从小一起长大，表面为主仆，实际比姐妹更亲。

随行的将军这才想起，当年七公主远嫁的正是高国。

香兰带着贺子升来到了七公主的墓前。

昔日佳人，竟然在异国他乡成了一缕孤魂。

"为什么朝内无人知晓？"贺子升惊讶地问道。

"丧事出来后，就报了过去，后来接到李太师的口谕，他说既然七公主已经是他国之人，就按照他国之礼入葬吧。香兰因为是公主的人，这里的人对我非常好，并没有因为公主的离开对我疏远。"香兰说道。

"七公主因何而亡？"贺子升问道。

"医官说是心病，可能是路途遥远，对这里的环境不太适应。"香兰说道。

"为什么不向大明求救？难道不知道我大明医术高超吗？"贺子升痛苦地问道。

"问了，李太师派了两个太医过来，高国国王还找了一个医术高超的外邦大夫，可是最终还是回天乏术，没有救下七公主的性命。"香兰泣不成声。

寒风刺骨，列队威风凛凛。

荣威之战，扬威大明。锦衣卫站在军队的中间，没有人注意，或许更多人的目光在前面的大军身上。贺子升手里捧着一瓶尘土，那是从七公主墓前取来的。

百姓们欢声雀跃，大臣们拍手兴奋。

没有人看到贺子升脸上的悲伤，他一个人默默地来到了慈安寺。

十二岁那年，他和宁兰、七公主结缘于这里。

现在，他们的缘分终于到头了。

贺子升将那一瓶土撒进了许愿井里。

许的是，今天的缘分，就到了这里。

当天夜里，贺子升走进了李太师的府邸。

罗万春赶到李太师府邸的时候，贺子升身上都是血。李太师的护府兵已经倒了一大片，剩下的一些战战兢兢，手里拿着刀，警惕地看着贺子升，不敢向前。

最终，贺子升放下了手里的绣春刀。

金銮殿面前，贺子升跪在地上，一语不发。

一向跋扈不饶人的李太师也是闭口不言。

贺子升的父亲跪地请罪，罗万春也跟着附和。

面对这样的情景，天子第一次感到意外。如果按照之前的惯例，别说去李太师的府邸杀人，就是去李太师府邸叫骂，都会换来李太师的疯狂报复。可是此刻，李太师看上去并没有那么大的戾气。

"臣有罪，不堪重任，望皇上将我发配边关，我必将用生命护我大明边境。"最后，贺子升俯身认罪。

天子不知如何处理，看着下面的李太师。

"贺子升，你的富贵因七公主而起，也因她结束吧。贺子升还留在锦衣卫吧，不过他年纪尚轻，无法担任千户之职，就做个普通的锦衣卫吧。"李太师说话了。

"谢太师！感谢太师不责之恩"贺子升的父亲和罗万春连连感谢。

贺子升铁青着脸，没有说话。

"既然太师这么说，我也没其他意见。贺子升，从今天开始，你就做个普通锦衣卫吧。"天子松了一口气，摆了摆手说道。

"谢皇上隆恩，谢太师。"贺子升行礼说道。

走出朝堂，李太师走到了贺子升的面前。

罗万春和贺子升的父亲见状，走到了旁边。

"小七没有看错你，你可知道她临死之前给我带回来一个口信是什么？"李太师看着贺子升问道。

贺子升不语。

"她说，无论你做什么，都要我帮你，不要为难你。我知小七对你情深义重，可是没想到她临死都在想着你。这一次高国之战，你们之间的缘分也算有个了结。我知道你来我府上是何缘故，你怪老夫没有告诉你小七的死讯。其实就算知道了又能怎样？这世上纷扰之事太多了，就算你知道了又能怎样？老实说，我宁可你永远不知道，至少这样你会认为她在他国生活，无论幸福与否，至少活着。现在，我们知道了真相，除了徒增伤悲，又有何用？"李太师黯然落泪，然后蹒跚离去。

贺子升感觉胸口一阵沉闷，一股咸液翻涌而出，然后眼前一黑，身体倒了下去。

自此，关于贺子升和七公主的事情没有人再提起，因为凡是议论他们的人，都悄无声息地失踪了。贺子升的职位也从千户降为了普通锦衣卫，但是这并没有影响他在锦衣卫里的地位。因为他的师父是罗万春，即使是副指挥使陆河见了他，也会礼让三分。

京都出现画像凶杀案的时候，贺子升主动要求负责调查，顺着画像案件的线索，他和下属阿和一路追到了隐安寺。

也许是隐安寺这样的环境，也许是想起了以前的事情，本来不愿意提起过去的贺子升也不知道为什么开始说出了内心隐藏的记忆……

第24章 身份浮现

"阿弥陀佛,真没想到,贺大人竟然还有一段如此荡气回肠的情感故事。这红尘情事,痴男怨女,真的是让人唏嘘不已啊。"听完贺子升的讲述,慧海不禁感叹道。

"很多人对于七公主的事情只是耳闻,并不知其内情。之前我在宫中只听说七公主痴恋一将军,可惜将军已有妻室,七公主是皇家之身,又不能委身做妾,所以只好将这段感情快刀斩断,远嫁他国。没想到,七公主所恋之人竟是贺大人。想来这宫中传闻也是胡编乱造。"明玉叹了一口气说道。

贺子升没有说话,他坐了下来,将面前的篝火挑了一下,火势顿时又旺了起来。

"这朝堂纷争确实可怕,不过我觉得贺大人也不必自责。即使没有贺大人与七公主、宁兰的许愿井事件,宁尚书和赵侍郎两家也不一定能安然无恙,可能依然无法逃脱被灭门的结局。"慧海说道。

"世人都知道宁尚书和赵侍郎忠于天子,李太师虽然表面拥护皇上,背地里却是自成一派。他的党羽众多,在朝中只手遮天,所以对明着和他作对的宁尚书,自然不会轻易放过。不过,这李太师虽然阴险毒辣,但对于七公主是真的溺爱,面对贺大人上府问罪,竟然没有怪罪。"左向风说道。

"不,你们错了,你们真的以为李太师是看在七公主的情分上放过了贺大人吗?自然不是,他是故意放过贺大人的。原因很简单,宁尚书一事,他在朝堂上已经占了上风。他威逼皇上杀了自己的亲信,这已经让皇上非常愤怒,如果他再对贺大人下手,那么皇上看在七公主的情分上必然不会再忍。要知道虽然贺大人的官位比不上宁尚书,但是他是锦衣卫千户。锦衣卫说到底是太祖皇帝设置的组织,怎么能轻易被人处置?所以说,李太师深知这一点,他才会借坡下驴,做出了让步。李太师的这一步非常高超，可以说是一石三鸟：第一，他给了天子的面子，没有怪罪贺子升；第二，他让步于南镇抚司，算是给锦衣卫留了一个面子；第三，是关键的一点，他显出了对七公主最深的爱。"这时候，红袖说话了。

所有人都愣住了，意外地看着红袖。她一介风尘女子，怎么会懂得朝政之事？

"这个手法又不是第一次，你们难道忘了玉贵妃之死？如果没有玉贵妃之死，李太师的女儿李妃又怎么能坐上现在的贵妃之位？"红袖冷笑一声说道。

"你究竟是什么人？怎么会知道后宫之事？"明玉看着红袖，疑惑地说道。

"天下人知天下事，后宫之事又怎样？要知道我所在之地本是嘈杂之地，有说书的先生，也有过路的游客，更有皇族贵人。所以知道玉贵妃和李妃的事情又有何难？"红袖粲然一笑说道。

"说得不错，这青楼看似乃男欢女爱之地，实则是可以将人世间看得最清楚的地方。无论是达官贵人，还是平头百姓，入了青楼便都成了释放压力、摆脱愁绪的放纵客人。他们平常不敢对外说的话，可能会在醉酒后全盘托出；平常不敢骂的人，也会肆无忌惮地咒骂出声。作为青楼的女子，对客人的事情保密是第一原则。只是我们都知道，玉贵妃是因为用厌胜之术诅咒皇后而被打入冷宫，但是具体情况还真是不得而知。这怎么又会和李太师的女儿李妃扯上关系呢？"阿和听到红袖的话后，不禁说道。

明玉这时候走到了红袖的面前，仔细地观察了她一番。

红袖有点闪躲。

"你能抬起头让我仔细看一眼吗？"明玉说道。

"你这是何意？即使红袖是青楼女子，你也不能如此放肆吧？"叶承安看到明玉的行为，不禁说道。

明玉并没有理会叶承安的话，而是端详着红袖，最后说道："玉贵妃被打入冷宫的时候，派人让我去玉明宫帮她画了一幅画像。我记得当时她的身边有一名宫女，此刻看来，那名宫女的样子和红袖姑娘倒也有几分相似。"

"明玉先生，怕、怕是认错人了吧？我只是一个青楼女子，又怎么会和玉贵妃的宫女扯上关系呢？"红袖一听，慌忙说道。

"我自小学习画像，观人模样，记人特点。一个人可以改变皮肤、头发、身材，甚至毁掉面容，但是有一个地方是没有办法改变的，那就是眼睛。我记得这双眼睛。当时玉贵妃即将被打入冷宫，旁边就站着准备带走她的管事太监。玉贵妃一脸坦然，甚至劝旁边的宫女，说一定要留下一幅最好看的画像。虽然我没有为旁边的宫女画像，但是我留意了一下她的样子。尤其是她的眼睛，我可以确定，和红袖姑娘没有差别。"明玉说道。

"玉贵妃出的眼睛事的那天晚上，冷宫发生火灾，她和贴身宫女都死在了里面。当时我和六扇门的人还过去收尸，不过因为尸体已经烧焦，无法辨认，最后只好按照名册提交了上去。从那以后，玉明宫开始闹鬼，误入的太监或者宫女总会看到玉贵妃的鬼魂，住进玉明宫的李妃不得不搬了出去。后来北镇抚司调查发现始作俑者是之前玉贵妃的侍卫罗海。经过审讯后知道罗海之所以这么做，是为了给玉贵妃复仇。不过让人意外的是，北镇抚司并没有对罗海治罪，而是将他逐出了皇宫。"阿和说道。

"不错，这件事情我问过北镇抚司负责审讯的雷老虎。他说的确没有对罗海治罪，至于原因……是上面给的要求。"贺子升跟着说道。

"罗海，还不如死在锦衣狱。"红袖冷笑了一下说道。

"为何这么说？"其他人愣住了。

"明先生说得没错，我的确是玉贵妃的贴身侍女林盼儿，我之所以能够逃过一死，最后落入青楼求生，全是因为罗海的帮助。既然明先生认出了我的身份，我也没什么可隐瞒的，这后宫深似海，一入便再也难回头。你们都觉得贺大人、七公主、宁兰姑娘的情感荡气回肠，可是谁又知道在这后宫，还有一对情人，他们为了彼此幸福，含泪隐下对彼此的感情，可是到最后也没有落个好下场……"红袖说着，眼泪落了下来……

第25章 贵妃家事

玉贵妃出身名门,她的父亲是赫赫有名的南安侯丁盛。

南安侯丁盛的名字在整个大明无人不知。

当年太上皇亲征,被困于边防罗城,敌军围而不打,并且阻断援军,准备将其困死城中。与此同时,宫中传来消息,早有异心的几名朝堂重臣联合外驻藩王准备向监国太子逼宫。一时间,被困罗城的太上皇陷入了焦急如焚的困境中。如果对于敌军的围困,他们等待援军,自然不会被困太久,但是这个时候朝堂的内乱是致命的。为解朝内危机,太上皇先后派出几名亲信,结果全被敌军杀死。

眼看着突围无望,救援无望,太上皇和被困罗城的将士悲愤不已。这时候,丁盛请求带兵突围。

所有人都知道,此刻的突围就是送死。

可是,如果不突围也是等死。

丁盛跟随太上皇多年,这一次虽然不是主将,但也是太上皇的左膀右臂,对于他的请求,太上皇自然是舍不得的。

可是形势已经到了刻不容缓的地步,不仅仅是外面的敌军,朝内的监国太子更是孤立无援。他在等待太上皇的归来,可是如果没人帮他,可能等到的就是藩王逼宫。

无奈之下,太上皇将兵符交给了丁盛,希望他能够帮助太子解围。

丁盛带了一百人冲出罗城的时候,特意让五十人换上了敌军的军服,制造追杀的混乱局面。埋伏在城外的敌军在他们追打过来的时候不知所措,于是,丁盛趁着混乱带着几名亲信越过了敌人的封锁线,然后回到了京城。

京城的形势不比罗城强多少,太子被困宫中,只有几千御林军,叛乱的朝臣和过来逼宫的藩王将京城封锁,外来之人一律不准入城。好在守城的一名守将是丁盛的旧部下，通过他的关系，丁盛带人进入京城。

对于丁盛的到来，心急如焚的太子以及其他朝臣顿时激动万分。根据他们得到的消息，叛臣和藩王将会在天亮之前逼宫，而在来京都之前，丁盛已经利用兵符将驻守在边区的皇城军营调来京城勤王救驾。因为大军行军速度问题，加上又不能大张旗鼓地行军，所以应该会在天亮之前赶到京城。

这个时候，他们能做的只有等：

第一，是担心叛臣和藩王提前逼宫；

第二，是担心勤王军队来得太晚。

年纪尚轻的太子从来没见过这样的场景，虽然看似镇定，却面色慌张，而身后的朝堂众臣更是惴惴不安，因为他们的选择也关系着自己的未来。如果叛臣和藩王逼宫成功，他们站在太子这边，那必然下场跟太子一样；如果他们站到了对方的身边，待逼宫成功那就是开国功臣。自古以来，成王败寇，一朝天子一朝臣的道理，所有人都明白。

"你们可知为什么皇上没有亲自过来？"面对人心的不安，丁盛说话了。

此刻，丁盛是他们所有人眼里唯一的希望。

"这次的叛臣和藩王谋反，正是和敌军勾结，藩王承诺给对方十座城池，所以对方才会对我们围而不打。但是这些乱臣贼子忽略了敌军的狼子野心，就算他们逼宫成功，接下来要面对的是什么？那就是敌军挟持皇上，以此来攻打我们。所有人都知道，这些敌人对我们的疆土觊觎已久，所以就算你们站在叛臣之列，今天将太子赶下来，你们以为可以过上好日子吗？接下来，你们面对的就是敌军的攻打，整个江山到时候也就毁于一旦。"

丁盛的话，立刻破解了众臣心中的迷惑，一些本来有加入另一边心思的大臣也不再多想，而是坚定地站在了太子的背后。

天亮的时候，叛臣和藩王带着叛军攻入宫中。

丁盛带领御林军顽强抵抗，可惜终是寡不敌众，被逼到行宫。

藩王见到太子和丁盛大势已去，停止了攻击，然后逼太子写下让位书。

"太子就算写下让位书，也没什么作用，皇上还在罗城，就算你们拿了这监国的权力，又有谁认你？到时候举国上下讨伐乱臣贼子，境外敌军也会因此攻打过来，这江山你能坐多久？现在你好歹还是一位藩王，拥有自己的封地；到那个时候，恐怕你将是亡国之奴，更是历史罪人。"丁盛说道。

"你说的这一切都是皇上回来后的事情，我告诉你，皇上回不来的。这监国在我手里，我自然有办法让它名正言顺地归我。至于你们这些朝廷大臣，如果现在还知道醒悟的话,我仍然让你们做大臣,不然到时候我统统杀光,一个不留。"藩王指着太子后面的朝臣,大声说道。

"今天有我丁盛在,你们休想伤害太子半分。"丁盛和他的亲信,以及剩余的御林军站在了太子和朝臣面前。

"丁将军,我念你是一名不可多得的将才,如果你能放弃,我会封你为开国大将。你想想,你跟着皇上这么多年南征北讨,他连一个武将主帅的职位都不给你,你这又是何必呢?富贵就在眼前,你不会真的不明白吧?"藩王说道。

"不用说废话了,你要称王,就从我丁盛的尸体上踏过去吧。"丁盛做好了抵抗到底的决心。

藩王见没有办法说服丁盛,只好挥手,准备进攻。

千钧一发之际,勤王军队赶到了现场。

丁盛也成了阻止这一场逼宫的关键人物,成功地得到了太子的信任与好感。

宫中事情稳定后,丁盛带人立刻前去罗城救援,围困罗城的敌军在知道藩王逼宫失败后,也没有再继续之前的计划,而是撤军离开。

那一次,丁盛立下了救国护主的大功,被封为南安侯。

太子登基后,为了感谢当年丁盛的勤王救主,特意前往南安拜访丁盛,并且回宫后下旨娶了丁盛的女儿丁墨玉,册封为玉贵妃,在后宫地位仅次于皇后。

这听上去是一段佳话,尤其对于丁家来说。

可是没有人知道,在这段佳话里,因为皇上的一个感激之举,多少人的命运发生变化,尤其是丁盛的女儿丁墨玉。作为与丁墨玉从小一起长大的侍女林盼儿,深深知道丁墨玉内心的痛苦,她甚至提出和丁墨玉互换身份,替她入宫,却被拒绝了。因为丁墨玉知道,这桩婚姻看似是皇上感激当年丁盛的救驾之功,其实更是皇上需要丁盛帮他立国的筹码。

所以,林盼儿跟随丁墨玉在皇家迎亲的盛大仪式下,进入了深不见底的皇城后宫,从此再也无法回头……

第26章 后宫争斗

玉贵妃出身将门,从小父母对她教育有方,对人客气,心思细腻。作为皇上钦定的贵妃,再加上父亲对整个朝堂又有不世之功,所以后宫的人,无论是皇后还是其他嫔妃对她都是不敢轻慢。

玉贵妃在进宫之前有一个相爱多年的人,那就是丁盛的下属罗天放的儿子罗海。他们两个人从小青梅竹马,加上两家关系匪浅,所以在两人的心里一直都认为对方就是这辈子的厮守之人。只不过因为两家关系太好,再加上罗天放性格腼腆,所以一直没有好意思跟丁家提过这件事情。等到皇上下了圣旨,罗海和家人顿时惊呆了,却又无可奈何。他们知道罗海和玉贵妃的感情,但是皇命难违,他们自然也明白其中道理,只好劝告罗海,将他和玉贵妃的事情彻底忘记。

对于罗海的爱,玉贵妃也知道今生怕是无缘,即使想起来也只是在深夜里对着镜子黯然神伤。这一切林盼儿自然也看在眼里。她心疼玉贵妃,但是面对这样的情景,连玉贵妃的父亲都无能为力,更何况她一个小小的丫头。

虽然皇上钦定了玉贵妃,但是他对玉贵妃并没有多宠爱,很多时候几乎不来看她。这让玉贵妃真的感受到了莫大的凄凉。不过,随着结交了其他嫔妃,她才知道这皇廷后宫就是如此,有的嫔妃甚至从进了后宫到死都没见过皇上一面。后宫和民间的婚姻不一样,所以作为皇上的女人,妃子们在这冰冷的后宫要学会如何习惯孤独,学会如何排除寂寞。

人人都说后宫钩心斗角,步步难行。最开始玉贵妃因为身份尊贵,从来没有感受过什么难处,最多也就是来自皇后那边的压力。可是,自从李太师的女儿李妃进宫后,一切都开始发生了变化。

所有人都知道,皇上之所以让李妃进宫,是因为李太师。

后宫不得干政,所有人更不敢轻易言说,最多也就是关上门,和熟悉信任的人推测几句。但是，有些事情即使被压得再深，流言依然会四处传播。

李妃进宫后，最大的敌人就是玉贵妃，原因很简单——皇后的地位不可撼动，但是玉贵妃和李妃比起来自是不如。毕竟李妃是李太师的人，她也不甘心做一个普通的嫔妃，再加上父亲对她自然也有其他交代。

所以，李妃表面对玉贵妃客气礼貌，背后却用各种手段打击玉贵妃，提高自己的后宫地位。凡是和玉贵妃交好的人，都会遭到李妃的打压，以至于后宫的嫔妃和其他人宫都开始远离玉贵妃。

玉贵妃知道李妃的意思，也不敢与其争锋，所以只能一步步忍让。可是，她没想到的是，李妃对于玉贵妃的退让反而得寸进尺，并且竟然打起了皇后的主意，做了一个一石二鸟的诡计。李妃买通了玉贵妃住处的一个太监，将一个刻有皇后生辰八字的木头人藏到了玉贵妃的床底下。皇后无端生病，御医用尽办法都不见回转，于是李妃提出了疑惑："是不是有人用厌胜之术诅咒了皇后？"

"可是，偌大的皇宫有谁会这么做呢？"皇帝心急如焚。

"如果皇后有事，谁会是最大的受益者呢？"李妃说了一句含义颇深的话。

早已和李妃勾结在一起的人立即表示玉贵妃有嫌疑，还编造玉贵妃在之前就学过邪术。愤怒到失去理智的皇帝立刻带人来到了玉明宫，然后在玉贵妃的床下搜到了那个木头人。

面对突如其来的栽赃，玉贵妃不知所措，她解释了，却根本无济于事。

玉贵妃被打入了冷宫，如果不是因为有她父亲，她的罪责会更大。

林盼儿跟着玉贵妃搬出了玉明宫，被带到了冰冷阴森的冷宫。

自古以来，冷宫是失宠或者犯错的嫔妃的最终归属地，之前的荣华富贵、锦衣玉食从此成了过去。在冷宫，她们所住的地方还不如寻常百姓家里。除了要面对冷清败落的环境，更要面对无尽的痛苦。很多被打入冷宫的嫔妃无法忍受，最后都选择了自杀。

对于这样的结局，玉贵妃确实没想到，但是她是一个性格温顺的人，即使身在冷宫，她依然感谢皇上没有牵连她的家人。

可是，平白无故受到这样的冤枉，林盼儿看在眼里，气在心里。于是她给罗海写了一封信。林盼儿知道，玉贵妃被这样陷害，李妃肯定会担心她向人求助，如果直接给丁家写信，肯定会被人截走。所以她只给罗海写信，并在信里写了暗语。

昔日分别时，罗海担心丁墨玉在宫里遇见难事，便和林盼儿留下了一个暗语，如果接到暗语求救，罗海便知道她们需要帮助。

负责传信的太监收了林盼儿的银两，再加上确认过信的内容没有什么特别的，便将信带给了罗海。

收到求助信的罗海立刻找到了丁盛，商量一起营救玉贵妃。可惜还是晚了一步，等赶到冷宫的时候，冷宫忽然走水，因为救援不当，玉贵妃和林盼儿惨死。

知道这个消息的皇帝也大为震惊，面对丁盛，他无言以对，也自知愧对了丁盛。

玉贵妃被打入冷宫后，李妃便搬到了玉明宫。虽然皇上还没有册封她为贵妃，但是人住进了贵妃的行宫，也已经预示了她的身份。

但是李妃住进玉明宫后并不安稳，因为闹鬼。

最开始是起夜的丫鬟半夜看到一个人吊在窗户旁边，胆战心惊的丫鬟慢慢推开窗户，结果发现是一个女人吊在窗外。仔细一看，竟然是被烧死在冷宫里的玉贵妃。

接下来的几天晚上，陆陆续续都有玉明宫的人看到玉贵妃的鬼魂，甚至还发生了一些莫名其妙的恐怖事情。比如李妃之前的贴身丫鬟莫名其妙地死在了玉明宫，又或者有的人晚上睡着的时候在一个地方，睡醒却发现在另外一个地方。

一时间，玉明宫鬼影重重，宫里都开始流传：玉明宫会闹鬼，就是因为李妃陷害了玉贵妃，玉贵妃含冤而死，所以回来复仇……

第27章　冷宫传说

"玉贵妃在离开玉明宫的时候，想留个纪念，于是托人找了一名画师过来给她画了一幅像。我们本来想请明玉的父亲来作画的，不知道为什么过来的是明玉。当时因为时间紧急，玉贵妃也没有多说什么，就让明玉给画像了。当时我们并不知道，明玉画师在宫里有一个判官笔的称号，他用判官笔画下的人都是垂死之人。后来画像画好了，玉贵妃有点不满意，但是也没说什么，还是给了明玉赏钱。我记得玉贵妃之所以不满意，是觉得那画像不太像她。不过画像这个东西，只要有几分神似就好，所以便收了起来。"林盼儿说到这里，不禁看了看明玉。

明玉没有说话，似乎没有听见林盼儿的话，目光看着前面。

"那冷宫的失火究竟是李妃所为，还是意外所致啊？"叶童问道。

"当初我们进入冷宫调查，并没有发现什么问题，不过确实也有奇怪的地方。冷宫常年阴冷，却能起火，着实让人想不通。不过这案子，上面下命令让核对人数后就结案，也没有再深究。"阿和说道。

"你们相信鬼吗？"林盼儿忽然看着其他人问道。

"鬼神之说，纯属无稽之谈。"贺子升说道。

"阿弥陀佛，鬼也好，神也好，都是内心魔障。"慧海摇了摇头。

其他人没有说话，目光都聚在林盼儿身上。

"住进冷宫后，玉贵妃开始还没什么，可是后来就有点问题了……"林盼儿说了起来。

冷宫除了玉贵妃和林盼儿以外没有其他人。门口有一个管事的老太监，但是也不是经常过来冷宫里面，因为冷宫里面确实太瘆人了。这里不但阴森恐怖，没有半点阳光，最主要的是，还不知道有过多少个含冤而亡的嫔妃女子。她们大多数命运相同，都曾经是皇帝钟爱的女人，可是后期被冷落或者犯错被处罚。从万众瞩目的位置坠入黑暗深渊，无论是谁都难以接受。

玉贵妃对于自己的身份并不在意，但是被打入冷宫，变成了一个不死的囚犯，她的内心自然是痛苦的。刚到冷宫的时候，林盼儿劝她，她显得并不在意。

进冷宫之前，她们的东西都被收走了，玉贵妃更是什么都没带，也就林盼儿还偷偷藏了一些东西。但是到了冷宫，玉贵妃不知道从哪儿找到一本有点破损的《牡丹亭》，每天都坐在门口看。玉贵妃本来就喜欢看书，所以林盼儿也没在意，可是后来林盼儿感觉玉贵妃似乎有点不太对劲，比如她看书后总会自言自语，有时候似乎是若有若无地低喃。林盼儿开始还以为自己听错了，可是后来发现玉贵妃确实是在说话，而且看起来好像是在和别人对话。

这冷宫本来就如有鬼魅一样，玉贵妃的样子更是让林盼儿吓了一大跳。她试着和玉贵妃沟通，聊起了一些以前的事情。

"想我以前爱他至极，最终却落了一个孤魂野鬼的下场。"玉贵妃突然说了一句话，然后轻声哀叹。

林盼儿和玉贵妃从小一起长大，她太熟悉玉贵妃了。玉贵妃说的这个话，还有这个声音，和她平时的样子、声音大相径庭，可以说根本不是一个人。

看着眼前的玉贵妃，林盼儿感觉后背发麻，浑身发冷，她想到了人们对这冷宫的各种传说。还有这几天每天夜里，外面走廊上来回走路的声音，窗外隐隐约约的女人唱戏的声音。

林盼儿不知道该怎么办，她想去求救，但是冷宫的大门紧闭着，没人理会。

虽然恐惧，但是没有办法。

当诡异的声音再次响起的时候，林盼儿鼓足了勇气走出门外，然后看了过去。这次，她不像之前一样，先掌灯再出去，所以动作非常快。结果，她看到走廊外站着一个人，那个人反应很快，听到有人出来，立刻往前面走去。

"别走！"林盼儿立刻追了过去。

两人的距离并不远，林盼儿也没有停顿，直接追过去，所以走在前面的那个人一直在林盼儿的视线里。最后林盼儿发现对方拐进了最前面的一个房间，于是她推门走了进去。

在刚进冷宫的时候，老太监说过，以前有个叫容妃的妃子，因为无法接受自己被打入冷宫，死在了这个房间里面。容妃喜欢听戏，尤其是《牡丹亭》，在她死后，这房间里面总会传出来一些似有若无的唱戏声。所以这也是一个让人恐怖的禁忌房间，没事尽量别进去，免得遇到不好的事情。

林盼儿当时一心追对方，忘了老太监的嘱咐，便推门走了进去。

房门忽然关上了。

紧接着,窗户也许是受到了外面风的影响,突然开始噼里啪啦地来回关开,房间里的一些纸张也都被吹了起来。

透过那些纸张,林盼儿看到前面不远处站着一个人。月光下,那个人背对着自己。

"你是什么人?"林盼儿颤抖着问了一句。

对方没有说话,也没有动。

林盼儿颤颤巍巍地往前走去,来到了那个人的身边。

"你到底是什么人?"林盼儿又问道。

那个人还是没说话。

林盼儿伸手触碰了一下对方,结果对方一下子倒在了地上,露出了正面,那竟然是一个脸白唇红的纸人。在月光下,它冲着林盼儿露出一个诡异的笑容。

"啊!"林盼儿吓得差点摔倒在地上,不过她很快就冷静了下来。刚才她在走廊明明是看到了一个人,可是进来这里后怎么就变成了纸人?这很有可能是有人在故意捣鬼。

林盼儿冷静了下来,胆子也大了很多。她环视了一下四周,开始在房间里寻找。很快,她的目光落到了前面的门后,那房门下方露出了一双细小的鞋面,显然是有人躲在那里。于是,林盼儿吸口气,快步走到了那扇门前,准备拉开……

第28章　藏身之人

林盼儿刚准备拉开那道门的时候，身后突然传来了一个声音，是玉贵妃的声音。

林盼儿转过身走了过去。

走廊里，玉贵妃站在中间，正在喊她。

"玉贵妃，我在。"林盼儿急匆匆地跑了过去。

"你在做什么呢？"玉贵妃看着她问道。

"对不起，惊扰了贵妃休息。"林盼儿跪下说道。

"起来吧，别贵妃不贵妃了，还是喊我姑娘吧，都到这里了，还有什么金贵？"玉贵妃凄然说道。

"姑娘怎么起来了？是需要什么东西吗？"印象中，玉贵妃的睡眠很好，几乎都是一夜睡到天明的。

"我听到有声音，醒过来发现好像有人在我房间，便追了出来。"玉贵妃说道。

玉贵妃这句话顿时让林盼儿脑后冰冷，浑身颤抖。

从时间上推算，刚才林盼儿是看到有人才追到这边的，而玉贵妃是后来追出来的，也就是说她们看到的人应该不是同一个人，或者之前林盼儿看到的那个人将她带到容妃那个房间后，又去了玉贵妃的房间。

难道真的是鬼？林盼儿惊呆了。

"盼儿，刚才不是你吗？"玉贵妃疑惑地问道。

"是、是我。刚才看到姑娘房间的窗户开了，怕有风，我便过去关窗户了。"林盼儿担心玉贵妃受惊，于是谎称道。

"好吧，早点休息吧，你也别乱跑了。那里不是容妃的房间吗？你怎么过去了?"玉贵妃问道。

"没事,我就是过去拿东西,现在没事了,我们回去吧。"林盼儿说着,扶着玉贵妃回到了房间里。

玉贵妃坐到了床上,林盼儿给她倒了一杯茶。

"天凉了,姑娘的身子怕是又要不舒服了。之前御医说晚上多喝杯热茶会好很多。"林盼儿说道。

玉贵妃端着杯子笑了笑说道:"在这冰冷的冷宫里,就算喝再多的热茶,恐怕也是没什么用的。"

"姑娘不要这么想,或许有一天皇上会想起你,又或者老爷会找到机会帮助姑娘,毕竟还是有希望的。"林盼儿说道。

玉贵妃叹了一口气说道:"我只愿不连累父亲和家人。在这冷宫和皇宫其他地方其实没有什么区别,都是一座监牢而已。当年我从家里来到这皇宫,就已经没了自由。只是可怜了你,跟着我,算是葬送了这一生。"

"姑娘说的什么话!我们从小就在一起。能跟着姑娘,不管什么样的生活,盼儿都没有任何埋怨。"林盼儿笑笑说道。

"那盼儿为什么还有事瞒着我?"玉贵妃问道。

"没有啊,姑娘。姑娘是说窗户的事情吗?"林盼儿回头看到前面的窗户竟然开着,想来是刚才她跟玉贵妃说自己关了窗户,玉贵妃觉得她说谎了。

"这冷宫除了我们两个以外,还有其他人吗?你刚才跑到容妃的房间里是去做什么了?我记得那个老太监说过,容妃的房间里不干净,让我们不要过去。"玉贵妃翘了翘手指说道。

"姑娘,我、我刚才是看到有人,不过可能是我的错觉。我、我……"林盼儿慌忙说道。

"不是你的错觉,那个人,她不就在窗户后面吗?既然在房间里,为什么不出来呢?"玉贵妃目光落到了前面的窗户旁边,冷声说道。

林盼儿一愣,转过头看去,这才看到一个女人从窗户的帘布后走了出来。

"你是人是鬼?"林盼儿警惕地站到了玉贵妃前面,看着对方。

女人穿着一身素衣,头发掩盖着面孔,看不清样子,恍如鬼魅。

"能在这冷宫里出现的,就算是鬼,想来也是悲苦之鬼。"玉贵妃叹了一口气说道。

"玉贵妃真是好肚量,在这冷宫里能够如此坦然,倒是少见啊。"女人走到了林盼儿面前,抬起了头,露出一张惨白的脸。

"你是什么人？怎么会在这冷宫里？"林盼儿问道。

"玉贵妃不是说了吗？这冷宫里怎么会有人？我是一个早就死了的人，不过是一个孤魂野鬼。如果不是玉贵妃拿了我的东西，我也不会出来见你们。"女人冷笑一声说道。

"我拿了你的东西？莫非……莫非是这本《牡丹亭》？"玉贵妃突然明白了过来，从床边拿起了那本书。

"不错，在这冷宫里，我唯一的陪伴就是这本书了。那天玉贵妃发现这本书并将它拿走后，我本来想偷偷拿回去，结果发现玉贵妃竟然很喜欢这本书，看完后还深陷其中，让我觉得好像看到了我自己，所以我便没有急着拿回去。不过经过几日的观察，我发现玉贵妃对《牡丹亭》的痴迷越来越厉害，我担心玉贵妃出事，所以才不得不出现在你们面前。"女人说道。

"什么意思？一本书而已，怎么会出事？"林盼儿不明白，玉贵妃也是一脸迷惑。

"难道你们不知道杜丽娘的诅咒？"女人看着她们。

"杜丽娘，不是《牡丹亭》里的人物吗？怎么会有诅咒之说？"玉贵妃问道。

"也难怪，你们主仆二人看起来并不像后宫那些搬弄是非、不择手段之人，想来你们被打入这里，定然是中了别人的圈套。"女人皱了皱眉头说道。

"你到底是什么人？老太监说这后宫没有其他人，你怎么会在这里？"林盼儿对于女人的身份和话满是疑惑。

"名字不过是一个代号，人死了也就没人记得了。再说了，在这冰冷的后宫，谁还会记得你的名字呢？"女人悲伤地说道。

"可是，人总要有称呼吧？即使在这冷宫，至少还有我们。以后大家也算是邻居，总要称呼对方吧？"林盼儿说道。

"那你们就叫我小翠吧。"女人说道。

"那你是怎么到这冷宫的？"林盼儿刚问，就被玉贵妃打断了："盼儿，你给小翠倒杯茶，我想听她说说关于杜丽娘诅咒的事情。"

"好。"林盼儿走到了桌子旁边，给小翠倒了一杯茶。

"玉贵妃冰雪聪明，蕙质兰心，真的是不该来这冷宫啊！"小翠坐了下来，说道。

"无论是谁，都是家人心头肉，爱人掌中宝，都不该来这冷宫的。"玉贵妃看着前面低声说道。

第29章　丽娘诅咒

"小翠？我听说早些年容妃的贴身侍女和容妃一起被打入冷宫，后来容妃和她的侍女一起吊死在冷宫里面。容妃的手里握着一本《牡丹亭》，里面还有一张女人的画像。所有接触过那本《牡丹亭》的人都出事了，当时这件事闹得沸沸扬扬，据说钦天监都派人过去作法，后来才慢慢平息下来。"听到林盼儿说的话，明玉忽然说话了。

"这件事我也听师父罗万春说过，好像还是朝里的一件诡案。后来被人说是容妃中了《牡丹亭》的诅咒，所以才会被打入冷宫，最后离奇死去。据说容妃死的时候，有一个侍女在身边，莫非这个小翠就是容妃的侍女？"贺子升若有所思地看着林盼儿说道。

"当然不是，她自然不会是容妃的侍女。你们提到的《牡丹亭》的诅咒，其实确切来说，应该是杜丽娘的诅咒。之前我根本没听过这个事情，所以当小翠给我们讲起的时候，我顿时觉得后背发凉，胆战心惊……"林盼儿看着前方，微微眯着眼睛，即使现在说起来，她似乎依然心有余悸。

小翠一共喝了三杯茶。
三杯茶，道尽了杜丽娘诅咒的全过程。
第一杯茶，小翠端起来看着前方，说起了杜丽娘诅咒的源头。
杜丽娘的诅咒其实来源于后宫，最开始来自先皇最爱的妃子宁妃，她是先皇微服私访路过江南时遇见的女人。宁妃有别于一般的女子，是一个喜欢跳舞的女子，最擅长的就是《牡丹亭》里的各种节选舞段。其中有一节名叫《丽娘怨》的舞蹈，宁妃跳起来可以说是名震江南，甚至吸引了好多外地的达官贵人跑去观看。当时宁妃跳舞的地方名叫宁月楼，老板为了给宁妃表演，专门在酒楼的中间做了一个宽大的四面舞台。每次宁妃表演的时候，座位都是提前三天就被订满了，并且里外围满了人，可以说是当时的江南一大盛事。

先皇微服私访到江南的时候，当地的大臣自然推荐先皇去看一看。于是，先皇和当地的大臣一起来到了宁月楼，找了一个合适的位置坐了下来。

宁妃的表演确实和一般的舞女不一样。在开始表演的时候，舞台四周是用布幕遮起来的，然后随着旁边乐师缓缓弹奏，布幕一面一面地落下来，最后出现在众人面前的，便是宁妃令人惊叹的舞姿。

《牡丹亭》中杜丽娘的故事，无论是对于高门大户，还是市井人家，都是家喻户晓的。杜丽娘对柳梦梅的深情不移让很多人心之向往，而宁妃的舞姿加上音乐，可以说让杜丽娘从书里走到了眼前，这也是众人对宁妃的表演甚是喜欢的原因。

先皇自然也是大为震惊，对于《牡丹亭》的故事他同样了解熟悉，所以看到宁妃的舞姿，先皇当时就彻底被宁妃征服了，于是在舞蹈结束后找到了她。

没有人知道先皇是用什么办法说服了宁妃，最终宁妃跟着先皇入了宫，被封为宁妃，位居宁和宫。

宁妃和其他妃子不太一样，她不懂得后宫礼数，更不愿意学习，和后宫的嫔妃也不来往，每天都在宁和宫待着，要么跳舞，要么看书。她的另类却成了先皇眼里的一道风景，先皇几乎天天都在宁和宫过夜。这让其他妃子非常生气，于是她们联合起来，给宁妃设了一个圈套。她们栽赃宁妃，说她出身不正，会用邪术，控制先皇，不理朝政，甚至找了一个自称宁妃老家的人来中伤她。

面对这一切，宁妃一句话也没解释。

先皇知道宁妃是被冤枉的，可是面对人证和物证，以及周边走访的调查，为了顾全大局，最后下旨将她囚禁在宁和宫。

宁妃被关后，每天晚上都会跳舞，还有阴森鬼魅的歌声从宁和宫里传出来。胆子大的太监和宫女偷偷看了一眼，发现宁妃在院子里翩翩起舞，如同孤独的鬼魅。最诡异的是，她的身上附着一群黑压压的蝙蝠。为了印证这个说法，负责调查这事情的人还专门带了一个画师去对当时的情景作了一幅画。先皇拿到这幅画，顿时龙颜大怒，于是下令处死宁妃。

负责执行的太监和监军来到宁和宫，却发现宁妃以一个诡异的姿势吊死在了宁和宫，并且她所有的宫女和太监全部跪在地上，死状诡异。他们每个人的手里都捧着一本《牡丹亭》，并且都少了一页，缺少的那一页被宁妃咬在嘴里。整个现场鬼魅阴森，执行的太监和监军都吓得不敢进入其中。后来，一直等到钦天监的人过来，才将现场收拾干净。

宁妃的死很快在整个宫内传开，说法不一。但是钦天监禀报的情况是宁妃的死是一个诅咒，这个诅咒来源于一个关于《牡丹亭》的野史传说。据说之前有一个女子容颜貌美，堪称仙女，且深爱《牡丹亭》，甚至觉得自己就是书里的杜丽娘。对于她的亲事，媒婆可以说踏破了门槛都没有人能入她的眼。直到她遇见了一名书生，书生擅长诗词歌赋，丹青更是一绝，为其画下一幅杜丽娘画像，便让女子以身相许。

后来书生离去赶考，对女子许下诺言，无论考试如何都会回来迎娶她，并以杜丽娘的画像起誓。

结果书生高中，但是并未回来兑现自己的诺言，于是女子悲愤之下，给书生修书一封，然后吊死于家中，嘴里咬着那幅书生送的画像。

书生在收到书信后大吃一惊，不过并没有当回事，而是扔掉了书信。可是两天后书生惨死，手里紧握着一幅杜丽娘的画像。

宁妃的死状和野史上的女子非常像，经过询问，宁妃嘴里咬的那页，正是当初先皇和她见面时一起聊的《牡丹亭》里的那一幕戏。

虽然钦天监如此说，但是先皇和其他人认为只是一些传说，并没有当真，命人将宁妃以及跟她一死去的太监、宫女处理了一下。

但是后来事情却并没有结束。每到夜里的时候，便会有人在皇宫里看到宁妃的鬼魂，甚至还能听到宁妃悲切的歌声……

第30章　容妃故事

小翠喝的第二杯茶是续茶，茶已经没有第一杯那么浓郁，好在水是烫的，热茶入嘴，带着一丝热气。关于杜丽娘的诅咒的故事则徐徐展开。

宁妃死后，宁和宫先后住进两个妃子，但是都出事了，即使钦天监派人过去作法平复，都无济于事。于是，宁和宫干脆被关了，成了一座废弃的宫苑。

上一位皇帝驾崩后，先皇继位，对皇宫进行了修整改建。之前空下来的废弃宁和宫也被列入其中，经过修整后，改名为新宁宫。

渐渐地，宁和宫的传说在后宫被人遗忘了。

新宁宫成了一个全新的妃子住处，也就是容妃住的地方。

容妃钟爱话本小说、戏文故事，尤其是民间版本，其中最喜欢的便是《牡丹亭》。她在入宫前曾经希望自己可以和杜丽娘一样爱己所爱，不受其他因素牵绊。因此，即使到了出阁年龄，对于络绎不绝、踏破门槛的各类求亲，她也一再拒绝。容妃的父亲对其非常宠爱，所以事情也全由她做主。直到有一天，先皇来到容家，偶然间看到了容妃撰写的杜丽娘的文字，两人倾心交谈。面对先皇的渊博知识以及他对杜丽娘的独特见解，容妃心动不已。于是不日后，容妃便嫁入皇宫。

在挑选住处的时候，容妃选择了新宁宫，原因是她在路过新宁宫时，得知这宫里放着一本《牡丹亭》。虽然《牡丹亭》她已经看过很多次，但是看到那个版本，她仍心动不已，于是她毫不犹豫地选择了新宁宫。

想来容妃的命运好像和之前的宁妃一样，最初深受先皇的宠爱，可是后来不知道为什么先皇就开始冷落她了。容妃无法忍受这种冷落，在她的世界里，之前的爱情就是绝对的，先皇初次爱她如她所想、如她所愿，现在却对她爱搭不理。于是，容妃开始用各种办法想收回先皇的心，可是并没有什么效果。

偶然间，她在宫里的床隙中发现了一张画像。那是一个女人的画像，容妃看到后非常喜欢，便把它小心地放到了床头。

夜里，容妃做了一个梦，她看到一个女人躺到她的身边，轻声慢语地和她说着什么。

从那以后，容妃便像变了一个人。她不像以前一样因为先皇的冷落大吵大闹、自怨自艾，整个人对于后宫的斗争变得无所谓，更多的是开始看书，甚至开始学习跳舞，就连侍女小翠也不知道她是从哪里学到的。她的舞姿变得越来越好看，她也不外出，每天对着铜镜跳舞。有时候她还会蒙着面，看上去仿佛换了一个人一样。

终于，容妃的事情传到了皇上的耳朵里面，好奇之下，先皇来到了新宁宫。

对于先皇的好奇之心，容妃坦然相对，然后顺便给先皇跳了一段舞。

看到容妃的舞姿，皇上欢喜不已，当晚就留宿新宁宫。

翌日，侍女问容妃，多日改变，莫非就是为了等待先皇重新喜爱？

容妃说："昔日陈阿娇被打入冷宫，一首《长门赋》勾起了汉武帝的昔日感情，将她从冷宫重新带回。可惜她并没有完全意识到自己的错误，最终再次被打入冷宫。我和皇上可没有多少昔日感情，唯一能做的就是让他看到我不一样的地方。"

那日以后，先皇重新对容妃宠爱有加，几乎夜夜留宿新宁宫，而所有见到容妃的人都惊叹于她的改变，甚至连容妃的家人都觉得她根本不像之前的样子。

一些宫内的老人私下低语，容妃倒是和当年的宁妃多了几分相似。

于是，关于容妃和宁妃的相似之处，传言越来越多，并且言之凿凿：第一，容妃所住的新宁宫本来就是之前宁妃生前的宁和宫；第二，容妃和宁妃都是喜欢杜丽娘的，有人看到她们都拥有杜丽娘的画像；第三，宁妃生前跳的就是杜丽娘的鬼舞，而现在容妃的舞姿和之前宁妃跳的相差无几。

众说纷纭之下，钦天监的负责人只好请出以前的监正。当年的监正目睹了宁妃死状，并且后来宁和宫闹鬼，对宁和宫的修建以及后面的重建都是他负责的。所以当他见到容妃的那一刻，顿时大吃一惊，于是立刻向先皇禀报，希望天子不要再去新宁宫。

先皇对于容妃的喜欢正在兴头上，对于前监正的提议并不认同。

前监正知道先皇的性格不像其父皇，并不完全看重钦天监，尤其是对于一些风水玄学，先皇更认为是虚幻之说。所以，对于自己提出的问题，先皇自然不会相信。

面对前监正的谏言失败,其他人更是无可奈何。

因为先皇的宠爱,容妃的性格更加乖张,她甚至让人从宫外寻得几名舞女一起跳舞,对于其他嫔妃根本不屑一顾,甚至对当时的皇后都不放在眼里。

第二杯茶喝完,小翠停了下来。

玉贵妃看了看旁边的林盼儿,林盼儿将小翠的杯子拿起来,将里面的茶叶倒掉,放了新茶。

"看来容妃因为那幅画像重新得到了皇上的宠爱。可是,为什么后来她被打入冷宫了呢?"玉贵妃问道。

"皇宫之事,犹如海上行船,有时候看似风平浪静,其实暗流无数。容妃所得的圣宠如日中天,自然树敌无数。她本以为受着皇上的恩宠可以得到皇后之位,结果她疏忽了这朝堂之上的关系。据说容妃的父亲来劝她都不听,非要和皇后作对,甚至对皇后下手。结果,皇后背后的势力,加上对容妃早已经看不惯的人们联合到一起,最后逼得皇上不得不放弃容妃。"小翠说道。

"不是说容妃是因为利用厌胜之术祸害皇后才被打入冷宫吗?"林盼儿问道。

"那不过是一个借口,皇上的选择决定了一切。容妃被打入冷宫后众叛亲离,最后吊死在了这里,嘴里则咬着一幅画像,不知道是巧合还是有其他原因。"小翠说着端起了第三杯茶,轻轻吹了吹,喝了一口。

第31章　冷宫走水

玉贵妃和林盼儿对视了一眼，她们没有说话，内心却有着相同的感觉。

小翠说的事情让她们有点意外，尤其是关于杜丽娘的诅咒，那两个妃子的经历现在看来，玉贵妃似乎也正在经历。

"那……这、这个就是杜丽娘诅咒的源头吗？"玉贵妃看了看前面的那本《牡丹亭》说道。

小翠端起了第三杯茶，甚至没有觉得热茶烫口，直接喝了一口，然后说道："这只是一本简单的书，谈不上诅咒，不过杜丽娘的诅咒从来都不是从一本《牡丹亭》或者一幅画像开始的。真正的诅咒，其实在心里，又或者说，诅咒可能根本就是一件外衣，你说呢？"

"小翠姑娘，你、你怎么会在这冷宫？"林盼儿忍不住问出了心里的疑问。

"我？呵呵，一个孤魂野鬼而已。"小翠将第三杯茶一饮而尽，然后说道，"好了，感谢玉贵妃的三杯茶，在这冰寒的冷宫里，也算让我体会到了一丝温暖。"

玉贵妃和林盼儿还想说什么，小翠已经站起来离开了。

林盼儿追了出来，小翠走得很快，直接拐过走廊，不见了踪影。

回到房间里，林盼儿看到玉贵妃眉头深锁，目光有点呆滞。

"姑娘，不早了，休息吧。这小翠姑娘不管是什么人，至少不是坏人，比起那些落井下石的人要好很多。"林盼儿说道。

"她说得没错，这世上所谓的诅咒也好，无妄之灾也罢，不过是披着外衣的借口。想来皇上是对我不信任了，所以才会相信李妃她们的话。本来之前我还想着父亲能够帮我，现在看来我更担心的是，不要因为我的事情连累了父亲，连累了整个丁家。"玉贵妃叹了一口气说道。

那个夜晚，因为小翠的出现，玉贵妃和林盼儿都没有睡着。

第二天，林盼儿专门再次去了容妃的房间，但是并没有发现小翠。后来她还侧面问了一下守冷宫的太监，但是对方根本不知道。

后来的很多个日子，林盼儿都觉得小翠似乎真的是一个鬼魂，她的出现就像一个风雨夜里的一场梦一样。

入冬的时候，冷宫发生了一件事。因为冷宫的过冬柴不够，管事的太监又不管申请，无奈之下，林盼儿给丁家写了一封求助信。于是丁盛进宫面圣，并且提到了玉贵妃在冷宫的遭遇，向皇上提出处死玉贵妃的申请。

丁盛的申请震惊了朝野。皇上对冷宫的物品进行了调查，发现本来应该送到冷宫的物品都被人截走了，这才导致了冷宫出现无柴过冬的情况。于是，皇上处死了负责运送物品的相关人等，还准许丁盛到冷宫去看望玉贵妃。

这是玉贵妃自从嫁入皇宫后第一次见到家人，她知道后格外兴奋。即便冷宫简陋不堪，玉贵妃还是让林盼儿收拾了好几遍。

丁盛戎马一生，对于儿女的情感一直隐忍而坚强。当年玉贵妃嫁入皇宫时丁盛就知道，这幽幽后宫，按照女儿的性格，怕是不容易生存，只求她能平平安安，结果她还是入了冷宫。

林盼儿不知道丁盛和玉贵妃说了什么，他们关着房门聊了两个时辰，最后丁盛看起来很生气地离开了。

后来，冷宫就出事了。

玉贵妃被烧死在了里面。

起火的时候是后半夜，林盼儿发现时，玉贵妃住的房子已经烧了一大半。

林盼儿跳进房子里面，想去拉玉贵妃，却发现她昏睡在里面。

这时候，一个黑衣蒙面人冲了过来。他的手里拿着一把刀，冲着林盼儿挥手砍过来。

林盼儿惊呆了，眼睁睁地看着那把刀向自己砍来。

千钧一发之际，一个杯子从后面飞过来，击中了那把刀。

然后一个白衣女人跟着过来，和那个黑衣蒙面人打斗在一起。

黑衣蒙面人和白衣女人打了一会儿，找个机会直接跳窗逃走了。

白衣女人不是别人，正是之前在冷宫里的小翠。她摸了摸玉贵妃的鼻息，然后对着林盼儿摇了摇头说道："玉贵妃已经去了。"

"啊，怎么会这样？"林盼儿的眼泪瞬间落了下来。

这个时候，外面的火越来越大了，小翠看了看林盼儿说道："一会儿外面的人会冲进来救火，你趁着混乱离开吧，否则按照规矩，你作为玉贵妃的贴身侍女，她死了，你也活不了的。"

"这……怎么会这样？可是，我就算走了，他们发现只有玉贵妃的尸体，没有我的尸体，我一样也活不了的。"林盼儿说道。

"这个我来帮你，不过你也需要帮我一个忙。"小翠说道。

"什么忙？"林盼儿问道。

"你带着这个出去，有一天有人拿着同样的东西找到你的时候，你必须无条件满足他提出的要求。"小翠说着拿出了一个铜钱一样的圆形玉佩，上面雕刻着一个蛇一样的造型。

林盼儿看着眼前死去的玉贵妃，还有提出条件让她可以活下去的小翠，脑子一片混乱。

"玉贵妃显然是被人害死的，你如果出去了还能够调查一下她的死因，为你的主人报仇。如果你现在不同意，你明天就会被处死，玉贵妃的死也不过是让这后宫里多了一个茶余饭后的谈资而已。"小翠又说道。

小翠说得没错，林盼儿顿时犹如醍醐灌顶，直接说道："好，我答应你。"

于是，林盼儿接过小翠给她的玉佩，将自己身上的衣服跟小翠互换。接着，小翠带着她来到了之前容妃的那个房间。原来那个房间里竟然有一个暗道，暗道的尽头是当年容妃的住所——新宁宫。

新宁宫是宫里的凶宅，所以这里和冷宫一样，一般没人过来。

林盼儿在新宁宫里待了一晚上，第二天才悄悄出来。

冷宫的走水已经结束了，她听宫女太监口里议论，从冷宫里找出两具被烧焦的尸体，调查的人认为那便是玉贵妃和她的侍女。

林盼儿不知道小翠是怎么做到的，但是她确实帮了自己。

因为冷宫走水的事情，宫里的守卫变得严格起来。好在林盼儿的样子并没有几个人认得，她又熟知后宫的规矩。她想起小翠说的事情，玉贵妃是被人害死的，所以她第一个想到的便是李妃。并且，现在李妃还住在之前玉贵妃住的玉明宫。

为了寻找证据，林盼儿在夜里偷偷来到了玉明宫……

第32章　隐身他乡

"原来玉明宫闹鬼的传闻是因为你去调查玉贵妃的死？"听到林盼儿的话，阿和不禁说话了。

"不错，说是闹鬼，其实是李妃那伙人做了坏事，心里有鬼。她宫里的那些宫女太监很多都认识我，我在夜里去玉明宫的时候，偶然间撞见了其中几个，所以他们便在玉明宫传得沸沸扬扬，说见到了玉贵妃和她侍女的鬼魂。其实也只是传闻，毕竟玉贵妃是真的死了，怎么可能出现？他们就是以讹传讹，最后闹得李妃也不敢在玉明宫里面住，搬走了。"林盼儿点点头说道。

"可是后来怎么说这一切都是侍卫罗海所为呢？"明玉问道。

"罗海自然是为了救我……"林盼儿的眼神黯淡了下去。

李妃带着人从玉明宫搬走了，但是这并不是一件好事。因为玉明宫闹鬼的事情，上面派人过来进行秘密调查。当林盼儿再次来到玉明宫的时候，两名侍卫拦住了她。

其中一个侍卫冲过来一把掀开了她的面罩。

看到林盼儿的样子，后面的侍卫惊叫一声。没等林盼儿反应过来，后面的侍卫竟然直接刺死了前面的侍卫。

后面的侍卫揭开了自己脸上的面罩，露出了一张熟悉的脸孔，他竟然是玉贵妃昔日喜欢之人——罗海。

罗海能来宫里做侍卫，最大的原因是想帮玉贵妃。可是宫里的规矩太多，很多事情不像他想的那样。之前他好不容易才当上了玉明宫的侍卫，玉贵妃就被打入了冷宫。

玉贵妃出事的那天晚上，罗海也去了现场，可是那个时候，玉贵妃所在的冷宫房间已经烧成了灰烬，无可挽回，他只好默默离开。本来他是准备离开皇宫，彻底放弃这一切的，后来却听说玉明宫闹鬼，于是又留下来。他之前想着如果真的是玉贵妃的鬼魂回来也好，至少还能再见玉贵妃一面，没想到他今天见到的却是林盼儿。

林盼儿把玉贵妃之死的情况说了一下，包括自己怎么脱险的事。

听完林盼儿的话后，罗海只确认了一个问题，那就是玉贵妃的父亲去冷宫看了她。然后，罗海便劝林盼儿出宫，不要再过问玉贵妃的事情，并且如果出去了，也千万不要去丁家，从此以后就当林盼儿已经死了，不要再和以前的事情有任何关系。

林盼儿不知道罗海说这些话的具体原因，但是她明白那自然是为了自己的安全，毕竟如果被人知道作为玉贵妃侍女的她还没死，宫里的人肯定不会放过自己的。再加上当时的情况，林盼儿其实已经想离开皇宫了，只是苦于没有办法。于是，在罗海的帮助下，她顺利离开了皇宫。

后来，林盼儿在街头看到了罗海被抓的消息，并且告示上说罗海是玉贵妃被杀以及玉明宫闹鬼的真凶。

罗海的罪过牵连了罗家，不过在丁盛的力保之下，最终皇上只处死了罗海一个人。

行刑的那天，林盼儿就在人群中。她和罗海对视了一眼，罗海对着她笑了笑。

刽子手的刀落下来的那一刻，林盼儿的眼泪落了下来。

幽幽皇宫，多少人盼望进去，可是谁又知道，一旦进入，想要出来，那是何其困难。

那一天，林盼儿离开了京城。她履行了对小翠的承诺，去了安城的清水楼。

安城的清水楼，是一处很多女人看到后都会远离的地方，林盼儿却主动过来。清水楼的老板对于新来的女孩分为两类：一类是卖身的，一类是卖艺的。

林盼儿虽然只是玉贵妃的一个侍女，但是毕竟从小跟着玉贵妃，琴棋书画不能和玉贵妃相比，放到民间已经算是不错的了。所以，林盼儿被归到了卖艺的一类里面，并且得到了一个新的名字——红袖。

从那以后，林盼儿成了过去，她有了新的身份，那就是清水楼的艺女红袖。

烟花之地，面对的是各种各样、形形色色的人。有的囊中羞涩，却要夸大面子；也有的腰缠万贯，但是抠门绝顶；更有好多看不出来身份的人。可以说，这样的场合实则是一个名利场。

站在楼上看着楼下那些客人欢声笑语，林盼儿慢慢地觉得，之前的事情就像她的前世一样，似乎就在眼前，却又很遥远。她的后半生就像小翠说的那样，等着有人会找到她，或许那才会让她一如死水的生活，再次沸腾起来。

清水楼的人对于红袖充满了好奇，尤其是比她来得晚又比她红的姐妹。在她们眼里，红袖无论从容颜还是技艺都要高过她们，但是红袖总是像一个影子一样伫立在后面。她不像其他姐妹一样，遇到好的机会便会冲出去，好像她甘心做一个不被人看到的影子。

在清水楼时间长了，红袖才知道，原来除了她，在这个清水楼的后院还有一个比她更低调的女人。她的名字叫阿宁，据说她一个月只见一次客，还要预约筛选，无论是达官贵人，还是皇亲国戚，都要按照她的规矩来，否则一律不见。

对于阿宁的来历，清水楼的人议论纷纷。有人说她本是一位官家小姐，也有人说她是清水楼楼主的女儿，更有人说她来自西域，所以她的一切规则在清水楼，甚至在整个安城都没有人敢不从。

红袖在到清水楼的第二个月，终于等到了阿宁的表演。那是一个从外地过来的客商，也不知道给了阿宁什么条件，阿宁竟然答应在清水楼跳舞。

那天清水楼人声鼎沸，从舞台下面排到了舞台外面。所有人都在期待阿宁出场跳舞，但是没想到来了一个神秘的女人。这个女人走到舞台上要和阿宁比舞，原因很简单，这个女人来自天竺，她自认为中原没有女人的舞蹈可以比过自己的舞蹈。于是，那一场演出，可以说是整个清水楼开张以来，最让人回味无穷的……

第33章 惊现鬼戏

天竺来的女人叫贝敏，加上随从一共五个人。贝敏戴着头纱，看不见样子，但是从她的身材和举止看，显然不是普通人。

对于贝敏的挑战，所有看客都非常兴奋。因为贝敏的随从说得很清楚，如果清水楼的头牌输了，他们就会去京城；如果清水楼的头牌赢了，他们就此离开大明。

所以，这已经不是一场贝敏赢或者阿宁胜的比试，这是天竺与大明的竞争。

武打天下，纵横疆场，浴血奋战，寸土必争。

文打天下，一字不让，纸上杀人，杀人不见血。

女人的舞姿之争，有过之而无不及。

贝敏跃上舞台，随从立刻走到旁边乐手那里拿起乐器，开始伴奏。

不得不说，天竺的异域之舞，让人惊叹。

习惯了中原女子的舞姿，忽然看到贝敏来自异域的舞蹈，周边的看客都惊呆了。

一曲过后，所有人都不自觉地鼓掌。

接下来，所有人更期待的是阿宁的舞姿，可是没想到阿宁并没有出来，而是让清水楼的老板带了一句话："真正的舞者，不会与人比舞，天竺的舞姿固然好看，但是如果想和大明的舞林高手对决，至少应该去牡丹宅看一下杜丽娘的鬼舞。"

老板带过来的话，一石惊起千层浪。

杜丽娘的鬼舞，所有人都知道，那可不是一般的舞，据说是从皇宫内院传出来的。跳鬼舞的人都要先焚香叩拜，做足法事，并且看客不能发出任何声音。整个舞蹈犹如一个怨鬼在跳，所以很多时候，没人敢跳鬼舞，除非是在一些特别要求的情况下，或者是有钱人在葬礼上会请人跳上一曲。

所以，当阿宁提出让天竺的贝敏去看杜丽娘的鬼舞时，所有人都唏嘘不已。他们自然知道阿宁的意思，鬼舞是好看，但是风格更加恐怖，很多人根本不敢过去看。其实她就是让这些天竺人知难而退。

可没想到的是，贝敏却欣然答应了，并且说看完鬼舞后，会回来再找阿宁比试。于是，一行人问了在哪里可以看到鬼舞，便离开了清水楼。

贝敏一行人离开的时候，红袖就站在人群中。不知道为什么，她总觉得有事情要发生了，就好像清水楼一直是一池波澜不惊的水，现在突然就出现了暗流，并且这暗流还无法确定在哪里，什么时候会出现。

清水楼的人以为天竺那些人在知道杜丽娘的鬼舞情况后会知难而退。

杜丽娘的鬼舞，这个也让红袖充满了好奇。于是，她在询问了关于鬼舞的情况后，背着清水楼的人自己去了牡丹宅。

所谓的牡丹宅，其实就是一个废弃的宅子。据说之前有一个叫牡丹的舞女住在里面，因为被人欺骗，导致精神出了问题，每天半夜一个人在宅子里跳舞。牡丹死了以后，经常有人在夜里看到牡丹的鬼魂在宅子里面跳舞，她跳的舞蹈被人传出来，就是后来大家一直传说的鬼舞。

红袖按照知情人提供的信息，终于找到了牡丹宅。

为了避免被人发现，红袖是特意从宅子后院墙翻进去的。

这牡丹宅和之前的冷宫感觉差不多，因为是废弃没人住，所以缺少了人气和生气，就连院子里的草树都鬼气森森。

红袖进入后，感觉有一种说不出的压抑，还没有等到走进宅子里面，她就听到一声撕心裂肺的叫喊。接着她看到一个人从前面的房间里跑了出来，那个人似乎是看到了什么恐怖的事情，整个人走路都是歪歪扭扭、惊慌失措的，最后直接倒在地上。

红袖立刻走过去看了一下，发现倒在地上的人竟然是白天跟着贝敏的其中一个随从。

"有、有鬼！"那个随从看到红袖，身体颤抖着，激动地说道。

红袖倒吸了一口凉气，然后将目光落到了前面的房间上。

房间关着门，静悄悄的，似乎根本没有人。

刚才那个人是贝敏的随从，他的样子看起来像是受到了什么攻击。红袖记得他们一共五个人，现在有一个人在外面，其他人不见踪影。

红袖慢慢走到了房间门口，看到大门半开着，一眼望去，只见地上躺着一个人,是贝敏的另一个随从。

这个时候,前面突然传来了一个声音,似乎是拉二胡的声音,又像是什么东西被撕裂一样。

红袖抬头一看,顿时呆住了。

房间里面,一个女人吊在上面,四周点满了蜡烛,有的熄灭了,有的还亮着。那个女人戴着一块面巾,看不清样子,像是提线木偶一样身体一节一节地动着。

在她旁边还瘫坐着三个人,正是去清水楼斗舞的贝敏身边的剩余三人。他们一动不动地坐在那里,不知道是被上方的女人吸引了,还是说和另外两个随从一样已经晕了过去。

红袖被眼前这一幕惊呆了,站在那里,呼吸几乎都停了下来。

这时候,前面那个跳舞的女人突然抬起了头,眼睛一下子瞪了过来,仿佛两把刀子一样直接刺了过来。与此同时,一阵风刮来,将女人脸上的面纱吹了起来,露出了一张惨白的脸。

红袖突然反应了过来,吓得往后一退,直接退出了房间,然后她深吸一口气,快速向前跑去,从宅子后院翻了出去。

一直到回到清水楼,红袖整个人都还在颤抖。她的面前一直浮现那个女人的眼神,那仿佛是从地狱爬出来的怨鬼的眼神,让人不寒而栗。

思来想去,红袖来到了后院,敲响了阿宁房间的门。

"进来。"一个女人的声音从里面传了出来。

红袖走了进去,看到阿宁正坐在镜子前梳妆。

"阿宁姑娘,我是楼里的红袖。"红袖说道。

"什么事?"阿宁一边梳理着头发一边问道。

"我、我是想问关于……关于杜丽娘鬼舞的事情。"红袖想起刚才自己在牡丹宅看到的一幕,不禁说道。

"你想问什么呢?"阿宁缓缓地将头转了过来,笑着问道。

红袖看到阿宁的样子,突然睁大了眼睛。眼前的阿宁赫然就是刚才她在牡丹宅看到的那个跳舞的女人。她们的眼神,以及样子,几乎一模一样,尤其笑起来时,简直就是同一个人。

红袖一屁股坐到了地上,浑身颤抖着叫了起来……

第34章　隐身原因

"怎么,被我的样子吓到了吗?"阿宁站起来,甩了甩衣服上的长袖,做了一个起舞的动作。

"你、你、你……我……"红袖不知道该怎么说,结结巴巴的,半天没有说出来一句话。

"你是去牡丹宅看鬼舞了?"阿宁走到了红袖的身边问道。

"是、是你吗?"红袖的心情缓了下,脱口说道。

"看来你应该没看过杜丽娘的鬼舞。"阿宁伸手拉起了红袖。

阿宁靠近了红袖,她才发现其实阿宁的样子和刚才在牡丹宅看到的那个跳鬼舞的女人还是有些差异的,也许是因为化了妆,所以猛地看起来特别像,但是仔细看上去,一些妆容的修饰还是有区别的。

"刚才那个跳舞的女人不是你?"红袖说道。

"杜丽娘的鬼舞是要化妆的,通常舞者都会照着一张流传的杜丽娘的画像来化妆,所以如果脸形相似的话,最后定妆的样子看起来就非常像。尤其是第一次看到鬼舞的人,都会被舞者的样子以及周边的环境吓到,所以根本不会仔细去观察舞者的具体情况。刚才你去牡丹宅看到有人在跳鬼舞,想来她必然也是化了妆。现在我的妆容就是鬼舞舞者的妆容,所以你看到,自然会感觉相像。"阿宁笑着解释了一下。

"我刚才的确去了牡丹宅,然后看到了那几个天竺来的人,他们好像出事了。他们在看鬼舞,也不知道是被吓到了,还是其他原因,总之挺吓人的。"红袖吸口气说道。

这时候,外面传来了一阵急切的脚步声,接着一个男人推门走了进来,急匆匆地说道:"出事了,阿宁,不好了!"

可能男人没想到红袖会在阿宁的房间,所以看到红袖的时候,突然怔住了。

"怎么了,慌慌张张的?"阿宁笑了笑,走到了男人身边。

"牡丹宅那边出事了,那几个天竺来的人去看鬼舞,结果全部出事了,有两个还死了。现在官府的人正在现场,因为之前他们是听了你说的鬼舞才过去的,所以官府的人马上要过来了。"男人说道。

"真的死人了?"想起刚才看到那几个天竺人的情况,红袖惊呆了。

"这怎么办啊?要不你赶紧离开吧?"男人着急地说道。

"没事,来就来吧,正常调查,我们配合就好。不用担心,如果你真的害怕,就去请梁大人过来。"阿宁轻轻笑了笑说道。

"可是,这不是给你找麻烦了吗?早知道当时就不应该……"男人愧疚地说道。

"不要说了,没事的,你按照我说的办就好。"阿宁打断了男人的话,然后看着他。

男人点了点头,然后看了看旁边的红袖,想说什么却欲言又止,最后离开了。

果然,很快地,清水楼的老板带着官差来到了阿宁的房间。

两个官差看上去比较精明,旁敲侧击地询问阿宁关于杜丽娘鬼舞的事情。

阿宁回答得不疾不徐,滴水不漏。

"大家都知道天竺来的人是听你说了鬼舞然后去了牡丹宅,现在他们出事了,阿宁姑娘怕是脱不了干系。"其中一个官差说道。

"大家都知道杜丽娘的鬼舞诅咒,我告诉他们的目的就是让他们知难而退,可是他们不听,非要去冒险,现在出事了,怎么能怨我呢?"阿宁说道。

"阿宁姑娘,你应该去现场看看,或许会明白我们为什么会来。"另一个官差说道。

阿宁皱了皱眉,然后看了看红袖说:"那好吧,红袖,你跟我一起过去看看吧?"

"好的。"红袖没有拒绝。

阿宁和红袖跟着官差来到了牡丹宅,她们来到现场才明白了官差为什么那么说。因为现场太过诡异,房子的中间吊着一个提线木偶,不过那个木偶被人化了妆,并且妆容精致,如果不仔细看,根本看不出来是假人。

在地上还站着一个女人,她的姿势和中间吊着的那个提线木偶一样,一眼看去,就好像那个女人在学提线木偶的动作一样。不过女人已经死去多时,她的身体还能站着，是因为身上绑着几根细如发丝的银线。她正是之前在清水楼找阿宁斗舞的天竺女人贝敏。

"阿宁姑娘，你看到这个场面，是不是觉得有点熟悉？你能给我们一个解释吗？"官差看了看阿宁问道。

"这个我是真的没想到，我想我可能需要见一下梁大人了。"阿宁无奈地说道。

红袖对于眼前的情景一头雾水，她并没有看出阿宁和贝敏的死有什么关系，也不明白那个官差和阿宁说的话是什么意思。

一直到红袖跟着阿宁去了太守梁大人家里，听到梁大人和阿宁说起之前的事情，她才知道了其中原委。

阿宁之所以能在清水楼安然无恙地待着，全是得益于梁大人的照顾；而梁大人那样照顾她，则是因为当年梁大人的夫人痴迷杜丽娘的鬼舞，陷入了魔怔，梁大人四处寻医无果，最后贴榜寻贤，宣称如果谁能治好梁夫人的病，他可以尽全力报答对方。

阿宁就是揭榜者。

阿宁对于梁夫人的救治很简单，就是以毒攻毒。因为梁夫人痴迷杜丽娘的鬼舞，所以阿宁就自己做了一场鬼舞的演出，在舞蹈的最后来到了梁夫人面前，当场卸妆，露出了自己本来的样子。

梁夫人迷恋杜丽娘的鬼舞，是因为她认为跳舞的人就是杜丽娘的化身，是超越凡人的舞者，甚至自己也吊着红线跟着木偶舞者一起跳舞。所以当阿宁卸下鬼舞妆，露出本来面目后，梁夫人的幻想被彻底打碎了，将她从虚幻的鬼舞沉迷中拉了出来。因为此事涉及梁夫人，所以当年梁大人并没有再追究下去。

梁大人履行了自己的承诺，但是阿宁只要求她能在一个安静的地方待着，不愿意和外人打交道，更不希望被人知道自己的身份。于是，梁大人将她安排在了清水楼。清水楼看似是青楼，却又和别的青楼不一样，因为它背后的靠山正是梁大人，阿宁因此才可以安然无恙，不被打扰地住在后院。

现在天竺来客的情况和当年梁夫人沉迷杜丽娘的鬼舞现场几乎一样，也就是说，当年让梁夫人深陷其中的杜丽娘诅咒鬼舞，再次出现了……

第35章 诅咒再现

"当年因为鉴于我夫人的情况，再加上你告诉我说那些人都是初犯，并且保证会离开安城，所以我并没有对这个杜丽娘鬼舞诅咒进行追究。可是现在他们再次出现了，并且这次还杀害了天竺人，这是关系到两个国家的问题。这个贝敏我看应该也不是天竺的普通人，如果天竺那边因为这个问题和我大明起纷争，我这安城怕是将要引起一场血雨腥风了。"梁大人看了看阿宁说道。

"对这件事情我也很震惊，当年那些利用杜丽娘鬼舞诅咒来蛊惑人心的人确实已经不在安城了，牡丹宅也荒废了很久。那天我在清水楼对贝敏他们么说，其实就是想让他们知难而退，但是我没想到他们竟然真的去了牡丹宅，并且真的看到了杜丽娘的鬼舞，还在那里出了事。梁大人，这显然是有人故意这么做，具体目的目前还不得知，但是我可以确认，他们肯定不是当年那些人。"阿宁说道。

"你怎么如此肯定？"梁大人有点意外。

"首先，我当时对贝敏他们那么说是想着我自己过去牡丹宅跳一下杜丽娘的鬼舞，然后再和他们说明情况，这样既能让他们知难而退，又能让他们口服心服，不会对我们安城这边有所影响。可是，在我还没去的时候，已经有人先我一步去了那里，并且杀害了贝敏一行人。其次，我之所以敢肯定这次杀害贝敏他们的人不是当年的那些人，原因很简单，那就是这次在牡丹宅害人，跳杜丽娘鬼舞的人和当年跳杜丽娘鬼舞的人样子不一样。虽然这次跳舞的人极力模仿了，但还是有一些地方出了错误。比如最后贝敏和木偶人一同死在台上的场面，之前跳鬼舞的人，他们是专业的鬼舞师，在台上根本不会用木偶人。这次他们用木偶来跳鬼舞，然后杀死贝敏他们，完全就是另外一种手法。并且跳杜丽娘鬼舞的舞者出于对杜丽娘诅咒的敬意，都会焚香叩拜，断然不会用木偶人来代替。所以这次跳鬼舞的人其实另有其人。"阿宁说出了其中原因。

"那你觉得会是什么人呢？"梁大人抚了抚胡子问道。

"我之前在京城见过南镇抚司办案，抓过一个叫石川野的东瀛人。他乔装打扮混在京城，一心为东瀛搜集情报。他有一奇术，据说是来源于东瀛忍术里的一种木偶功，利用木偶人跳舞吸引民众，还会利用木偶人来杀人。当年他已经被押到刑场即将执行死刑，却在关键时刻利用忍者遁术逃走。"

"因为我从小喜欢舞蹈，听闻石川野的事情后就在他坐牢时专门去看过他一次。我觉得他的木偶舞非常稀奇，但是当时他对所有人都是闭口不谈，现在想来他是已经做好了逃跑的准备。后来我通过朋友了解，这种人在东瀛就是专门派去别的国家探听情报的，所以他们肯定不会善罢甘休。我料想他回了东瀛之后定然还会出现。现在看来，这次杀害天竺贝敏一行的人，应该就是石川野。"阿宁说了一下自己的推测。

"可是，他为什么要这么做呢？你也说了，之前他逃走了，为什么还要冒着被抓的风险再次出现呢？"梁大人说道。

"这个，我就不得而知了，或许这跟最新的边境变动有关系？又或者是因为这些天竺人发现了他的秘密？"阿宁摇摇头说道。

梁大人猛地站了起来，恍然大悟地说道："想起来了，前几天我收到了朝廷的消息，最近天竺好像和我们大明在经济、税务上僵持，甚至我们派去的大明使者还被天竺那边轻视。现在看来，这东瀛人狼子野心，在我们这里杀害天竺人，目的应该是想挑起两国的战争，好让自己渔翁得利。"

"原来是这样。"阿宁点了点头。

"我看需要马上上报朝廷，这件事情刻不容缓。"梁大人说道。

"不，千万不要！"阿宁急忙说道。

"这是为何？"梁大人不太明白。

"梁大人，你有所不知。当年这个石川野在众目睽睽之下逃走，本身就是朝廷缉拿的要犯。现在这个情况也只是我们的推测，如果上面派锦衣卫过来调查，最后发现有问题，那大人可能会受到牵连。"阿宁说道。

"那怎么办？等上面怪罪下来，我可就完了。"梁大人说道。

"当然不能什么都不做，我的意思是我们可以先调查。如果能抓住石川野，这样既可以给上面一个交代，还能保住一切。"阿宁说道。

"可是你也说了，这石川野能力不一般，在京城都杀不了他，我这小小的安城有什么办法可以抓他？"梁大人苦恼地说道。

"或许我有办法。"阿宁若有所思地说道。

这时候，有人走了进来，然后说道："禀报大人，那两个天竺人醒了。"

"走，去看看。"梁大人一听，立刻对阿宁说道。

两人走出来后才发现红袖还在门口。

"你跟我一起吧。"阿宁对红袖说道。

"这是？"梁大人看了看红袖。

"这是我们清水楼的姑娘，她目睹了石川野杀人的现场，可以说是整件事情的人证。"阿宁说道。

"好，那这件事情就拜托阿宁姑娘了。"梁大人说道。

"放心吧，梁大人，我一定帮你抓住他。"阿宁说道。

红袖跟着他们一起来到了旁边一个房间，只见那两个天竺人已经醒了过来，不过他们看起来非常警惕，眼神中充满了不信任。

"这是梁大人，这是阿宁姑娘。"旁边的人介绍了一下梁大人和阿宁。

对于梁大人，那两个天竺人并没有什么反应；但是听到阿宁的名字，他们眼神立刻有点不一样。

这一点其实可以理解，毕竟昨天他们是去清水楼找过阿宁的。

"我们……我们另外的朋友呢？"其中一个人用生硬的中原话问道。

阿宁看着他们，一时间竟然不知道该怎么说。

第36章　天竺人说

"天竺人被杀,这件事情我倒记得。当时师父跟我提过,说可能这是天竺那边的阴谋。但是后来据说是北镇抚司那边接到了圣旨,让他们彻查真相。不过师父说这事情严重,光让北镇抚司过去担心有问题,于是从南镇抚司也派了两个人过去。当时我因为家里有点事情,所以并没有仔细了解这件事情,现在听到红袖姑娘说起来,才知道这天竺人被杀竟然和杜丽娘的鬼舞有关系,这确实让我有点意外。"贺子升听到红袖讲起天竺人被杀的事情后,不禁感叹道。

"其实当时南镇抚司派过去的两个人,是我和老鬼。"这时候,阿和忽然说话了。

"你和老鬼?难道说老鬼受伤并离开锦衣卫,也是和你们去调查天竺人案件有关?"贺子升一愣,立刻想到了什么。

"不错,老鬼之所以受伤,其实是为了救我。我们本来以为只是简单地配合北镇抚司查案,可是没想到遇到的事情那么诡异。"阿和似乎想起了当时的事情,声音有点颤抖。

"那是后来的事情了,不过官府派人来的时候,的确来了很多锦衣卫,原来阿和大人也在其中。只是当时我跟在阿宁姑娘的身后,也不敢看各位大人。其实那个时候,阿宁姑娘已经调查了很多事情,锦衣卫来的时候,很多事情已经调查清楚了。对于当时那些天竺人到底经历了什么,那两个逃生的天竺人在阿宁姑娘的追问下,讲出了他们去牡丹宅遇到的可怕事情……"红袖继续讲了起来。

贝敏一行人在清水楼没有和阿宁比舞成功,反而被提出要求,让他们看了杜丽娘的鬼舞后再来清水楼。

于是,贝敏便找人去问了一下关于杜丽娘鬼舞的事情。在安城,对于杜丽娘鬼舞的事情可以说是无人不知。大约是一年前，安城东巷口建了一个新的宅子，名曰牡丹宅。牡丹宅最开始是搭戏台唱戏的，牡丹宅和其他戏园子不一样，他们只在晚上演出，所以他们演出的戏又叫夜戏。其实，在南方一些地方，夜戏又称鬼戏，是专门演给死人看的。不过后来一些演夜戏的人为了生计，来到了外地，不得不开台唱戏给普通人看。夜戏给人的感觉非常特别，无论从形式上还是人时间上，很多人都没见过，所以牡丹宅的夜戏打一开始就吸引了很多人。随着夜戏的成功，杜丽娘鬼舞的节目也加入其中。当然了，当时表演杜丽娘鬼舞的人为了能够多赚钱，可以说为这件事情做足了宣传，以至于开舞第一天，几乎安城的大小官员、百姓、商贾都跑到了牡丹宅。

的确，杜丽娘的鬼舞让所有人惊艳不已，取得了很大的成功，很多人甚至沉迷于其中，以至于每天晚上都有人去牡丹宅听夜戏，看鬼舞，就连安城梁太守的夫人也沉醉于其中，无法自拔。

面对安城人对鬼舞的痴迷，很多人发现了其中的问题，甚至有人因为沉浸太深无法正常生活，梁大人的夫人也是因此成疾。牡丹宅的戏班子因为拥有大量的鬼舞支持者，连官差都不惧怕，甚至威胁官差：除非有人比他们的舞者跳的鬼舞更好，否则他们不会离开安城；如果官府要对他们用强，后果自负。

牡丹宅里的戏班子意思很明显，如果官府对他们采取强制措施，他们肯定会利用拥护他们的人来做文章，在这些人里面，还有梁大人的夫人。所以无奈之下，梁大人只好全城张榜寻人，希望有人能够解决鬼舞给安城带来的祸害。

可是这杜丽娘鬼舞和普通舞蹈根本不一样，先不说跳得如何，据说跳这个舞需要做很多事情，否则很容易招致鬼神惩罚，所以寻人榜贴出来好几天，根本没有人敢来揭榜。即使梁大人开出了可以满足揭榜者在安城做任何事情的要求，依然没有人揭榜。

阿宁姑娘之所以能成为清水楼的名人，正是因为她是揭榜之人。

阿宁是从外地过来的，本来想在安城找个地方住下来，看到官府的张榜，立刻揭了下来。

这个消息震惊了安城上下所有人，包括牡丹宅的人。

梁大人看着衣着朴素的阿宁，充满了疑问。

阿宁为了显示自己的能力，在太守府为梁大人的夫人进行了鬼舞表演。目的很简单，就是让梁夫人能够从之前对牡丹宅里鬼舞的沉迷中醒悟过来。

因为涉及梁夫人，所以那天晚上的鬼舞只有梁大人和他的几个亲信观看，并且效果非常好，梁夫人当天晚上就恢复了之前的状态。对于自己之前沉迷于鬼舞，差点害了梁大人的事情，她非常后悔，第二天还规劝那些和她一样沉迷于鬼舞的人迷途知返。

牡丹宅的戏班子得知这个消息后非常震惊，所有人都期盼他们的人和阿宁进行比舞决战。但是让人没想到的是，阿宁和他们在交流沟通了一个时辰后，牡丹宅的戏班子主动撤出安城，并且承诺不再回来。

这个结局让所有人都很意外，所以究竟阿宁和对方谈了什么，没有人知道，整个安城更是议论纷纷。有的人说牡丹宅戏班子跳鬼舞的女人其实是阿宁的徒弟，所以他们见到阿宁，自然俯首臣服；也有人说这杜丽娘鬼舞的创作者就是阿宁，因为见过阿宁的人都能看出来，她和跳鬼舞时旁边的杜丽娘画像特别像，所以戏班子的人看到了正主，自然不敢造次。

这一次，天竺人贝敏他们来找阿宁比舞，阿宁抛出了杜丽娘鬼舞，摆明了是让他们知难而退。

贝敏一行人听后，也觉得有点意外，不过贝敏对于自己的舞蹈还是比较有信心的，再加上她们本身的舞蹈和中原的舞蹈不一样，所以真要比起来，还不一定谁会输。

因为听说杜丽娘的鬼舞比较特别，贝敏他们思来想去，决定先去牡丹宅看看环境后再做打算。于是，当天晚上，他们一行五人来到了牡丹宅……

第37章 心底之秘

牡丹宅在寂静的夜里，散发着幽幽的诡光。

走到门口的时候，一个叫拉南的人就害怕了，他甚至劝贝敏他们先回去。

"拉南，你好歹是一个男人，怎么胆子这么小？这鬼舞有什么可怕的，难道比妖魔鬼怪还厉害？还记得我们出发前说的话吗？怎么刚到这里就退缩了？"走在贝敏前面的诺文说道。

"就是。再说有贝敏在，神会保佑我们的。"另外两个女孩也说话了，她们分别叫朵娜和米亚。

"好了，都别说了，不管怎样，还是要小心点。"贝敏看了他们一眼说道。

大家没有再说话，于是一起走进了宅子里面。

也许是牡丹宅构造的问题，或许是天气的缘故，一进入牡丹宅里面，拉南就感到一种说不出的诡异和恐惧。牡丹宅里面静悄悄的，没有一个人，并且里面家具上也有很多灰尘，说明这牡丹宅已经很久没人来过了。

"这地方还挺不错的，就是太大了，我看不如我们晚上就在这里留宿吧？"诺文胆子比较大，环视了一下四周后说道。

"这个提议不错，这里什么都有，只要稍微整理一下就好。"米亚跟着说道。

"我看那个阿宁就是故意吓我们的，兴许当年的戏班子和阿宁有什么约定，所谓的鬼舞肯定是以讹传讹的谣言。再说了，就算真的有什么鬼舞，也不一定是我们贝敏的对手。要知道，我们贝敏可是天竺第一舞者。"朵娜说道。

"而且，还有诺文这个功夫高手，你们担心什么呢？"米亚说道。

"好了，我们收拾一下就在这里休息吧。既然阿宁说这里曾经是杜丽娘鬼舞表演的地方，我倒想去舞台看看，最好真的有什么杜丽娘的鬼魂，让我也见识见识那么厉害的舞蹈。"贝敏看着前面说道。

于是，米亚和朵娜开始收拾房间，诺文和拉南则负责将一些废弃的东西扔出去。

看得出来，这个牡丹宅当时确实非常不错，虽然荒废了很久，但是依然可以看出大概的布局，无论是旁边的乐手位置，还是后面的幕后间，都设计得非常合理。

贝敏站在戏台上，她甚至能想象出当初台上舞者的舞姿、戏子的歌声，以及台下看客人声鼎沸的热闹场面。

这杜丽娘的鬼舞究竟是什么？怎么会让一个如日中天的戏班子突然离开，连这个戏园子也从此荒废下来呢？

这时候，朵娜端着一盆水走到了戏台旁边。突然，她站在那里，嘴唇哆嗦着，指着贝敏的后面，脸色惨白，浑身颤抖。

"你怎么了？"贝敏看到朵娜的样子不禁问道。

"你、你、你的后面……"朵娜用尽力气，颤抖着说道。

贝敏一愣，然后回头一看，顿时也惊呆了。

不知道什么时候，贝敏的后面竟然站着一个女人，目光直勾勾地看着她。

"你是什么人？"贝敏吓得大声叫了起来。

那个女人一动不动，呆滞地站在那里。

这时候贝敏仔细一看，顿时哑然失笑，不禁站了起来。眼前这个女人根本就不是人，不过是一幅和人一般高的画像，因为她的样子被画得栩栩如生，在阴暗的光线下，猛地一看就跟真人一模一样。

"那、那竟然是一幅画像，吓死我了，我还以为是一个人呢。"这时候，朵娜也看出来了，在贝敏后面的竟然是一幅女人的画像，只因为画像的比例和真人的比例一样，所以猛地一看，就像一个人站在那里一样。

贝敏也被身后的画像惊住了。这个画像栩栩如生，尤其是画像上女人的眼睛，带着一丝幽怨，仿佛是无底深渊，只一眼看上去，就直接坠入其中，陷入黑暗的世界里。

"好美的女人啊！"朵娜也被女人的画像迷住了，走到画像面前，不禁发出了感叹声。

这时候，有风吹了过来，画像随着风动了起来，画像上的女人仿佛活了一样，在昏暗的光线下面若隐若现。

"这个不会就是杜丽娘的画像吧？"朵娜忽然想起了什么，看着贝敏说道。

"对，之前那个人不是说了吗？每次这里的人表演杜丽娘鬼舞时，就会挂上杜丽娘的画像，然后周边布满蜡烛，在蜡烛的光亮和杜丽娘画像的注视下，舞者缓缓起身，所有看舞的人顿时被拉入氛围中。所有人都不敢出声，甚至呼吸都变得急促，因为他们生怕自己不小心发出声音，惊动了台上的鬼魂。"贝敏幽幽地说道。

"这杜丽娘不是书里的人物吗？怎么听上去这么神秘？"朵娜疑惑地问道。

"我在天竺的时候听说过杜丽娘的名字。你们应该知道大王最喜欢的小明妃吧，她的姑姑就是大明人，给她讲了很多大明的文化和知识，所以小明妃的身上有一种区别于我们天竺人特有的气质，正是这种气质让大王对她沉迷不已。可惜红颜薄命，小明妃后来英年早逝。当时宫里的人说小明妃生前最喜欢看的一本书就是《牡丹亭》。《牡丹亭》里的主角就是杜丽娘，说的是杜丽娘和一个叫柳梦梅的人的爱情故事。宫里的人经常看到小明妃坐在明月湖边拿着一本书，一坐就是一整天，有时候还会低声落泪。之前我还觉得可能是小明妃思念她的家人，现在看来这一切并不是那么简单。"贝敏叹了一口气说道。

两人正说着，米亚慌慌张张地走了进来说道："贝敏姑娘，诺文他们发现了一些东西，快过去看看。"

贝敏看了看朵娜，然后两人一起从戏台上下来，往前走去。

走出院子，贝敏发现诺文和拉南站在院子前面的一个角落。

"诺文、拉南，你们发现什么了？"贝敏走过去问道。

听到贝敏的声音，诺文和拉南转过了身，然后指了指前面说道："你看这里，有些东西。"

贝敏走过去看了下，发现在前面的一个角落竟然有一道隐形的门。

原来诺文和拉南他们想起火烧水，看到这个角落堆了不少木柴，于是他们过来想抽取一些木柴，没想到就把木柴下面的支架给拉开了，导致上面的木柴以及其他杂物全部落了下来。他们准备重新将木柴和杂物归置整齐的时候，发现了那个隐藏在木柴后面的门。因为担心门里有什么情况，他们让米亚找贝敏过来看看该怎么办。

"这个门看上去有点奇怪啊。"贝敏之前跟随老师学过明朝的文化，所以对明朝的历史有一些了解，她指着那道隐门说道，"这好像和明朝人家普通的门不一样，这个门上面的图案是双鹤朝西，看上去应该是用在一些坟墓或者封禁的地方。"

"坟墓？米亚你是说，这门里面是坟墓吗？大明的坟墓不都是在地下吗？"诺文疑惑地说道。

"大明文化高深莫测，有很多是我们想象不到的。我看这个隐门里面必然有非比寻常的东西，或许我们可以进去看看。"贝敏的好奇心上来了。

"会有危险吗？"拉南担心地看了看他们。

"怕什么？不就是坟墓吗？你别忘了，我小时候都是住在坟地的，若真的有恶鬼，我就让它尝尝我的断生剑。"诺文抽出了一把短剑，冷笑一声说道。

"那这样，米亚、朵娜和拉南你们在外面等我们，我和诺文进去看看。"贝敏想了想说道。

"我也要去看看，既然拉南害怕，就让他和米亚在外面吧。"朵娜说道。

"好，那我们进去看看。"贝敏同意了。

于是，诺文走过去试着推了推那道隐门，然后用力往前一撞，随着一些灰尘和石渣落下来，那道隐门开了一条缝。

"我们进去吧。"贝敏说道。

诺文用短剑将隐门的缝隙扩开，朵娜则从旁边拿了一根木棍，然后从口袋里拿出一个火头布缠绕在木棍上，做成了一支火把。

三人一起走了进去。

"要不，我们还是一起进去吧？"拉南看到贝敏他们要进去了，忽然说道。

"好，我也想去呢。我们在外面也不一定安全。"米亚说道。

"那你们再拿两根棍子来点火把。"朵娜看了看他们说道。

拉南和米亚分别做了两支火把，然后跟着他们一起走进了那个隐门。

三个火把将隐门里面照得亮如白昼，门里有一段往下走的阶梯，诺文他们走在前面，拉南和米亚走在最后。

阶梯一共十八级，到了最下面，面前又是一道石门，并且石门的两边分别立着一头狮子。

"这个石门看上去似乎不太像大明的风？"贝敏看着眼前的石门不禁说道。

"这不是和上面的石门差不多吗？"朵娜说道。

"看上去图案什么的一样，但是这个尺寸和上面的画像有些不同，这个更像明朝更早时的画风。"贝敏说道。

"贝敏姑娘，你真厉害，还能看出明朝的不同画风格。"诺文看着贝敏说道。

"你们应该忘了，宫里教我明朝文化的老师可是明朝之前的御用画师，他最厉害的地方就是熟知明朝的各种画风啊！说实话，明朝的其他历史我还真不太懂，只知道其中一些皮毛，但是这个画风我是最熟悉的了。"贝敏说道。

"不管它是唐朝的还是明朝的，既然到了，那我们就看看这里面到底有什么。"诺文嘿嘿一笑，走过去摸索了一下石门的开关，结果摸到一个凹口，往里面一按，只见眼前的石门发出了一个响声，接着缓缓地开了……

第38章　隐门背后

"你们见到了什么？"听到拉南讲述他们进入牡丹宅的一个隐门后，旁边的梁大人忍不住问了起来。

"诅咒！对，是诅咒，是杜丽娘的诅咒！"拉南的情绪忽然激动起来，他一下子抓住了旁边的阿宁，然后哀求道，"贝敏他们错了，他们不该冒犯杜丽娘。当时我说了，我们不要继续走了，可是他们不听，才会发生了后面的惩罚。"

"你们到底看到了什么？什么杜丽娘的诅咒？"红袖看着被吓坏了的拉南，不禁问道。

"我们五个人进入了那个隐门，当时一进去我就觉得不对劲……"拉南缓和了一下情绪，继续讲起了他们见到的事情……

铁门内的情景让贝敏他们大吃一惊，因为眼前是一个宽大的平台，在平台后面分别有四座石像，那四座石像的造型全部是一个女人的舞蹈动作，看上去栩栩如生，并且每座石像下面都有详细的文字。在石像的面前，有一副棺椁，棺椁看上去有一些年头了，棺椁外边用一些金丝银线缠绕在一起，棺椁四周还分别放着四尊金色的菩萨神像。

"这真的是一座坟墓啊？怎么会在这里建坟墓呢？"朵娜看着眼前的情景，惊奇地说道。

"而且这口棺材似乎有问题，你看它上面还用金丝银线缠绕着，似乎是用来捆绑这口棺材的。"诺文也说话了。

"这四座石像正是杜丽娘鬼舞的分解动作。"贝敏一进来就被那四座跳舞的石像吸引了，于是她仔细看了一下那些石像上面的文字。

"莫非这棺材里躺的是杜丽娘？"米亚猜测道。

"不，不可能，这杜丽娘不是书里的人物嘛，哪来的尸体？会不会是之前那戏班子在这儿搞些装神弄鬼的东西？"朵娜说道。

"杜丽娘的鬼舞原来是这样，我明白了。"这时候，看完石像下面文字的贝敏忽然说话了。

"什么？"其他人看了看贝敏。

"或许所有的秘密就在这棺材里面。"贝敏没有回答其他人的问题，而是把目光落到了前面的棺椁上。

"可是看上去这棺材似乎有问题，它用金丝银线缠绕着，不就是为了封禁这棺材？如果取了这些金丝银线，怕这棺材里面会有危险的东西啊！"诺文说道。

"对，我看这里鬼气森森的，要不我们还是回去吧。"拉南看着其他人说道。

"好吧，既然这样，那我们回去吧。"贝敏沉思了几秒，然后说话了。

于是，五个人沿着原路返回出去了。

因为担心被人发现，他们特地将那道隐门用之前的木柴和杂物遮盖住。

也许是隐门坟墓里的事，也许是因为其他事，大家上来后都没怎么说话。

夜里的时候，贝敏让拉南和米亚去买点吃的东西。

两人出来买东西的时候，米亚犹豫着说了一句话："你知道为什么贝敏让我们出来买东西吗？"

"为什么？"拉南不太明白。

"他们肯定是想让我们出来，然后自己又去那个隐门坟墓里。"米亚说道。

"你怎么知道的？"拉南有点意外。

"出来之前，我听见朵娜和诺文在说话，他们可能担心我们反对他们开棺，所以干脆就支开了我们。"米亚说道。

"可是，这有什么？如果他们坚持开棺，我们也不会说什么的。"拉南说道。

"那不一样。如果我们不太情愿，按照贝敏姑娘的性格，她肯定不会坚持的。但是如果朵娜和诺文提了要求，加上贝敏姑娘也有那个意思，他们三个人肯定会更加积极地去做。"米亚说道。

"那，你的意思是？"拉南问道。

"他们那么想去，我们就满足他们，我们也别回去得太早，免得回去了他们还没出来。既然他们不愿意让我们知道，那我们就假装不知道。这样也好，如果真的有那个什么杜丽娘的诅咒，我们也算是没有招惹到。"米亚想了想说道。

拉南和米亚本来是打算买好食物直接打包带回去的，结果变成了两人慢悠悠地吃完饭后才打包好东西回去。

回到牡丹宅的时候，拉南和米亚就感觉不太对劲，因为宅子里静悄悄的，就像没有人一样。

"贝敏姑娘，我们回来了！"米亚冲着里面喊了一声。

宅子里面还是没有任何声音。

两人走进宅子里面，结果看到朵娜正在前面的戏台上点蜡烛，蜡烛非常多，形成一大圈，贝敏则坐在那些蜡烛中间。

"贝敏姑娘、朵娜，你们这是做什么？"米亚走过去奇怪地问道。

朵娜抬起了头，露出了一个诡异的笑容，她伸手放到嘴边嘘了一下，轻声说道："不要说话，不要惊动她。"

"什么意思？"米亚不太明白。

"我们买好饭了，你们要吃吗？"拉南也走了过来，跟着问道。

朵娜拿起一根蜡烛，端着走了过来，来到他们面前。蜡烛的光微弱晃动，将朵娜的样子照得阴森恐怖，她目光直直地看着拉南和米亚说道："不是说了嘛，不要说话，不要惊动她，否则我们都活不了。"

"谁？不要惊动谁？"拉南不太明白。

这时候，台上的贝敏突然说话了："好了吗？"

"马上，马上就好。"朵娜听到贝敏说话，立刻转身回去，继续在台上点蜡烛。

拉南和米亚不知道她们的意思，两人不禁对视了一眼，有点不知所措。

台上的贝敏站了起来，然后开始挥动她身上的衣袖。

这时候，旁边的米亚拉了拉南，示意他跟着自己离开。

拉南虽然不明白，但还是跟着米亚出去了。

走出门，米亚松了一口气。

"你怎么了？出来有事吗？"拉南问道。

"你没看到戏台上贝敏的后面，还站着一个人吗？我怀疑他们出事了，诺文也不见了，我们得搞清楚到底发生了什么事情。"米亚说道。

第39章 惊天秘密

"拉南说的情况就是后来的现场情况吧,也就是后来安城人口中传说的杜丽娘鬼舞诅咒。贝敏他们一行人,三死两伤,现场情况非常恐怖,这也让安城的人们将牡丹宅当成了禁忌之地。甚至后来北镇抚司的人过来查案,都被这诡异的诅咒搞得人心惶惶。"左向风听到红袖的讲述后,不禁说道。

"左先生也知道那个事情?"贺子升看了左向风一眼说道。

"当然,因为死的人是天竺过来的,我长年往返于天竺和大明,所以对于天竺的事情比较在意。这个贝敏其实是天竺皇室人员,从小喜欢舞蹈,可惜,她没有听阿宁姑娘的劝说,以至于最后客死异乡。听说了他们的事情后,我也去了安城,只不过我去的时候事情已经结束了。"左向风说道。

"说来这么巧,安城的天竺来客之死发生之后,我也去了,不过我是去辨认那一幅牡丹宅里的画像的。"明玉沉思了几秒,跟着说道。

"这也真太巧合了吧,牡丹宅事件你们几个竟然都参与过。红袖姑娘、明玉画师、阿和大人以及左先生,这、这也太巧合了吧?"叶童惊声说道。

其他人也觉得奇怪,贺子升说道:"看来我们几个人能来到这里,还真不是凑巧的事情。"

"我看不止我们几个人。当时我和北镇抚司的人赶到现场的时候,看到有两名大师正在牡丹宅作法,超度亡灵。如果我没记错,其中有一位正是慧海大师吧?"阿和盯着前面闭眼诵经的慧海,冷声说道。

"阿弥陀佛,阿和施主说得没错。当日在牡丹宅给亡灵超度的人正是我和了尘师兄,这事情现在听起来还真的是让人震惊。当时素不相识的陌路人,没想到今日却齐聚这隐安寺,真不知是福还是祸。"慧海睁开了眼睛,叹道。

"我记得那个案子最后是北镇抚司直接结案的,具体的案件真相倒真不清楚。"贺子升说道。

"不错,案子结得很快,北镇抚司的人经过调查,也没有找到什么证据,就让梁大人草草结案。那逃生出来的拉南和米亚被直接送走了,关于案子的真相也没个具体说法,说是因为涉及大明和天竺的关系,所以也不让百姓妄加猜测。"红袖说道。

"那如此看来,慧海大师、明玉画师,你们都是在案子结束后过去的吧?"贺子升忽然明白了过来。

"不错,我到的时候,还曾想去见一下阿宁姑娘,但是梁大人说阿宁不愿意再和这些事情有关联,已经离开了清水楼,具体去了哪里,没人知道。"明玉点点头说道。

"慧海大师,邀请你们的人又是谁呢?这案子看起来上头是想尽快结束,又怎么会找你们过去超度亡灵呢?"贺子升不太明白地问了问慧海。

"我会去那里是因为师兄了尘的求助,接到超度请求的人是我的师兄了尘。不过对方要求他必须再找一个人,所以他找我帮忙。本是佛门中人,上天有好生之德,无论对方生前是什么人,死后都是一样,所以我便答应了师兄的请求,跟着他去了现场一起超度那些死在牡丹宅里的人。"慧海说道。

"现场确实太过诡异,我估计看到过的人都无法忘记。我现在还记得当时的情景,很多人都受不了跑了出来……"红袖咬了咬嘴唇,眉头紧皱,似乎又想起了当时的情况。

红袖是最早看到现场的,不过当时她刚看了几眼就被吓得急匆匆地离开了,后来她又跟着阿宁和梁大人他们再次来到现场。当时的现场比起她之前看的那一次已经发生了一些变化,也是后来的最终现场。

拉南和米亚是生还者,但是他们也吓得够呛。拉南在门外瘫坐着,几乎精神崩溃;米亚则不知道是被人打晕了还是吓晕了,倒在地上。另外的三个人死状凄惨,令人不寒而栗,浑身颤抖。

死在戏台上的是贝敏,她的周围是一圈点着的蜡烛,一个木偶吊着她的两只胳膊,然后她和木偶做着一个相同的动作。不过她的表情恐怖呆滞,面色惨白,已经死去多时,却仍然保持着舞蹈的动作,看上去就像在和那个木偶共舞一样,又像是死后依然还在跳舞的样子;而朵娜死得更加诡异,她整个人贴在后面一张杜丽娘的画像上,那张画像像是用一只手将她的脖子包裹住,最终令她窒息而死;诺文则是跪在地上,用两只手戳穿了自己的眼睛,最后用手里的刀子刺进了自己的喉咙。

因为现场太过诡异，梁大人的两个随从看到后都无法忍受，跑出去狂吐不止。看到这个情况，梁大人当机立断，立刻让人封闭了现场，没有他的同意，谁都不许靠近。

"这位梁大人还是很聪明的，当时我和北镇抚司的人过去时，虽然案件已经发生了两天，但是现场保留得很好，再加上当时安城的天气，尸体基本上没有被破坏的情况。只是我不太明白，面对这样的情况，北镇抚司的人并没有马上上报调查，而是将所有人赶走，要在现场进行查找，还把我和老鬼都赶走了。"阿和说道。

"当时北镇抚司带人去的是谁？"贺子升听后不禁问道。

"他们的指挥使刘一刀，除此之外，还有七名手下。"阿和说道。

"南北镇抚司本来就不和，再说你们也是为了表面和谐临时被塞进去的，他们自然不愿意让你们多参与。但是按照我对你和老鬼的了解，你们断然不会就此作罢。"贺子升摇摇头说道。

"不错，当时我提出了意见，不过被老鬼拉开了。老鬼和我在街上找了一个地方吃饭，中间说了一些事情。我们觉得既然北镇抚司的人这么神秘，必然是有不可见人的目的，所以我们最后决定晚上偷偷潜入牡丹宅，看看他们到底在搞什么鬼。"

第40章　鬼舞戏台

因为牡丹宅死了天竺人的事情，整个安城满城风雨，人心惶惶。

阿和和老鬼吃完饭后收拾了一下，换上了夜行衣，离开了客栈。

阿和知道北镇抚司的刘一刀不是一般的人物，据说当年他本来在南镇抚司，后来因为和罗万春发生了冲突，一气之下去了北镇抚司。自从刘一刀去了北镇抚司后，南北镇抚司便开始有了裂痕，虽然表面上没什么，但是背地里总是针锋相对，甚至北镇抚司的人还会专门给南镇抚司的人设下圈套，使个绊子。知道的人都清楚，那是因为刘一刀和罗万春的私人恩怨，加上南北镇抚司本身就存在竞争，所以本来该成为皇帝的左膀右臂的机构变成了互不相让的对头。

阿和和老鬼是皇上钦点过来配合北镇抚司的，所以他们的人不会对两人做什么，最多就是像现在这样把人晾到一边。

老鬼在吃饭的时候还说，这次的任务不求能立功，但愿能顺利安全回去。

这一点，阿和不解。

老鬼讲了一个之前由北镇抚司出面、南镇抚司派人过去配合的例子。

案子其实不难，人也顺利抓了。但是在回京的时候，北镇抚司的人将押解犯人一事交给了南镇抚司的人，说自己要去办事，让他到京城门口的一个客栈等着，到时候再一起进京。结果，南镇抚司的人带着罪犯到了那个约好的客栈，却遇上六扇门的人过来捉拿罪犯。对方不由分说，直接带走了犯人和南镇抚司的人。等到事后南镇抚司的人过去找人的时候，犯人和南镇抚司的人已经对自己的罪责供认不讳。从他们的情况看，显然是遭到了六扇门的严刑拷打。但是鉴于六扇门在朝堂的势力，南镇抚司的人只能哑巴吃黄连，眼睁睁看着自己的人被冤死却无能为力。所以，老鬼才会提出夜里两人一起去牡丹宅一探究竟。

老鬼是锦衣卫的老手了，无论武功还是经验都非常老到，阿和跟着他可以说十分安全。两人来到牡丹宅前，跳上房顶，沿着里侧来到了宅子的上面，然后往下看了看宅子里的情景。

牡丹宅里竟然没有一个人，连门口巡逻的人都没有。

奇怪，按说现在北镇抚司的人应该在牡丹宅休息，按照规定，无论什么时候，他们都要有两个人员在现场巡逻，可是现在宅子现场没有任何人。

"会不会出什么事了？"阿和问了下老鬼。

"应该不会吧。刘一刀可不是一般人，但是怎么会没人巡逻呢？这样，我去看看，你在这里等着，有事好照应一下。"老鬼想了想说道。

阿和同意了，看着老鬼说道："你小心点。"

老鬼纵身跳了下去，然后蹑手蹑脚地走进了旁边的房间门口。

阿和等了一阵子，老鬼一直没出来，而牡丹宅里也没有任何动静，就像是一滴水掉进了河里，没有任何反应。

思来想去，阿和决定下去看看。

阿和来到牡丹宅里面，看了看前面不远处的内宅，那里就是发生命案的现场。刚才老鬼就是去了那里，但是一直没出来。

四周一片安静，甚至连呼吸都听不见。

这太不正常了。阿和慢慢走了过去，来到了内宅的门口。

内宅的房门开着一条缝，有灯光从里面透出来。阿和走了过去，然后透过门缝往里面看去。

他闻到一股淡淡的香味，似乎是熏香的味道从房子里面飘出来。阿和对熏香有点排斥，不禁皱了皱眉头，掩住了鼻子。他透过门缝看见，老鬼就站在前面，背对着门，一动不动，仿佛是在看什么东西看得非常入神。

"老鬼。"阿和对着门缝喊了一声。

老鬼没有动，也没有说话。

阿和还想说什么，结果一不留神推开了门，自己栽了进去。

只见房子里面，除了老鬼以外，还有三个人，都是北镇抚司的锦衣卫。他们像老鬼一样直直地站在那里，目光看着前面的戏台。

戏台上吊着一幅巨大的画像，上面是一个女人，阿和看着女人的画像感觉有些熟悉，不禁往前走去。

四周忽然响起了一个声音，像是有人在拉二胡，又像是有人在轻声哼吟。渐渐地，阿和感觉自己仿佛走在云端一样，眼前所有的风景都开始倒退模糊，只有台上女人的画像越来越清晰。那个女人仿佛活了一样，从画里走了出来。

女人开始在台上跳舞。她的舞姿妖娆，目光带着说不出的诱惑，每一个动作眼神，都让阿和看得沉迷欢喜，甚至开始忘记一切，目光里全是女人的舞姿和样子。

阿和慢慢走到了戏台的面前，距离台上的女人越来越近。此刻女人就在他的面前跳舞，不过女人的样子变得越来越清晰。

"小莲，怎么是你？"阿和喃喃地问道。

女人没有说话，只是微笑着，伸手慢慢触碰阿和的脸。

阿和闭上眼，他感觉仿佛春风拂过，温柔和暖，他禁不住发出了呢喃声："小莲，小莲……"

突然，一个画面闪过来，那是小莲闭着眼睛躺在棺材里的样子，她的眼角甚至带着一滴泪。小莲已经死了，已经被人害死了。

"小莲！"阿和一下子睁开了眼，眼前的女人和戏台仿佛被人拉着一样，瞬间往后退去。

戏台还在前面不远处，那个女人的画像似乎被风吹动，轻轻晃着。

刚才的一幕似乎是幻觉，却又如此真实。

阿和感觉脑袋有点疼，他用力敲了敲脑袋，然后转身看了看后面的老鬼。老鬼依然看着前面，脸上带着一丝笑容，似乎正沉浸在美梦之中。

"老鬼。"阿和走过去拍了一下老鬼的肩膀。

老鬼的身体颤抖了一下，缓过了神。

"这、这是怎么了？"老鬼眉头一皱说道。

"可能是幻觉，刚才我也被迷住了，我们先走吧。"阿和看了看旁边那两个和他们一样被迷幻的锦衣卫说道。

这时候，外面突然传来了一阵脚步声。

"有人来了。"阿和和老鬼对视了一眼，然后两人快速跳到了房子的梁上，看着外面进来的人……

第41章 墓室奇事

进来的人是刘一刀和另外两个锦衣卫。

他们进来后,看到那两个状态和之前老鬼一样的锦衣卫,不禁走过去拍了他们两巴掌。

那两个锦衣卫瞬间清醒了过来,看到刘一刀,显得惊恐不安。

"我让你们过来查看怎么回事?你们这是做什么?"刘一刀生气地问道。

"回千户大人,我们进来的时候确实发现有个人影,但是接下来……接下来我就看到台上的女人……女人在跳舞,然后我整个人便仿佛到了一个没有尽头的地方,眼前只有那个女人在跳舞……"那个锦衣卫说着,看到了戏台上的女人画像,顿时愣住了,"就是那个画像,她刚才从里面走出来了。"

"是的,我也是……我也是看到这个情况的,难道我们中邪了吗?"另一个锦衣卫跟着说道。

"好了,先别管这些了。跟我去旁边的地库,马上要开棺了,免得出其他岔子。"刘一刀皱了皱眉头,对他们说道。

"好。"那两个锦衣卫说着,跟着刘一刀走出了房子。

确认他们走后,老鬼和阿和从上面跳了下来。

"他们说的地库是哪里?莫非就是之前天竺人发现的那个地下墓室?"阿和问道。

"我们过去看看。"老鬼想了想说道。

两人一起走出了房子。出去的时候,阿和回头看了一下后面的戏台,似乎看到有一个人影从上面一闪而过,但是仔细看了看,却什么人都没有。

那个地下墓室就在隔壁不远处,之前来现场的时候,他们也曾经下去看过,那个棺材上面绑着一些金丝银线,看上去有点危险。梁大人还专门找了一个风水师看了看，那个风水师说用这种金丝银线互相绑着，说明棺材里面是大凶之物，千万不要打开，否则不知道会有什么危险从里面出来。

刚才刘一刀说要开棺，看来他们北镇抚司的人之所以支开阿和和老鬼，就是想自己在里面做事。阿和之前早就听说这北镇抚司做事并不光彩，很多锦衣卫的恶事，其实都是北镇抚司的人搞出来的。现在看来，这些传言并不是虚构的。

阿和和老鬼走进那道隐门，往下面的阶梯走去。

走到阶梯下面，眼前是一道石门，里面传出来几个人的说话声。

阿和与老鬼凑过去往里面看了看，只见以刘一刀为首的几个锦衣卫正在解开那口棺材外面的银线。

"他们打开那口棺材外面的金丝银线，不怕里面有危险吗？"阿和低声对老鬼说道。

"刘一刀这个人生性胆大，他估计以为这棺材里肯定有什么稀世珍宝，现在他们财迷心窍，谁还顾得上那些忠告？"老鬼说道。

"那我们怎么办？要阻止他们吗？"阿和问道。

"我们现在要是过去，肯定会被他们杀掉的。他们将我们支开就是碍于我们南镇抚司的面子；如果他们发现我们看到了他们做的事情，肯定不会放过我们的。"老鬼说道。

这个时候，刘一刀他们已经开始开棺了，四个人分别站在东西南北四个角落，将手里的刀刺入棺材的缝隙里。随着刘一刀一声令下，四个人一起将刀子往外撬起。

棺材盖子发出了吱吱的声音，所有人的目光都落在了那口棺材上。

这时候，里面的人拿着的火把突然全灭了。

整个墓室一下子变得漆黑一片。

"怎么回事？"

"不好，有东西出来了。"

"啊，有东西袭击我。"

黑暗中传来了前面那些锦衣卫的惊叫声，接着是一阵噼里啪啦的打斗声。

这时候，前面有人点亮了火折子。

借着瞬间的光亮，阿和看到了前面的墓室，有一个黑影站在前面，而北镇抚司的几个人正在手忙脚乱地寻找着什么。有人看到了那个黑影，大声叫了起来，紧接着又是一声惨叫。

老鬼拿起了手里的火折子，墓室里亮了，只见眼前突然出现了一张鬼魅阴森的脸，还对着老鬼做出了一个诡异的笑容。

老鬼一惊，手里的火折子落到了地上，直接熄灭了。

"老鬼。"突如其来的一幕，让后面的阿和愣住了，于是喊了一下老鬼。

但是没有任何声音，就连前面那些北镇抚司的锦衣卫也没有了声音。

阿和不敢大声，害怕惊动前面的锦衣卫们，他身上也没带火折子，更没有其他照明的东西。他摸索着往前走了几步，但是之前就在他旁边的老鬼竟然不见了。

这是怎么回事？阿和站在原地不知道该往前还是后退。思索了几秒，他决定回去找人帮忙，或者至少找个火把，不然这黑漆漆的，什么都看不到。

就在阿和刚准备转身的时候，前面突然亮起了一点光，似乎是一个火把被点亮了，将墓室里面照得清晰起来。

阿和看了一眼，墓室里竟然没有其他人，仿佛就在刚刚那一瞬的工夫，所有人都消失了。

阿和看到那道火光来自那口棺材内部，于是他忍不住慢慢地向前面的棺材走去。

越往那口棺材走，阿和看得越清楚，整个墓室的光就是从那口棺材里发出来的。他忍着内心的恐惧，慢慢地来到了棺材的前面，然后往里面看去。

棺材里面竟然全是银色的水，仿佛一面镜子一样。

阿和不相信自己的眼睛，揉了揉眼，又仔细看了看。的确，棺材里装满了水，不过那水和普通的水不一样，仿佛带着某种魔力。阿和感觉自己非常想钻进去，似乎无法控制自己的身体和双手。他明明是不想往前走的，两只脚却根本无法控制，带着他钻进了棺材里面。

阿和眼睁睁地看着自己的身体慢慢没入水中，接着整个人都钻了进去。

这时候，头顶上的棺材盖子忽然响了一下，然后开始缓缓往回移，最后直接盖住了棺材。

阿和的眼前顿时一片漆黑……

第42章　揭穿真相

"阿和，难道牡丹宅里的怪事就是你之前和我师父提起的事情？"听到阿和讲到这里，贺子升突然想起了什么，一下子站了起来，走到了阿和的面前。

"不错，我本来是想和你说这事情的，只是不知道为什么罗大人对我严加警告，让我一定不能告诉你。如果不是今天说到这里，我是断然不会讲出这些的。"阿和点点头说道。

"那这牡丹宅里的怪事情为什么不让我知道？可是……可是和宁尚书家里有关系？"贺子升走了几步，突然明白了过来。

"这事不仅仅和宁尚书有关系，更牵连……牵连了当今圣上，所以罗大人才将事情压了下来。"阿和皱了皱眉头说道。

"到底是什么事？怎么会牵连圣上？"贺子升更加迷惑了。

"啊，莫非因为阿宁姑娘？"旁边的红袖忽然说话了，她似乎也想起了什么。

"不错，一切就要从我无意中坠入那口棺材里面说起……"阿和点了点头，说了起来，"那棺材里确实奇怪，明明是水一样的东西，但是我陷进去后却进入了一个空间。在那里我看到了一个兵器库，还有大量的金银珠宝。"

阿和不知道眼前的空间是怎么做出来的，但是旁边都点着火把。他站起来，刚往前走了几步，就有人从旁边走了出来，用刀抵住了他。

到了此刻，阿和明白过来了。刚才在上面发生的事情，老鬼他们的莫名失踪，想来应该也是这棺材在捣鬼。他们也跟自己一样，从棺材内部坠入这个地方，然后被这里的人抓了起来。

阿和被两个穿着黑衣的蒙面人押着走到了前面。

果然，老鬼、刘一刀以及他的手下，全部被人押着站在一边。

旁边站满了黑衣蒙面人，中间坐着一个穿着锦色衣裳的人。他戴着一个鬼王面具，看不出样子。

"你是什么人？装神弄鬼的！"阿和看着中间那个戴着面具的人厉声问道。

"你们这些锦衣卫真讨厌，不好好查案子，非要动歪心思？风水师不是警告你们，不要动这口棺材吗？你们为什么不听呢？"那个戴面具的人轻轻敲击着手指，低声说道。

"你们到底是什么人？这里的兵器，还有金银珠宝这么多，难道你们有什么不可告人的阴谋？"阿和进来看到那些东西的时候，就感觉到事情不对了。

"我很好奇，这么多人里，你是最有意思的。其他人都被我的猫儿醉迷晕了，唯独你还清醒着。刚才在戏台房子里，我看你能在鬼戏中及时醒过来，你的武功并不是最好的，但是怎么做到的呢？"坐在中间的那个戴着鬼王面具的男人站起来，慢慢走到了阿和的身边，上下打量着。

"没什么，每个人的身体情况不一样。我从小鼻子就有一些问题，对于一些刺激性的味道非常排斥，所以你的那些毒烟也好，迷香也罢，对我来说没什么大作用。"阿和冷笑一声说道。

"难道你是假装被带到这里的？"那个戴着鬼王面具的人声音一变，脱口说道。

"要不然怎么会知道这些事情呢？又怎么能见到你这个幕后神秘人呢？"阿和说完，两只手用力往前一拉，那两个拉着他手的黑衣蒙面人没有防备，一下子被阿和推开，其中一个甚至直接撞到了旁边的石壁上，摔倒在地上。

前面的黑衣蒙面人立刻抽出刀，站在那个戴着鬼王面具的男人前面，虎视眈眈地看着阿和。

"看来你比我想象的要聪明，我倒想听听你都查到了什么？"那个戴着鬼王面具的男人似乎忽然来了兴趣，笑着看着阿和问道。

"既然如此，我就和你说说。"阿和说着往前走了两步，然后看了看四周说道，"能在牡丹宅下面做一个这么大的工程，显然不是一天两天的事情。我到安城的时候专门调查了一下关于牡丹宅的事情。这牡丹宅本来是一座废弃的园林，后来是梁大人上任后，将这里进行了翻修。本来想建成梁宅，后来不知道为什么做了基础的建设就没有继续下去。一直到后来，唱戏的戏班子过来，这里便成了一个戏园子。从时间推算，这里的建设应该就是在梁大人建院子的时候。我一直不太明白，梁大人当初为什么会腾出这个地方给戏班子，直到听说了清水楼阿宁姑娘揭榜的故事。我猜测，其实不管是梁大人也好，戏班子也罢，包括所谓的杜丽娘鬼戏，都是为这个阿宁姑娘准备的。

"所有人都知道，锦衣卫不信鬼神，所以什么诅咒、鬼舞，全是无稽之谈。戏班子的杜丽娘鬼舞被阿宁姑娘解决，而阿宁姑娘顺理成章成了梁大人的救星，于是在她的要求下进入了清水楼。所以我想，这清水楼应该也不是寻常之处，于是托京城的同僚调查了一下，果然发现一个情况。因为安城地处中原与边关的中间，所以兵部的大小官员每次无论是出征还是回朝，都会选择在这安城休息，选择在清水楼休息。而且，梁大人在入仕之前曾经和兵部的赵侍郎是同窗，两人又都是兵部宁尚书的门生。先前赵侍郎和宁尚书先后被杀，想来这里的人必然是之前宁尚书和赵侍郎的旧部吧。"

"真没想到，一个小小的锦衣卫，竟然能看出这么多。看来我们还是疏忽了，一直担心北镇抚司的人，没想到这次过来的南镇抚司的人才是真正的高手。"戴着面具的男人叹道。

"你说错了，我们南镇抚司的人并非高手，可能换了别人确实无法看出这些。即使其他人能猜出这里可能和兵部有关系，也无法想到会和宁尚书、赵侍郎有关系。"阿和说道。

"这是为何？"对方问道。

"因为在其他人眼里，宁尚书和赵侍郎全家已经被斩，他的部下也都四分五裂，根本没有任何可以怀疑的地方。但是我知道，赵侍郎家里其实有人逃脱……"阿和抬起了头，看着面前的男人缓缓地说道。

第43章　意外之争

"阿和，我记得你是五年前来到锦衣卫的，之前是在边关军。是你的上级通过兵部将你推到了镇抚司？"贺子升拍了拍手，看了看阿和说道。

"是。我是边关军第九营的，当时在边关巡逻的时候，遇到了一伙境外劫匪。然后我们小分队和他们打了起来，最后杀了他们大部分人，还抓了其中一个领头的。可是，我们没想到那个领头的竟然是他们劫匪头目的儿子，当天晚上，劫匪头目带着所有人过来袭击了我们。我们因为没有防备，再加上人员稀少，又是大晚上，所以被对方一击即溃，最后他们几乎杀死了我们所有人。也不知道是幸运还是不幸，刺中我的伤口并不致命，我被随后赶到的援军救了回去。后来，因为我不适应军队的生活，便被推荐到了南镇抚司。"阿和说道。

"所以，救你的人是兵部的人？"叶承安脱口问道。

"我不知道，或许是吧。赵侍郎全家被行刑的前一天晚上，我见到了当初救我的那个人。他要我帮他将赵之阳的女儿赵灵救出来，他们已经想好了办法，因为当时看守赵侍郎全家的人，除了侍卫和牢头，门后还特设了锦衣卫加强看守。在我值守的时候，当年救我的那个人出现了，他找我只有一个请求，他要从牢里换走一个人，让我帮他。具体他换走了谁，我并不知情，但是我想必然是赵侍郎家里很重要的一个人。我本以为这件事情已经过去，只是没想到在牡丹宅时，我联想到了当时的情况，所以断定那个牡丹宅就是赵侍郎的后人准备复仇的基地。他们利用牡丹宅、梁大人以及清水楼，又用杜丽娘鬼舞诅咒当噱头，让安城的人不敢靠近，并且囤积了大量的兵器和金银。可惜他们没想到天竺人会出现，打破了风平浪静的状态。于是，阿宁想用杜丽娘鬼舞吓跑他们，结果没想到天竺人非但没有被吓走，反而进入了牡丹宅，并且发现了那个地下墓室。于是，他们不得不对天竺人下毒手。

"本来梁大人他们已经处理了案子，结果没想到上面派来了北镇抚司、老鬼和我这些人过来调查案子。这北镇抚司的人比其他人更恐怖，他们甚至认为那口棺材里面有宝贝，决定将其打开。所以在这种无奈的状况下，他们只好继续利用杜丽娘鬼舞来对付北镇抚司、老鬼和我。可惜我后来看出了他们的阴谋，自然也就没有上当。"阿和详细地说了一遍。

"所以，他们的确是赵侍郎的家人和部下？"叶童看了看阿和问道。

"那我明白了，怪不得后来我去牡丹宅看到那幅杜丽娘的画像就觉得熟悉。原来那正是当年我在宫中给赵侍郎的女儿赵灵所画的画像。"明玉一下子叫了起来。

"赵灵，赵灵。"贺子升想了想，眼前出现了一个女子。她和宁兰不太一样，贺子升对于她的印象也只是浅浅一点。

"那如此说来，你和他们是自己人，他们应该没有为难你吧？"旁边的左向风说话了。

"如果是那样，确实是最好的结局。可是，很多时候，事情往往会出现难以预料的发展……"阿和看着前方，长长地呼出了一口气，继续说起了后面的事情。

"原来你就是那个帮了赵侍郎的锦衣卫？"戴着面具的男人听到阿和的话，顿时激动起来。

"我只是还人情，谈不上帮忙，因为漫漫逃生路，赵侍郎家里逃出来的那个后人还不一定会怎样？如果他安分守己，忘掉之前的一切，或许可以安然度过一生；但要是他心有不甘，想为自己家人复仇，那在我看来，真的是愚蠢到家。"阿和摆了摆手，说出了自己的立场。

"身为人女，家仇国恨，不共戴天。大人既然曾经施过援手，这次干脆好人做到底，不要再管这里的事情了。"戴面具的男人看着前面，凄然说道。

"不知你准备怎么处理这些人？"阿和看了看前面昏迷倒地的锦衣卫问道。

"我们不会给自己惹麻烦，锦衣卫也不是一般人。放心，凡事有因就有果，任何事情都会有答案的。今天的事情，希望大人就此忘记，于你于他人，都无害处。"戴面具的人说完转过身摆了摆手。

阿和还想劝说什么，但是身后的人忽然冲着他的后脑一拳打来，他没来得及躲开，重重地挨了一下，然后眼前一黑，晕了过去。

阿和是被老鬼喊醒的，他们醒过来的时候已经是在住宿的客栈里面。

老鬼说是他背着阿和回来的。

对于晕倒之前的事情，老鬼也记不清楚，只知道当时墓室忽然一片漆黑，然后便晕倒了。

"刘一刀他们人呢？"阿和问道。

"不知道，不过我想我们没事，他们应该也不会有事。可能是他们触碰到了墓室里的什么机关。他们这种做法我们也管不了，我们就当什么都不知道，明天一早再过去看一下吧。"老鬼说道。

阿和想起了在墓室下面和那个戴着面具的男人对话的情景，不过既然对方说了，事情会有解决办法，阿和也不好再说什么。毕竟当初他曾放走了赵侍郎的家人，这件事情如果被人知道，他自己也是死路一条。

第二天一早，老鬼和阿和再次来到了牡丹宅，让他们意外的是，刘一刀他们竟然说案情已经查清楚了，杀害天竺人的凶手竟然是天竺人的同伴。

"这怎么可能？"阿和无法相信这个真相。

"他们已经认罪了，我们今天就会带他们回去。这个案子已经结束了，你们也回去吧。"刘一刀说道。

"他们怎么可能是凶手？你们一定搞错了。"阿和还想说什么，却被老鬼拦住了。

刘一刀根本没有理会阿和他们，直接带着人离开了。

"其实来到这里后，当我知道天竺那伙人还有两个没有死，我就知道他们是凶手了。"老鬼看了看愤怒的阿和说道。

"这是什么意思？"阿和疑惑地问道。

"有些事情真相不重要，重要的只是结果。很多事情是没有为什么的，所以，罗大人让你我过来也只是走个过场。"老鬼说道。

"这根本就是草菅人命，即使天竺那两人不是我们大明子民，但也是无辜之人。我们既然过来协助刘一刀他们，怎么能任凭他们胡乱定罪呢？不行，我必须回去禀告罗大人。"阿和无法忍受这个结果。

老鬼看到阿和如此坚持，只好说道："那好吧，既然如此，我们就回去吧。"

第44章 真相已定

听到阿和说出他知道的真相，所有人都没有说话。

篝火上面的水烧开了，发出了咕嘟咕嘟的声音。

"我给大家煮点茶吧。"红袖走了过来，然后说道。

"敝寺寒酸，只有一些粗茶，如果大家不嫌弃，请大家将就一些。"慧海站了起来说道。

"寒凉之夜，喝杯热水足矣，能有热茶，非常不错。"明玉说道。

"那我和慧海大师帮大家准备一下。"红袖说着，跟着慧海往外面走去。

"阿和，你可知为何你们回去后老鬼就抱病回家，离开了锦衣卫？"这时候，贺子升看了看阿和说道。

"之前我不知道，后来明白了。"阿和说道。

"是因为你回去说了北镇抚司的事情吗？"旁边的叶童问道。

"不错，老鬼回家的那天晚上，他专门请我喝酒，因为第二天我们要和北镇抚司的人一起接受锦衣狱的复核。"阿和点点头说道。

喝酒的地方在南镇抚司门口对面的一个菜馆，老板是蜀人，做得一手好菜，不过都是辣菜，阿和他们经常会过来吃。不过老鬼很少来，毕竟他是南方人，吃不了辣，所以每次大家聚会，他都不怎么来。

这一次，老鬼竟然破天荒点了四个菜。

阿和自然知道老鬼的意思，这次安城之行，他们南镇抚司的人过去配合北镇抚司的人调查案子。阿和本来对刘一刀他们的做法就看不惯，更别说他们随意捏造真相，草菅人命，锦衣卫的名誉就是这样坏掉的。阿和现在也明白为什么当初罗万春会将刘一刀赶走。

"这样的人，就不应该留在锦衣卫，简直是祸害。"阿和端起酒说道。

"可是你知道为什么他离开我们南镇抚司,还能去北镇抚司当个指挥使吗?你以为北镇抚司那边不知道他是什么人吗?"老鬼举着筷子说道。

阿和没有说话,老鬼的话确实让他哑口无言,在这寒铁一样的锦衣卫里面,有多少人能够全身而退?如果心慈手软,根本就做不了刑狱这一行。

"阿和,你是行伍出身,自然是血性当头,但在这京城,很多事情和打仗是不一样的。这看似平静的湖面,其实暗流无数,远比打仗要复杂得多。你想一下,为什么当初罗大人没有让贺子升过去协助刘一刀他们呢?要知道,贺子升可是罗大人的心腹之人,论武功,论人品,论能力,贺子升可都在你我之上。"老鬼凑过去说道。

"这……"老鬼的话让阿和呆住了。

"这次的任务,你我只有两种结局:一种是成为北镇抚司推出的替罪羊,一种是因办事不力被责罚。无论哪一种,都是不归路。"老鬼叹了一口气说道。

"怎么会这样?这跟我们有什么关系?调查出真相的是北镇抚司的人,捏造真相的人也是他们,我们根本什么都没做啊。"阿和不太明白。

"捏造真相的不是他们。"老鬼摇了摇头。

"什么意思?"阿和越发迷惑了。

"真相,从我们去安城的那一天开始,就已经定了下来。确切地说,从我们知道那五个天竺人里有两个生还者开始,真相就已经定了,我们去就是走个过场。这件事情从一开始就已经注定了结局,罗大人这边选择我们过去,显然也是深思熟虑的。你想一想,最近是不是做过什么事情?"老鬼看着阿和问道。

"我、我……"阿和一下子瘫坐到了凳子上,嘴唇哆嗦着说道,"不错,我、我前些时候杀了人,可是,罗大人说这件事情不再追究了,而且已经摆平了。"

"这个世上哪里有无缘无故的不再追究?在锦衣卫,你的平安不过是由你的利用价值在支撑着,我们处在这个位置,有谁能够独善其身?所以这次你我过去,是一个注定的选择,最好的是无事发生,我们继续在这里做我们的锦衣卫;如果有事,你我兄弟的性命也就到了尽头。你前些时候杀了人,罗大人帮你压了下来。我和你一样,五年前,我也错杀了一个人,同样也是被罗大人摆平了,这五年我一直过得心惊胆战。你知道我为什么从来不和你们一起喝酒聚餐吗?不是因为这里的菜辣,而是我怕喝多了,说出了心事。"老鬼说着夹了一口辣椒,塞进了嘴里。

"你、你可以吃辣?"阿和惊讶地说道。

"当然,所以在这里,每个人都有自己的秘密,除非有一天共同经历过生死难关,像你我这次一样,否则大家不会交心。"老鬼悲声一笑。

"难道……难道就没有其他办法了吗?"阿和握着手里的杯子,悲伤地看着前面。

"有。我之所以来这里请你喝酒,就是为了我们两个的未来。这件事情如果想和平解决,只有一个办法,明天你要按照我跟你说的办法来做,否则,你我只有死路一条。"老鬼低声说道。

"好,我听你的。"阿和点点头。

那个晚上,老鬼说了很多话,吃了很多菜,两人也喝了很多酒,一直到深夜才离开。

第二天,阿和来到锦衣卫便接到了一个消息,老鬼因为喝酒太多,身体出了问题,连路都无法走了。罗万春带人过去看了一下,大夫说老鬼的身体之前受伤有旧疾,不能饮酒,这次喝酒,引发了旧疾,导致双腿瘫软,怕是无法走路。

罗万春代表锦衣卫给了老鬼家人一笔钱,然后让他离开了京城。

站在锦衣狱的复核现场,面对北镇抚司刘一刀他们的眼神质问,阿和心平气和地将老鬼跟他说的话一一复述。

刘一刀和他的手下眼神从担忧变成了惊讶,最后是坦然。

复核的锦衣狱官员也大感意外,不过他们在反复确认了阿和的说辞后,最终确定了结果。

走出锦衣狱的时候,刘一刀拍了拍阿和的肩膀,然后没有说话。

看着刘一刀他们离开的背影,阿和的眼泪落了下来。

他终于明白了老鬼说的那句话:在这寒铁如冰的锦衣刑狱之内,战争反而是最简单、最容易看透的……

第45章 残酷之法

慧海和红袖走了进来。

红袖抱着一个锅，蹲下身将锅挂在了篝火上面。

慧海则拿着一些碗筷，放到了地上，然后又往篝火里添加了一些新柴。

"那杀害那些天竺人的凶手到底是谁呀？这个难道查不出来了吗？"叶童问了一句。

"有些事情想查肯定可以查出来，但是这个事情是没有办法查出来的。原因很简单：天竺人死在了大明，如果凶手是大明的人，那么势必引起两国的纠纷；更何况刚才左先生说了，贝敏并不是普通的天竺人。所以凶手是天竺自己人是最好的结局，这样一来，就算天竺那边想说什么，也没有办法。"贺子升说道。

"所以从这件事情上看，不知道该说聪明的是凶手，还是定下这个真相的人。"左向风叹了一口气说道。

"难道天竺那边的人就这么算了？"叶承安看了看左向风问道。

"他们当然不肯。我记得当时天竺人来接走贝敏他们的时候，对方要求重返杀人现场，还带了自己国家的断案高手。那天的谈判剑拔弩张，我和阿宁躲在梁大人会客厅的一侧，听见了他们和梁大人的所有对话。"红袖说道。

"这件事情我也知道，当时我正好过来现场看那幅画像，然后遇到了天竺过来接人的柯木塱将军。我观人面相，一眼就看出来，他不是一般人。所谓的鬼舞诅咒之说，在他眼里，断然都是虚妄之说。他甚至带人包围了牡丹宅，对梁大人说，哪怕翻地三尺，也要找到杀害贝敏他们的真正凶手。那个晚上，柯木塱将涉及贝敏他们被杀的所有人都留在了牡丹宅，包括梁大人以及他的夫人。我记得当时慧海大师和了尘大师也在现场。"明玉说道。

"不错，当时我和了尘是过去给死者超度的，但是也被柯木塱将军留了下来。"慧海跟着说道。

"柯木堃不相信大明提供的真相……那真正的凶手他们查出来了吗？"叶承安问道。

"那天晚上，牡丹宅一下子聚了很多人，尤其是贝敏他们被杀的那个戏台房子里面。所有人都在那里，但每个人都不敢说话，整个房间静得像是没有人一样……"明玉望着面前的篝火，眼里映出了那天晚上的情景。

柯木堃和他的副将们坐在戏台中间，两边站着他的随从，戏台下面分左右两排，两两对坐。左边坐着的是梁大人、梁夫人、阿宁和红袖，右边的则是柯木堃从天竺带过来的断案高手，在后面，还站着梁大人的一些亲信以及之前贝敏他们接触过的其他人。

明玉当时就站在梁大人的后面，他是朝廷派过来的，身份比较特殊。梁大人为了保护他，让他站到了自己的亲信后面。

两名天竺断案高手仔细勘察了贝敏等人的尸体后，开始对其他人进行询问，最后得出结论：贝敏等人的身体里面发现了米尔蓝，这是一种迷药，可以让人产生幻觉。他们给出的真相就是，贝敏他们来到这牡丹宅，然后被人下了迷药，继而出现了幻觉，最后才搞出了这看起来诡异十足的死亡场面。

而拉南和米亚无恙，原因是他们二人接触米尔蓝的量比较小，所以才没有死。他们虽然没死，却成了这个案子的替罪羊。

至于这种带有米尔蓝成分的迷药，是来自安南国的皇宫贡品。所有人都知道，安南国是对明朝俯首称臣的国家，每年都会给大明进贡各种稀世珍品，这种迷药自然也在其中。

"那柯木堃将军，你这边查出来的真相是，害死贝敏他们的人是我大明的皇亲国戚？"听完他们的断案真相后，梁大人不禁说道。

"这种迷药的确是来自皇亲国戚，但是大明朝将当年安南国进贡的东西赏给了当时打了胜仗的将军，这个将军我记得和我也打过交道，就是你们大明之前的兵部侍郎赵之阳。"柯木堃说道。

"可是赵侍郎早就被杀了，这是我们大明都知道的事情。"梁大人说道。

"所以真相很明白，害死贝敏他们的人必然是与赵侍郎有关系的人，也就是你们大明兵部的人，又或者说是你们赵侍郎的旧部。动机也很明确，或许是为赵侍郎报仇，或者是要挑起我们天竺与大明的战事。"柯木堃说道。

"柯木堃将军，你说得确实没错，害死贝敏他们的凶手目的就是希望挑起天竺与大明的战事，只不过绝不可能是和赵侍郎有关系的人。其实我和梁大人一早就知道凶手是谁，只不过锦衣卫已经定下是拉南和米亚，并且要求结案，我们也不能违背上面的意思。"阿宁说话了。

"凶手是谁？"柯木塱问道，所有人的目光都聚到了阿宁的身上。

"一个来自东瀛的人，他的名字叫石川野。这个人武功高强，最厉害的一门功夫是木偶功。他可以操纵木偶跳舞，然后杀人于无形。我之前在京城和他有过一次交手，可惜他逃走了。这一次贝敏被杀的现场情况跟他的木偶杀人方法一模一样。他是东瀛人，自然希望大明和天竺能够起纷争，他们好坐收渔翁之利。"阿宁说道。

"你说的这些都是你的一面之词，有谁能够作证？"柯木塱说道。

"确实是这样，所以我才没有说。只不过现在你在调查这个事情，你需要贝敏他们被杀的真相，那么我就告诉你。"阿宁说道。

"真相是你们大明的人杀死了贝敏他们，我不需要你给我的这个真相。"柯木塱冷声说道。

"不，你需要这个真相。即使没有我这个真相，你依然没有办法改变现在的结局。因为你和我们都一样，你甚至比我们更清楚。只有拉南和米亚背下这个杀人凶手的罪名，才是平息这件事情的最好办法。我告诉你真相，不过是希望后面如果再遇到这样的事情，你可以有所准备，而不是为了让你回去复命。"阿宁说道。

牡丹宅内灯火通明，所有人都没有说话，目光全聚在柯木塱将军和阿宁的身上，没有人知道最后的结果会是怎样……

第46章　情报遇险

铁锅里的粥热了，香味从锅里窜了出来。

熬了大半夜，风雨兼程，大家早已经饿了。

慧海和红袖一起给众人每人盛了一碗。

寒夜孤寺，一碗热粥，胜过山珍海味。

"这个粥真不错，里面放了什么作料吗？我怎么感觉吃着特别香？"叶童吃着粥问道。

"是，里面放了香料。这种香料是老衲家乡特有的一种香料，名唤归家。"慧海说道。

"慧海大师家乡可是在西南？"阿和放下了手里的碗，看着慧海问道。

"是，西南一个偏僻小城。虽然人不多，但是大家对人热情。可惜后来战乱，家乡被毁，从此老衲就再也没有家乡了。每次熬粥用到这归家，才会想起昔日记忆。"慧海看着前方，颤声说道。

"原来慧海大师是西南山之人。当年西南山的人都被杀，唯独漏掉了西南山劫匪头目的兄弟，想来你就是那个逃走的赵明轩吧？"阿和一下子抽出了绣春刀，直接抵到了慧海的脖子上。

"前尘往事，已然了断。阿和大人，现在我入空门，拜佛祖，一心向善。过去的一切事情在我眼前都已经是过眼云烟、水月镜花，所以，又何必往事再提，徒增伤悲呢？"慧海看着阿和说道。

"好一句过眼云烟、水月镜花。你现在诵经拜佛，难道就没有做过噩梦？你以为断了红尘，入了佛门，你就可以洗去你身上的罪恶？你一身罪孽，又有什么资格来赎罪？"阿和愤怒地说道。

"阿和，你这是做什么？"贺子升伸手拦住了他。

"我……我做什么？我要为我边关军第九营二百八十个兄弟讨回公道。"阿和看着贺子升，眼泪流了出来。

"边关军第九营，可是那个在边境处被敌人全军杀尽的第九营？"明玉感叹一声，问道。

"不错，边关军第九营，我们属于情报营，比起其他军营的将士不一样。我们的任务更加辛苦，常年漂泊在外，风餐露宿，食不果腹。我们既要承受来自上面的压力，还要面对暴露的危险。更多的时候，我们连对着最亲的人都无法言说自己的情况，很多兄弟的家人甚至都以为他们已经成了逃兵，甚至是背叛了自己的国家。"阿和看着前方，身体微微颤抖着。

"我记得赵侍郎被弹劾的罪状中有一条便是勾结外匪，并且杀害情报营……莫非指的是边关军第九营？"红袖突然问了一下。

"你怎么会知道？"阿和听到红袖的问题，不禁有点意外。

"我、我是在冷宫的时候听小翠说的。她跟玉贵妃说起过赵侍郎和宁尚书他们的事情。不过当时我对这些并不知情，只记得她说赵侍郎被弹劾杀害的几条罪责，全是诬告，可是赵侍郎全部认罪了，没有反驳。当时我和玉贵妃都非常奇怪，询问原因，小翠只是苦笑说，赵侍郎的苦，又岂能是一般人能懂的。刚才……刚才阿和大人说起了这个，我才想起的。"红袖解释了一下。

"不错，赵侍郎根本不可能勾结外匪，更不可能杀害情报营。要知道在外面边关军第九营里，营长是赵侍郎的拜把兄弟，其中更有赵侍郎的两个养子，他怎么可能勾结外匪，杀害自己的兄弟和亲人？"阿和说道。

"可是我记得当年赵侍郎回京，兵部禀报的的确是边关情报营失控，出现了问题，然后朝廷派了锦衣卫秘密处理这件事情。"贺子升放下了手里的碗，站起来说道。

"不错，后来我进了锦衣卫才知道，当年潜伏在西南山匪徒里的那几个高手，竟然是锦衣卫。也难怪我们第九营二百七十九个兄弟，全部折在了西南山上。"阿和说着走到了窗边，看着外面的风雨黑夜说道，"那个夜晚，就像今天的夜晚一样，风很冷，吹在我们身上。营长还说，最冷的夜就要过去了，明天，我们就能回家了……"

家乡，就在远方。

狐死首丘，落叶归根。边关第九营的兄弟，最希望的事情就是可以功成名就，衣锦还乡。

加入情报营的那天，阿和他们听到的第一句话就是：情报营和其他军士不对最亲最爱的人，都不能泄露。因为一句无心之话，可能会牵连到整个大明军队的生死存亡。

所以，整个边关军第九营的存在，也只有他们自己知道，因为在大明的军队名册里，边关营地，只有八营。

营长是兵部侍郎赵之阳的拜把兄弟，为了让第九营的兄弟放心，赵侍郎还把自己的两个养子放到了第九营。在外人看来，第九营是一个虚无缥缈的影子，但是对于第九营的兄弟来说，他们是整个大明王朝边关营里最重要的一营，因为他们搜集到的情报，关系着大明边境的安危。

二百八十人，分别散布在大明边境的边边角角，很多人之间甚至根本都不认识，但是只要一个手势、一个信物，就可以为彼此付出生命，因为他们属于第九营。

西南山的匪徒，一直以来都是大明的一个大患，他们甚至比邻国一些不法之徒还要让人痛恨。邻国的不法之徒最多趁着边防放松的时候越境抢劫一些财物，然后匆匆离开，并不伤人。可是西南山的匪徒却不一样，他们常年盘踞西南山，借着西南山易守难攻的位置优势，日益壮大，不但抢劫路过的客商行人，甚至有时候连军粮补给、邻国贡品都不放过。更让百姓痛恨的是，他们还经常绑架妇孺，手段残忍。周边官府也曾经组织过几次围剿，但是西南山匪徒的三个当家，每个都武艺高强，更有足智多谋的幕僚相助，官府的几次围剿都没有成功，甚至还激起了匪徒对边境周边城池的疯狂报复。

为了剿灭西南山的匪徒，赵侍郎将任务下发给了第九营，希望他们能彻底摸清楚这西南山匪徒的具体情况，然后赵侍郎会亲自带人过来剿灭匪徒，肃清边关安危。

第九营的兄弟们常年在边关游走，所以对于西南山的匪徒早就有所耳闻，并且确实都知道，这西南山的匪徒和平常的匪徒不一样。他们常年操练，勤奋刻苦，虽是土匪，能力却不弱。所以一直以来，不论是官府也好，周边的国家也罢，对于这群匪徒都无可奈何。

这一次，赵侍郎下了死令，无论如何也要灭掉西南山的匪徒，第九营作为情报营，自然要打前阵。他们要打探出着西南山匪徒的具体情况，然后将情报传达给大明边关军队，最后边关五营和边关八营负责攻击。到时候情报营和攻击的五营、八营里应外合，将西南山的匪徒一网打尽。

所以，攻打西南山匪徒，成了情报营第一次所有兄弟通力合作的任务。所有分布在其他地方的兄弟接到命令后，都在约定好的日期聚到了一起，在营长的安排下，大家按照计划分批投入探听情报工作中。

情报消息一个一个反馈过来，营长汇总后再汇报给上级。西南山匪徒一共三千余人，他们在西南山建立了一个大本营，匪徒首领名叫草上飞，原本是江湖人物，后来认识了二当家赵明轩，于是两人一起纠集了一些兄弟，落草为寇。随着西南山匪徒名号越来越响，三当家雷霸天又带着几百人加入了他们，于是他们便形成了一股小有规模的匪徒力量。赵明轩和雷霸天都是行伍出身，还经历过不少战役，他们带人打仗的能力远强于一般土匪头目，所以才搞得周边官府甚至朝堂派来的人都对他们束手无策。

第九营的人在经过初步接触后，混进了西南山匪徒的大本营。他们接到的命令是按照之前的约定，等待边关五营和八营的攻击，然后里应外合，一起剿灭匪徒。

阿和当时是和营长一起进入西南山匪徒老巢的，带他们进入的是雷霸天下面的一个小头领。他收了营长给的银子，所以把他们放了进去。

按照和五营、八营约定的时间，情报营的人打开了西南山匪徒的后门。然而，接下来迎接他们的，不是五营或者八营的人，而是西南山匪徒们的攻击。

这是一场瓮中捉鳖的计划。

两百多个人，面对西南山几千匪徒，他们并没有退缩，而是奋力战斗。按照他们收集到的情况，虽然西南山匪徒众多，但是这也正好是他们的缺点，所以当时营长命令大家，能够突围的尽快离开。

每个情报人员在被发现后，都会用性命来保护战友。当众人发现被包围，立刻做出了准确的判断——保护营长和其他人先走。

然而，匪徒里面走过来的三个人蒙面人却挡住了他们的路……

第47章 全军覆没

阿和在情报营里算是武功比较不错的,他看到那三个蒙面人的站姿,就知道他们不是匪徒。可惜,没有等他喊出来,旁边的几位兄弟已经冲了出去。果不其然,他们刚到那三个蒙面人面前,就被对方一刀毙命。

三个蒙面杀手的亮相,让其他人都愣住了。

一时间,大家都有点胆怯,往后退了几步。

"分散离开,尽量远离这三个蒙面人。如果出去了将这里的情况告诉上峰。"营长看到这个情况,对身边的人说道,然后他走到前面迎战那三个蒙面人,营长的侍卫也跟了过去。

营长从军多年,无论经验和功夫都算不错,他的侍卫亦是武功高强。所以他们上去后,三个蒙面人一时间被困住,于是,其他人利用这个机会纷纷向其他方向离开。

阿和和三个蒙面人中的一个人交手,几个回合下来后,阿和和对方互相压制,然后冷声对那个蒙面人说道:"你用的是绣春刀法,你是锦衣卫?你们是朝廷的人?"

对方没有说话,只是冷哼。

此时,营长他们四人已经被对方杀死两人,只剩下营长和一个侍卫分别对战另外两个蒙面人。

这个时候,前面跑过来几个身影,为首的人正是西南山匪徒的首领草上飞。

"营长,匪徒过来了,我们先撤。"阿和见状,立刻对营长和那侍卫说道。

营长和那侍卫也看到了前面过来的众匪徒,于是一边对抗着蒙面人的攻击,一边往后退。

很快,他们被逼到了后面的一个角落。那里有一个杂物房,营长一脚将杂物房踢开，然后三人钻了进去，直接将门关上。

　　这个杂物房是倚靠两面墙壁建的，窗户又是在侧边，正门在前方，反而形成了一个天然的防御优势。草上飞让人冲过来，立刻被守在门口的三人杀死，一时间，他们竟然无法进入。

　　看到这个情况，草上飞停止了攻击，这也给了阿和他们休息的时间。

　　"你是说那三个蒙面人是锦衣卫？"听完阿和的猜测，营长皱紧了眉头。

　　"没错，你知道，我之前师从锦衣卫，对于锦衣卫的刀法套路非常熟悉，我可以确定那三个人就是锦衣卫。只是不明白的是，他们是草上飞他们花钱请过来的，还是朝廷安排过来的呢？"阿和说道。

　　"我们是朝廷安排过来剿匪的，锦衣卫怎么会来帮助匪徒呢？我看肯定是草上飞他们花钱请的锦衣卫。那三个锦衣卫怕我们认出他们的身份，所以才蒙着面。"营长的侍卫说道。

　　营长皱着眉头没有说话。

　　"营长，你怎么看？"阿和问道。

　　"我们这次的行动非常缜密，只有上峰知道，可是我们在这里中了对方的圈套，这说明我们的行踪肯定是暴露了。如果这三个人真的是锦衣卫，加上我们计划暴露的事情，可以确定，他们肯定是来自京城。"营长分析道。

　　"你是说，我们是被赵侍郎出卖了？他、他不是你拜把兄弟吗？再说，我们这次一起过来的人当中，还有他的两个养子，这不可能吧？"那侍卫一听，顿时说道。

　　"赵侍郎自然不会出卖我们，我看出卖我们的另有其人。这三个蒙面人虽然来自锦衣卫，但是我想他们应该也不是锦衣卫那边直接派的人，否则他们完全可以以真面目出现。"营长走到门口看了看，门外的匪徒们并没有冲过来，但是依然没有撤走。

　　"其实我一直都怀疑这西南山匪徒并不是单纯的匪徒。"营长说着，转过身看了看阿和，"这西南山匪徒能成如此气候，显然不光因为他们人多势众。西南山虽是易守难攻，但朝廷如果真的要剿灭他们，随便派边关一个营都可以。但是他们之所以一直能存在，我想很有可能他们的背后有朝廷的人在把控。这次赵侍郎决心剿匪，皇上同意了，这说明赵侍郎这边自然是没问题的，那么和赵侍郎他们对抗的朝堂力量自然就有嫌疑。他们还截取了我们的情报，然后在西南山这边布置好，准备把我们一网打尽。所以，无论我们谁突围出去，一定要将对方的这个阴谋诡计告诉上面。我们情报营兄弟不能白死，这个勾结匪徒的人更不能逍遥法外。"营长将他的推论告诉了阿和和侍卫。

"好，那我们无论谁出去了，一定要将这件事情调查清楚。"阿和和营长、侍卫三人一起握手发誓。

草上飞他们的攻击很快便来了，为了将阿和他们逼出来，他们火攻，带火的箭头直接从外面射进来，很快将杂物房里的易燃物品点着。整个杂物房很快火光漫天，烟灰弥漫，他们不得不突围出去。

打斗再次展开，因为阿和他们主要以撤退为主，所以无心恋战。他们眼里都在寻找合适的出口，只要发现便立刻冲出去。

可惜草上飞等人早已看穿了他们的目的，根本没有给他们逃跑的机会。每次当他们突破防守，想要冲出去的时候，旁边的匪徒们便聚了过来，几次下来，他们三人筋疲力尽，甚至连抵挡的力气都在慢慢流失。

终于，营长一个疏忽，被对方一刀砍中，然后后面的匪徒一拥而上，将他擒住。旁边的侍卫看到营长被擒，乱了方寸，冲过去想救营长，结果被两方力量困在中间，很快也被抓住了。

阿和趁着大部分人去抓营长和侍卫的时候，一脚踢开旁边的人，然后借着旁边的石块，一下子跳到了前面的一个突围口直接逃走了。

"不用追了，他跑不了。"草上飞看到他的手下准备过去追阿和，挥手拦了下来。

草上飞说得没错。阿和虽然从草上飞他们的围攻下逃走了，但是这西南山上机关重重，而且匪徒遍布，可以说没跑多久就会遇到一群匪徒。好在阿和伤得并不重，再加上后面偶然还能遇到第九营的兄弟，竟让他带着十几个兄弟退到了西南山匪徒的大门。

眼看他们就要离开了，结果草上飞带着蒙面人冲了过来。阿和身边一路跟过来的几个人很快就被斩杀，最后，只剩下阿和一个人面对众多来人……

第48章　暗夜救灵

阿和砍死了最后一个匪徒，然后只剩下了他和那个蒙面人两个人。

他们都没有动手，只是彼此看着。

血顺着阿和的刀滴落到了地上。

刚才他们已经交过手，阿和也认出了他的刀法，阿和相信对方也看出了他的刀法。

本是同根生，相煎何太急？

他们的功夫出自同一个师门。

"以后无论什么身份，见到同门师兄弟，必须留一线。"这是师父对他们提的基本要求。

"你走吧，就当我们没见过。"果然，蒙面人收起了刀，然后转过了身。

"放我走了，那你怎么交代？"阿和问道。

"我自然有我的办法。对了，如果你逃出去了，对于这里的事情要守口如瓶，这件事情要远比你想的复杂得多，更不是你我能够改变的。一切就当是一场噩梦，将它彻底忘记。"蒙面人说道。

阿和没有再说话，转身离开了。

阿和走到西南山脚下的时候回头看了一眼，整个西南山已经远在烟雨中，看上去风景依旧，只是没有人知道，在这看起来祥和美丽的风景下面，竟然涌动着让人无法想象的真相。尤其是那个蒙面人最后给他的忠告，显然这件事情牵连的已经不仅仅是他们一个小小的情报营。

从西南山回到城里，阿和便在城墙上看到了朝廷对边关第九营的通缉告示。上面说第九营勾结西南山匪徒，泄露边关军情报，已经被朝廷剿灭。如果有看到逃逸的第九营情报人员，立刻上报。

也就是说，一夜之间，他们从大明边关军最受器重的情报营，变成了勾结匪徒的十恶不赦之辈。

本来阿和准备去边关总营寻求帮助，但是一纸通缉告示，让他明白了自己的处境。想起那个蒙面人说的话，他终于体会到其中的利害关系。于是，他立刻找了一个客栈住了下来，然后乔装打扮，连夜赶回京城。

黉夜时分，阿和来到了赵侍郎的府邸。

阿和翻身进了后花园。

星光璀璨，仿佛无数只眼睛在闪烁。

第一次来赵府时，营长和赵侍郎喝酒，阿和不胜酒力，一个人来到了后花园吹风。昔日，赵侍郎的后花园花开数朵，即使是在暗夜之下，看上去也是美不胜收。其中有几朵看起来格外好看，让阿和忍不住伸手想碰触。

"别动，那是昙花。"忽然，身后一个声音制止了他。

转过头，他看到一个女子走了过来，她披着一件青色披风，里面着一件粉色罗衫裙，明眸皓齿，站在百花之中，宛如一朵兰花。明明是一女子，但是看上去是男人打扮。

"失礼了，对不起。"阿和行了个礼，但是嘴角带着一丝讥笑。阿和的母亲喜好养花，从小便在大户人家帮忙种花，所以阿和耳濡目染，从小便对各种花了如指掌。眼前这几朵花他之前在边关见过，它们其实并不是昙花，而是和昙花非常相似的一种花。当地人称为含羞花，只要有人碰触或者惊动它们，这些花就会立刻害羞地蜷缩起来。

"你们这些兵，上阵打仗一点都不含糊，对花花草草的自然是不懂了。"女子走过来，拿手轻轻碰触昙花，只见那几朵花瞬间回缩，宛如一个个调皮的孩子。

"那小姐看起来应该很懂花了？"阿和跟着问了一下。

"那是自然，这后花园都是我种的花，有些是从外地移植过来的，很多地方都看不着的。就说这昙花，你看多好玩，只要一碰它，它立刻就缩起来，不敢出来。"女子开心得像是在摆弄一个玩具。

"小姐可知道什么是昙花一现？昙花开放在夜里，且昙花不会被人一碰就蜷缩。这种花名叫含羞花，是长在边关的一种花。我记得一年前边关三营退役，为了纪念守关的日子，回来的时候特意带了一些边关的东西留作纪念，其中就有这边关才有的含羞花。"阿和说道。

女子噘起了嘴，然后生气地说道："好啊，又骗我，哼！"

"想来你是赵侍郎的女儿吧？我在军中就听过赵侍郎有一独女，明明是美娇娘，却喜好舞刀弄枪，装扮得像男儿一般，可惜赵侍郎对她非常严格。"能在这后花园如此说话，且看上去就是这侍郎府的主人，加上她的年龄和模样，阿和立刻就猜出了女子的身份。

"不错，我叫赵灵，你叫什么？"赵灵看着阿和问道。

"我叫阿和。"阿和轻笑着。

"那你知道这是什么花吗？"赵灵说着，拉着阿和问了一下前面的一朵花。

月光下，阿和面带笑意地对赵灵讲述不同花朵的不同来历。

离开的时候，赵灵给了阿和一方手帕，希望他日能够再次相见。

阿和勒着马，转过头，看到赵灵站在门口，目光依然追随着自己。他心里不禁有点动容，可惜他身在情报营，无法向赵灵说出自己的真实身份。

再次来到后花园，昔日和赵灵一起赏花的画面历历在目，只是这一次阿和找来是想跟赵侍郎说明西南山剿匪真相。可还没有等他进入前院，里面便传来了撕心裂肺的惨叫声。

阿和拉开后花园的门，看到前院火光漫天，身着便装的黑衣人以及官差正在对赵府的人大肆追杀，赵府的家丁和府兵正在顽强抵抗。

没有多想，阿和从衣服上撕下一块，蒙到脸上，然后立刻冲了出去。

阿和一边打斗一边来到了正厅，然后看到赵侍郎和他的家眷已经被官差控制，不过其中并没有赵灵。眼看无法营救赵侍郎，阿和只好快速离开。

走到门口的时候，正好看到一队官差骑马往前追赶，于是他快速跟了过去，看到一辆马车正在疯狂往前奔跑。阿和看了一下周边，发现旁边有一匹马，于是直接拉过来，跳上马，快速向前跑去。

那辆马车很快被官差追上了，马夫直接被杀，里面的人也战战兢兢地被官差赶了出来。其中有一个女人，正是赵灵。

阿和直接从后面冲了过来，然后抽刀砍掉了赵灵旁边的官差，顺势一把将赵灵抱起来，直接拉到了马上，然后快速向前跑去。

等到身后的官差反应过来的时候，他们已经跑到了街道外面。

阿和带着赵灵一路狂奔，最后来到了护城河，看到没有人追过来，阿和勒住了缰绳，停了下来。

赵灵已经彻底崩溃了，家中的变故让她浑身颤抖，哭泣不已。

阿和看着护城河里的水面，不禁叹息，一时间也不知道该说什么。

此刻，两个人的命运是如此相像：阿和是边关军第九营唯一的生还者，而赵灵自然是这侍郎府唯一的生还者。

漫漫长夜可以过去,但是未来呢?

终于,赵灵的情绪恢复了过来。她没有询问阿和的身份,只是感谢阿和的救命之恩。

阿和刚想说话,赵灵却忽然拿出了一把匕首,直接刺向了胸口。

"赵灵,你这是做什么?"阿和虽然眼疾手快,迅速抓住了赵灵的手,但是匕首还是刺进了赵灵的胸口。

"谢谢你救我,但是如果我家里人都死了,我一人活着还有什么意思?"赵灵哭着说道。

"别说话。"阿和从身上拿出了一条手帕,然后帮着赵灵止血。

看到那条手帕,赵灵突然一震,她颤抖着问道:"你是……你是阿和?"

阿和这才想起来,自己刚才一直蒙着面,也难怪赵灵没有认出自己。于是他取下了脸上的蒙面,然后说道:"对,是我,我来救你了。我们之前不是说过,下次见面还要一起赏花吗?你要是就这么死了,还有谁陪我一起赏花?"

"可是,没有了,一切都没有了。"赵灵抱着阿和痛苦地哭了起来。

"没事,我先带你去治疗伤口。等伤好了,我们再从长计议。"阿和说着抱起了赵灵,然后重新上马,向前面跑去。

赵侍郎全家已经被官府严密监管,所以平常的医馆是无法去的。阿和带着她又要躲避官差的追赶,又要寻找可以就医的地方,无可奈何之下,只能阿和亲自帮她换药。

那段日子,阿和和赵灵过着颠沛流离的逃亡生活,他们一方面担心被官差找到,一方面还要打听赵侍郎家里的情况。所以他们选择在京城附近一个偏僻的破庙居住,也许是因为有了阿和在身边,赵灵已经没有了之前的恐惧。

赵侍郎全家被斩的时候,阿和独自去了刑场。

回去的时候,一名锦衣卫拦住了他。

阿和看到对方的眼睛就认出了他,在西南山遇袭并放走自己的那个蒙面黑衣人,正是眼前的人。

"你和赵灵只有两条路:要不等死,要不入仕。你们自己选。"那名锦衣卫说道。

"是师父让你来的?"阿和问道。

"你们的时间不多了,明天天黑之前,我在南镇抚司门口等你们。"那名锦衣卫说完,转身离开了。

第49章　告别往事

阿和回去的时候，太阳已经下山了。

破庙里，赵灵正在做饭。

烟火弥漫出来，钻入眼睛和口鼻，赵灵被呛得咳嗽起来。

阿和站在门口看着这一幕，用力握紧了拳头。

赵灵是侍郎千金，从小十指不沾阳春水，现在却落魄到如此，且未来希望更加渺茫。如果被抓，要么被砍头，要么被送到青楼或者官员家里充作家奴官妓。

无论哪一种结局，都是无法想象的。

那名锦衣卫的话，再次出现在了阿和的脑海里。

第九营已经没了，赵侍郎全家也没了，如果他们再出了事，所有的真相也将彻底被淹没，没有人会知道。被人陷害，战死在西南山的二百七十九个兄弟也将永远背负上勾结匪徒的罪名。

所以，阿和和赵灵只有一条路，那就是入仕。

只有活下去，才会有机会将真相讲出去。

"你回来了？饭马上就好了。"看到门口的阿和，赵灵站起来，擦了擦脸上的烟灰。

阿和走了过去，然后看了看面前破旧的佛像，站在那里一语不发。

"你怎么了？出什么事了吗？"赵灵走过来问道。

"众生拜佛，求神保佑。可是很多时候，也许连神佛都没有香火，自身都难保，如何保佑众生呢？"阿和看着面前的佛像说道。

"佛在心中，那是信仰和力量，这世上能够救人的只有自己。如果依靠别人，命运永远都无法被自己左右。"赵灵说道。

"今天我去了刑场，你们全家都上路了。"阿和说道。

赵灵没有说话,她的身体在颤抖着,眼泪无声地落了下来。

"你如果难过就哭出来吧,我之所以没喊你,是害怕你无法承受,毕竟现在你是赵家唯一的生还者。他们用尽全力将你送出来,如果你轻易再回去,岂不是辜负了他们的性命相托。"阿和说道。

"我还能做什么?我一个弱女子,难道还能为赵家复仇?还不如让我随同家人一起去了。"赵灵抽泣了一下说道。

"或许你应该听听我的故事。"阿和坐到了火边,将沸腾的锅取了下来。

"你?你不是说过,你是边关营的兵吗?你莫非知道什么?"赵灵惊讶地看着阿和。

"对,我是边关营的兵,不过我不是一般的兵,我所在的营是边关营里最神秘的一个营——情报营。进入这个情报营里的人都是没有身份的人,我们的名字、过去、家庭、出身,所有的一切,都被丢掉,每个人只有一个代号。我们在一起生活,探听敌军情报。我们彼此之间非常熟悉,熟悉到知道每个人睡觉打不打呼,喝水要什么温度,甚至什么时候上茅厕,但是我们不知道彼此的底细,甚至几岁、叫什么名字,都一无所知。这就是情报营,一个看似以兄弟为重,却彼此毫不熟悉的地方。我在情报营待了三年,你也看到了,我甚至被营长带着去了你们家里,但是我现在都不知道营长的名字叫什么,唯一知道的是营长和你的父亲是生死兄弟。我们情报营这次遭人陷害,全营的人都死了,只有我活了下来。我和你的命运很像,我们都是那个生还者,但是仔细一想,甚至觉得还不如一起死了更好。可是死去的人已经死去,如果连我们也死了,有些秘密就再也没人知道。所以我们必须活下去,我们要把真相藏好,等到有一天,将它们公布于世,让我们死去的兄弟亲人沉冤昭雪。否则,那些为了我们死去的人就白死了。"阿和泪眼婆娑地说道。

"那我们怎么活下去?难道就这样一直苟且偷生吗?这样的日子,有希望吗?"赵灵说道。

"没有希望,所以我们要去做有希望的事情,那就是入仕。放我走的那名锦衣卫是我的师兄弟,他答应过我,明天天黑之前我们去南镇抚司门口见他,他会安排我们的出路。只不过我们如果选择去见他,我们的身份将不再是以前的身份,我们的仇恨也将被埋在心底,除非遇到合适的机会,否则千万不要让人发现我们的秘密。"阿和看着赵灵,语重心长地说道。

"我明白了。"赵灵走了过来。

这是他们一起吃的最后一顿晚餐,一碗平平无奇的白粥甚至有些煳了,吃起来却觉得格外香，即使睡着了，依然有余味在嘴边回荡。

第二天，阿和带着赵灵来到了南镇抚司门口，然后见到了那名锦衣卫。

门口有一辆进宫的马车，赵灵上了马车。

从此一别，不知何时可以再见。

望着马车离开，阿和的目光长又长。

回过头，那名锦衣卫带着他进入了南镇抚司。

"我能问个问题吗？"阿和问道。

"讲。"对方说道。

"西南山上的人怎么样了？"阿和问道。

"西南山匪徒已经全部被剿灭。"

"什么？"阿和愣住了。

"西南山再无匪患。"对方补充了一句。

"你们不是？"阿和不理解。

"我说了，进入这个门，过去的事情就一笔勾销，我已经给你安排了新身份。你仔细看看，回家有空了再看看。"对方拿出了一个信封，然后递给阿和。

阿和拿起来看了一下他的新身份：杜阿和，安城和平村人，父亲早死，母亲一人将他养大。有一个青梅竹马、一起长大的未婚妻，名叫小莲。在信封里，还有几张画像，那是他新身份的母亲的画像，以及未婚妻小莲的画像。

从此以后，阿和进入了另一个人生。

仿佛过去还在眼前，但是回首间，却已是好多年。

阿和的新身份，他不知道锦衣卫这边是怎么帮他做好的，他回到安城的时候，无论是母亲还是小莲，真的把他当成了真实存在的人。他们的眼睛里没有一丝杂质，完全是真实的反应，这让阿和始终无法明白，甚至在他们的眼神里，他恍惚觉得自己真的就是安城和平村人，那个苍老的女人就是他的母亲，而那个面容单纯的女孩，就是他从小一起长大的未婚妻小莲。和平村里的其他人，也都亲切地和他叙旧，那些听上去明明是别人的记忆，却觉得好像是真的属于了自己。

第50章 隐藏秘密

"丁云凡。"阿和最终还是说出了师兄的名字。

"丁云凡,我怎么听这个名字有点熟悉?他是我们南镇抚司的人吗?"贺子升皱了皱眉头说道。

"莫不是……莫不是钦天监的丁云凡?"这时候,旁边的明玉突然激动地叫了起来。

"怪不得,是他。"贺子升顿时想起来了。之前他们去调查秦侍郎千金的案子,那个丁云凡就是重要涉案人员。

"他之前的名字叫丁鸣,在南镇抚司一直从事的是黑色任务,所以知道他的人并不多。后来他被调走,去了钦天监,然后改名丁云凡。知道他这个情况的人并不多,我也是在他调走的时候才知道这些。"阿和说道。

"他竟然没死?他竟然去了钦天监!原来是这样,怪不得南镇抚司那边对外说他死了,竟然是为了隐瞒他的身份。"明玉突然情绪激动起来,他目光盯着阿和,颤抖着说道。

"你认识他?"叶承安看到明玉的样子,不禁问道。

"当然,他就是化成灰我都认得。"明玉握着拳头,愤怒地说道。

贺子升和阿和不太明白明玉的愤怒情绪,不禁对视了一眼。

"南镇抚司里面有专门做黑色任务的锦衣卫,像是去西南山剿匪这种,他们的身份比较特别,因为担心被暴露,所以从来不以真实身份示人。明玉,你怎么如此激动?莫非他对你做了什么?"贺子升奇怪地看着他问道。

明玉看着前方,身体似乎在微微颤抖,他沉思了半天转过头说:"其实,贺大人,你们调查的画像案并不是最近才发生的。一年前,宫里就发生过,而这个画像案的凶手不是别人,正是我的父亲明文墨,侦破案件的功臣就是丁鸣。"

"一年前就有了画像案？可是，为什么我们都不知道？"贺子升觉得奇怪，他是锦衣卫，如果发生了案件，他们肯定会知道的。更何况像明玉所说的，这案子应该也不小，明玉的父亲明文墨是朝廷的御用画师，竟然是凶手。

"你们也说了，丁鸣是做黑色任务的，所以这个案子是保密的，因为涉及皇家，所以知道的人少之又少，可能连你们的指挥使大人都不一定知道。不过，我非常清楚，因为我知道我的父亲是冤枉的，他是替人背锅，无奈死去的。"明玉悲伤地说道。

"既然是冤枉的，为什么不说出来？你们明家是三代御用画师，深得皇家恩宠，难道还怕丁鸣这个锦衣卫？"叶童听后不禁问道。

"想来是明玉的父亲为了保护明家，自己承担了一切吧，要不然这事怕是会有更大的影响。只是不知道这一年前的画像案和现在的画像案有何区别？"贺子升问道。

"同为杜丽娘的画像诅咒，如果说真的要找区别，那就是当年的画像诅咒案凶手根本没死，现在的案子只不过是它的延续。我父亲如果知道是这样的情况，恐怕一定会后悔当年的选择。因为现在我才知道，他被人欺骗了，他自以为高尚的选择，并没有阻止凶手现在继续作案。而且现在看来，杜丽娘画像这案子比起之前，有过之而无不及。"明玉叹了口气说道。

"你这么一说，我倒挺好奇一年前的画像案是怎样的？你能跟我们说一下吗？"贺子升看着明玉问道。

"既然你们想知道，也没什么可隐瞒的，我告诉你们也无妨，一切的事情起因就要从皇后的寿宴那天开始……"明玉转过身重新坐下，讲了起来。

皇后的寿宴对于皇家来说非常重要，更是后宫的头等大事。除了各个皇子公主要给皇后准备礼物，后宫所有的嫔妃也都会想尽办法来准备礼物。因为这不仅仅是皇后的寿宴，更是能够见到皇上，甚至可能受到皇上关注或嘉奖的机会。

那次寿宴，皇上也特别邀请了御用画师来给寿宴画像。因为寿宴上人数众多，一个画师根本不够，所以作为牵头的明文墨便找了一些同行帮忙，一共有十三名画师为寿宴画像，明玉也在其中。那天，他们十三个人一共画了三十幅像，可是等到明文墨回到家里整理画像的时候，却发现多了一张画像，而多出来的这张画像，正是后来让人闻风丧胆的杜丽娘鬼像。

这个发现，让明文墨后背一凉，头脑发麻。

显然这是有人想利用皇后寿宴来发动阴谋，如果这种画像进入后宫之中，还不知道会引发多少事情。明文墨深知这件事情的重要性,所以连夜进宫面圣,想要告诉皇上,却被当值的太监曹瑞拦住,无奈之下,明文墨只好把奏折交给了曹瑞。

从皇宫回来,明文墨觉得事情没有想的那么简单,于是去了兵部侍郎赵之阳家里,将事情跟赵之阳讲了一下。

明文墨和赵之阳是故交,所以也比较放心他。

赵之阳分析了一下,他认为事情应该出自他找来的其他画师之手,能够画出如此精美的画像之人,手段肯定不简单,所以并不是一般人能够做出来的。

"的确,要知道这幅画不仅要顺利混进来,更要经过锦衣卫那边检查,但是之前都没问题,等我到家的时候却多出了一幅画像,这说明让这幅画像混进那些正常画像里的人也不简单。"明文墨听到赵之阳的分析后,一下子想到了其中一个画师。他立刻带人赶到了那画师的家里,结果发现那个画师已经被杀,现场一片凌乱。

正当明文墨失望不已,准备离开的时候,几名锦衣卫出现了,为首的正是当时在南镇抚司专门做黑色任务的丁鸣。他们二话没说,直接将在场的所有人都抓走。

当时明玉因为有事去见朋友迟到,结果正好看到了父亲被丁鸣他们带走的一幕。他想过去救父亲,但是理智止住了他,只能眼睁睁地看着父亲被锦衣卫带走……

第51章　明玉父亲

　　明玉的父亲被带走后，他立刻去了赵侍郎的府邸，希望赵侍郎能够看在和他父亲是故交的情分上，救父亲出来。

　　可是，赵侍郎表示无能为力。

　　"如果说你父亲找到了证据，可能事情还会有转机，可是现在怕是没有人能救他了。因为他已经不仅仅是一个画师，更是平息皇后寿宴问题的最佳人选。所以，这次你父亲回不来了。"赵侍郎悲伤地说道。

　　"可是我的父亲是无辜的啊！"明玉痛苦地说道。

　　"有些事情要的不是真相，而是一个结果。我想你父亲应该也想到了这一点，所以才会交代你要看好家庭。他自己一个人担下罪名，至少还能保障你们家人的安全。如果他不这么做，可能不但自己洗脱不了嫌疑，反而把你以及其他家人也带进来，到时候事情就更加复杂了。"赵侍郎拍了拍明玉的肩膀说道。

　　本来明玉还想见到父亲可以了解事情的真相，可是还没有等他去看望父亲，锦衣狱那边就传来了父亲畏罪自杀的消息。

　　虽然已经想到了这个情况，但是当事情真的发生了，明玉还是有点手足无措。明玉并不甘心，他想找出害死父亲的凶手，但是他只是一个小小的画师，别说调查案件，就连宫里的太监宫女都不会正眼看他一眼。

　　回到家里，面对母亲的哭泣，明玉走到了祖宗的灵牌前。灵牌前面有一支收藏的画笔，据说那是明玉的祖父无意中得到的。这支画笔的主人是一个专门为人画遗像的画师，所以这支画笔聚满了怨气，让明玉的祖父不得不用御用画师的力量来压制它。

　　明玉很小的时候，曾偷偷拿起过这支画笔，结果被父亲发现，然后重重责罚了一番，并且告诉他，永远都不要拿起这支画笔。当时明玉并不知道原因，后来每次去给祖父上香的时候，明玉的父亲都会跟他说，作为画师，既是帮人，也是帮自己。因为善恶本在一念之间，如果画师的内心种下了恶魔的种子，那么他画出来的画像也就成了恶魔。那支画笔本身没有问题，只是因为画师用它来画遗像，所以沾染上了死亡的怨气，自然连同用它的人也变成了恶魔。

对于父亲被害的事情，明玉怀疑过几个人。第一个是长公主，因为长公主曾经希望明玉的父亲成为她的幕僚，却被父亲拒绝了。因此一直以来，在长公主眼里，明玉的父亲自然成了她的眼中钉。但是长公主如果真的对明玉的父亲有仇恨，完全不需要这么麻烦，随便找个理由就可以杀了他，何必多此一举呢？

明玉怀疑的第二个人则是李太师。明玉的父亲和兵部侍郎赵之阳关系不错，所以有事情一直和赵之阳商量。但是赵之阳背后的靠山是兵部尚书，他们和朝堂里的各种势力周旋，尤其是和李太师，几乎势不两立，所以李太师的嫌疑也比较大。

面对这两个都无法得罪的人物，明玉准备拿起那支画笔，他要用这支带着诅咒的画笔来找出父亲被害的真相。

明玉站起来走到了灵牌面前，颤抖着打开了画笔的盒子。画笔被拿出来的那一刻，窗外突然电闪雷鸣，风雨瞬间吹开了窗户，发出凄惨的声音。

"这真的是诅咒之笔吗？"明玉声音颤抖着问道。

这时候，母亲进来了，看到明玉拿起了那支诅咒的画笔，顿时惊呆了，然后哭着叫了起来："天意，这是天意吗？"

明玉看着母亲，跪到了地上，说道："对不起，母亲，我不能接受父亲就这么死去。我要找出杀害他的凶手。"

母亲抚摸着他的额头说道："你可知为什么你父亲一直不让你触碰这支画笔，你怎么这么糊涂？"

"父亲说过，这支画笔其实并没有问题，有问题的是用画笔的人。此刻，我心魔已出，即使不用这支画笔，想来画出来的也是诅咒。"明玉说道。

"我们明家三代深受皇恩，当年你爷爷为先皇画下一幅登基图，因此受到嘉奖。后来即使皇室发生了各种争斗，各种势力动荡不安，但是我们明家的人都没有受到伤害。如果你现在拿起这支画笔，出了事，怎么对得起你明家的列祖列宗？"母亲说道。

"现在父亲死得不明不白，即使我们深受皇恩，也不能这么不明不白地死了。我必须找到父亲死亡的原因。母亲，我们明家三代的确深受皇恩，但是现在父亲死了，兴许是一些别有用心的人在利用父亲。如果找不到真相，我以后死了怎么面对祖父和父亲?"明玉握着手里的画笔,悲愤地说道。

母亲没有再说话。

明玉走了出去。

大雨倾盆而下,明玉没有躲雨,走在雨中,任凭雨水落在身上。他站在雨中,发出了低沉的怒吼声。

明玉将自己关在房间里开始作画。他画的正是一张杜丽娘的画像,只不过这个杜丽娘画得有点奇怪,看上去亦男亦女。

两天后,这张杜丽娘的画像便开始在后宫流传。

关于杜丽娘的画像诅咒开始传得沸沸扬扬,当时《牡丹亭》在坊间流传,民间很多女子甚至效仿杜丽娘,希望能来一场游园惊梦,遇见自己的真爱。皇宫内院也不例外。所以,当那张杜丽娘的画像在皇宫内院流传时,也传出了一个诡异的恐怖事件——有太监宫女路过荒废的冷宫时,竟听到有人在唱戏,等他们战战兢兢地走过去一看,却发现那是一张杜丽娘的画像。

一时间,杜丽娘的诅咒和宁妃还魂的说法开始在后宫传开,各种各样的传言也让太监宫女们人人惶恐不安。

与此同时,长公主在睡觉的时候梦到一个女人出现在自己的房间,等她醒过来,真的看到了一个女人在她面前,把她吓坏了。等到宫女听见声音跑过来一看,发现那个女人竟然变成了一幅画像……

第52章　降魔灵杵

"那个……那个画像真的是杜丽娘的诅咒吗？明玉画师，你真的用那支笔诅咒了长公主吗？"听到明玉的讲述，叶童不禁问了一个所有人想问的问题。

"诅咒是心魔所致，长公主知道诅咒画像后便开始遇到诡异事情，那是她内心的心魔作祟。刚才我也说了，所谓画笔不过是看执笔之人有无心魔。我用画笔画出的诅咒之画，只是为了惩罚报复害死我父亲的人。长公主受到心魔纠缠，却以为是诅咒所致。所以与其说是杜丽娘的画像含有诅咒，不如说是她自己作恶，咎由自取。"明玉说道。

"阿弥陀佛，世事难料，真的是有因就有果，这事情我比较清楚。当时长公主因为画像的诅咒精神日益崩溃，总说见到了鬼，也不让任何人靠近。因为这件事情，皇后非常难过，让人对外求助。了尘知道了这件事情后，来到了隐安寺找师父，希望可以借师父的降魔杵帮助长公主。"慧海忽然说话了。

"降魔杵？那是何物？"其他人愣住了。

"相传洪武初年，太祖皇帝平息了战乱，但还是有不少余孽分子散落各地，到处作恶……"慧海讲起了降魔杵的来历。

隐安寺原本是一间普通的破草房，因为位置在荒野之中，少有人经过。住在这里的一共三个人，他们是从外地过来避难的，大哥名叫隐安，老二和老三分别叫少灭和影寂。他们本来以为住在这里，不会被人发现，结果没想到前面不远处突然修了一条官道。很多人为了躲开官道，便会从这边穿过，时间一长，一些赶路的人遇到刮风下雨的坏天气，总会把隐安寺作为一个落脚地休息。

三人一商量，干脆就将房子改成了寺庙。因为太祖皇帝对寺庙有不一样的感情，所以当时很多寺庙都得到了保护和修缮。太祖皇帝还下令，任何人不得对寺庙进行破坏、侵扰。

于是，隐安寺就在这种情况下建成了，之所以取名隐安寺，也是用了大哥的名字。

说来也奇怪，自从隐安寺修成后，夜晚路过的人倒少了很多。隐安三兄弟都觉得是太祖皇帝那道皇令反而让人惧怕了寺庙。

这天天黑的时候，开始下起了雨，有人敲门。

敲门的是一个老妇，还带着一个七八岁的孩子。他们衣着褴褛，面色苍白，看起来满是疲惫。

少灭立刻将老妇和孩子请到了寺里面，然后给他们端了一点吃的。

老妇和孩子看起来饿坏了，狼吞虎咽地将桌子上的饭菜一扫而光。

三人站在一边看着他们两个心满意足地吃完。

"有汤喝吗？"老妇人问道。

"有，你要喝，这就去做。"隐安说道。

"我无所谓了，年龄大了，喝什么都行。不过这个孩子还小，家主提醒我一定要照顾好他。他从小喜欢喝肉汤，尤其是对一些陈年老物的肉汤，最为喜欢。"老妇人嘿嘿一笑说道。

"施主真是得寸进尺，明明可以让你们露宿在这荒山野岭，我们兄弟仁慈，将你们请进来，好吃好喝供着你们。你非但不感恩，还要提要求，真的是枉费佛祖的一片善心。"听到老妇人的话，少灭不禁怒声说道。

"佛祖什么时候开始庇佑妖魔鬼怪了？要不是这风雨天，你们给了我们一壶热茶，你觉得现在你们还能活着吗？"老妇脸色一变冷声说，身体微微一挺。有风从四周吹过来，寺庙的门和窗户开始剧烈地抖动起来，紧接着一股巨大的气流也从外面蹿进来，灌进了那个小孩的身体里面。

三人立刻做出防守的状态，目光警惕地看着眼前的老妇和孩子。

"大哥，我就说世人不可信，你看我们躲到这里，他们还是不放过我们。事到如今也没什么好说的，跟他们拼了。"影寂说着直接冲了过去。

老妇冷笑一声，从身上抽出一根绳子，照着冲过来的影寂直接挥了过去。那根绳子犹如一条灵蛇出动，吞吐着芯子，一下子将影寂于半空卷住，然后用力直摔了出去。

隐安和少灭看到这个情景，立刻冲了过去。可惜他们还是晚了一步，影寂被摔到地上，立刻口吐鲜血，身体蜷缩，不再动弹。

"毒妇，你好狠的心，即使佛祖对我们也有一丝慈悲，你竟然直接下此毒手,枉为捉妖师。"隐安愤怒地说道。

"你也知道你是妖,我是捉妖师。既然如此,你还抵抗什么,乖乖束手就擒吧。念在你们对我们有热茶之恩,我们可以给你们留个全尸。"老妇冷哼一声说道。

"胡说八道,你害我兄弟,拿命来。"少灭看到此景,再也无法忍受,直接幻化成一只大鸟向那个小男孩飞去。

"二弟,不要!"隐安看到这个情况,顿时喊道。

少灭已经来到了那个小男孩的面前,直接抓住了他的衣领,飞到了半空。

那个老妇看到这个情况,并没有任何惊慌,反而脸上带着一丝笑容。

隐安心感不妙,可是还没有等他反应过来,飞到半空的少灭身体像是被什么东西刺中一样,直接坠了下来,而那个被他抓着的小男孩轻飘飘地落到了地上,没有任何异样。

这个时候,那个老妇快速跑到了少灭面前,伸手抓住了他的脖子,用力一扭,少灭的脖子顿时被扭断了。

"我们兄弟三人在这荒郊野地,从未害过任何人,我们将这地方建为隐安寺,就是要帮助众生。无论妖还是人,神还是魔,只要有一颗向善之心,都应该被原谅。你如此不分青红皂白,上来就杀我们兄弟,你这样的捉妖师和那些害人的妖魔鬼怪又有什么区别?"隐安悲声说道。

"妖就是妖,无论做什么都改变不了。现在我就送你去和你的兄弟们团聚。"老妇说着,一下子将旁边的小孩拎到了自己的肩膀上面。那个小孩展开了拳脚,做出了一个攻击的动作。

隐安闭上了眼睛,手里持着念珠,轻诵佛经。

老妇背着那个小孩冲了过来,幻化成一道金光直接将隐安罩在其中。金光之下,隐安的身体开始哆嗦,整个人仿佛被火烤一样,但是他一动不动地坐在那里,轻声诵着佛经。

老妇和小孩停了下来,而此刻金光之下的隐安,看上去仿佛是披着金色袈裟的得道高僧。他静静地坐在那里,仿佛此刻的伤害和危险不过是轻风拂面、细雨过身。他嘴里的佛经越念越响,身上被罩着的金光开始慢慢退散,最后消失不见。

老妇和小孩惊呆了,要知道他们一起收服杀死过无数妖魔鬼怪,这种情况还是第一次遇到,看着明明是要被金光灭化的隐安,此刻却毫发无损地坐在他们面前。接着,更加奇怪的事情发生了,隐安的身体开始急速变化,最后竟然变成了一根降魔杵,直接钻到了隐安寺那尊金身佛像的手里。

一个孩童从房间跑了出来，哭着跪到了地上。

这个孩童是隐安三兄弟之前收留的一个孤儿，先前在旁边房间睡觉，后来听到打斗声，看到隐安幻化成降魔杵的过程，他再也忍不住，从里面跑了出来。

"妖？"老妇背上的小孩看到那个孩童，厉声说道。

老妇伸手拦住了他。此刻老妇的眼里已经充满了疑惑，抓妖一生，什么样的怪事都见过，可是此刻眼前的事情让她大吃一惊，甚至觉得是不是真的错怪了三兄弟。

"你们为什么杀死他们？他们都是好人。"孩童转过来头，目光悲愤地看着老妇和小孩。

"除妖师的职责就是除妖，需要理由吗？"老妇背上的小孩冷哼一声说道。

"不分好坏就杀人，就算你是除妖师也是滥杀无辜，难道说世间根本不分黑白吗？我跟你们拼了！"孩童说着，就对着老妇和小孩冲了过来。

老妇身体往旁边一闪，拉住了那个孩童，手腕一抖将孩童直接牵引到旁边安全的地方。孩童身体往前一栽，直接倒在地上，可能是知道自己打不过对方，又无能为力，于是气得直接哭了起来。

看到孩童哭泣的样子，老妇和背上的小孩停手了。

"婆婆，不能仁慈。"这时候，背上的小孩说话了，他的双脚直接脱离了老妇的肩背，自己冲向了那个小孩。没有等他的身体来到那个孩童的身边，刚刚贴到佛像手中的那把降魔杵一下子飞了过来，挡在了孩童的面前。小孩的身体撞到了降魔杵，直接被弹了出去，重重地摔在了地上。

"看来也许是我们错了。"那个老妇扶起了地上的小孩，叹了一口气。

老妇和小孩离开了。

那个孩童看着他们走后，转过身，跪在了佛像面前，发出低沉的哭泣声。

那个孩童承接了隐安寺，这个传说外人也不知真假，有人说是因为隐安寺位置偏僻，为了震慑贼人惦记特意编了一个鬼魅的恐怖故事；也有人说隐安寺的这个故事其实是告诉世人，无论你做过什么，只要诚心向佛，都可以进入空门，重新做人。

从那以后，降魔杵就成了隐安寺的镇寺之宝，也成了每一个隐安寺接班人的心中向往之物。

所以，当慧海的师父知道长公主的情况后，决定拿出降魔杵帮其解难。

慧海奉师命从隐安寺取出降魔杵，连夜赶到了长公主的寝宫花露宫，然后开始为其驱魔解难……

第53章　鬼像出现

长公主的花露宫之前是一座非常华丽的行宫，因为她的身份，行宫甚至比贵妃的还要华丽奢侈。可是此刻因为她的情况，很多宫女太监都不敢停留，甚至后宫的人连经过花露宫都不敢。曾经华丽热闹的花露宫，此刻冷清孤独，堪比冷宫。长公主身边，也只剩下一个贴身的宫女，名唤翠竹。

慧海在翠竹的带领下，来到了长公主的面前。

此刻的长公主披头散发，浑身哆嗦，蜷缩在床上，不敢下来，面对慧海的到来也是一脸呆滞。

"公主莫怕，老衲带来了镇寺之宝降魔杵，此宝乃我隐安寺创寺先祖所幻化，能驱这世间邪魔，确保公主无恙。"慧海说道。

"真的可以吗？真的可以赶走杜丽娘的鬼魂吗？"长公主听到慧海的话，忽然惊叫了起来，拉住了慧海的手，连连问道。

"世间本无邪魔，一切都是心魔。杜丽娘的鬼魂无非幻化之影，有降魔杵在，定然可以驱走；但是公主内心的恶魔，则需要公主自己驱除。"慧海说道。

"我内心的恶魔……我内心没有恶魔，恶魔就在这花露宫。我求父皇让我搬离这里，可是父皇听从谗言，他们说邪魔在我身上，我搬到哪里，邪魔就在哪里。大师，你要帮我，你要帮我驱除恶魔啊。"长公主喃喃地说道。

"公主放心，有降魔杵在，一切恶魔都会被驱除，今晚老衲守在花露宫，定然会护公主周全。"慧海说道。

黑夜渐渐来临。

花露宫里只点了几盏灯，慧海坐在大厅闭着眼诵经，降魔杵被挂在花露宫大厅房顶中心，对面挂着那一幅杜丽娘的诅咒画像。

长公主知道有慧海在，所以胆子也大了一点，竟然从床上下来了。

翠竹扶着公主。看着此刻凄凉冷清的花露宫，长公主不禁潸然泪下。

夜渐渐深了，风平浪静，没有任何动静。

长公主也累了，翠竹陪着她上床就寝。空荡荡的花露宫里只有慧海一个人端坐在那里，寂寂无声。

翠竹端着一杯热茶放到了慧海面前，然后离开了。

慧海睁开了眼，端起热茶喝了两口，诵经多时，确实有点口渴。热茶过腹后，慧海感觉身体暖和了很多，然后继续闭眼诵经。

"啪！"有风从外面吹进来，窗户被吹开了，后面挂着的杜丽娘画像被吹得晃动起来。

"嘻嘻！"一个轻微的女子笑声突然响起，钻进了慧海的耳朵里面。

慧海皱了皱眉头，睁开眼看了一下。只见本来在他后面的那幅杜丽娘画像，此刻竟然到了他的对面，而且画像被风吹得如水阵阵波动，犹如湖面的涟漪，这让纸上的杜丽娘仿佛真人一样在动着。

"阿弥陀佛。"慧海仔细看了看眼前的那幅画像，接着，诡异的事情发生了。那幅画像上的杜丽娘竟真的从里面走了出来，还扭动身体，甩着水袖慢慢向前走来。

"这怎么可能？"慧海入空门前本是山匪流寇，无论从胆识还是武艺上讲都高于常人，之前也算经历过各种事情，但是面对眼前这件怪异的事情，他还是着实被吓到了。

从画像里走出来的杜丽娘轻舞着来到了慧海面前，然后在他的身边扭着腰肢，轻身舞蹈。

"心魔，一切都是幻觉。"慧海吸一口气，调整了心境，闭眼开始诵《大悲咒》。

心魔，既然是心魔就只有画面，一切都是虚妄。可是慧海真切地感受到在身边舞蹈的杜丽娘如同真人，她身上的香味甚至若有若无地钻进慧海的鼻子里面，她跳舞的声音传进慧海的耳朵，她的肢体也时不时碰触到慧海的身体。

这究竟是长公主的心魔，还是慧海的心魔？

"大师，你的降魔杵，真的帮得了她吗？如果佛祖是帮助有罪的人摆脱惩罚，那佛心何在？佛法何用？"杜丽娘凑到了慧海的耳边，吹气如兰。

"走开！"慧海睁眼，对着身边的杜丽娘用力推了过去，但那杜丽娘像一只纸鸢一样，轻飘飘地飞到了窗口，然后直接往前面公主的卧房飞去。

"不好！"慧海站起来，立刻向前面跑去。

可是，慧海还是迟了一步。他刚来到长公主的卧榻外面，就听见了长公主的惨叫声。

灯，亮了起来。翠竹举着灯走了过来，走到了长公主的床榻旁边。

长公主的床榻幕布被拉开了，只见长公主身体哆嗦着，眼睛睁得又圆又大，嘴唇颤抖着蜷缩在一起，仿佛是一只受了惊吓的兔子。

"长公主，你没事吧？"翠竹将长公主往身边拉了一拉问道。

"她又来了，我又看到了她。不是说有降魔杵吗？怎么没用？"长公主喃喃地说道。

"大师，你不是说保证没事的吗？怎么还是有问题？"翠竹看了慧海一眼问道。

"我佛慈悲。"慧海一时间不知该说什么。

"既然大师也无能为力，那请大师离开吧。"翠竹下了逐客令。

慧海叹了一口气。没有帮到长公主，这让他有负重托，心里不免有点失望。

被赶出来的慧海不知道去哪里，现在宫门紧闭，要到天亮才能出宫，此刻长公主那里又无法待下去，其他地方他又不熟悉，万一不小心走错路，可能还会惹来杀身之祸。无奈之下，他只好找了一个看起来没什么人的地方先待着。

仔细回想刚才发生的事情，慧海总觉得有点问题，可是又说不出来。

手握降魔杵，却无法驱除邪魔。

这怎么可能？如果说那个杜丽娘画像诅咒只是长公主的心魔，为什么慧海的心魔也是她呢？刚才杜丽娘在身边如鬼魅轻舞的那一幕再次浮现在慧海的脑海里，他觉得那不是心魔，那应该是真实的。

那是一个人，一个活生生的人。

是她？

慧海眼前一亮，似乎明白了过来。

于是，他立刻站起来，重新往长公主的花露宫走去……

第54章　诅咒真相

慧海再次回到花露宫,但是刚进入里面,就被翠竹拦住了。

"大师,不是说了请你离开吗?怎么又回来了?"翠竹冷冰冰地说道。

"不好意思,我的经书忘在这里了,需要拿回去。"慧海编造了一个理由。

"那你跟我来吧。"翠竹看着慧海,沉思少许后同意了。

慧海跟着翠竹走进了花露宫。

此刻的花露宫里一片安静,刚才慧海离开的时候,长公主情绪还不稳定,现在竟然没了声音。于是,慧海忍不住问了一句:"翠竹女施主,请问公主现在情况如何?"

"公主已经睡着了,你尽量轻点。"翠竹说道。

慧海挺意外的,刚才看长公主的情绪特别激动,他都感觉有点束手无策,没想到这翠竹竟然有很快让长公主安稳下来的能力。

"之前的东西都在这里,你自己找一下吧。"翠竹指了指前面的一张桌子。

慧海走过去,坐了下来。

其实慧海的佛经就在自己包里,他之所以进来,就是为了寻找刚才出现的诡异事件的真相。刚才他仔细想了一下事情的经过,尤其是自己看到杜丽娘从画像里走出来,还在自己身边跳舞的那个场景。当时慧海觉得眼睛昏昏沉沉的,那种感觉并不正常,就像很久没睡、特别犯困的状态。对于慧海这种经常做经课的人来说,他极少会出现这种情况,所以一定有原因。慧海想起翠竹给他送的那杯热茶,正是这杯热茶,让他对翠竹产生了怀疑。

翠竹是长公主的贴身侍女,长公主从受到杜丽娘画像的诅咒开始,其他太监宫女都不敢待在花露宫,只剩下翠竹一个人在她身边陪着。也就是说,翠竹最了解长公主的情况,甚至到后来,长公主的饮食起居都是翠竹一个人在料理。如果说长公主的事情是有人在搞鬼，最方便行事的人就是她了。

果然，翠竹再次走了过来。她手里端着一杯热茶，放到了慧海身边说道："你慢慢找，给你倒了一杯茶。"

"有劳施主了。"慧海说道。

翠竹行了个礼离开了。

慧海端起了茶杯，不过他并没有喝下里面的茶水，而是佯装喝了。

果然，没过多久，慧海看到翠竹从后面走了过来。慧海假装晕了过去，趴到了桌子上。

翠竹看到慧海晕了过去，于是走到了画像前面。

慧海透过眼皮缝隙，看到翠竹走到了那幅画像面前，从旁边又拉出来一幅画像。两幅画像的大小一样，上面都是杜丽娘的画像，她将两个画像合并到一起，然后开始抖动。随着抖动，那两个画像的纸面开始上下波动，从慧海的位置看去，画像上的人在动，仿佛在纸上活了一样。翠竹又走到了画像的后面，没过多久，一个和画中人穿着一样的女人从画像后面走了出来，然后扭动着腰肢开始跳舞。

女人的脸上蒙着一块面纱，看不清样子。不过，慧海可以确定，眼前这个女人正是之前自己遇到的那个从画像里走出来的杜丽娘。

此时此刻，慧海明白了。之前他看到画像里面的杜丽娘走出来，一切都是翠竹搞的鬼。她先给慧海喝了那杯有问题的热茶，然后让慧海出现恍忽状态；接着拿出一张一样的杜丽娘画像，造成画像波动，看似画像里的女人活了一样；然后自己再穿上和画像里的女人一样的衣服冒充杜丽娘，出现在慧海的身边。所以慧海当时会感觉这一切如此真实。同样，作为受害者的长公主，自然也是这样被她欺骗的，以为是画像里的杜丽娘活了过来。

一切真相大白了。翠竹以为慧海依然处在恍忽的状态，假扮成杜丽娘来到慧海身边，慧海一下子抓住了她的胳膊，将她按到了旁边的桌子上。

翠竹没有想到慧海竟然识破了自己的伎俩，顿时慌乱无措，想挣脱却被慧海死死地按着胳膊，无法动弹。

"阿弥陀佛，怪不得降魔杵没有任何作用，原来所谓的画像诅咒，将长公主吓到崩溃，其实都是你这个侍女所为。事到如今，你还有什么可说？"慧海厉声问道。

"你放开我。"翠竹低声叫着。

"放心，老衲定然会放开你，不过我要带你去见长公主。"慧海说道。

"臭和尚，上次就不应该放过你，可恨！"翠竹咬牙切齿地说道。

"你身为长公主的贴身侍女，为什么要做出这种祸害主子的事情？"慧海问道。

"主人？她也配？她就是一个玩弄权力、祸乱朝纲的女人。我在她身边不过是为了报仇。你一个出家人，助纣为虐，那些被长公主害死的人都会在地狱等着你。就算你有你的佛祖保佑，也会受到我们所有被长公主害死的人的诅咒。"翠竹冷哼一声说道。

慧海松开了翠竹，然后叹了一口气："放下屠刀，立地成佛。翠竹施主，如果你能放下仇恨，离开花露宫，或许这次的事情我可以帮你。"

"帮我？你怎么帮我？难道你要帮我隐瞒？对不起，和尚，我可不想欠你人情，不就是一死吗？反正一年前我就应该死了，能够活着为家人复仇，我也心甘情愿了。"翠竹看着前方，悲凉地说道。

"如果你可以离开这里，永远不要再回来，这里的事情我来帮你处理。至于之前的恩怨，希望你能一并放下。"慧海说道。

"你真的可以帮我？"翠竹目光疑惑地看着慧海。

"相信我，心里有光，一切自然就会温暖。佛度有缘人，一切看破不说破。"慧海说道。

天亮的时候，长公主醒了。

慧海将那幅多出来的画像放到了她的面前，告诉她一切都已经结束了，从此花露宫里再也不会出现杜丽娘的鬼魂。而翠竹，因为诅咒，被迫离开了。

长公主眼里的愁云和担忧终于散开了。

"希望长公主以后多多与人为善，一切心魔自会慢慢消散。"慧海对长公主说道。

第55章 翠竹赠言

"莫非翠竹是你的人?"听到慧海找出了长公主画像诅咒的真相后,叶承安不禁看了看明玉。

明玉没有回答叶承安的问题,而是走到了贺子升面前问道:"贺大人,你可知道十三影子卫?"

"这个我自然知道,不仅我知道,我想只要在宫廷里走动的人都知道。十三影子卫是当年先皇的贴身侍卫队,据说是从八百个锦衣卫里挑出最优秀的十三个人。这十三个人之所以叫影子卫,是因为他们的身份神秘,除了主管他们的上司,没有人知道他们的身份。后来先皇意外驾崩,事出突然,十三影子卫一直潜伏在各个地方,从此以后再也没有出现过。在这十三个人里,唯一公开的是我们南镇抚司锦衣卫副指挥使陆河的父亲陆天成,至于剩余的影子卫,有人说他们其实还一直潜伏在皇宫周边,守护着皇家国运;也有人说他们分散在民间,没有收到专属的暗号,他们是不会出动的。明玉,你怎么忽然问起这个?"贺子升看着明玉问道。

"你说得没错,十三影子卫自从先皇驾崩后就失踪了,但是其实他们并没有消失,而是一直在调查一件事情。当年先皇发现东瀛在朝堂安插了不少眼线,有的甚至长达十年之久,他们潜入各种行业,搜集大明情报,祸害深重,于是先皇便让十三影子卫去调查潜伏在我们大明的东瀛人。"明玉说道。

"这有点误差,十三影子卫竟然是先皇设立选拔的,距离现在也有几十年了。当年这些神秘的影子卫都是青壮年,现在算算也应该七八十了,哪里还有能力继续为工作?"叶童不禁说道。

"这个很简单,如果十三影子卫真是在执行先皇的任务,他们年龄大了,自然会培养新的影子卫来继承自己的工作。就像陆河的父亲死后,陆河被调任到锦衣卫做副指挥使,他的父亲有没有让他继续影子卫的任务,恐怕也只有他自己知道了。所以,现在的十三影子卫比起之前更加神秘。如果说之前的十三影子卫,朝廷里有人还见过,那么现在的十三影子卫恐怕都已经是新人,谁也没有见过了。难道说翠竹和影子卫有关系?"贺子升忽然明白了一点。

"不错,翠竹就是十三影子卫的人。"明玉回答了贺子升的问题。

"什么?这、这怎么可能?"慧海一听,脱口说道。

"翠竹竟然是十三影子卫的人,这是真的吗?"不仅慧海意外,贺子升也大感意外。要知道,印象中的十三影子卫应该在武功能力上超越一般人,但是翠竹只是长公主的一个贴身侍女,她竟然是十三影子卫的人,这让人确实难以置信。

"我和翠竹相识多年,也是没有想到,所以当她告诉我的时候,我和你们一样震惊不已……"明玉说着,不禁感慨万分。

明玉记得第一次见翠竹,就是在花露宫的外面,当时她正在喂一只兔子。阳光下的翠竹,穿着宫女服,看上去格外漂亮。明玉情不自禁,于是拿出画笔和纸张,给翠竹画了一幅像。

当翠竹看到那幅画像的时候,眼神充满了欣喜,嘴角压抑着无法诉说的高兴。

后来几次在后宫的相遇,让他们渐渐熟悉起来,但都只是点头之交。

明玉父亲遇害的当天晚上,明玉为父亲守灵,昔日和父亲关系要好的很多人都怕惹祸上身,有的只是让人过来行礼,有的甚至连来都不敢过来。明玉披麻戴孝,悲伤不已。

后半夜的时候,翠竹来了,不过她是乔装打扮过的。毕竟她来自花露宫,如果让人看见,会牵连到长公主。翠竹过来,只是代表她自己。

这才有了后面长公主遭遇杜丽娘画像诅咒的案子。

被慧海识破了计划后,翠竹准备离开花露宫。临走之前,她去见了一下明玉。

明玉没想到,翠竹竟然是十三影子卫的后人,她的养父是十三影子卫其中一员,一直隐藏在御林军里,他的任务就是监视长公主。只可惜后来被长公主的人发现,出了意外,于是临死之前将他的任务托付给了翠竹。养父去世后,翠竹便进宫做了宫女,后来通过各种办法,最终进入了长公主的宫里,做了长公主的贴身侍女。

可是经过这么多年调查,翠竹并没有找到长公主和东瀛人的关联,但是她找到了养父当年被杀的真相。正是长公主听信谗言,害死了养父。于是,她便想着有一天可以为养父报仇，然后离开皇宫。而这个时候，明玉为了给父亲报仇，也怀疑到了长公主的身上，于是，翠竹便心生一计，找到明玉说可以帮他报复长公主，只是没想到他们的计划被慧海识破了。

翠竹知道自己没有办法在花露宫继续待着，所以准备离开。不过，她担心长公主的事情之后会查到明玉身上，所以给了明玉一个信物保命。

翠竹给明玉的信物就是影子卫的腰牌，这个可以代表十三影子卫的身份。

"父亲说过，我们每个影子卫都有自己的职责，如果完成了，就可以毁掉身份。对于长公主的调查我早已经完成，之所以还一直留在花露宫，是想查清我养父被杀的原因。现在我已经找到了真相，也算是完成了我最后的心愿。从此以后，我就和过去彻底告别，包括你——我唯一的朋友。"翠竹说道。

明玉不知道该说什么，他明白翠竹的意思。翠竹将这块影子卫的腰牌给他，不仅仅是为了保障他的性命，更是给了他一个可以继续调查父亲遇害的理由。作为一个手无缚鸡之力的画师，这影子卫的腰牌显然相当于一个帮助他的利器。

"这苦寒后宫，每个人都自私自利，今日还笑着和你交谈，明日就能反手将你置于死地。唯独你明玉画师眼眸纯净。当日你赠我一幅画像，是我自小到大以来收到的唯一礼物。你的遭遇和我如此相似，我不忍看你难过，希望影子卫的腰牌可以帮到你。如若他日有缘，我们再见。希望那个时候，我们都已经放下了心中的仇恨，坦然面对一切。"翠竹说完离开了。

明玉握着那块影子卫的腰牌，看着翠竹离开的背影，一时间竟然泪流满面……

第56章 闹鬼传言

有了影子卫的腰牌，明玉去了一趟锦衣卫，见到了副指挥使陆河。

所有人都知道，陆河的父亲陆天成是十三影子卫里唯一一个公开的人，也正因为陆天成的关系，陆河才能晋升为锦衣卫副指挥使。

明玉将影子卫的腰牌放到了陆河的面前。明玉一介书生，没有背景，他要调查父亲的死，必须借助别人的关系，目前看来，最合适的道具就是翠竹留给他的这块影子卫的身份腰牌。

果然，看到明玉的腰牌，陆河惊讶万分。

"你有什么要求？"影子卫的规则，无论什么时候都不要问对方的情况，只听从对方的需求。

"我要调查我父亲明文墨的死亡原因。"明玉说道。

"你可知道，影子卫的腰牌一亮，在完成你的要求后，你的生活也就毁了。"陆河说道。

"我自是知道。"明玉点点头。

"好。"陆河接下了腰牌。

陆河比起明玉自然专业很多，他听完明玉讲述父亲出事前后的情况后，立刻锁定了嫌疑人，那就是当时在皇宫里值班的太监曹瑞。当初明玉的父亲请求面圣，是曹瑞挡住了他，并且拿走了奏折，第二天明玉的父亲便被带走了。要知道，直接把人带到锦衣狱，并不一定是皇上下的命令。也就是说，那份奏折可能根本就没到皇上的手里，而是直接到了陷害明玉父亲的凶手手里。

陆河带着明玉来到锦衣狱，找到了当日值班的狱卒，了解当天晚上明玉父亲自杀的情况。

宛如炼狱的锦衣狱，死一个人如同死一只蝼蚁，所以值班的狱卒并不记得，不过他们说出了一条关键的线索。那就是其间太监曹瑞曾经来过，他说有事情和明玉的父亲讲。等他离开后没多久，明玉的父亲就自杀了。现在想来，能够让明玉父亲自杀的人应该就是曹瑞，因为明玉父亲自杀的凶器也不是锦衣狱中的。

所有的线索都指向了太监曹瑞，于是，陆河带着人去找曹瑞询问。但是当他们推开曹瑞的房门时，却发现他已经吊死在了房间里，现场还有一份认罪书。

曹瑞的死经过鉴定，确定是自杀，那份认罪书也没有什么问题，但是所有人都知道，曹瑞不过是一枚棋子。

"真正害死我父亲的是李太师，曹瑞不过是他的棋子。我父亲和宁尚书那些手下关系很好，所以李太师杀死了他，就像赵侍郎全家一样，他们都是李太师害死的。"明玉愤愤不平地说道。

"确切地说，他们都死于朝堂之争。宁尚书是皇上的忠实拥护者，李太师权倾朝野，两股势力自然产生对抗，与其说害死你父亲和越侍郎的是李太师，不如说，是这暗流涌动的权力风云。"陆河说道。

"我不会就这么算了的。"明玉怒声说道。

"你自然不会是影子卫的后人，所以我想你应该多理解一下能把影子卫腰牌给你的人是何用意。一个能把这个东西送给你的人，一定是对你完全信任，甚至可以牺牲自己的，你不要辜负了她对你的一片心意。"陆河说道。

"是的，这份恩情我这辈子都不会忘记，可惜她已经离开了京城，也不知道这辈子还能不能再见到她。"明玉叹了一口气，看着前面。

"不，她肯定没有离开京城，甚至可能都没有离开皇宫。"陆河说道。

"什么意思？这是为何？"明玉不太明白。

"你难道不知道影子卫的规则吗？腰牌如同旗帜，腰牌在哪里，人就在哪里。即使腰牌没了，人也要死在腰牌旁边。"陆河说道。

"你是说……"明玉忽然明白了翠竹临走之前说的话，难道说她还在这皇宫里面？

"好了，言尽于此，如果后面我这边发现什么线索，我会及时跟你说的。"陆河拍了拍他的肩膀离开了。

明玉再次来到了花露宫。

长公主已经恢复了之前的状态，花露宫的人也多了起来。

看到明玉，长公主面色温和，毕竟之前在花露宫没人的时候，明玉曾经过来给长公主画了一幅画像。

"我是来找翠竹的。"虽然知道翠竹已经离开了，明玉还是说出了他的理由。

"很可惜,翠竹不在了。慧海大师说那天晚上他在驱邪,翠竹为了保护我受了重伤,之后便走了。"长公主说着落下了眼泪。

"那太可惜了。"明玉黯然说道。

"翠竹跟了我这么久,就这么离开了,我也很难过。难得还有个人记挂她,她要是泉下有知,也会瞑目的。"长公主说道。

离开的时候,长公主拿了一方锦帕送给了明玉:"这是翠竹留在我这里的东西,兴许是当时受伤没有拿走。之前绣这方锦帕的时候,翠竹说以后要将她送给自己最重要的人,现在看来,在这个后宫,唯一还惦记她的人就是你。我将这方锦帕送给你,当作一个纪念吧。"

灯火通明的皇宫内院,每盏灯火的背后就是一个殷殷期待的眼神。只是在这寒凉后宫,无论是嫔妃还是太监宫女,恐怕每一个人都有一个思念的人吧。坐在之前和翠竹见面的凉亭,明玉想起了陆河说的话,直到此刻他才明白了过来。

"什么人?"有路过的巡逻军士发现了明玉,大声喊道。

明玉站了起来。

"原来是明玉画师,不好意思。"巡逻军士慌忙道歉。

"没关系,这本是你们的职责。"明玉微笑说道。

"明玉画师,这后面就是新宁宫。那里一直都不太平,之前是叫宁和宫,先皇的宁妃以及后来的容妃都在那里出事的,你要是没事也早点离开吧。"巡逻的军士说道。

"新宁宫,原来住的可是那个被打入冷宫的容妃?"这件事情明玉自然是知道的。

"据说那里一到晚上就闹鬼,相传还是宁和宫的时候,容妃喜欢看坊间的戏文《牡丹亭》,因过度沉溺于里面杜丽娘的故事而走火入魔,后来离奇死去。而玉贵妃和她的情况也非常相似。对了,之前我在巡逻的时候,几次都看到长公主的贴身侍女翠竹也进入玉明宫,后来长公主的花露宫也传出闹鬼的事。所以这里还是不要久待为妙。"巡逻军士低声说道。

"你说翠竹去过玉明宫?"明玉愣住了……

第57章　重遇良人

"玉明宫？那、那不是我的主子玉贵妃住的地方吗？"听到明玉讲到玉明宫，红袖惊声叫了起来。

"不错。刚才你也讲了，这新宁宫就是之前容妃的寝宫，就像那个巡逻军士说的一样，两个嫔妃都在那里出事，并且都和杜丽娘的画像诅咒有关系。我想起长公主的花露宫闹鬼事件的真相，感觉新宁宫的闹鬼事件兴许也和翠竹有关。"明玉说道。

"那、那看来之前我们玉明宫的闹鬼事件应该也是有人故意设计的，莫非是翠竹？"红袖疑惑地问道。

"刚才红袖说你们在冷宫听到了关于容妃的事情，这和那个巡逻军士说的有些相似。"贺子升皱了皱眉头，忽然说话了。

"是的，是小翠告诉我们的，我之所以能出来，也是小翠救了我。她说当年容妃就是因为杜丽娘的画像事件被贬到了冷宫，而玉贵妃后来也迷上了杜丽娘的画像。难道说，后宫里的这个杜丽娘画像诅咒真的存在？"红袖点点头说道。

"我带着疑惑，在那天晚上偷偷潜入了新宁宫。也许是新宁宫太久没人住，也许是在那里发生过太多的故事，一进入里面，我就感觉到一种说不出的压抑与恐怖……"明玉继续说了起来。

看着眼前冷清孤独的新宁宫，明玉的心忽然悬了起来。

这里与一墙之隔的后宫其他宫殿俨然是两个世界。

宫院门前的树叶枯草似乎已经很久没有人打扫，门两边挂着两个灯笼，早已经没有蜡烛，风一吹，晃晃荡荡，仿佛游魂野鬼的眼睛一样。明玉踩着地上的树叶，仿佛走进了一条通往地狱的不归路。

吱——门被推开了，同时发出了一个刺耳的声音。

灰尘瞬间扑面而来，明玉慌忙伸手遮掩，但还是有灰尘钻进了口鼻，让他忍不住咳嗽起来。

也许是寂寞的新宁宫太久没有人来，明玉的咳嗽仿佛瞬间惊动了什么东西，旁边的草丛花林里窸窸窣窣地跑出来一些黑影，迅速向前跑去，这突如其来的情况是整个新宁宫唯一的动态画面。

或许那个巡逻军只是那么一说，或许是之前翠竹在花露宫太过寂寞，所以来这新宁宫休息。望着眼前空无一人、荒废已久的新宁宫，明玉觉得并没有什么可看的。本来陆河的提醒，加上巡逻军士的说法，让明玉以为翠竹可能还在后宫。如果说翠竹还在后宫的话，她没有留在花露宫，可能停留之处就是在这无人来看、无人来查的新宁宫，或者旁边的冷宫。

明玉走到了宫殿里面，看着凄凉的景象，不禁心生感叹，于是拿出了随身携带的纸笔，借着月光画了一幅新宁宫的画。

画完成后，他将画像贴到了新宁宫的墙壁上，然后离开了。

走到新宁宫门口的时候，明玉忽然发现自己的画笔忘了拿，于是折身返回，重新走进了新宁宫，拿起落在旁边桌子上的画笔。这时，明玉忽然发现刚才画的画竟然不见了。

刚才明明把画像贴在墙壁上的，可是现在竟然不见了，这才眨眼的工夫，怎么会凭空消失呢？

地上没有，旁边所有可能的地方都查看了，也没有。

难道这新宁宫还有其他人，刚才等明玉离开的时候，拿走了画像？或者说，是老鼠叼走了？

不对，明玉忽然想起来，刚才他的画笔应该是放在地上的，但是他再进来的时候，画笔却在桌子上面。

从这两点来看，唯一的可能性就是有人拿走了画像，并且把地上的画笔放到了桌子上。

会是翠竹吗？明玉的心潮突然澎湃起来。他开始在新宁宫四处寻找，但是偌大的新宁宫空荡荡的，即使找了一圈也没有找到半个人影。

"翠竹，是你吗？"如果翠竹有心躲起来，就算明玉再找怕也是找不到的。他不禁有点难过。

片刻后，明玉重新坐到了桌子边上，拿起画笔和纸，借着月光再次画了一幅画。

翠竹的画像在明玉的画笔下徐徐展开,这是他凭着记忆给翠竹画的画像。看着月光下的画像,明玉不禁落下了眼泪。

这时候,身后突然传来了一个轻微的声音,虽然明玉正沉浸在痛苦难过中,但是那个声音还是引起了他的注意。他转过头一看,很快,目光聚到了前面的布帘后面,那下面有一双红色的花鞋。那双鞋明玉见过,正是之前翠竹穿的花鞋。于是,明玉走了过去。

随着明玉靠近,布帘开始微微颤动。

明玉伸手拉开了布帘。

一个女子站在后面,身体绷直,微微颤抖。

明玉看着她的眼睛,泪光涟涟。

"你真的在这里。"明玉欣喜地说道,眼前的女子正是他心心念念的翠竹。

"还是被你发现了。"翠竹说道。

"陆河说影子卫的人不会离开她的腰牌,所以你定然还在这皇宫内院,可是偌大的皇宫,你躲在哪里呢?巡逻的军士跟我说看见你曾经来过这里几次,我想这里一定是你的躲藏之地。"明玉颤抖着说道。

"没错,我是不能离开这里,但是也不能在花露宫待着了。既然你发现了,也没什么。"翠竹从布帘后面走了出来。

"你有什么非要让自己这样做原因的?难道真的是因为那块影子卫的腰牌吗?"明玉问道。

"不,我有我的任务,我还没有完成自己的任务,是不能离开的。虽然影子卫的腰牌给了你,但是我还是影子卫的人。只要我还活着一天,我就要为我的任务而努力,要不然我没有办法面对死去的养父。"翠竹说道。

"那你的任务是什么?我可以帮你,我们一起努力。"明玉问道。

"这是我的宿命,和你没有关系。"翠竹说道。

"是的。可是,你可知道,从陆河告诉我关于影子卫腰牌的内情那一刻开始,你已经是我的宿命了。"明玉伸手拉住了翠竹的手,深情地说道。

第58章 死亡任务

"真没想到,当年赫赫有名、地位高于锦衣卫的十三影子卫竟然会变成现在这个样子。那宫女翠竹显然不会武功,在长公主身边做一个侍女,最后为了一个男人,甚至抛弃了自己影子卫的身份。如果她的养父知道这件事,估计会死不瞑目。"左向风听完明玉的讲述,不禁感叹道。

"当年的十三影子卫的确厉害,可是那毕竟是几十年前的事情了,现在他们都已经到了垂暮之年,更何况今时不同往日,我想很多影子卫可能连后人都没有留下。翠竹的养父能留下她,让她继续待在皇宫,也算是影子卫对朝廷尽忠的一个体现了。"贺子升说道。

"不错。如果翠竹的养父直接带她离开,完全可以让她过上另一种生活。但是想来翠竹的养父也是担心有一天会有同为影子卫的伙伴需要他,才让翠竹留下来的吧。"叶承安同意贺子升的话。

"那为什么她不像陆河一样,直接承认自己的身份呢?这样一来,说不定既能明哲保身,又能完成养父给她的任务?"阿和不太明白。

"不是所有人都像陆河一样。陆河的父亲本身就是影子卫的首领,加上陆家还有其他人在朝为官,即使陆河父亲影子卫的身份出了问题,也不会有其他危险。但是翠竹自然是不一样的,一个无依无靠的弱女子,怎么承受得住朝堂的风雨吹打?"贺子升说道。

"那翠竹莫非就一直待在那新宁宫吗?你们既然约定一起面对风雨,怎么后来就你离开了皇宫?"红袖看着明玉问道。

"我们是约定一起面对风雨,我甚至想带着翠竹离开,但是她不愿意离开后宫。我原本以为她是留恋后宫,但是后来发现,其实她留在后宫其实另有原因。"明玉抿了抿嘴唇说道。

"什么原因？"红袖问道。

明玉从怀里拿出了一张画像，徐徐展开放到了众人的面前。画像上有两个人，一个宫女打扮，一个太监打扮，其中宫女怀里抱着一个婴孩，两人急匆匆地向前走着。

"这个画像我好像见过，但是又想不起来。"红袖皱紧了眉头。

"这张画像名叫《鬼婴》，是画师张牧良的遗作。据说当年这张画像在后宫里的影响，堪比现在杜丽娘的诅咒画像。"明玉说道。

"对，我想起来了，这是当年后妃争宠，影响了皇太子之位的一件事情。据说因为这张画像牵连太多人，为了查找真相，先皇一怒之下杀了上百个宫女太监。"红袖突然眉头绽开，恍然明白。

"容妃和安妃的皇子之争？"贺子升脱口说道。

"我们怎么不知道？"叶承安和其他人面面相觑。

"这本是皇家家事，当年先皇之所以斩杀上百个宫女太监，就是不想让事情传出宫闱。明玉，你怎么会有这张画像？你说翠竹一直留在后宫，莫非……莫非她和这事情有关系？"贺子升忽然明白过来了。

"不错，这自然也要从我发现翠竹一直不愿意离开后宫说起……"明玉点点头，说了起来。

好不容易和翠竹相见，明玉兴奋不已。他之前就想过，如果老天真的给他再见到翠竹的机会，他会用尽自己一切力量去保护翠竹，然后两人一起离开皇宫，找一个没有人认识他们的地方，像平常人一样过下半辈子的生活。

对于明玉的提议，翠竹看起来并不感兴趣，虽然没有直接拒绝他，但是看得出来是不愿意的。

明玉因为担心翠竹的身份被人发现，所以也不能一直来新宁宫，好在那段时间，后宫几位嫔妃的皇子需要一本画像册，明玉作为御用画师，可以在后宫自由行走，否则他还真的不知道该怎么去见翠竹。

在明玉的几次追问下，翠竹终于说出了为何不愿意离开。翠竹之所以留在后宫，是因为她的养父给她的任务。她要寻找一幅画像，画像名叫《鬼婴》，是皇家的禁忌之画。这幅画像是之前的朝廷画师张牧良所画，画像的内容非常简单，就是一个宫女和一个太监，抱着一个孩子。但是相传这个孩子并不是普通人，而是当年容妃所生的皇子，也是先皇唯一的子嗣。

明玉的家族一直身在皇城，对于这件事情也略有耳闻。当年容妃因为嫉妒安妃，对安妃实施厌胜之术，后来事情败露，被皇上打入冷宫，最后死在冷宫里。

据说，这件事情牵连了容妃身边以及和容妃一起做这件事情的其他几个贵人身边的太监和宫女，他们全部被先皇秘密处死了。这件事情也被定性为后宫禁忌之事，没人敢讨论。

翠竹寻找这幅画像，是受养父所托，虽然没有具体说明，但是想来这应该是先皇给影子卫的任务。虽然现在先皇已经不在，翠竹的养父也去世了，但是翠竹深受养父影子卫的影响，所以必须完成任务。

于是，为了帮助翠竹，明玉便潜入御画室，在那里寻找那幅名叫《鬼婴》的画像。果然，在一个被封存的画像盒里，明玉找到了那幅《鬼婴》。明玉不敢把原画带出来，不过他凭着自己的绘画天赋，将整幅画像的样子记了下来，回来后凭着记忆临摹了一幅《鬼婴》。

明玉以为自己将那幅《鬼婴》找出来，翠竹就可以和自己一起离开。可是让他没想到的是，翠竹在拿到明玉那幅临摹画的第二天晚上就出事了。那是一场冷宫的走水意外，死的是被打入冷宫里的玉贵妃以及她的贴身侍女。可是在收拾现场的时候，明玉去了现场，发现两具被烧死的尸体之中有一具竟然是翠竹的尸体。她手腕上戴着的一个镯子是明玉送给她的，而且翠竹小时候因为不小心摔断了两颗牙，那具尸体的牙床上也的确少两颗牙。如果说手上的镯子可以送给别人，那么摔断的那两颗牙不会是巧合。

明玉失魂落魄地找到了陆河，询问他影子卫的任务。

"影子卫的归宿有两种：或是一直守着任务，或是完成任务后离开。"

翠竹的任务完成了吗？

如果说只是找到《鬼婴》这幅画像，那么翠竹的任务算完成了。

可是，找到画像之后呢？

或许是有人继续完成关于画像的其他任务？那么会是什么任务呢？又会是谁接替她的任务呢？

不论如何，最终翠竹都没有和明玉一起离开。

也许他们终是有缘无分。

望着夜空中的明月，明玉大醉一场，第二天便找上官辞去了画师的职位。对于明玉的情况，上官也了解，他父亲的死确实对明玉有很大的影响，于是也没有为难明玉，让他办理了相关手续后，就离开了皇宫。

带着母亲离开皇宫的那一刻，明玉的眼泪落了下来。

母亲如是说：

"我们明家世代为皇家画像，只是没想到如今却要离开皇宫。只希望以后死去见到明家的列祖列宗，他们能够理解我们的决定。"

明玉伸手往空中摸了一下，他能感觉到有风吹过手心。宿命就像风一样，根本不知道什么时候来，什么时候走。翠竹的宿命是寻找那幅《鬼婴》，在这过程中，她将自己的地位放低到尘埃里。即使爱，也对明玉爱得小心翼翼，她生怕过度的爱让自己留恋，无法完成任务。

"有些宿命，最终会有答案的。"明玉轻声说道。

第59章　翠竹身份

"冷宫走水案，那、那怎么和红袖说的情况有点像？"叶童听完明玉的讲述，不禁说道。

"翠竹？难道她就是……"红袖看着明玉，嘴唇微微颤抖。

"冷宫里如果真的有一个人可以来回出现，从时间上来算，那个跟你对接上的小翠，就是翠竹了。"明玉闭上了眼，一滴泪滑落下来。

"小翠，她、她竟然是影子卫的人，那她为什么要救我？"红袖喃喃地说道。

"那时候我以为翠竹的任务已经完成了，后来我才知道，影子卫的任务，直到死才可以结束。也就是说，让她离开的原因只有一个，那就是影子卫的任务已经结束。而你，就是她的任务。"明玉吸口气说道。

"红袖？她、她是影子卫的任务？这怎么可能？她不过是玉贵妃的一个侍女，再说影子卫的任务是先皇在时下达的。翠竹就算是在冷宫遇到了红袖他们，跟影子卫的任务也沾不上边啊！"阿和提出了几个疑问。

"没错，一个贵妃的侍女，怎么可能会让影子卫的人为她牺牲？所以答案只有一个——红袖你说谎了。你根本不是玉贵妃的侍女林盼儿，你其实就是玉贵妃，也就是丁盛的女儿——丁墨玉。试想一下，翠竹就算不是影子卫的人，在冷宫走水的时候，她若是要救人，顶替玉贵妃和她的侍女其中一个人，那么无论是她还是玉贵妃的侍女，都会让玉贵妃离开，而不是让一个普通的侍女离开。刚才红袖也说了，你在离开冷宫后，第二天就遇到了丁盛的下属罗海将军。罗将军和你是旧相识，一个将军怎么会这样去救一个侍女，唯一的解释就是，罗将军救的是丁盛将军的千金。只可惜你被皇上选中，你们为了不违皇命，只好无奈分离，而罗将军为了守护你，才去宫里当了侍卫。只有这样的解释，才能解答你之前说的话中那些让人想不通的地方。所以你说你是玉贵妃的侍女林盼儿，其实不过是将自己的身份和林盼儿的身份调换了一下。我说得对吗，玉贵妃？又或者说，我应该称你为丁墨玉？"贺子升走到了红袖的面前，直直地看着她。

红袖站了起来，身体挺了挺，然后笑了笑说道："不错，贺大人，我就是丁墨玉。至于你们所说的玉贵妃，已经烧死在了那个冷宫里。本来这件事情已经了结，只是忽然知道了翠竹替我死去的内情，我心里还真的有点难过。明玉先生，我之所以来这里，就是收到了一封书信，里面提到冷宫走水案的真相，想来那封信是你写的吧？"

"不，不是我写的，我并不知道这件事。我也是刚刚得知翠竹心甘情愿去替死的人，竟然是你。"明玉摇了摇头说道。

"不是你写的？"红袖愣住了。

"那丁小姐，你既然说是收到一封信才来这里的，所谓的有人给你钱让你过来，自然也是假的了？还有，牡丹宅的事情，难道这一切都是你编造的？"左向风听到红袖的话后，不禁问道。

"牡丹宅天竺人遇害的事情自然是真的，当时慧海大师和阿和也都在场，我怎么可能瞎编乱造？我唯一骗了你们的就是我用了我侍女的身份。不过当我从皇宫出来后，我已经断绝了前缘旧事。罗海死了，我心里再无他人，如果不是翠竹留给我的托付，恐怕我早已经找一个偏僻的地方遁入空门，不问尘事了。"红袖叹了口气说道。

"翠竹给了你什么托付？"听到翠竹有托付给红袖，明玉不禁颤声问道。

红袖低下头，没有说话。

"是什么不可告人的秘密吗？"明玉又问道。

"对不起，明玉先生，翠竹对我说了，她让我做的事情十分重要，尤其是，如果遇到了你，更不能说。"红袖沉思了几秒，然后看着明玉说道。

"这、这是为什么？"明玉往后退了两步，失望地说道。

"其实红袖不愿意说出来，我也能猜出个大概，应该是和那幅《鬼婴》画像有关系吧？"这时候，贺子升说话了。

"对。翠竹之前一直在后宫寻找那幅画像，她的任务自然就是关于那幅《鬼婴》画像的。那幅画像是关于容妃的，我记得宫里的人说过，容妃自从知道自己的孩子失踪后便精神崩溃，最后抑郁而死。难道当年先皇给影子卫的任务就是寻找容妃的皇子？"明玉恍然大悟。

"胡说八道，你可知道你在说什么？"贺子升一听，抽出了绣春刀，一下子架到了明玉的脖子上。

"明玉，你这是在谋反？你明白这话是什么意思吗？"阿和跟着说道。

"我、我自然知道，我只是无心之语。"明玉慌忙说道。

明玉的话，让其他人都沉默了，毕竟他的无心之语也是其他人疑惑的地方。如果说当年容妃的皇子真的没死，要是影子卫找到他，他又是先皇唯一的皇子，这江山自然就属于他。而现在的皇上不过是先皇的侄子，因为先皇没有子嗣才得到了江山，而且在登基的时候，皇上也曾说过，自己是代坐。如果先皇的皇子真的找到了，那么江山易主，理所当然。

"这太意外了吧？我们……我们怎么会扯到这事情上？少爷，我们……我们不是来找人的吗？要是找不到我们就先走吧，你的伤也需要治疗。"听到这里，叶童有点害怕了，不禁拉了拉叶承安。

"叶公子还是不要乱动为好，你的伤刚愈合不久，如果拉扯行走，怕会重新撕裂。我看你们最好等到天亮，然后找辆马车过来送你们就医。"左向风看了看叶承安说道。

叶承安没有说话，默认了左向风的提议。

"今天的月亮好圆啊，刚才还乌云密布的，现在怎么就月明星稀了？"站在门口的阿和忽然说话了。

其他人也望向了窗外。确实，此刻的月亮特别圆，像一个玉盘一样挂在天上。

"露从今夜白，月是故乡明。"有人轻吟了一首诗。

"可惜，我们都回不去了。"旁边有人说了一句话。

贺子升回头看了一眼，疑惑地看着后面的人，不知道是谁说的那句话，但是后面的人也是面面相觑。

忽然，所有人似乎明白了过来，思绪一下子都聚到了刚才被抬走的了尘身上……

第60章　俗家往事

众人走到了尘的尸体前,仔细看了看。

"刚才的话是了尘说的吗?"叶童问道。

"不可能,他不是已经死了吗?"红袖说道。

"可是我们刚才明明听到有人说话啊?"叶童说道。

"对,我也听见了,应该不是我们几个人说话吧?"阿和扫了一下众人问道。

明玉蹲到了尘的尸体面前,仔细查看了一下。他似乎发现了什么,手指在了尘的脸上轻轻比画着。

"左向风、慧海大师,这了尘的死究竟是怎么回事?"贺子升看了看旁边的左向风和慧海,疑声问道。

"刚才慧海不是说了吗?了尘想将这隐安寺并入永宁寺,慧海不同意,然后两人发生了争执,了尘甚至想杀死慧海。我看到这个状况后,想夺走了尘手里的刀子,结果没想到慧海失手将了尘推翻到地,了尘撞到了前面的佛像,导致手里的刀子刺进了自己的心口。"左向风说道。

"了尘刺向自己心口的刀子是在左边,刀子的确也在他的右手,但是我看这了尘的惯用手应该是左手。你们看他的左手粗糙厚实,比起右手显然是用得多;还有他虎口的茧子以及大拇指和食指中间的茧子,这都说明他常年捻动佛珠的手也是左手。如果说了尘真的像你们所说,是自己手里的刀子无意中撞入了自己的心口,那从他的惯用手来看,应该是左手拿刀。这一点,你们作何解释?"贺子升蹲下仔细看了看了尘的双手,站起来说了这番话。刚才他其实就想仔细检查了尘的尸体情况。

"这⋯⋯"左向风和慧海对视了一眼,脸色有点紧张,"也许⋯⋯也许他当时紧张，或者正好右手那里离刀近呢？"

"你说的也有可能。如果是那样，他倒地的位置应该是偏左边，而不是现在的偏右边。因为他如果拿错了刀的位置，还偏向右边，那等于是自己刺向自己，这更不合理。"贺子升分析道。

"阿弥陀佛，出家人不打诳语，左施主，你也不必为我遮掩。不错，了尘并不是像左施主说的那样被无意刺中，他是被我害死的。"这时候，慧海说话了。

"慧海大师，你、你这又是何必？"左向风听到慧海的话，不禁脱口说道。

"老衲之前已经罪孽深重，既已入地狱，又有何惧怕？刚才各位施主都讲了自己的一些事情，这些事情当中或多或少都有我的出现，那我就跟大家讲一讲我的前尘往事，或许你们就明白了。"慧海说着走到了佛像面前跪了下来，然后说道，"事情就从那西南山往事说起吧……"

慧海来到西南山的时候，天空下着鹅毛大雪。

漫天的雪将西南山染成了一片白色，让他想起一个女人绝美的笑容。

刚进入江湖的时候，慧海曾经发誓要用自己手里的刀闯出一片天地，当年师父将刀传给他时，将刀取名为风断。所谓风中断树叶，水中开水流，希望他能像那把刀一样，不留感情，决战江湖。

风断就像它的名字一样，很快在江湖中传开，短短数月就成了江湖中令人闻风丧胆的杀手代号。对于他的身份，没有人了解，因为他亦正亦邪，既消灭了作恶多端的江洋大盗，又去挑战名扬天下的清流名士。终于，因他的行为遭人记恨，他中了一个圈套，在数轮对战中精疲力尽，身受重伤坠下悬崖。生死一线之际，一个路过的女人救了他。

他的伤太重了，再加上那个冬天太冷了，为了给他治伤且不被人发现，女人就在他坠落下来的山谷里面临时搭建了一个草房子。风雪从那些树枝荒草中吹进来，他被冻得浑身颤抖。但恍惚中，他感受到一个温暖的怀抱，那是他从小不曾感受过的母爱。他像一个孩子静静地待在那个怀抱里，生怕它会忽然消失。

直到能睁开眼后，透过门缝，他看到了外面的皑皑白雪。

那个女人的名字就叫红雪，她的美也如雪一样干净无瑕。

他的伤恢复后，曾经想过为了红雪退出江湖，和红雪一起在那无忧山谷里与世隔绝，隐居不出。

可是很快，红雪离开了。

那天，等他追出来的时候，已经看到两个男人骑着马带走了红雪。他追了很久,最后才在地上看到一块通行令牌,上面刻着三个字:西南山。

西南山,这个名字太笼统了。他找了很久,关内关外都找不到,终于在一个雪天知道了西南山的位置。

他现在还清晰地记得,当时站在西南山山头的那个场景。红雪披着红色披风,骑着一匹红鬃马,两个男人在后面小跑跟着她。

漫天的大雪下,红雪像是白里的一团火,慢慢走到了他的身边。

那个时候,地上已经躺了三具尸体,他们都是西南山的匪徒。

风断插在雪地里,刀扣上是一片红色的布,在风雪中飘扬。

红雪下了马,然后走到了他面前。

"你怎么找到这里来了?"红雪问道。

"这个。"他将那块西南山的通行令扔到了地上。

"那你跟我来吧。"红雪伸手拉住了他,两人同乘了一匹马。

他就那样进了西南山,甚至没有问那是什么地方。在西南山众人惊讶的目光中,他跟着红雪来到了西南山的忠义堂。

红雪拉着他走到前面,对坐在虎皮大帐上的头领草上飞说:"这就是我给你们找的二当家。"

他没说话,忠义堂上两边的人虎视眈眈,眼里充满了警惕和不屑。

"你愿意吗?"红雪回头看了看他。

"当然,我千辛万苦就是为了找你。"他说。

红雪莞尔一笑,然后说道:"告诉他们你的名字。"

"我叫风断,风中断残叶的风断。"他扬起了头,看着中间的头领说道。

两边的人顿时唏嘘一片。自然,风断的名字,他们是都听过的,他们更意外的是,名震江湖的风断竟然会听从红雪的话,且一句不问,就来这西南山当了二当家。

红雪离开了,像一团火在白雪下燃烧,最后消失不见。

"你知道她是什么人吗?"草上飞问他。

"不知道。"他说。

"那你怎么一句话不问就同意留在我这西南山?"草上飞问。

"有些人不需要问,因为她值得你全力以赴。你呢?"他看着头领。

"不知道,但是也不用问。有些事既然做了,就没必要回头。就像你说的,有些人不需要问,可能明知道会是错,但是你仍会全力以赴。"头领惨然一笑,看着前面。

那时候西南山的景色格外好看,就像无忧山谷的雪天一样。

他从来没问过红雪的任何事情,唯一记得在无忧山谷的时候,红雪曾经说过,无忧山谷的下雪天,像极了她家乡的樱花。

在西南山住下来后他才知道,红雪有个姐姐叫南飞燕,她们都是朝廷的人,之前朝廷派兵过来剿匪,带头的就是南飞燕。

西南山的人说了,当时西南山之所以失败,最大的原因是南飞燕和草上飞打了一个赌:他们二人在西南山的寒冰洞里待上三天,如果谁能活着出来,谁就赢。

结果三天后,草上飞背着昏迷的南飞燕出来了,然后将她送到了自己的房间救治。南飞燕醒后,草上飞说那个赌约他输了,甘愿接受朝廷的处分。

南飞燕也没有伤害他们,而是将他们编为边关军第十营,草上飞为营长,南飞燕的妹妹红雪则是二把手。不过红雪说了,等到她找到一个可以代替她的人,她就会离开。

"原来我们都是因为女人陷入其中,不是有句话叫'自古英雄难过美人关'吗?看来在你我身上全应验了。"草上飞举着酒对他说道。

他笑了笑,不语。其实他还想到了另一句话:自古红颜多祸水。

那个时候,距离南飞燕带人过来西南山灭门还有三天。

第61章　真正真相

两天后,红雪来了。

红雪带来了南飞燕的口令,有一支敌军要袭击他们西南山,让他们做好准备。

在西南山准备了很久,终于有了可以报效朝廷的机会,西南山的兄弟们纷纷摩拳擦掌,兴奋不已。尤其是草上飞,因为之前南飞燕说过,只要他们可以立下战功,就可以离开西南山,被正式编为朝廷的边关军,再也不用在这西南山上背负着匪徒的恶名。

虽然来到西南山时间不长,但是风断很快就和这里的兄弟打成了一片。他们大多数是无家可归之人,无奈之下才落草为寇。每个人都有自己的故乡,都希望有一天可以回家,但是背着西南山匪徒的恶名,他们根本不敢回去,更没有脸回去。所以,当他们知道可以为朝廷效力,立下战功后正式成为边关军,所有人都欣喜万分。因为他们看到的是希望,是可以衣锦还乡的未来。

风断和红雪去了西南山的山顶,在那里可以看到整个边关的封锁线和烽火台,延绵无边的烽火台像是一个又一个驻守边关的士兵,直直地矗立在那里。

"我的家乡就在那里。"红雪指着前面说道。

"境外?"风断有点意外。

"可能吧,我十岁的时候被燕姐姐带到这里,记忆中的家乡已经很模糊了。南姐姐说了,等到我们完成自己的使命,就可以荣归故里。不过,我已经记不清我家乡的样子了,唯一记得的就是漫天的樱花,恍如花雨一样美丽。风断,你要不要陪我回去?"红雪看着他笑语盈盈地问道。

"好,当然好。"他说。

"明天,等到敌军过来的时候,我们赢得这场胜利,就可以回家了。"红雪说着将脑袋靠在了他的肩上。

风吹着红雪的头发，他看着远处的边境线，目光充满了希望。

第二天，朝廷派来了三名锦衣卫，他们是南飞燕安排过来帮忙协调的人。

一切计划都很顺利。当敌军攻进来的时候，西南山的兄弟们按照计划开始对他们进行围堵，进入西南山的所有敌军全部被他们歼灭，甚至抓捕了几名头目。

夜里，西南山大营灯火通明，大家一起庆祝。

所有人没想到的是，那三名锦衣卫在酒里下了药，然后开始杀人，甚至连南飞燕的下属们也没有幸免。

唯一逃出来的是风断，因为他肚子不舒服，没有喝那下了药的酒。加上风断的武功不同于其他人，本来他完全可以全身而退，但是他为了救下草上飞和红雪，被那三名锦衣卫打伤。

他拖着草上飞和红雪来到了西南山的山顶。

面对已经起火的山寨，草上飞的眼里流出了血泪。因为那里烧掉的不仅仅是他的山寨，更是跟着他出生入死，等着衣锦还乡的兄弟们。

"这是为什么？为什么？"草上飞抓着红雪问道。

"我不知道，我也不知道。一定是搞错了，南姐怎么会做出这样的事情？"红雪的心口被刺了一刀，本身已经受伤严重，加上急火攻心，吐出一口血来。

三名锦衣卫追了过来，他们刀上的血分外耀眼。

"这是为什么？"草上飞站起来，愤怒地问道。

"想知道答案，去问阎王爷吧。"三名锦衣卫冷哼一声，直接攻了过来。

最后，草上飞为了掩护风断，不惜用身体挡住了锦衣卫的绣春刀。

风断抱着红雪从西南山跳了下去。

没有人知道西南山下面是什么地方，有人说过是不见底的深渊，也有人说是通往地狱的火照之路，更有人说是毒气遍布的沼泽之地。

他跳下去的那一刻就没想过能活下去。

那一刻让他想起了之前被人逼迫，最后坠下悬崖的情景，也就是那一次，红雪救了他，让他重新看清了很多事情。

能和红雪一起坠下，他非但没有痛苦害怕，反而有一丝满足。只是可惜他没有机会去红雪的故乡看看，看看那漫天的樱花雨和躺在怀里的红雪，他不禁落下了痛苦的眼泪。

西南山下既不是沼泽，也不是深谷，而是一江深水。虽然风断也受了伤，但是凭着毅力，他拖着红雪游到了岸上。

可惜，红雪受伤太重，甚至说不出话来，只是望着前面，目光凄凉。这个目光,在西南山上他看到过,狐死首丘,落叶归根,无论外面再好,都希望感受故乡的风景。红雪抬起手,指着家乡的方向,最终垂落下,说了几句话后便没了声音。

风断痛苦万分,想一刀结束自己的性命,陪同红雪一起离去。但是看着怀里的红雪,他不禁咬破了嘴唇,眼泪流到嘴边,混着嘴上的血滴落到地上。

他给红雪立了一个简易的墓碑,方向朝着红雪的家乡。

十天后,他来到了京城。

他在镇抚司门口蹲点三天三夜,终于等到了那三名锦衣卫的其中一名。他跟着对方来到了郊外,然后将他制伏,通过逼问知道了真相。原来他们是南飞燕的人,歼灭杀害西南山的人并不是朝廷的意思,他们只是收了南飞燕的钱帮她做事。而且这次的事情已经败露了,南飞燕的身份也浮出了水面,原来她是东瀛国的探子,潜伏在朝廷多年。

风断杀死了那名锦衣卫,又根据对方所说的信息截住了南飞燕。

"红雪是你的人,为什么你连她也杀了?"他问。

南飞燕不说话。

"草上飞说过,因为相信你,所以为你甘心情愿做事,你却杀死了他。看来他一片真心错付了。你这个东瀛女人,简直冷血,犹如禽兽!"他拿着风断指着南飞燕。

"我们本就是武器,所谓的感情也不过是我们的招数,怪就怪你们这些人太过感情用事。你又何尝不是红雪的棋子?"南飞燕冷笑着说道。

"你错了,红雪和你不一样。如果她和你一样,根本不可能相信你,帮着完成你的勾当。你和红雪比起来,一个是地上的泥,一个是天上的云。"他说道。

"云也好,泥也罢,都逃不了命运的安排。你要做什么?为她报仇,还是为你西南山的兄弟报仇?就算你杀了我,他们也活不过来,你依然要面对他们死去的事实,孤独而活。与其生不如死地活着,你还不如随他们一起死去!"南飞燕说着,手里一下子多了一把长剑,瞬间刺了过来。

他侧身一转,手里的风断瞬间劈过去,然后刀影一晃,划过了南飞燕的脖子。南飞燕的剑落到了地上,身子倒了下去。

南飞燕说得没错,即使他杀死了他们又能怎样?红雪和草上飞他们活不过来了,他以后都要孤独地活着,甚至生不如死地活着。于是,他拿起了风断,放到了脖子边,准备挥下。

这个时候,有人拉住了他的手……

第62章 目睹痛苦

"救你的是隐安寺的人吗?"贺子升等慧海讲完后不禁问道。

"不错,救我的人就是师父,他拉住我的肩膀说了一句话:'你既然死都不怕,还怕活着吗?不如你跟我一起遁入空门,我们用余生为自己犯过的错忏悔。'"慧海点点头。

"然后你就来到这隐安寺了吗?"红袖问道。

"没有,我那个时候心中痛苦,几乎崩溃。自杀不成,我非常迷茫。虽然我来到了隐安寺,也跟着师父学了很多经文,但是我从来没说过话。我像空有一具的躯壳,每天恍恍惚惚地穿梭着,日升日落、星辰白昼对我来说没有任何区别。直到有一天,师父带着我出去做了一场特别的法事……"慧海眼睛望向前方,表情变得肃穆庄重起来。

心中悲痛的慧海虽然刚刚步入空门,但是岁月在他的脸上瞬间刻满了痕迹,之前他的头发和胡子一夜之间全部变白,剃发后,胡子也一直留着。虽然他和师父年龄岁相差很大,但是样子看起来似乎更加苍老。他总是默默地跟在师父的后面。

那场法事是在一片树林里面举行的,死者不是一人,而是一百零七个人。他们的尸体全部伫立在树林里,且每具尸体的脖子上都没有脑袋,只有一根红色的线缠着,红色的线上还系了两个小铃铛。

去了隐安寺后,慧海曾经去过几次法事的现场,都是一些普通的法事,他只需配合师父做一些基本事务就可以了。可是,看到这次法事现场的状况,慧海和师父都大感意外。

请他们去的人蒙着面,非常神秘,话不多。不过慧海从他的言行举止中能看出,他们应该是训练有素的军人。既然是军人,那么这些让他们深夜来秘密超度的，自然也不是一般人。

置身在那些死人中间，饶是慧海闯过江湖，杀人无数，依然心有余悸。走到中间的时候，他才看到那死人中有男有女，有老有少，最小的看起来只有七八岁，显然这是一家被灭门的名门大户。

法事做完后，师父并没有走。

"你们可以离开了。"为首的蒙面人说道。

"施主，既然这些人已经落首伏法，你们为什么还不肯放过他们？"师父说道。

"和尚，来的时候不是说了吗？不要多问，不要多管闲事。你们赶快走。"带他们来的人慌忙说道。

"红绳锁尸，铜铃驱魂。你们这是邪魔秘术，你们利用他们要做什么？今天既然和尚我遇到了，断然不会让你们为所欲为。"平常慈眉善目的师父忽然怒目圆睁，将手里的念珠缠绕在手里，从背后抽出了降魔杵。

看到这一刻，慧海忽然明白了什么，他麻木沉寂的心像是被利剑击碎冰块一样，应声而起。他站到了师父面前，将身后的风断抽出来，裹在上面的帆布瞬间被震碎，露出了银色的光刃。

"杀人的事情，让我来。"他将风断贴到胳膊上，刀锋的冰凉侵入肌肤，仿佛万物复苏的薄冰破裂。

"是你？昔日西南山没有将你杀死，真是天意。"为首的蒙面人看到风断白刃，顿时冷笑一声。

此刻，慧海也看清楚了为首的蒙面人。他虽然身着黑衣，蒙着黑面纱，但是手里抽出来的长刀却是无人不识的绣春刀。

前尘旧事，新仇旧怨，在月光下宣泄到了刀刃之上。

"绣春刀？真没想到，锦衣卫竟然还要做这样的事情？不，你不是锦衣卫，如果你是锦衣卫，怎么会大张旗鼓地带着绣春刀来做这种事情？"身后的师父也看到了对方手里的绣春刀，不禁说道。

"很简单，因为见到我绣春刀的人，都已经不在这个世上了。"对方笑着说道。

慧海将风断挥了过去，没有犹豫，没有废话，闪电般冲到了对方跟前。

那一刻，慧海的脑子里闪过了无数个画面，有狐死首丘的红雪，也有在他们前面倒下去的草上飞，更有西南山那些和他朝夕相处的兄弟。

绣春刀挡住了风断的攻击，发出了巨大的声音，两把刀错位移动，在黑夜里闪出了一连串的火花。

可是很快，风断便落了下风，不过他并不是输在武功上，而是对方闪到一边后，竟拿起了符咒，那些身后没有脑袋的尸体开始过来攻击他。

面对这个状况，师父站到了前面，然后拿起降魔杵，对准了那些攻过来的尸体。

后面的蒙面人也冲了过来，他们将慧海围在中间，想快速解决他。但是慧海手里的风断犹如一条巨龙，面对他们的攻击根本没有半分退却，反而砍掉了身后两个黑衣人的胳膊。

"今天的事情做不成了，我先走了。"那个蒙面的锦衣卫看到这个状况，对后面的人说道，跟着转身向前纵身离开。

"哪里走！"慧海看到对方要走，顿时飞身想追去，但是前面的黑衣人立刻拦住了他的去路，将他逼到了后面。

此刻，随着那个蒙面的锦衣卫离开，那些尸体也停了下来。旁边的师父转过了身，看着眼前的状况。

那个带他们来的黑衣人走到了师父面前，怒声说道："和尚，都是你干的好事，你去死吧！"

慧海回头，顿时愣住了。

那个黑衣人手里的刀已经刺入了师父的心口。

"师父！"慧海冲了过去，但是那个黑衣人已经抽出了刀子，将师父一脚踹倒在地上。

慧海扶住了师父，然后悲伤地看着他。

"以后，隐安寺就交给你了。"师父将带着血的降魔杵颤抖着交给了他。

那些黑衣人早已离开了。

风吹着树林沙沙作响，身后是那一百多具没有头的尸体。

慧海背起了师父的尸体，准备离开。

不过他想了想，还是回去了。

那个晚上，他将师父和那一百多具尸体都一起火化了，等一切结束的时候，天已经大亮。

新的一天开始了。

第63章　营救了尘

　　回忆往事，即使遁入空门多年，慧海依然心有余悸，情难自抑。他捻着佛珠，悲声叹道："我佛慈悲，杀戮孽缘，唯有余生忏悔。即使将来身入阿鼻地狱，也无怨无悔。当时我万万念俱灰，再次想到自我了断，又有一只手拉住了我……"

　　"那个拉你的人莫非……"叶承安说着看了看了尘的尸体。

　　"不错，拉我的人正是了尘师兄。如果不是了尘师兄，我想我早已经离开了这个世界……"慧海抬头说道。

　　慧海看到那只手拉住自己，不禁抬头一看。

　　拉住他的人竟然是一个身形枯瘦，但是面色凝重、目光如炬的男人。

　　"慧海师弟，你这是何苦？既然已入空门，还有什么不能放下？"男人对着慧海说道。

　　"你是？"慧海愣住了。

　　"我是了尘，你的师兄。"男人说道。

　　"你是了尘师兄？你怎么会来到这里？"对于了尘的名字，慧海听师父说过很多次。了尘是慧海的师兄，不过他性情古怪，并不留守在隐安寺，而是四处漂泊。听说了尘原本是大户人家子弟，结果家里遇到变故，遭到贼人杀害。了尘在机缘巧合之下，躲过了一劫，但是他从此性情大变，无法接受家人全部被杀的事实，经常会发疯发狂。后来跟随师父遁入空门，青灯下佛经净身，佛经洗礼，才算慢慢恢复。不过，了尘因为旧事难了，后来并不在隐安寺中修行。

　　了尘当时没有回答慧海的问题，回到隐安寺后，了尘才说起了他的情况。

　　了尘未了的旧事，其实就是之前他家被害的事情。虽然跟着师父进入了空门，了尘却无法忘却前尘旧事，做不到四大皆空，所以他一直没有在佛祖面前静修，而是外出修行。

在外面修行的这段时间，了尘终于看开了人世间的恩怨情仇，放下了内心的梦魇。于是，他回到了隐安寺，本来准备给师父一个惊喜，但是没想到晚来一步，看到的却是慧海想要自杀的情景。

"你此刻的心情就像当年我的心情一样，人世间的仇恨不过是一场大梦，是梦，总会苏醒。所谓善恶到头终有报，那些做过错事的人，最终会受到应有的惩罚。师父临死之前既然将隐安寺托付给你，你又怎么可以如此不负责任？"了尘说道。

"师兄说得对，是慧海错了。"慧海从了尘救下他的那一刻，其实已经明白了过来。

"想来你必然也是经过大风大浪之人，否则师父不可能收你为徒。我们这隐安寺看起来不大，但是意义非凡，想来师父也给你讲过这隐安寺的来历。既然师父选了你守寺传承，你就要做好这一切。或许这就是天意，很多事情早已经注定。"了尘叹了一口气说道。

"可是，师父也说过，说你才是最有佛缘之人，而我……我杀戮太多，恐怕无法接下如此重任。"慧海低声说道。

"何谓佛缘？当年我们隐安寺的创始者本是妖，但是他们心地善良，助人为乐，所以建立了这隐安寺。即使后来他们死于捉妖人之手，却依然浩气长存。佛祖有云，众生平等，或许真正大奸大恶之人在感悟佛性后，反而能成为得道高僧；相反，善良真诚之人如果迷失了，可能会变成邪恶至极的坏人。慧海师弟，你真情真意，师父临死之前有你在他身边，想来这应该是天意。而我，本来就有仇恨惆怅于心头，之前因为师父的殷切期待，一直纠结反复；如今师父不在了，我也能全力以赴去做自己想做的事情了。"了尘说道。

慧海看着了尘，想说些什么，但是最终没有说出来。

一个月后，有来隐安寺的香客好心提醒慧海，说是北镇抚司锦衣卫抓了一名刺客，在刺客的身上搜出了隐安寺的佛牌，所以他们正派人四处打听隐安寺的位置。因为隐安寺位置偏僻，加上一直都帮助一些需要帮助的人，所以知道隐安寺的人也没有向他们告知。

夜里，慧海跪在佛像面前，低头诵经。

慧海第一次来到隐安寺的时候，师父就让他跪在佛像面前低头诵经。

慧海坚持了两天一夜，最终都无法明白师父的用意。

"道理不是师父让你明白，而是你自己明白。佛在心中，真正能够帮你的是你自己。"师父说道。

那个时候，慧海一心想找到剩下那两个害死红雪和草上飞的锦衣卫，但是面对佛像和佛经的洗礼，他心中的怨恨渐渐放下，似乎真的就断了红尘的根。

可是此刻，慧海的内心再次暗潮汹涌。

他想起了了尘师兄临走前的最后一句话："既然我选择了步入地狱，师弟，你的前尘往事，我就一并帮你了结吧。"

北镇抚司锦衣狱，那里正是南飞燕他们之前所在的地方。

佛像前的蜡烛燃尽的时候，慧海站了起来。他走到了后面的杂物房，掀开了一块落满灰尘的布，尘布下面是一把灰暗已久的刀，在暗淡的月光下，发着耀眼的银光。

风声再起。

断走天涯。

他将风断抽了出来，然后用布裹起，转身走出了杂物房。

北镇抚司锦衣狱。

这个犹如一头野兽一样的监狱，矗立在夜色中，张着血盆大口，靠近它的人几乎尸骨无存。

一朝进入锦衣狱，来世再见自由人。

他像一只鸟一样无声地飞到锦衣狱的房梁上，趴在上面仔细地看着里面的一草一木。最终他锁定了其中一个房间，然后一个倒挂金钩，直接从房梁上垂了下去，像一个影子一样无声无息地避开了巡逻的人，直接钻进了那个房间里。

慧海推测得没错，那个房间里就是锦衣狱的入口。他蹑手蹑脚地走进了里面，谨慎地避开看守，在其中一个牢房里看到了师兄了尘。

"了尘师兄，你没事吧？"他欣喜地喊道。

"快走。"听到他的声音，了尘悚然大惊，然后焦急地对他说道。

"我来救你。"他说着拿出风断，对着铁锁用力砍了下去。

外面传来了一阵急促的脚步声，很快，几个锦衣卫和官差冲了进来。

"你快走，没有人能在锦衣狱救走犯人，这就是一个圈套。"了尘对他说道。

他没有说话，走过去将了尘背到了身上，然后快速从牢房里走了出来。

"大胆贼人，敢来锦衣狱劫犯！"站在前面的锦衣卫和官差站在他们面前，厉声喊道。

他没有说话，将手里的风断横到眼前，然后说道："我佛慈悲，你们让开，我不想大开杀戒。"

"还是个和尚。进入锦衣狱，就是佛祖，都得蹲下！"为首的锦衣卫说着冲了上来。

如果换作之前的风断，他早已经痛下杀手，区区几个锦衣卫和官差根本不是他的对手。可是自从进入空门，成了慧海，他内心的杀心已经平复太多，所以对于冲上来的人，他都带有慈悲之心，只是将他们打倒，并没有杀死。

"风断果然厉害。只是他们说了，没有人能从锦衣狱带走犯人，你也不可以。"突然，身后的了尘说话了。

"师兄，你说什么？"他愣住了，可惜话还没说完，身后的了尘突然出手了……

第64章　奇怪往事

慧海没想到身后的了尘会突然出手，即使他速度再快，还是结实地中了了尘一掌，瞬间气血翻涌，一口鲜血喷口而出。

了尘站直了身体，然后微笑着看着慧海，那几个剩余的锦衣卫则快速站到了了尘的身后。

"了尘师兄，你……你这是什么意思？"慧海一脸疑惑地看着对面的了尘。

只见对面的了尘从脸上揭开了一层人皮面具，然后露出了一张阴沉的脸，他目光阴险地看着慧海说道："看清楚了，我可不是你的师兄，我是北镇抚司锦衣卫刘一刀。真没想到段家的余孽竟然能引出昔日名震江湖的杀手风断。想当初我一心想与你切磋刀技，可惜你自从落日崖之战坠入山崖后就再也没有消息，我以为这辈子都没机会和你对打一番，没想到今天竟然能遇到，看来老天待我也算不薄。"

"刘一刀？原来你就是南飞燕的上司，那想来让南飞燕做出那些伤天害理的事情的主谋就是你了？"慧海顿时明白了过来。

"有些事你不用知道，你一个江湖杀手，又何必卷入这朝堂纷争呢？看在你已经遁入空门的面子上，如果你今天能够赢了我，我就让你离开锦衣狱。"刘一刀对他说道。

"如果我赢了，我要我师兄跟我一起走。"慧海想了想说道。

"可以。如果你输了，你就要留下来为我效力。"刘一刀说道。

赌约开始了，就在锦衣狱里面。

刘一刀的手下站在旁边，慧海站在中间，看着对面的刘一刀。

之前慧海从没听过刘一刀的名字，不过从他的讲述上来看，他曾经还想找自己挑战，且能当上锦衣卫千户，显然武功应该不错。

惊鸿一瞥，从此一生难忘。

刘一刀的刀法只有一招，却几乎没有人挡得住。

恍如天地初开，万物复苏。

只见一缕刀影瞬间从刘一刀的手里挥出来。

没有人看到刘一刀是什么时候出刀的，但是等人们看清楚他的刀影时，慧海手里的风断也随即出手。

两把兵器碰到一起，瞬间发出了一连串的火花。

几个回合下来，风断掠过了刘一刀的肩头，然后慧海挥手，抵住了刘一刀的后脖子。

刘一刀笑了起来。

身后的锦衣卫蠢蠢欲动，却被他挥手拦下。

"刘千户，我可以带我师兄走了吧？"慧海问道。

"可以，不过你师兄并不在我这里。"刘一刀说道。

"你什么意思？"慧海愣住了。

"我们换个地方，借一步说话。"刘一刀指了指前面说道。

慧海皱了皱眉头，然后往前走去。

刘一刀肩头的伤并不严重，他甚至都没有去包扎。他带着慧海来到了一个房间里面，坐了下来。

"刘千户，你这是何意？"慧海不明白他的意思。

"慧海，了尘不是我抓的，他也不在我这北镇抚司。"刘一刀说道。

"那我怎么听说你们抓了一个刺客，并且有我隐安寺的佛牌？"慧海愣住了。

"那是我让人故意散发的消息，如果不那样做，你怎么会来到我这里？"刘一刀说道。

"我不明白你的意思。"慧海越发疑惑了。

"你听我讲，这件事要从了尘的身世说起……"刘一刀抿了抿嘴唇，然后倒了一杯茶，放到了慧海的面前，缓缓地说了起来。

了尘原本姓李，他的家族是昔日名满京城的三大豪门之一的李家。李家本是在苏州做丝绸生意，后来来到京城扩展生意，很快成了京城的丝绸商。在天子脚下，李家也深受浩荡皇恩，从先皇在位开始，李家每年都会向朝廷贡奉银两。所以在京城，李家威望很高，很多朝内大臣都对他们礼让三分。

三年前，不知道什么原因，某天晚上李家突然被抄家了，并且满门被杀。当时和李家关系密切的人也都受到牵连。刘一刀和了尘关系熟络，在事情发生的当天晚上，他第一时间救走了了尘，将他安排到了一个秘密的地方。另外，刘一刀也帮忙调查抄灭李家的人到底是谁，因为就连他们北镇抚司锦衣卫都毫不知情。而能够这么明目张胆做出这种事情的人必然不是小人物，所以最大的嫌疑人便是权倾朝野的李太师。可惜，对于李家被抄的事情，所有相关人员不是闭口不谈，就是全家被灭口这么大的案件，即使刘一刀在锦衣卫颇有影响力，也没有找到半点线索。面对如此恐怖的情况，刘一刀知道，如果了尘想要保命，只有一个办法，那就是隐姓埋名，彻底和李家断绝关系，否则可能稍有不慎就会被敌人斩草除根。于是，在说服了尘后，刘一刀将他送到了隐安寺，让其入了空门，取名了尘，意思为了却前尘往事。

可惜，了尘对于过去的事情并没有放下，即使入了空门，依然跑出来四处调查李家被灭门之事。

前几日，了尘找到了刘一刀，将自己的调查情况告诉了他。了尘发现李家灭门案其实和一张画像有关系，但是具体原因并不清楚。刘一刀仔细询问，了尘只是说他从一名知情者那里了解到，造成李家灭顶之灾的是从宫里流传出来的一幅画像。据说那幅画像关系着皇宫里一个天大的秘密，所以他们李家才遭遇这场抄家灭口的灾难。

为了找到真相，了尘进宫调查。

刘一刀担心了尘进宫调查会出事，更是为了查找了尘的线索，所以才放出消息宣称抓了一名刺客，刺客身上有隐安寺的佛牌，为的就是吸引对了尘有兴趣，或者和他有关系的人出现。

"你是说了尘进了皇宫？"听到这里，慧海顿时明白了过来。

"不错，他去了钦天监。我因为身份特殊，没有办法进入，所以希望你可以进入钦天监帮助了尘，你明白我的意思吗？"刘一刀看着慧海说道。

"我明白，其实你只需告诉我了尘去了钦天监，即使你不说，我也会去的。因为他去那里，是为了帮我做一件事。"慧海叹了口气说道。

第65章 破局闯关

钦天监位于皇宫西南的行星楼。

按照礼制，钦天监属于礼部，但是又区别于礼部。相对于户部和军部来说，礼部并不吃香，尤其钦天监，更是礼部的末流部门。一直到永乐年间，钦天监刻漏博士胡奫预测朱棣夺位后大兴土木建造的新殿——奉天、华盖、谨身三大殿，将在某月某日午时遭天雷劈下。朱棣闻言大怒，将其下入大狱。没想到四月初八，宫殿果然遭天火焚毁。三大殿迅速沦为火海，这是此禁城历史上的第一场大火。朱棣第二天即下诏罪己，向上苍检讨"庶图悛改，以回天意"。从那以后，钦天监受到朝廷重视，他们的很多工作都直接向皇帝汇报，即使犯了罪充军，皇帝也会派人捞回来。而且这些人员也无退休之说，更没有辞官、三年守孝的说法。

慧海通过刘一刀了解了钦天监的具体情况后，便来到了行星楼。

行星楼一共三层，据说每层都是按照五行八卦进行叠加排序，每一层都是一个机关。如果不懂其中路线，一不留神就会陷入万劫不复之地。

刘一刀只知道第一层的机关秘密，因为连他也没有上过二层，所以并不知道上面是什么机关。唯一可以确定的是，每高一层的机关会加重一层，也就是说第三层是最难挑战的一层，也是钦天监最厉害的地方。

了尘就被关在第三层，所以慧海如果想救回他，只有破了钦天监的机关，否则，很有可能连命都要搭进去。

没想到进入行星楼后，慧海就看到了那个锦衣卫。他坐在门口，擦拭着手里的绣春刀。

"等你很久了。"那名锦衣卫站了起来，看着慧海说道。

"是你？原来你竟然是钦天监的人？"南飞燕派来灭掉西南山的一名锦衣卫

已经被慧海杀掉，让慧海一直找不到的另一个，竟然就在钦天监里。这是慧海没有想到的。

"确切地说是西南山之事后，我才来到钦天监的。风断，你真是命大，几次都杀不了你，不过这一次你进入这行星楼，我绝对不会再让你出去了。"对方手中的绣春刀一转，纵身跳到了慧海的面前。

"交手几次，我一直都好奇你到底是什么人？告诉我，你叫什么名字？"慧海抽出了风断，指着对方问道。

"告诉你也好，免得你到了阴曹地府，阎王爷问起来，你连是谁杀死你的都不知道。本官行不改名坐不改姓，钦天监灵台郎丁鸣。"丁鸣说完，挥刀斩杀过来。

慧海对于丁鸣早就恨之入骨，用尽全力迎了上去。

刘一刀说过，钦天监的人擅长旁门左道，他们大多数武功一般，但是都有绝学，稍有不慎就会陷入他们的机关中。所以对于丁鸣，慧海已经打定主意，根本不给他任何施展其他招数的机会。巨大的攻击压力下，丁鸣被打得连连挫败，最后被慧海一刀砍在肩膀上，直接跪倒在了地上。

"现在你还有什么好说的？"慧海冷哼一声，手里的刀下沉的力度加大了。

丁鸣的脸皮在颤抖，他露出了一个诡异的笑容，嘴唇哆嗦着说道："你以为这样就救得了你想救的人吗？今天这里就是你们的葬身之地。今天你们肯定活不了，哈哈哈！"丁鸣疯狂地叫了起来，然后从口袋里拿出一个东西扔到了眼前，一阵浓烟爆起。

慧海一愣，眼前的丁鸣趁着这个间隙往后一闪，身体像一只轻飘飘的纸鸢，直接向后飞去。后面的墙壁上开了一个门，他直接退了进去，墙壁的门瞬间关上了。

烟雾渐渐散去，慧海走了过去，来到了那个丁鸣退去的机关门面前，四处摸索了一阵，但是并没有找到开关。

慧海没有再多停留，转身向二楼走去。

来到二楼，慧海顿时愣住了。

因为二楼空荡荡的，什么都没有，就是一个空旷的房间。

刘一刀说了，这行星楼越往上走越难。刚才在一楼，慧海之所以能畅通无阻，那是因为刘一刀告诉了他一楼的机关所在，他便没有去碰触。这二楼显然应该比一楼更危险，但是看上去什么东西都没有。

显然，这是假象。

慧海将手里的风断直接扔了出去,风断回旋着飞过去,在二楼中间晃了一圈,再次回到了慧海的手里。然后他仔细看了看风断的刀刃上,上面竟有几处轻微的划痕。

风断不是普通兵器,能在它的刀刃上留下痕迹的自然也不是凡物。慧海蹲下身仔细看了一下,这才发现,在眼前这个看着空荡荡的房间里面,其实有很多细小的丝线。它们相互交缠在一起,因为光线的角度,如果不仔细看,根本看不出来。

慧海在西南山的时候曾听草上飞说过,相传西域有一种细如发丝、火烧不灭、刀切不断、锋利无比的金蚕丝线,用它编造衣甲可以刀枪不入,用它布阵可以杀人于无形,所以金蚕丝线非常昂贵。此刻,看起来这行星楼二楼的布阵就是金蚕丝线。

面对如此诡异的金蚕丝线阵,慧海几次尝试都退了回来。虽然从他的位置到前面三楼的楼梯口只有很近的距离,但是中间的金蚕丝线横竖缠绕,让他根本无法过去。如果硬拼过去,只会让金蚕丝线侵入身体。

本来以为这行星楼可以闯一闯,救出了尘师兄,现在看来应该是无法进入了。这也难怪,这钦天监的行星楼没有守卫,空无一人,如此重要的一个地方,却无人看管。可是如果真的了解这里就会知道,这看似无人看守的地方,即使千军万马都难以过去。

就在慧海准备放弃的时候,他忽然发现了一个情况:在这空无一物的二楼的墙壁上有几个金光闪闪的点,之前他以为那是光亮的点,可是仔细看了看才发现,那些闪着金光的点其实并不是光点,而是一些金色的虫子。这些虫子在墙壁上攀爬着,而它们嘴里都吐出一条细线,正是这个金蚕丝线阵里的那些金线。

慧海看到这个,恍然大悟,一下子明白了这个机关的秘密所在。

钦天监行星楼二楼的机关其实很简单,房间里面空荡荡的,什么东西都没有,那是因为有墙上这些金色的虫子。房间里的金蚕丝线,其实就是这些金色的虫子吐出来的,看来这些金色的虫子就是所谓的金蚕了。设置这个机关的人可谓巧夺天工,高人一等,如果是传统的线路阵,那么布置的线路都是固定的,人们要想破阵,只要看出线路的设置,避开有害的位置就可以轻松破阵。但是利用金蚕吐出金线来布阵,相当于在房间里设置了一个活阵图,这些虫子会随时移动,所以阵路上的金线也会随时改变,即使之前来过这里,记住了当时的位置,但是转瞬间,只要金蚕改变了方向,整个阵图也就发生了变化。所以,如果想全面破阵,不是根据房间里金蚕丝线的布置,而是要看那些墙壁上的金蚕行动轨迹。

明白了这一点,慧海立刻仔细观察了一下上面那些金蚕的行动轨迹,然后根据它们吐出来的金线位置,快步向前走去,最后完美地避开了那些金线的危险位置,成功地走到了前面的楼梯入口处。

来到三楼,慧海看到了了尘师兄,他被绑在一张凳子上,嘴里塞着一团布。

看到慧海,了尘拼命地摇头,示意他离开。

丁鸣站在了尘的左边,右边还坐着一个男人,端着一杯茶,轻轻地吹着。

"厉害,厉害,竟然能这么快就穿过我们的金蚕丝线阵。"丁鸣拍手笑着说道。

右边坐着的男人放下了手里的茶杯,抬起头看了看慧海。

"丁鸣,识相的,放了我师兄,不要逼我大开杀戒。"慧海指着丁鸣厉声说道。

"既然入了空门,就要四大皆空。杀性太重,怎么皈依佛门?"那个男人轻轻一笑说道。

"佛为众生,你们杀害众生,为了众生,杀心也好,惩戒也罢,我自会坦然面对。"慧海冷声说道。

"是吗?那你去跟佛祖忏悔吧。"男人冷笑一声,右手翘起一个兰花指,冲着慧海弹了一下。只见一个颗粒快速向前飞来,到了半空轰然响起,变成了一团巨雾。

慧海惊声往后一退,捂住了鼻子,但还是被那团巨雾包裹在其中。

雾气渐渐散去,慧海发现眼前已经不是钦天监的行星楼,而是一个普通的房间,眼前有一道门,他犹豫了一下,走过去推开了那道门。

门外是一片树林,头顶夜色深沉,月亮挂在上空。

慧海看着眼前的情景顿时一头雾水:这是对方的手段吗?

他用力掐了自己一下,胳膊上的疼痛显示这并不是梦境。

突然,前面传来了一个尖叫声,慧海一听,立刻循着声音追了出去……

第66章　自我障碍

尖叫声是一个孩子发出来的。

慧海看到树林后面的情景后，顿时愣住了。

这个地方看起来有点熟悉。

这是一个庄园，门头上的名字看着有点印象——周氏庄园。

不过此刻，庄园里面火海四起，里面的人尖叫痛哭，四处逃窜，一个骑着高头大马的官员冷眼看着眼前的一幕，他的手下正在对庄园里的人大肆烧杀。庄园里的人显然不是这些官差的对手，很多人被他们杀死，甚至一些妇孺老人都没有放过。

慧海的身体在颤抖。

火光下的这个画面像是一个开关，打开了他记忆里深藏的痛苦梦魇。

他的目光落到了前面，两个男人拿着刀抵抗冲过来的官差，男人身后是一个女人，她的双手紧紧护着一个孩子。那个孩子眼睛瞪得又圆又大，可能因为太过恐惧，脸上没有任何表情。

那个骑马的官员驱动马向庄园里面走去，他身后的官差紧跟其后。

"狗官，你今天如此对我周家，他日必不得好报！"孩子前面的男人用刀指着骑马的官员怒声喊道。

"你有任何冤屈，留着去跟阎王说吧。"那个官员冷哼一声，然后右手一挥，身后的官差们立刻冲了上去。

"不！"慧海和那个小男孩突然同时发出了叫声。

前面两个男人很快被官差砍杀倒在地上，接着官差们逼向了那个女人和孩子。

慧海的眼泪落下来，他的身体在颤抖。

"求大人放过我的孩子，他还小，他是无辜的。"女人见状，跪到了地上。

那个官员下了马，走到了女人的面前，然后伸手捏住了女人的下巴，将她的头抬了起来。

女人惊恐地看着官员，眼睛里噙满了泪水。

"坏人，滚开！"那个孩子突然冲了过来，推开了那个官员的手，站在女人面前，对着官员喊道。

女人一看，顿时吓得慌忙拉住了孩子，然后连连道歉："对不起，孩子不懂事，对不起，您大人有大量，别跟他计较。"

官员笑了笑，拍了拍手，然后对女人说道："小孩子嘛，有什么可计较的？放过他可以，就看你怎么做了？"

女人愣住了，眼睛里的泪水落了下来。

火光下，女人低下了头。

官员一把抱起了女人，然后往后面的房间走去。

那个孩子似乎明白了什么，大声叫起来想冲过去，却被身后的官差死死地按在地上。泥土和灰尘侵入了他的鼻子最深处，但是他依然愤怒地看着前方，眼睛里冒出了血一样的火。

慧海感觉到了孩子的痛苦，那些灰尘和泥土就像也在他的鼻子和嘴里面。他愤怒地冲了过去，手里的风断砍了过去，但是那些人仿佛是幻影，根本砍不到他们身上。

片刻后，那个官员从房间里走了出来，骑上马准备离开。

"大人，他怎么办？"有官差拉着那个孩子问道。

那个官员挥了挥手，做了一个杀的动作，然后离开了。

火光渐渐灭了，夜风吹了起来。

慧海走过去看着这庄园里的满地尸体，心里痛苦不堪。他走到了后面的房间里，那个女人躺在桌子上，衣服被扔在地上，已经死去多时。

他伸手想去碰触，却根本无济于事。因为他就像一个鬼魂一样，根本无法碰触到任何东西。

外面传来了痛苦的哭声。

慧海走了出去，只见刚才被官差砍了一刀的那个孩子挣扎着坐了起来。或许是那个官差手下留情，又或许是那个孩子命不该绝，刀子划过了他的脖子，但是没有致命，看着遍地的尸体和自己身上的刀伤，孩子哭了起来。

这个时候，一个男人骑着马从外面奔驰而来，看到眼前的情景，他直接从马上跳了下来，然后往前跑去，来到了那个孩子的身边。

看到男人，孩子又惊又怕，直接晕了过去。

男人将孩子抱了起来，帮他包扎好伤口，然后背到了身上。接下来，男人又将屋里那女人的尸体及外面的尸体全部归置到了一起，最后用火把点着。

男人背上的孩子醒了过来，但是又晕了过去。

"从此以后，你就叫风断吧，这里的一切都忘了吧。"男人说着叹了一口气，然后骑着马带着孩子离开了。

轰——一个巨大的声响在慧海的脑子里响起，被隐藏在记忆深处的梦魇忽然出现在了面前。

杀戮的火光下，父母的惨死，自己的侥幸，带走他的叔叔。

所以，这才是他的命运。

他想起了后来的一切，面对那个官员跪在地上苦苦的哀求，叔叔却毫不留情地说："杀，全部杀掉。"

那个时候，他无法理解，他感觉自己就像手里的风断一样，是叔叔手里的一把利刃，无论是对面什么人，都要听从叔叔的安排。甚至，他无法理解叔叔的做法，两人发生了争执，随后他离开了叔叔。

如今想起这一切，他恍然大悟。

"慧海，此刻你可明白这一切？"眼前忽然有人说话了，慧海抬起了头，看到师父站在面前。

"师父？"慧海愣住了。

"你自带罪孽，命犯天煞，所以你的父母因为你而死。你的叔叔因为你而亡，所有你身边的熟人都不得善终。即使你皈依我佛，依然煞性难解，与其这么痛苦地活着，你不如自行了断，去向那些你伤害的人谢罪吧。"师父说着，将手里的刀子扔到了地上。

"是我？竟然是我？"慧海颤抖着捡起了那把刀子，痛苦地说道。

师父念起了超度经文。

慧海举起了刀子，目光痛苦地向着自己的心口刺去。

"这世上谁人无错？无论是大奸大恶之徒，还是穷凶极恶之辈，只要皈依我佛，都是我佛弟子。过去的一切从你落发的开始就都结束了，唯一要面对的便是你自己内心的痛苦。不过既然入了空门，以前的事情也就放下了。"

隐安寺内，师父拿着剃刀一边帮他剃发，一边说道。

"佛说过，众生平等，无罪无恶，又怎么会让我如此忏悔？"慧海一下子睁开了眼,将手里的刀子转手一抛,直接扔到了对面。

只听一声巨响,仿佛被击碎的薄冰,眼前的景象竟然裂开了,然后再次回到了行星楼三楼的画面。

眼前已经没有别人了,只有被绑着的了尘。

慧海迟疑了一下,然后走过去解开了了尘身上的绳子,取掉了他嘴里的布团。

"他们呢?"慧海问道。

"走了,我以为你无法走出他们给你设的自我障碍,没想到你竟然自己破解了。"了尘说道。

"自我障碍?可是刚才我看到的那些情况?"慧海皱了皱眉头。

"好了,我们先离开这里再说吧。"了尘说着往前走去。

第67章　神秘杀手

"钦天监那行星楼我曾经去过一次，确实诡异万分。我听师父说过，这行星楼的布局是开国军师刘伯温所设，后来经过了一些改进，据说可以抵挡千军万马。没想到大师你竟然能来去自如，还救走了了尘。"听到慧海讲述去行星楼的经过，贺子升不禁感叹。

"对，因为钦天监的人很容易得罪人，所以特意设置了这个行星楼。之前先皇还给他们下了一道密旨，如果钦天监的人犯了错，只要留在行星楼，就可保万无一失。慧海大师，你就这么从行星楼救走了了尘，后来钦天监那边没有再找过你们吗？"明玉问道。

慧海摇了摇头，道："事情并没有结束，我将了尘师兄救出了行星楼，本想让他跟我一起回隐安寺，但是了尘师兄拒绝了，他说和一个朋友约好在春满楼见面，这个朋友有一个关于他家人被杀的重大线索，他必须过去。"

"春满楼，那不是京城最大的妓院吗？"红袖脱口说道。

"不错，所以我不方便去那里，了尘师兄便自己过去了，还约定等他查清楚事情真相后，便会来隐安寺找我。见了尘师兄如此坚持，我也无可奈何。于是我只好一人返回隐安寺，没想到路上天空下起了大雨，便到旁边的一个废弃宅子里面躲雨。半夜的时候，外面突然传来了一阵嘈杂的脚步声，我透过窗户看到几个身着黑衣的人走过来。我担心他们是钦天监的人，便躲到了宅子的后面，然后那几个人走了进来……"慧海继续说了起来。

进来的人一共四个，全部是紧身黑衣，并且携带兵器。外面的雨很大，他们全部都被淋湿了，然后走到宅子中间，生起了火。

"老大，这么大的雨，我们还要过去吗？不如就在这里休息一晚上，明天再过去吧？"其中一个人说话了。

"不行，上头说了，今天晚上必须过去，如果耽误了事情，我们的脑袋恐怕要搬家了。"为首的男人留着一簇胡子，一边搓着手，一边说道。

"不就是一个逃兵，还用我们四个人过去吗？真是小题大做。我看不如这样，大哥和三哥在这里休息，我和二哥过去，明天我们过来找你们。"另一个男人说话了。

"老四，别以为我不知道你想什么。那地方是春满楼，你和老二那点心思，是不是想着搞定了，顺便在那里玩一下？这次的事情非同小可，不能出任何岔子。再说你真以为这次的目标很容易对付吗？那了尘和尚出家前就多年行军打仗，还跟过赵侍郎，更何况听说还有人帮他，和他见面的人更不是一般人。我们四个人只是这次任务的前锋，真正完成任务的人还在后面。我现在只想我们四个人能全身而退就万幸了。"老大瞪了老四一眼说道。

"还有人一起完成任务？对方是什么人？"老四问道。

"不知道，我们的任务都是保密的。为了更好地完成任务，对方也不知道我们的情况，我们是以这个令牌为暗号。"老大从怀里拿出了一个令牌。

"那我们就等雨停了早点过去吧。"老三说道。

听到四个人的对话，慧海突然明白了事情的大概。了尘和他要约见人的事情已经被人知道，对方还派出了两队人过去杀害他们，外面这四个人是其中一队。如此一来，了尘他们岂不是凶险万分？想到这里，慧海顿时有了一个主意，他故意踢了一下旁边的东西，发出了一个声音。

"什么声音？"果然，旁边四人中的一个一下子看了过来。

"老四，过去看看。"老大对老四说道。

老四站了起来，然后向慧海这边走了过来。

慧海贴在墙壁旁边，等到那老四走过来以后，对着他的后脑勺用力一拳打去，然后顺势捂住他的嘴巴，直接将他拖到了一边。老四一声没吭就被慧海放倒了。

外面那三个人看到老四一直没过来，不禁有点奇怪，然后老二站起来说："我去看看怎么回事。"

慧海按照刚才的方法，将过来的老二也放倒在了地上，然后换上了老二的衣服。

"老二、老四，你们怎么回事？"老三看到老二老四半天没声音，于是站起来喊了一下。

慧海穿着老二的衣服，然后走了出来，对着老三招了招手。

老三愣了愣，然后走了过去。

"怎么了？"老三走过来问道。

"那里。"慧海指了指后面说道。

老三走过去一看，结果看到前面躺在地上的老四和老二，顿时一惊，刚想说话，身后的慧海已经扼住了他的脖子，然后用力一扭。老三身体一软，瘫在了地上。

接着，慧海走到了前面。

老大正在添柴，看到有人过来，然后问道："你们搞什么鬼？他们呢？"

慧海没有说话，正想着出手，那个老大一下子回过了头，看到了慧海的样子，惊道："你是什么人？"

慧海看对方发现了自己，于是直接出手了。

两人打了起来，很快对方被慧海压在了身下，然后一拳击倒，晕了过去。

慧海从老大的怀里拿出了那个令牌，又在他身上摸索了一下，找到了一封信和一包银子。信上的内容就是刚才四人说的，让他们去春满楼杀死了尘，取得了尘他们得到的线索。

慧海将四个人绑在一起，然后拖到了宅子的后面角落。为了避免他们被人发现或者自行逃走，还特意给他们点了昏睡穴。

收拾好一切后，慧海将那封信和令牌以及银子装好，离开了宅子，重新返回京城。

一个时辰后，慧海来到了春满楼。

走到门口，迎客的老鸨立刻迎上来，嬉笑着拉住慧海。

"天字房。"慧海拿出了一锭银子，交给了老鸨。

"好的，马上安排。快，天字房贵客。"看到银子，老鸨两眼放光，兴奋地冲着里面的人喊道……

第68章　各怀鬼胎

慧海只叫了一桌子菜，人全被他赶了出去。

面对慧海这样的贵客，老鸨自然不敢多问。

天字号房的对面就是了尘约见朋友的房间，慧海站在窗口，可以一眼看到。

慧海站在窗口看着对面的房间，终于等到小二过去送水的时候看到了尘打开了房间。一眼看去，房间里没有其他人，这说明他等的人还没到。

此刻了尘那边看起来没有问题，这说明另外一队过来刺杀他们的人也还没出现，或许对方也像自己一样，也在这春满楼某个房间里面看着。

时间一点一滴过去了，对面一直没人。

难道对方失约了？慧海有点疑惑。

终于，有人过来了。是老鸨带着一个女人过来，想来是给了尘推荐姑娘。

片刻后，老鸨离开了，那个女人却没出来。

了尘和慧海一样，都入了空门，虽然他是带发修行，但是身入隐安寺，想必不会触犯戒律。那个女人进去后没有再出来，说明留了下来，对于了尘来说，他根本不需要女人，所以那个女人必然就是了尘要见的人。

慧海看着前面那个房间，心里的弦绷紧了。他可以想到这一点，那么另外一个过来行刺的人自然也可以想到。现在了尘和他的朋友见面了，另外一个行刺的人肯定会出手，所以慧海自己必须先过去，否则等另外一个人过去了，恐怕事情就不好办了。想到这里，慧海立刻走出了房间，往了尘房间走去。

慧海刚刚靠近了尘房间门口，就听到里面有人直接贴到了门口。从门上的影子来看，对方的手里还提着一把刀，随时准备刺过来。

"了尘师兄，是我，慧海。"慧海不得已说出了自己的身份。

门开了，了尘看到慧海，顿时满脸疑惑。

"进来说。"

慧海直接走进去，然后关上了门。

"你怎么来了？"对于慧海的出现，了尘非常意外。

"我是……"慧海的话刚说了一半，突然看到了前面坐着的一个女人，她正端着茶杯在喝茶，看来对于慧海的进屋并没有太在意。但是她的另一只手紧握着一把匕首，她的腰间挂着一个令牌，和慧海从那四个人手里抢来的令牌一模一样。

顿时，慧海明白了——没想到另一个刺杀了尘的人，竟然就是和他见面的人。

这个突如其来的事实让慧海顿时脑袋一片空白，不知所措。

这时候，那个女人站了起来，走到了尘面前，看着慧海问道："这位是？"

"这是我的师弟慧海。本来他应该离开的，也不知道怎么过来了。"了尘介绍了一下。

"我……我担心师兄，所以过来看看。"慧海把他发现的秘密咽进了肚子里，既然和了尘接头的人是刺杀了尘的人，那么他必须保守这个秘密，否则会打草惊蛇。

"这个是我说的那个朋友，她叫阿宁，之前是边关军第九营的副营长。"了尘介绍了一下女人。

"边关军，第九营？可是那个神秘的影子营？"慧海脱口说道。

"不错，慧海竟然知道影子营？"阿宁有点意外。

"之前听百姓说过，边关军有一个神秘的第九营，专门负责搜集情报，所以又叫影子营，只是没有人知道他们的具体身份。"慧海笑了笑说道。

"不错，我们边关军第九营的人因职责问题，每个人的身份都是保密的，这一次如果不是因为了尘师父的情况特殊，我根本不会过来这边。"阿宁说道。

"那真是辛苦阿宁了，不知道刚才我说的情况，阿宁你知道多少？"了尘看着阿宁问道。

"我知道的情况不算多，你们家之所以被杀，源于你们家在十八年前曾经接待过一个陌生来客，这个人和你的父亲是老乡。因为家庭贫困，那人后来进了皇宫做了太监，他当时将带着的一幅画放到了你的家里，而正是这幅画在后来给你们家带来了灭顶之灾。"阿宁说道。

"你说的那幅画我知道，而且我还见过，我父亲在临死之前将那幅画交给了我。那幅画究竟有什么秘密？为什么会给我们家带来灭顶之灾呢？"了尘问道。

"画上的内容关系着一个惊天的秘密。你把那幅画放在哪里了？可有带来？"阿宁问道。

"画像一直在我身上，我自然带了。"了尘说着从包裹里拿出了一个画筒，然后从里面抽出了一幅画像。

"这画像我怎么从来没见过？"旁边的慧海伸手夺走了画像。

"慧海，你做什么？拿过来！"了尘看到慧海夺走了画像，立即说道。

"师兄，我还没看过这画像，让我看看。"慧海说着站了起来，打开了那幅画像。

"慧海，不要胡闹，快点拿过来。"了尘说着，走过来想夺走那幅画像，慧海却直接将画像揉成了一团，塞进了嘴里。

"你干什么？"旁边的阿宁惊呆了，立刻冲过来，拉住了慧海。

"你在做什么？"了尘也被慧海的举动惊呆了，怒声说道。

"了尘师兄，这个画像如此重要，怎么能一直带着？只有毁了它，你才能安全。"慧海说道。

"可是……可是阿宁还没看。"了尘说道。

"那有什么，告诉她内容不就好。画像我想阿宁其实应该看过，就是京城流传最多的杜丽娘诅咒画像。"了尘说道。

"杜丽娘的诅咒画像？"阿宁愣住了。

"对，确实是一张女人的画像。我也调查过，找人问过的确是流传的杜丽娘诅咒画像。虽然我不知道画像和京城流传的有什么区别，但是画像确实一样。"了尘说道。

"怎么会是杜丽娘的画像？"阿宁愣住了。

"的确是这样的，所以我也很意外，更加迷惑。"了尘说道。

这个时候，外面突然传来了一阵脚步声和叫喊声。

了尘和阿宁脸色一变，走到窗口看了一下，发现一队官兵走进了一楼，老鸨正和他们说着什么。

"不好，应该是刺杀我们的另一帮人过来了。"阿宁说道。

"什么意思？"了尘看着她问道。

"在来之前我遇到了一个人，他是来刺杀我们的。我杀了他，并且拿了他的令牌。我从他的嘴里知道还有另一伙人会过来刺杀我们，想来应该是下面的人。"阿宁拿出了腰里的那个令牌说道。

"你是说，你杀死了一个刺客，拿走了他的令牌？"慧海惊讶地看着阿宁。

"不错,还有另外一伙人,他们到时候会用同样的令牌来确认身份。"阿宁点点头。

"可是,可是这个令牌……"慧海从怀里也掏出了一个一模一样的令牌,放到了桌子上……

第69章 了尘画像

看到慧海手里的令牌,阿宁和了尘顿时惊呆了,他们看着慧海问道:"慧海,你怎么也有一样的令牌?"

"我、我和阿宁姑娘的情况一样。我在回隐安寺的路上碰到了过来刺杀师兄的刺客,听他们说还有另外一伙人过来一起。我担心师兄,所以便绑了他们,冒充他们找过来。我以为,我以为……"慧海不好意思地挠了挠头。

"你以为我是刺杀了尘的另一伙人吗?"阿宁问道。

"对。我看到你腰里的令牌,自然以为你就是另外的凶手,谁知道阿宁姑娘和我一样,这真是太巧了。"慧海哈哈一笑说道。

"好了,现在我们先离开这里吧,外面的人马上就来了。"了尘看了看慧海和阿宁说道。

"从这里走,我刚才看到这里可以通往楼下。"阿宁说着,走到了床边的一个开关,拉了一下,露出了一道隐形门。

"快走,从这里进去。"了尘拉着慧海,跟着阿宁一起钻了进去。

进入隐形门,然后往楼下跑去。

三个人从后门离开后,抬头便看到官差已经冲到了楼上。

"我们先离开吧。"了尘说道,转身离开。

在路上,阿宁和慧海仔细说了一下刺客的情况。

阿宁在路上遇到的那个刺客是一个东瀛人,虽然她隐藏得很深,但是阿宁和东瀛人交过手,还是从她的手段里查出了端倪,所以阿宁直接杀了她。

"东瀛人?"听到阿宁这么说,慧海不禁有点意外,因为他想到了南飞燕。之前红雪说过东瀛人在大明潜伏了不少人,就连南飞燕也不知道到底有多少人。

"慧海师弟之前也和东瀛人接触过,难道她们是一伙人?"了尘看了看慧海。

"可有……可有樱花令？"慧海忽然想起来，之前红雪说过，她们潜伏在大明的人都有一枚樱花令，那也是她们身份的标志。

"可是……可是这个？"阿宁从身上摸索了一下，拿出了一个令牌。

"对，就是这个。看来这刺客是和南飞燕他们一起的。"慧海点点头，怅然说道。

"我当时在那刺客身上搜到两个令牌，我想肯定是和她身份有关系，所以便带在了身上。"阿宁说道。

"那这些东瀛人究竟是什么人派来的？他们为什么要对了尘下手呢？难道是因为那幅画？"慧海疑惑地说道。

"那幅画到底有什么秘密？看来我们还得仔细调查一下。不过现在最大的嫌疑人应该是李太师，他权倾朝野，对皇位虎视眈眈，这些东瀛人很有可能就是他豢养在大明的死士。"了尘猜测道。

"可是，这些东瀛人在我大明肯定另有所属，难道李太师不知道这是养虎为患吗？就算他想坐皇位，也不应该将这些外族人引来吧？"阿宁说道。

"为了皇位，就容易被人利用。整个朝堂，除了李太师就是皇上，总不能说这些东瀛人是皇上找来的吧？"了尘说道。

"或许这可能是东瀛人的阴谋？我之前听红雪说过，他们很小的时候就被南飞燕带到大明，成为南飞燕的死士。东瀛人素来阴险狡诈，可能他们做的事情就是挑起李太师和皇上之间的纷争，然后趁机渔翁得利。"慧海看着他们说道。

"目前我只知道你家人被害，是跟十八年前家里来的一个太监有关。他留下的那幅画才是关键，可是我没想到的是那幅画竟然是一幅寻常的杜丽娘诅咒画像？"阿宁皱了皱眉头。

"其实，那幅画不是杜丽娘诅咒画像。"这时候，了尘说话了。

"什么？"阿宁愣住了。

"我因为担心画被人抢走或者偷走，所以用了画中画的手法来掩饰那幅画。我在那幅画的上面覆盖了一层假的画像，为的就是迷惑觊觎画像的人。"了尘说道。

"原来真的是这样。"慧海笑了起来。

"你早知道了？所以你才敢将那幅画毁了？"了尘看到慧海的样子，突然明白了过来。

"不错，要不然我怎么会那么做？当时我不知道阿宁姑娘的身份，我那么做也是为了试探阿宁。了尘师兄，你虽然用画中画来掩饰画像，办法很不错，却有一个很大的漏洞。"慧海点点头。

"什么漏洞？"阿宁问道。

"这杜丽娘的故事在十八年前还没被编出来，所以十八年前宫里出来的太监怎么可能把杜丽娘的画像放到师兄家里呢？所以这个画像要么是假的，要么是另有机关。"慧海说道。

"是，是啊。十八年前坊间并无流传杜丽娘的故事，这个倒是我疏忽了，只因最近朝廷和坊间都在议论杜丽娘的画像，还有几起朝廷无法调查清楚的案子都和杜丽娘的画像有关，所以我才想着用杜丽娘的画像来遮盖之前画像的样子。其实原本的画像是一名宫女和一名太监，宫女抱着一个襁褓，襁褓里是一个嗷嗷待哺的孩子。周边有一棵大树，树上有一些树叶落下来，这就是画像的全部情况了。"了尘对于那幅画像上的情景记得非常清楚，便将画像上的内容详细描述了一下。

"听上去这应该是一名太监和一名宫女带着一个孩子，那个太监难道就是去你们家里的人？"阿宁一听，不禁分析道。

"我也是这么想的，可惜十八年前去我家的那名太监，我查了很久都没有查到。"了尘跟着说道。

"或许让我来的人知道这个情况。"阿宁看了看他们说道。

"对了，刚才情况紧急，还没有仔细问阿宁姑娘，究竟是谁让你过来的？"了尘问道。

"我也不知道对方叫什么名字，不过是他救了我。我来的时候他说了，如果我们真的有解决不了的事情，可以去找他。"阿宁说道。

"那事情既然到了这一步，我们就一起去找他问问情况。"了尘想了想说道。

"这件事情对了尘师兄非常重要，如果不搞清楚，怕是他的心魔无法释怀。我也觉得既然事情到了现在这一步，干脆搞清楚为好。"慧海说道。

第70章 了尘家族

这是慧海和了尘第一次来到平安村。

如果不是阿宁带路,他们根本不可能找到进入平安村的入口,因为进村的位置不但隐秘,还摆下了一个玄门阵。

阿宁说,平安村早年救过一个术士,那个术士为了报答他们,在他们村口摆下了这个玄门阵。除非能有人破阵,否则即使千军万马都无法进入村子里面。所以一直以来,平安村像一个世外桃源,不与外界来往,除了一些特殊的需求,村子里的人也从不出去。

慧海和了尘在村子里见到了阿宁带他们见的人。那是一个双腿残疾的男人,看到阿宁将了尘和慧海带入村子里,男人显得有点意外,不过并没有说什么。

"郑先生,事出突然,把他们带过来这里也是无奈之举,不过了尘和慧海都是可靠之人。"阿宁跪在男人面前说道。

"别怪阿宁,其实都是为了我家里的事情。不过既然您知道我家里的事情,希望您告知我,关于这里的事情我保证不会说出去。"了尘跟着说道。

"罢了,这或许就是天意。本来阿宁去赴你这个约,应该是我郑通去的,但是我双腿废了,没有办法,所以只好派阿宁过去。这个事情还要从十八年前说起。当时这平安村还是一个普通的村落,我和几个兄弟由于一些特殊情况来到了这里隐居生活。有一天,我外出的路上遇到了一件事情……"郑通说起了事情的原因。

郑通外出时看到一个男人被几个人追杀。那人因为身上还背着一个受伤的男人,所以只能和那几个追杀他的人迂回搏斗,不过毕竟体力不支,眼看着就要被杀死。于是,郑通在关键时刻出手相助,将追杀的几个人全部放倒。

"必须杀了他们,不能让他们活着离开!"没想到那个被追杀的人用尽力气对郑通说道。

"这是为何?"郑通不太明白。

"他们是锦衣卫的暗卫,如果他们当中有一个回去了,不但我会出事,你和附近的人都会被杀死。"那个男人说道。

锦衣卫的暗卫,郑通是知道的,这是隐藏在锦衣卫里的一股黑暗势力。据说他们不仅服务于皇室,更有一部分属于江湖,只要给足够的钱,可以驱动他们办任何事情,所以他们的身份非常隐秘,绝对不让别人知道。凡是见过他们的人,没有一个活口。所以那个男人说的话是正确的,如果让他们离开,为了保护他们的身份不被泄露,这附近所有人都会被杀死。想到这里,郑通立刻走过去将那几个暗卫杀死,然后就地掩埋。

收拾好一切后,郑通将那个男人和他背上的人带回了平安村。

郑通将男人带回来,让平安村的其他人非常生气,他们之所以潜伏隐居在这平安村,就是不希望被外人知道,更不希望和外面有所牵连。

"既然如此,那我们就不打扰了。只不过我这个兄弟身受重伤,我希望你们可以让他在这里养伤,等到伤好后再离开。"那个男人见郑通和村民们都很为难,于是说道。

"现在说什么也没用了。要知道暗卫的人已经追到这里,他们迟早会再找过来,到时候就算我们想独善其身,恐怕也不容易。"郑通对村民们说道。

"可是,就算我们现在收留他们,暗卫的人也会找来,不一样危险吗?"

"不,我有办法。"那个男人说话了,"我可以在村子的门口布下一个玄门阵,就算是暗卫的人来了,他们破不了阵就进不来。然后我会想办法将暗卫他们引走,不会叨扰你们这边。不过你们要答应我,将我的兄弟治好,让他在这里好好待下去。"

"兄弟如此大义,甚至还会玄门阵?我记得能够布阵的人并不多,莫非你是开国军师刘伯温一族的旁支?"郑通看着男人问道。

"不,自然不是。说起来也确实和刘军师有点关系,我的祖上曾经是刘军师的护卫,因为天资聪慧,受到了刘军师的点拨,所以传承了一些秘术。"男人说道。

"那这位兄弟是怎么回事?"郑通看着那个受伤的男人问道。

"他的身份比较特殊,为了大家安全,还是不知道好。"男人说道。

对于应付暗卫的事情,大家觉得男人这办法的确是最合适的,便也同意了。

那个男人离开了，并且在村口设下了玄门阵，将出入玄门阵的办法教给了郑通他们。

事情如同那个男人所说的一样，玄门阵保护了平安村没有受到暗卫的骚扰，也没有其他任何情况发生。那个男人留下来的兄弟，也在郑通他们的照顾下痊愈了，对于他的身份，郑通及平安村的人也不过问。不过慢慢熟悉后，大家知道男人的名字叫官九。

九年后，平安村有人从外面回来，说新皇登基了。官九知道这个消息后大为震惊，甚至跪在家里痛哭流涕。三天后，官九提出要离开平安村。虽然郑通他们不知道官九要做什么，但是对于他的要求，他们也没有权力阻止。

官九出去大约一个月就回来了。这一次他找到郑通谈了一些事情，比如郑通他们的身份。

其实郑通和他的几个兄弟并不是一般人，他们是前朝皇宫里的十三影子卫，因为不想参与皇室的纷争，才来到平安村隐居。官九说他第一次见到他们就认出了他们的身份，但是他并没有拆穿他们。因为官九自己也有自己的秘密，但是相对于他们之间的秘密，官九的秘密更加可怕。十八年前将官九带到这里的男人，是之前的皇宫一品带刀侍卫王四九，他的祖上一直在皇宫，王四九和官九关系极好。又因为十八年前皇宫发生了一件事情，官九不得已逃出了皇宫，身为好友的王四九也被卷入了纷争，然而暗卫很快追查到了他们的消息，所以王四九才会带着官九逃走，最后来到这平安村。这次，官九出村后才知道王四九在离开这里后，整个家族都被杀了，只有独子被人救走。如果日后有人调查王家的事情，官九希望郑通能将真相告诉对方。他希望王家的后人不要再追查之前的事情，好好生活下去。

官九和郑通说完这些事情后，便离开了平安村。这么多年过去了，郑通本以为官九跟他说的王家后人可能已经不在了，又或者说那人并没有在追查自己家人被害的事情。直到前些时候，阿宁回来说了这些事情，所以郑通让她和了尘接触，顺便将之前的事情告诉他。

第71章 来寺原因

在平安村，了尘得知自己家里以前的一些事情，之前一直让他疑惑的一些事情也理清了不少。不过知道了这些后，反而有了新的难题。因为郑通也不知道当年官九到底在皇宫里发生了什么事情，不过根据当时他与王四九的表现可知，官九之所以不希望了尘知道这些事情，应该是为了保护他。毕竟王家的遭遇足以说明，官九和了尘的父亲之前经历的事情非比寻常。

郑通因为帮助官九，遭到了追杀，导致双腿不能行动。源于对了尘父亲和官九的情谊，残疾后的郑通仍一直让阿宁帮忙调查，只不过因为当年的事情太过久远，再加上很多知情人都出了事情，所以一直都没有明确的线索。现在了尘既然知道了这些，郑通就让阿宁帮他继续调查。

于是，从平安村出来后，了尘和阿宁便约定分开调查当年了尘家里的事情。因为这不仅关系到了尘家人被杀的情况，阿宁的师父郑通的双腿残疾也是因此而起。

"加上我，因为师父的死也和这件事情有关系，更何况师兄的事情，自然也是我的事情。"虽然现在还没有直接证据证明了尘家人的事情和慧海后来经历的事情有关系，但是慧海感觉，南飞燕他们和皇宫里面发生的这些事情，隐约有着无法撇清的关系。所以红雪的死，西南山兄弟被歼灭，包括慧海师父的死，都可能牵涉其中。

三人仔细分析了一下，认为所有问题的源头都是十八年前从皇宫里流传出来的那幅画像。围绕着那幅画像一共出现了两股势力：一股是锦衣卫的暗卫，另外一股则是潜伏在大明的东瀛人。当年官九和王四九被锦衣卫的暗卫追杀，及了尘家人被杀的做法，也像是暗卫的手段。所以，可以确定的是当年追查那幅画像的人应该是锦衣卫暗卫。锦衣卫暗卫一直都是皇帝的贴身侍卫，甚至有人说，其实他们就是先皇的十三影子卫，所以最想得到那幅画像的人应该是先皇，而东瀛人是后来才出现，所以应该是另一股势力。

郑通说，在新皇继位后，官九非常痛心，将自己关了三天三夜，然后外出了一趟。所以关于官九及那幅画像的秘密，应该和先皇有关系。新皇继位后，宫里曾经发生过一件事情，那就是先皇的容妃在冷宫里自杀。当年容妃会被打入冷宫，就是因为一幅画像，有人说那就是杜丽娘的诅咒画像，也有人说是其他画像。不过通过这一点可以确认的是，先皇在位期间，画像在宫中是一个忌讳，甚至会招来杀身之祸。

不过，画像的流言并没有因为忌讳或者会招来杀身之祸便停止，后宫一直都有各种关于画像的传说，传得最多的就是杜丽娘的诅咒画像。

所以，慧海和了尘认为，要想查出那幅画到底有着怎样的过去，可能还是要到皇宫里面。

于是，他们通过刘一刀，打通了和宫里的关系。只要皇宫里有什么需要的地方，他们都可以第一时间赶过去，顺便调查当年的事情。

阿宁则在京城外围进行调查。

三人在调查共同目标的时候，顺便调查自己需要调查的线索。

慧海锁定的目标是杀死红雪、西南山兄弟以及他师父的锦衣卫丁鸣。

了尘调查的是当年追杀他父亲和官九的锦衣卫暗卫。

阿宁调查的是之前师父郑通去调查时被伏击导致双腿残疾的仇人。

他们约定，调查清楚后，就将相关人一起约到隐安寺，共同找出这背后的真相。

"阿弥陀佛。"说到这里，慧海叹了一口气，念了一句佛语。

"如此说来，我们来到这里全是你们三人的安排？你、了尘和阿宁？"听完慧海的话，其他人惊声说道。

"可以这么说，我只能确定的是，了尘师兄要找的真相就在诸位身上。"慧海说道。

"这和我们有什么关系？"叶承安愣住了，"我们……我们来这里都是有自己的原因啊，难道说这些原因是你们促成的？"

"不错，阿宁和了尘具体用的是什么办法，我不知道，不过贺大人和阿和大人来这里，则是我的设计。在你们当中，贺大人和整个真相并没有关系，我之所以将贺大人也请来，就是希望他能给我们做一个见证。"慧海点点头。

"这到底是怎么回事？我怎么听得一头雾水？"叶承安和红袖对视了一眼，

他们的眼里充满了疑惑。

"我刚才说了，大家来到这里，都是和我们调查的情况有关系。之前在大家的讲述中应该也有一些地方提到了我，比如在天竺人被杀的现场、长公主被诅咒的宫里。当然除了我，我的师兄了尘以及阿宁也都有参与，只不过可能有时候他们隐藏得太好，大家没有注意到而已。"慧海说道。

"大师，你说的阿宁，可是我在清水楼遇见的阿宁姑娘？"红袖听到慧海说道，不禁问道。

"不错。当年清水楼发生的事情，老衲也曾去了现场，看似为死者追悼，其实也是为了调查我们约定的事情。其实，关于阿宁，我觉得贺大人应该更熟悉，这一次之所以选择让贺大人做见证，也是阿宁的主意。"慧海说道。

"阿宁？我……我认识吗？她在哪里？"贺子升愣住了。

"认识，你们应该很熟悉。只不过阿宁说和你尘缘已断，所以不愿意再出现。这世上有很多事就是这样，明明是非常想见的人，但是因为一些红尘孽缘，生生地阻断了见面的时机。贺大人正直不阿，恩怨分明，在见到你之后，我也明白了阿宁的心情。"慧海叹了一口气说道。

"翩翩君子升，落落宁中结，不赴黄泉路，但求心中情。原来……原来阿宁之前一直念念不忘的人竟然是贺大人。"红袖突然明白了什么，吟诵了一首诗。

"你说的阿宁，可是……可是……"贺子升一下子抓住了红袖的手，半天竟然不知道该说什么，因为眼中有泪流了出来……

第72章 痛心醉苦

慧海提起了阿宁，让红袖一下子想到了之前阿宁念的一首诗，此刻她才明白过来，这首诗竟然是写给贺子升的。

"阿宁姑娘，可是清水楼那个让人仰慕却敬而远之的神秘女子？"阿和也想起之前的事情，因为阿宁涉及天竺人被杀一案，曾被刘一刀叫去问话。当时他就觉得阿宁气质非凡，断然不会是一名普通的女子。不过后来有人跟他说了阿宁和梁大人的关系，所以阿和也没有多想。

"不错，就是她，我和阿宁姑娘相处时日不算少，也了解了她的一些性格。之前很多事情都不太明白，可是此刻听完大家的讲述，我忽然明白了。这世上的一切悲欢离合都是有原因的，心里念了一个人，即使身处险境知道自己万不能表露半分，内心的思念却根本无法抑制。贺大人，那几句诗是阿宁在夜深人静醉酒时经常念起的。我想，这世上若还有一个人能明白其中的意思，恐怕那个人只能是你。"红袖看着贺子升说道。

"是，你说得没错，我自是知道的。"贺子升说着低下了头，眼泪落了下来。

"之前在牡丹宅发生的事情，此刻我也明白过来了。原来刘一刀和阿宁也是相识的，如此看来，他们应该都是和赵侍郎有关系的人。"阿和恍然大悟。

"明玉，你不是曾经也在清水楼吗？可还记得阿宁的样子？或许你可以画一下阿宁的样子。"叶承安看了看明玉说道。

"不用了，阿宁不希望被人发现，那是因为她的真正身份。"贺子升摆了摆手说话了。

"那阿宁到底是什么人？"叶童问道。

"她能够压制梁大人、刘一刀，甚至可以让赵侍郎的旧部听从安排，还曾在京城混得风生水起，且对皇城旧事了如指掌。这些条件综合起来，只能是一个人……"贺子升看着前方，嘴唇颤抖着，一个温婉美丽的女人形象出现在他的面前。

贺子升清楚地记得那天。

为了防止贺子升出去，贺子升的父亲以及其他家人将他锁在了家里，并且收走了他的兵器。

贺子升在房间里面用尽了各种办法，最终无力地坐在了地上。

一直到午时三刻以后，他的房门才被打开。

等到贺子升踉跄着脚步来到刑场的时候，一切都已经结束了，刑台上只留下了一些早已经冷却的残血。

刑场上已经没有人，风吹着贺子升的身体。他痛苦地瘫在了地上，冲着天空发出了撕心裂肺的叫声。

宁尚书全家的尸体是宁尚书的旧部负责安葬的。据说宁尚书之前向皇上请了一道圣旨，希望他全家死后能葬回河东老家。这圣旨让所有人都觉得深感意外，要知道，宁尚书全家被斩，原因是通敌谋反，既然是谋反之罪，又怎么能够落叶归根呢？但是让所有人没有想到的是，皇上竟然同意了。

贺子升去了宁家的河东老家，他想去宁大人的墓前祭拜，却被宁大人的部下拦住了。

全天下的人都知道，朝堂之上，李太师本来只是要诛杀宁大人一家，并没有诛其九族，却因为贺子升的话宁家被诛九族。而且宁尚书通敌叛国的罪证还是贺子升亲自找到的，所以祭拜宁大人，全天下的人都有资格，唯独贺子升和李太师没有资格。

贺子升没有多说什么，只是对着前方的宁家坟墓磕了三个头，然后离开了。

那天回去的路上，大雨倾盆，贺子升没有躲雨，一马一人，孤独行走在雨中。

回到京城的时候，已经是夜晚，守城的将军认出了他，立刻将他送回了贺家。但是贺家闭门不开，只传出一句话，贺子升让整个贺家蒙受不白之冤，贺家不欢迎他。

无奈之下，守城的将军只好带着已疲累至昏迷的贺子升离开。路过香红院的时候，守城的将军突然眉头一展，然后背着贺子升进入其中，帮他开了一个房间。

贺子升在香红院待了三天三夜，确切地说，他是在那里昏迷了两天两夜。香红院的老板惧于他的身份，所以派了两名丫鬟好生照料，一直到第三天夜里，贺子升被一阵琴声惊醒，猛地坐了起来。

琴声仿佛一道春光，照进了他冰冷麻木的心。

门开了，一个清秀的女孩端着饭食进来。

"隔壁是谁在弹琴？"贺子升问。

"是新来的阿宁姑娘。"女孩说道。

"琴声忧伤，她一定不喜欢这里。"贺子升说道。

"初来这里的人都不习惯的，像大人这样在这里酣睡的，我们还是第一次见。"女孩说道。

"你叫什么？"贺子升问道。

"我叫莲儿。"女孩说道。

"我睡了多久？是谁送我来的？"贺子升问道。

"大人睡了两天两夜，是守城的邓将军送您来的。当时您还发烧了，我和婵儿喂你吃了好几次药，您才好了。"莲儿说道。

"这是一点心意，给你和婵儿的。"贺子升说着从口袋取出了两锭银子，放到了桌子上。

"多谢大人。"莲儿欣喜地说道。

贺子升离开了香红院。

那次以后，他经常会来香红院，每次都是让莲儿和婵儿陪着他。他不说话，只是坐在饭桌前，偶尔会听见隔壁的琴声再响起，每每听到，他甚至会潸然泪下。

"大人既然如此喜欢听阿宁姑娘的琴声，为何不去亲眼见见呢？"莲儿对贺子升的举动不太明白。

"只是对琴声有所感触，这世上有些事情，还是不要走太近为好。"贺子升也曾想见见这个在他难过万分的时候惊醒自己的阿宁，但是他又担心，因为每次听到阿宁的琴声，总会想起那个大雨倾盆夜晚的痛苦往事。

后来有一天，贺子升忽然感觉似乎好久都没听到阿宁的琴声，于是开口询问。

"阿宁姑娘离开了香红院，听说是有人帮她赎了身。"莲儿说道。

"那倒挺好。"贺子升愣住了。

"阿宁姑娘也是出自大户人家，好像是家里生了变故，所以才会沦落至此。不过当时老板就说了，阿宁只是暂时在香红院，她本不属于这烟花之地。"莲儿说道。

听了这么多次阿宁的琴声，贺子升忽然想去阿宁的房间看看，于是在莲儿的带路下，他来到了阿宁的房间……

第73章　沦落之人

一个人在一个房间里面生活过，总会留下痕迹。

这是罗万春教给贺子升的，所以，对于抓捕人犯也好，寻找真相也罢，细微的观察、严谨的推测，造就了贺子升一套非常专业的推理程序。

推开阿宁房间的门，贺子升并没有急着进去，而是仔细观察了一番。这个房间靠着走廊的尽头，西边的窗户推开就是香红院的后墙，且这个房间的位置非常特别，站在东边的窗口可以看到香红院前面的情况。

这是一个可以观察整个香红院所有情况，并且可以快速逃离香红院的房间。虽然贺子升不知道当时建造这个房间的人是出于什么目的，但是这个房间的结构和位置可以说非常精妙，所以说阿宁住过这个房间，让贺子升对她的身份不禁多了一丝疑惑。

莲儿有事先离开了，房间里只剩下了贺子升一个人。

贺子升关上了门，看到前面窗户下面放着一把古琴，想来之前听到的琴声就是从这里传出来的。贺子升可以想象，阿宁坐在窗台下，借着月光，弹奏古琴，哀伤的琴声，就像她的心情一样。身在这鱼龙混杂的烟花之地，平常白日需要笑脸对人，小心翼翼，只有到了晚上夜深人静的时候，才能完全安心地放下所有的防备，真诚地面对自己内心的痛苦与脆弱。

弹琴者，伤。

听琴者，又何尝不是？

贺子升不知道阿宁遭遇了什么，又或者说她是朝中哪位大臣官员的千金，家里的变故让她一夜之间从一名千金小姐变成了青楼女子，这样的落差无论是谁都无法承受。

他站在窗前，望着外面的夜色风景。

贺子升忽然想起了往事。

当年他和宁兰以及七公主一起坠入枯井之中。

那个时候，他们三人看着彼此，在暗淡的月光下，忘记了彼此的身份。

作为唯一的男人，贺子升安慰宁兰和七公主，他们一定可以出去。

宁兰虽然看起来弱不禁风，却表现得非常坚强。

如果没有当时的井中之事，恐怕很多事情都不会发展成现在这个样子。

贺子升叹了一口气，转过来头，在房间里仔细看了看。虽然房间已经整理过，但还是留下来很多痕迹，这些痕迹将阿宁的样子渐渐勾勒出来。

无数个寂寞如水的夜里，阿宁站在窗外，望着窗外。她在等人，等救走她的人。

阿宁的等待没有落空，救走她的人想来和她关系很深。

就像宁兰，如果不是家人将贺子升关在了房中，他必然去刑场劫人，父母自然是明白了这一点，所以才会将他锁在房间里。

坐在阿宁的房间，贺子升突然情绪悲伤。他让莲儿送来了一些酒菜，借着月光和夜风，竟一个人喝多了。然后，他坐到了那把琴面前，轻挑琴弦，悲伤的琴声在夜里陡然响起，划破了沉默。

不知不觉，贺子升的眼泪落了下来。

从香红院走出来，已经是深夜时分，贺子升一人走在孤独的长街，仿佛一个幽灵一样。最近几个月，他的精神状态一直很差，罗万春也知道他的情况，所以并没有对他过多要求，锦衣卫的工作几乎很少让他去做。其间，也有一些朋友过来拜访他，但是都被他一一拒绝。

走到巷道的时候，身后传来快速奔跑的脚步声，然后几个身着黑衣、蒙着面巾的黑衣人从后面追了过来，将贺子升围了起来。

贺子升看了看他们，冷哼一声："你们是什么人？"

"杀你的人。"对方说道。

"杀我的人太多了，你们是哪边的？"贺子升又问道。

"如果你是要到地府跟阎王说，就说我们是宁尚书的人吧。"对方说完，直接冲了过来。

四个人本不是贺子升的对手，但是贺子升因为喝得有点多，导致脚步不稳，出手缓慢，几个回合下来，竟然落了下风。眼看其中一个黑衣人手里的刀就要砍到贺子升的后背，一把剑的剑柄从远处飞过来，直接将那个黑衣人撞飞到一边。

紧接着，几个守城军士从后面追了过来，为首的身着金甲，身披红色披风，刚才救下贺子升的人正是此人。

突然出现的救援，让那几个黑衣人顿时有点意外。他们一共六人，已有两人被贺子升打伤在地，另外四人则被后面过来的守城军士围攻，很快被制伏。

一辆马车从后面过来了，停下来后，一个熟悉的人从里面走了出来。

她是七公主。

"子升，你没事吧？"七公主关切地问道。

"回禀公主，我没事，多谢公主解围。"贺子升没想到，在这深夜时分竟然能遇到七公主，而且在自己遇到危险的时候。

"没事就好，没事就好。"七公主看着贺子升，眼里充满了深情。

"这、这深夜时分，公主怎么出宫了？"贺子升被看得不好意思，于是转了话题。

"我、我是路过。"七公主说道。

"那我就告辞了，不耽误公主的时间了。"贺子升行礼说道。

"我们……我们也不着急。"七公主一听，立刻说道。

"就是，贺大人太无情了，我们公主可是专门为了你的安全跟着你的！你、你竟然这样……"旁边的侍女脱口说道。

"闭嘴！"七公主瞪了侍女一眼。

听到这里，贺子升不禁有点动容。他看向前面一个面摊说道："那、那我们到前面坐坐？"

"好啊，你们不许跟过来。"七公主一听，顿时开心地点点头，对旁边的侍女和侍卫说道。

"可是，公主，如果有危险怎么办？"侍女有点担心。

"你们觉得贺大人的武功保护不了本公主吗？"七公主扬起头说道。

侍女不再说话。

贺子升和七公主来到了前面的面摊，找了一个位置坐了下来。

老板是一个老人，经常在这里摆摊，贺子升和同僚们有时候会深夜过来，地方也算舒适。

"老三样，看到贺大人今天带了姑娘，多给你们放一点莲藕。"老板笑呵呵地将面放到了桌子上。

"我们都没点菜就上了？"七公主惊讶地说道。

"姑娘有所不知，这三样是贺大人常吃的，所以是习惯。"老板笑了笑说道。

"是吗？"七公主转过头，仔细看了看桌子上的面……

第74章 诀别之苦

那个夜晚是贺子升和七公主待的时间最长的一次。

后来的无数个日子里,贺子升会突然想起七公主。尤其是那个夜晚,七公主乃贵为皇亲国戚的天之骄女,却心甘情愿陪着他在面摊一起吃面。面对自己从来没吃过的东西,依然兴趣盎然,只是因为那是他最喜欢吃的东西。

那个夜晚的灯好像很晚才熄灭,贺子升和七公主走在长长的夜街上,后面是她的凤辇,护卫和侍女跟在后面,陪着他们一起走过漫漫星光路。

七公主在远嫁他国的时候来找过贺子升。

贺子升自然知道那是什么意思,七公主在期待他的挽留,但是他拒绝了。

朝堂之争,牵连的又何止是他们两个人的感情?他和七公主固然可以在一起,但是这背后的势力及将来的风云变幻,他们根本无法承担。宁尚书和赵侍郎的遭遇,就是前例。

看着七公主落寞地离开,贺子升握着拳头,眼泪落了下来。

"这世上的人和事最让人难以捉摸,你以为你最喜欢的人一定会占据你内心最重要的位置,可是有时候你会想起另一个人。所以,很多事情不是一定要拥有才算圆满,如果不能完全把控一切,看似的拥有,其实还不如失去。"罗万春站到了他的面前说道。

罗万春的话,贺子升自然是明白的。

"现在你成了整个朝堂的众矢之的,贺家之前本来对你就不太喜欢,如今出了这事儿,你怕是无法回去了。七公主离开后,李太师那边的势力也会离你而去。人的命运就是这样,所以大家才会奋不顾身地想招揽一切。你准备怎么办?"罗万春问道。

"你呢?你还愿意做我的师父吗?"贺子升看着罗万春问道。

"当初我收你做徒弟，只因你有突出的才能，所以自然也不会因其他事情放弃你。只要我罗万春还在，你就永远是锦衣卫的人。"罗万春说道。

"所以说，有些事情坚持的人永远在坚持，黑夜可能很长，但是总有天亮的时候。虽然此刻前路风雨飘摇，但是我相信总会迎来曙光。"贺子升说道。

"朝廷接到密报，赵侍郎的独女赵灵没有死，并且在其他人的帮忙下混入了皇宫。你就负责调查她的下落吧。"罗万春从口袋里拿出了一块令牌交给了贺子升，"这是皇上给的令牌，有了这令牌你可以在皇宫自由行走。"

贺子升接过了令牌，笑了起来："看起来，整个锦衣卫恐怕只有我能执行这个任务了。"

"为什么？"罗万春看着他。

"宁尚书一家因为我的举证被杀害，纵观这朝野之上，还有谁能比我更适合去追杀赵侍郎的独女？反正我身上的脏水已经够多，也不在乎再多一盆。"贺子升说道。

"所谓置之死地而后生，你当然可以将赵侍郎的独女斩尽杀绝，但是你也可以利用这个机会将你身上的脏水洗干净。很多事情不能只看表面，具体怎么做，就要看你自己了。宫中不比外面，一个普通的太监或宫女都要如履薄冰，小心翼翼，你进去以后更要加倍小心，否则稍有不慎，可能泼到你身上的就不仅是脏水了。"罗万春说道。

"我自然明白的。"贺子升装起了令牌。

既然接了任务，贺子升没有多做停留，入夜就带着人进宫面圣。

对于贺子升，皇上欲言又止。当初在朝堂之上，贺子升本是一片好意，结果却被李太师利用，导致宁尚书不得不被诛杀九族；而贺子升和七公主的关系又非同一般，加上他和罗万春还是师徒关系。

"既然皇上当初下的圣旨是杀掉赵侍郎全家，那么能够将赵侍郎独女偷换出来的人必然不是一般人，从锦衣狱到行刑的官员，包括看守以及验尸的官差全部都有嫌疑。根据我们的调查，最大的嫌疑人应该是在宫里，但是也不排除有外臣相助，所以恳请皇上再给我一道圣旨，方便我调查。"贺子升说道。

"准。"皇上明白贺子升的意思，这其实也是他期待的，"不过为了方便你在宫外查案，朕让北镇抚司的刘一刀协助你一起调查。"

"谢皇上。"贺子升行礼拜谢。

"贺卿，我给罗万春下旨，让他派人来宫里调查，其实不仅仅是为了赵侍郎独女的事情，还有另外一件事情，你可知晓？"皇上看了看贺子升又问道。

"微臣愚钝，请皇上示下。"贺子升说道。

"宫里流传画像诡案多年，尤其引得后宫不宁。之前朕一直都找不到好理由去调查，这次正好可以让你过去，你明白朕的意思吗？"皇上走到了贺子升的面前说道。

"臣明白，请皇上放心，微臣一定将真相调查清楚。"贺子升说道。

皇上拍了拍贺子升的肩膀，叹道："朕知道你心里苦，宁尚书的事情你也无须自责，七公主明天就要离京了。如果可以，你去看看她，或许这以后都无法再见了。"

贺子升低头，没有说话。

离开御书房，贺子升带着两名下属往前面走去。

皇宫灯火通明，但是每个人都寂寞冰冷。

穿过御花园，走到前面的河边，贺子升停了下来。前面的宫苑就是七公主的居所，此刻太监和宫女都在忙着，张灯结彩的，看起来应该是这偌大皇宫里面最热闹的一个宫苑。

"大人，要过去吗？"后面的下属问道。

"不了，我们走吧。"贺子升沉思了一下，然后转过身。

"可是皇上不是说让你过去吗？如果不去，会不会是抗旨？"下属不太明白。

"不要说了。"另外一名下属推了推那个说话的下属。

"你们回去吧，我想一个人待会儿。"贺子升说完，抬起头看了看夜空。此时明月当空，夜色幽暗，看起来明天应该是一个不错的天气。

不知道为什么，贺子升忽然想起了阿宁的琴声。

或许，这就是他们的命运，以为可以唾手可得的东西，却怎么也无法得到……

第75章 神秘画师

贺子升本以为画像的案子并不复杂，但是经过走访调查，发现这皇宫之中关于画像的恐怖传说竟然有数十种，时间线也很长，最久的竟然要从先皇时期说起。这让贺子升有点头大，于是只好让罗万春给他多派了些人手过来进行分批调查。经过几天的调查，对于皇宫中的画像传说，最终确定了两幅画像是所有这些传言中的根源，且这两幅画像还有一定的关系。第一幅画像是先皇在位时，由朝廷画师张牧良所画。张牧良身份神秘，除了是先皇时期非常优秀的画师，他还会奇门遁术、堪舆风水，可以说诡异莫测，还有很多令人意想不到的能力。

据说张牧良的那幅画像隐藏着一个皇室的惊天秘密，所以张牧良在画完那幅画像后便失踪了，而且是当着很多宫女太监的面凭空消失的。这一点，在皇宫的记录里有详细的记载。当时正好有人路过后花园，看到张牧良在对着一朵花浇水。那朵花很快开始生长，像是一条水蛇一样快速往上蠕动着，它的枝叶很快展开，并且越来越大。

所有人都被张牧良的操作吸引住了，他们的目光都聚在张牧良的身上，生怕错过一点儿。

只见那朵花竟然很快长到天上去，一眼看不到边，仿佛一条直冲天际的巨龙。

世人哪见过如此诡异的事情，更不知道张牧良要做什么。

张牧良收起东西，直接拉着那朵花的花根，像是爬楼梯一样，一节一节向上攀爬。

等到有护卫军过来寻找张牧良的时候，他已经像一只蚂蚁一样爬到了那朵花的顶端，根本看不见。

"快，把这东西砍断，把张牧良给我弄下来。"为首的军官挥了挥手，后面的士兵立刻冲了上去。

那朵花很快被护卫军砍断了,像一条倒下去的鱼,软趴趴地从天空垂落下来,但是上面并没有张牧良的身影。

旁边围观的人都惊呆了,因为刚才所有人都看到张牧良爬到了那朵花的上面,但不知道为什么这才一盏茶的工夫,他就不见了踪影。尤其是在这众目睽睽之下离奇消失,所有人都无法相信。

"大人,难道这张牧良真的是传说中的神仙下凡?"调查到张牧良失踪的事情后,贺子升的属下问道。

"怎么可能?这世上哪有这样的事情?如果真的有神仙,那我们这些凡人还用这么辛苦吗?再说,如果张牧良真的是神仙,他为什么还去皇宫里当画师?直接用仙术不是可以得到自己想得到的一切吗?"贺子升反问道。

"那我们调查的这些事情,似乎证人们也没有说谎,看起来这张牧良的确是凭空消失的啊!"

"凭空消失并不难,难的是人们说的那朵像龙一样的巨大的花,而且那是现场长出来的,这是怎么回事?"贺子升不禁皱紧了眉头。

"或许是那些人夸大其词吧?毕竟这事情发生在好多年前,以讹传讹也是皇宫里的常态。那几个人虽然说得有模有样,但是他们也不是亲眼看到,只是听人说的。"

贺子升没有说话,对于张牧良他还是听过的,张牧良虽然是一名画师,但是却暗藏通天的本事,这句话绝对不是空穴来风。

先皇去祭天那一年,钦天监马书传和几名属下一起谋反,利用方术将先皇和众大臣困在天龙寺,甚至勾结外族,想一举拿下朝廷,实现自己的皇帝梦。

收到情报的宁王和另外几名王爷立刻带人回京勤王救驾,结果马书传早有准备,在宫门处设下锁龙阵,宁王和几名王爷先后被困于阵中,导致万千勤王军无人号令,变成一盘散沙,最后陷入马书传的圈套,伤亡惨重。

与此同时,宫里也是一片大乱,马书传让人将皇宫封锁,隔断了皇宫和外面的联系。眼看着马书传的阴谋就要得逞,张牧良出现了。他解开了皇宫的封阵,然后他指点别人带着皇宫里的御林军对抗马书传的叛军。

马书传显然没想到竟然有人可以破解他设置的阵,于是和张牧良进行对决,最终马书传惨败。

先皇和众大臣得救了,不过并不是张牧良直接带人过去救驾的,他将办法告诉了宁王,让宁王立下了大功。宁王并没有独自贪功,将张牧良做的事情告诉了先皇。于是先皇让张牧良去了钦天监，接替了之前马书传的位置。

　　因为之前的事情，所以贺子升相信张牧良在众目睽睽之下凭空消失，并不是什么难事。但是任何事情都是事出有因，张牧良为什么会突然消失？还有当时为何来了一队护卫军要抓张牧良？后来经过调查，那队护卫军是来找张牧良了解画像的事情，可见张牧良应该是知道了这个事情，所以特意利用幻术逃走了。

　　为了进一步了解张牧良的事情，贺子升带着人去了一趟钦天监，见到了钦天监的监正。关于张牧良的事情，监正了解并不多，因为整个钦天监的人，只有张牧良是受先皇特封的，所以对于他的情况钦天监并没有记载。不过之前张牧良破了马书传的阵，救下了整个皇宫的人，鉴于这一点，他的能力是毋庸置疑的。虽然后来张牧良来到了钦天监，但是他并不怎么待在钦天监，他更喜欢的还是做一名画师，甚至跟先皇求了一个地方用来专门作画。之前朝廷的画师都是有需要才会被召见，有了画室之后，一些画技不错的画师就跟着张牧良一起住在那里。后来张牧良出事，朝廷便将那个画室封了起来，很多画作也留在了那里。毕竟那里的画作大多数都是关于皇宫内部的，不允许任何人进去。

　　"现在那里仍不可以进去吗？"贺子升问道。

　　"好像后来那里走水了，大部分画都被烧了，再加上张牧良的事情神神道道的，那个地方又挨着冷宫，总之一般人都不敢过去。大人如果想过去，我可以让人陪同，以免发生意外。"监正说道。

　　"不用，我从来不信邪祟之事。"贺子升摆了摆手，然后离开了。

第76章 道人把戏

张牧良的画室在翠竹宫的对面，中间隔了一道走廊和一个小湖。不过因为翠竹宫多年没有住人，也没有人打理，小湖的水已经浑浊不堪，走廊也是灰尘遍布。即使大白天走在其中，也让人心有余悸，不寒而栗。

也许是太久没人清理，地面上的枯叶堆积了厚厚的一层，贺子升走过去的时候，脚下仿佛踩在厚厚的棉花上，感觉稍不留神身体就会陷下去。

走到那个画室门口，贺子升停了下来，仔细看了看画室的样子。说是画室，其实就是一个比较宽大的房子，也没有其他特点，只是贴着两张封条，有冷风从房子里面吹出来，带着一种说不出的诡异。

贺子升拔出绣春刀，对着上面封条直接划开，然后推门走了进去。

从外面看，贺子升以为这画室里面就是一个普通的宅子，进来后却发现里面别有洞天。画室的外面是画师画画的地方，非常宽大，旁边还有一些残留下来的背景图案。四周几个书架有的只剩下半截，有的上面还有一些残余的画作和宣纸。看得出来，之前的走水并不严重，也可能是救得及时，虽然有些地方被烧掉了，但大部分还是完好的。

贺子升走到那个书架前翻看了一下，书架上的宣纸和画作大部分是之前剩下来的，有的宣纸还是干净的，有的则是画上了画作。贺子升翻看了几页，发现有的画作好看，有的不好看，看来这里是画师们练习的地方，张牧良的画作显然不在此列。

前面有一个屏风，后面是两个房间。贺子升走到那个屏风面前看了看，上面是一幅精美的《梅花仙鹿图》。即使布满了灰尘，依然可以清晰地感觉到这幅图上的精美与灵动。尤其是梅花和仙鹿的近景，可以说画得栩栩如生，如果不仔细看，还以为真的是一头仙鹿站在那里。

先皇钟情于仙道，一直以为得道者可以帮助他长生不老，甚至让人炼了很多仙丹，所以对于仙鹿的崇拜自然也是不在话下。张牧良将这个屏风放在这里，怪不得这画室即使荒废多年，依然没人敢过来破坏，而皇宫里更是没人打它的主意。

绕过屏风，贺子升看到后面是两个房间。两个房间的门非常奇特，一黑一白，合在一起就是一个圆形，中间的门把是圆形体，且位置是一上一下的，整体看起来，正好是一个太极图。

贺子升将那个太极门拉开，走进了左边的房间里面。

一进房间里，贺子升就感觉有一股阴风吹来，慌忙用衣服遮住口鼻。等到阴风散去，他发现自己竟然站在一个空旷之地，四周点满了蜡烛，前面不远处，坐着一个身着道服、闭眼打坐的老人。

"什么人？"贺子升冷声问道。

"天地本为一，一生二，二生三，三生万物……"那个老道睁开了眼，微微一笑说道。

有风吹过来，那些蜡烛瞬间熄灭，诡异的事情发生了，刚才说话的那个老道竟然变成了一个纸人。不知道什么时候，四周竟然萦绕了白色的迷雾，隐隐约约，似乎有什么声音从里面传出来。

"装神弄鬼。"贺子升提刀往前冲去，结果迷雾中突然冲出来一个人，穿着奇怪，仿佛是被白布裹着身体一样，挡在了贺子升的面前。那人手里拿着一把长刀，直接向贺子升砍来。

贺子升横刀挡住了他的攻击，然后一个转身，来到了他的身后，手里的刀一个翻转，瞬间到了那个人的脖子上。贺子升用力一抽，刀刃划过那人的脖子，那人应声倒地。

然而接下来，让贺子升没想到的事情发生了，那个已经被杀死倒地的人竟然再次站了起来，并且在他的身后多了一个一模一样的人。两人转过身，举起长刀，一起冲向贺子升。

贺子升往后退了几步，纵身一跃，手里的刀刺入其中一人的胸口，然后另一只手从腰间抽出一把匕首，一个反转刺进了另一个人的胸口，被刺中的两人停住了攻击。贺子升两只手分别抽出绣春刀和匕首，那两个人身体一软，栽倒在了地上。

贺子升将匕首和刀收好，刚准备往前走，只见刚才倒下的两个人竟然再次站了起来，他们的身后又多了一个和他们一模一样穿着的人。这三人仿佛是三个一模一样的白影，一起举着长刀向贺子升冲去。

贺子升这次闪开了，眼前这个局势有点奇怪。刚刚明明就一个人，怎么杀死以后变成了两个，杀死了两个变成了三个，这显然不太对。

三个白衣人的攻击非常凌厉，且刀刀要命。贺子升一边闪躲一边往后退着，忽然身体碰到了旁边一个东西，转头一看，发现碰到的东西竟然是那个纸道人。

贺子升忽然想起了刚才那个道人说的话："天地本为一，一生二，二生三，三生万物。"

这是道家的一个轮回说法，正好符合刚才贺子升遇到的这个情况，也就是说眼前这三个白衣人其实就是一个人，多出来的其实就是幻象。确切地说，如果他这次再杀死这三个人，那么接下来就会出现更多的幻影，所以，如果要彻底消灭眼前的三个人，只有杀死这些白衣人之中的本人，那么其余的幻影自然也会消失。想到这里，贺子升仔细观察了一下眼前三个人，虽然三个人的动作一模一样，但是仔细看起来会发现，左边的人比起中间和右边的人动作显然要快一步，所以他应该才算这三个人中的主导者，也就是那个道人说的"一"。

杀其"一"，灭其形。贺子升目光聚到左边那个人身上，挥动长刀，飞速冲去，刀影闪电般掠过左边那个人的脖子。

空气如同凝结住了一样，寂静无声，天地间仿佛静止。

那个人的头掉了下来，旁边两个人跟着也倒了下去。

迷雾渐渐散去，贺子升看到前面那个纸道人忽然站了起来。贺子升拿着刀指向对方，再次问道："你是何人？"

那个道人抬起了头，露出一张诡异的笑脸，微笑着说道："我不就是你吗？"

贺子升一惊，对方的样子确实和自己一模一样。

这时候，那个道人瞬间来到了贺子升的面前，然后贴到了他的身上，贺子升感觉身体顿时僵直，无法动弹。

"大人！贺大人！"旁边忽然有人喊他，贺子升转过头，看到两名下属正在焦急地看着他。贺子升悚然一惊，又定睛看了看眼前的情景，发现自己竟然站在那个屏风面前。那幅屏风上的画并不是先前看的《梅花仙鹿图》，而是一名道人坐在上面，旁边站着一个裹着白布的人……

第77章　背后隐秘

"贺大人看到的可是《鬼道真人图》？"听到贺子升说的情况，明玉不禁脱口问道。

"原来是鬼道真人，怪不得。我当时以为是《老子修仙图》，因为那个纸道人说的是老子的"道生一，一生二，二生三，三生万物"，可是听上去又有些不一样，现在才明白，原来他竟然不是老子。也对，如此邪祟之人，又怎么会是闻名天下的老子呢？"贺子升听后恍然大悟。

"那个画室我也去过，屏风上的图其实是图中图，如果是白天过去，看到的是一个白衣人站在山水间，看上去平和温软，但是到了晚上，光线暗淡下的图像便会发生变化，出现的就是贺大人所看到的鬼道真人的邪恶之图。所以那个画师张牧良曾经对外宣传，不经他的允许，万不能走近屏风，不然后果自负。曾经有过一个画师好奇心太重，偷偷去屏风面前偷看画作，结果很快就发疯惨叫，最后极其痛苦地死去。后来张牧良失踪，我们才发现了屏风上的秘密。所以从张牧良的所作所为来看，他并不是一个简单的宫廷画师。"明玉说道。

"你说得没错，当我发现自己其实是陷入了幻境，非常生气，于是直接将那屏风拉开，推倒了……"贺子升点点头继续说道。

屏风倒在了地上，露出了里面的情况。在他刚才看到的幻觉中，屏风后面是一个太极门，眼前此刻却是一个依靠墙壁做的暗格架，暗格架贴合在墙壁上。

贺子升将暗格里的东西查看了一番，发现里面都是一些碎纸片页，有些还被火烧毁了一部分。贺子升拿出其中一些碎纸片看了看，发现其中的文字似乎有问题，于是他让人将那些碎纸片全部带了回去。接下来，他找了一些人对那些碎片进行拼凑。经过大半夜的拼凑，最终完成了三页纸书。虽然只有三页，但是里面提到的一些事情却是贺子升最为关心的，也有关于他调查的事情的一些线索。

那三页纸书里一共提到了三个人，里面除了容妃和安妃以外，还有一个神秘的丁贵人。

丁贵人？

贺子升有点纠结了，先皇的三宫六院之中，上至嫔妃，下至宫女，人数何其多，要找一个丁贵人，恐怕是大海捞针。但是从这三页纸书的内容看，容妃和安妃之间的事情都和这个丁贵人有关系，显而易见，此人是关键人物。

在皇宫流传的第一幅画像传说就是张牧良画，据说这牵涉皇宫的一个惊天秘密，但是没有人知道其中原因。这三页纸书的内容和宫内传说的一幅画像基本一致，正是张牧良所画的《鬼婴》。从画像内容看，有人说那是一个太监和一个宫女生下鬼婴的怪谈，也有人说《鬼婴》指的其实是容妃产下的怪物，画像中的太监和宫女其实是经见之人。昔日容妃产出怪物，是利用厌胜之术得到的报应，因此被先皇打入冷宫。也有人说容妃的事情和安妃有关系，本身后宫妃子争宠，又牵涉皇子，自然手段颇多。但是孰是孰非，真相是什么，已经无人知道。

现在贺子升在张牧良的这个画室里找到的只字片语，似乎可以揭开真相。但是他要继续查下去吗？先不说这是先皇在位时的事情，当事人容妃已经去世多年，而安妃如今是皇太后，位高权重，如果真的查出什么，皇上又该如何自处？

可是，罗万春让他来皇宫接受皇上的秘密调查任务，还准确指明调查画像之案。所有人都知道，皇宫内的画像案表面是杜丽娘的鬼像案，无论是容妃，还是后来的玉贵妃，甚至是长公主，都被杜丽娘的鬼像牵连，但是大家更明白，在这杜丽娘的鬼像案背后，对皇宫内院影响更深的是张牧良所作的《鬼婴》画像，这《鬼婴》画像不但涉及当年容妃的皇子生死之谜，更牵涉如今的皇太后。

站在冷宫的门口，贺子升表情凝重，目光深沉。

深夜的冷宫，月光照下来显得更加孤独凄凉。

一入皇宫深似海，多少女人的一生葬送于此。

有的人风光入宫，可惜一生都没有见过皇帝一面，最后孤老死去；有的人备受恩宠，可是朝夕之间命运反转，被打入冷宫，再无昔日荣华富贵。就像当年的容妃，在受先皇宠爱之时，连皇后都要让她三分，可是最终落得惨死冷宫的结局，真的令人可悲可叹。如果说容妃的死真的是因为嫉妒先皇对安妃之爱，那是咎由自取，可是深受皇恩的容妃，断然不会做出如此愚蠢行为。

贺子升不知不觉来到了冷宫的门口，推门走了进去。

一个头发花白的老太监突然从旁边走出来，看着贺子升。

贺子升拿出了皇上给的令牌。

"大人需要咱家带路吗？这深夜之分，冷宫有点太过冷清。"老太监跪地说道。

"不用了，我自己去里面看看。"贺子升摆了摆手，然后自己走了过去。

进入走廊里面，阴森的风立刻从四面八方出来，贺子升不禁感觉有点冷，他吸了一口气继续往前走去。

前面是左右两个宫宅，看上去外表一样，同样也拥有冷宫一样的表情，没有一丝热气。

出来之前贺子升了解了一下，这左右两个宫宅都是冷宫，但是左边的冷宫是新修建的，右边的则是之前就有的，不知道有多少失宠的妃子惨死在这冷清悲凉的后宫之中。

贺子升叹了一口气，走进了右边的宫宅之中。

月光下，宫宅阴暗诡异，虽然没有人，却有一种说不出的恐怖感。

恍惚中，他看到一个白色的影子若隐若现地出现在前面。

贺子升一愣，仔细看去，却发现前面什么都没有。

难道刚才的是错觉？想到这里，贺子升不禁往前走了两步，前面突然传来了一个声音……

第78章 容妃画像

那个声音是一个女人的唱戏声,在这寂寞冷清的后宫显得空灵诡异,孤独凄凉。

贺子升静静地站在原地,听着那个女人的声音,仔细听着女人唱的戏词。

虽然贺子升从来没听过这支曲子,但是里面的歌词和幽怨的曲风却让他内心悲伤。触景生情,他想起了远离的七公主,还有宁兰。

或许普天之下,只有在这后宫的深夜里,听到这样的曲子,才会让人有如此痛心寂寞的回忆。

贺子升抬起了头,透过窗户看到外面的夜幕上一轮明月当空,月光照进来,给整个房间敷上了一层深夜的白。

那个白色的影子又出现了,它或许是一个女人,但是又像是一团迷雾。

如果换作他人,可能早就被对方吓跑了。

但是,贺子升没有惧怕,甚至走到了对方的面前。他仔细看了看,发现那个白影其实就是一个女人。

"真没想到,这孤独冷清的后宫竟然有一天会有外人进来,真是难得,太难得了。"女人微笑着说道。

"你是什么人?可是这冷宫被囚之人?"贺子升问道。

"准确地说是被这冷宫囚禁的一缕亡魂。"女人感叹道。

贺子升抬起头看了一眼,这才发现旁边的柜子上竟然挂着几幅画像,有《唐朝仕女图》,有《孩童嬉闹图》,还有一幅是一个女人的画像:她坐在窗台前,望着窗外,头顶是一轮明月。不知道为什么,贺子升看到这幅画像,心里突然涌现很多事情,他想起了七公主对他说的那些话,还有宁兰临别时的悲伤离情,甚至还感觉到在这冷宫里一个个曾经衣着华丽却命运坎坷的后妃。

"这命运，恍如一场戏，看戏的人在外面，演戏的人在里面，殊不知是看戏的人在演戏，还是演戏的人在看戏。"那个女人忽然又唱了起来，声音悲伤苍凉，宛如一个午夜哀泣的亡魂。

"你唱的……"贺子升转过头，话说了一半，却发现身后的女人竟然不见了。

冰冷的房间里空荡荡的，没有人，仿佛刚才的一切只是一幕幻觉。可是那个女人的样子，还有她的唱词，分明就在耳边。

贺子升皱了皱眉头，四处查看了一下，确实没有任何人。

"这命运，恍如一场戏，看戏的人在外面，演戏的人在里面，殊不知是看戏的人是在演戏，还是演戏的人在看戏。"女人刚才的这段唱词，让贺子升不禁轻声吟了一下。

这个时候，身后忽然传出来一个轻微的脚步声，贺子升拔出绣春刀挥了过去。

"大人，大人！是我，是我，别杀我！"后面的人连连叫了起来。

贺子升仔细一看，竟然是那个看门的老太监。

"你怎么不出声？"贺子升收起了刀。

"我、我刚才喊了，但是看到大人似乎在想什么事情，就没再继续喊。大人，这里……这里不太安全，之前几个妃子都含恨死在这里，作法的法师说了，这里怨气很重，我是担心大人才过来看的。"老太监惊恐地看着四周说道。

"确实有些奇怪，刚才见到一个女人，在这边唱戏，戏词还挺有意思。"贺子升走到了那几幅画面前边说边看了起来。

"唱戏？真的吗？你见到人了？我在这边也是经常会听见，不过从来没敢进来看过。据说之前先皇的容妃深爱戏曲，尤其喜欢坊间的唱词。她在受宠的时候，还经常让人去宫外请戏班子过来唱戏，自己也跟着唱。后来容妃被打入这里后，也经常唱戏，这地方，鬼气森森的，加上容妃的唱词，真是让人害怕啊。贺大人，你年轻，武功高，阳气盛，肯定不怕这些了。这要不是你在这里，就算给我十个胆子，我都不敢进来啊！"老太监絮絮叨叨地说着。

贺子升伸手取了那幅女人的画像。

"大人，不要，不要动！"看到贺子升的举动，那个老太监突然叫了起来。

"怎么了？"贺子升有点意外。

"这些画像都是之前留下来的，传说带有诅咒，总之不太吉利，大人还是不要碰触为好，以免沾上晦气。"老太监说道。

"我自然不信这些的,再说我奉旨查案,钦天监我都闯了,还怕这点东西?"贺子升冷笑一声,将那幅画展开,仔细看了起来。

刚才看那幅画像只是看了一眼,此刻仔细看起来,贺子升感觉画像里的女子有点熟悉,似乎在哪里见过。

"这就是容妃,我记得这幅画是画师张牧良给她画的。那个时候她刚刚被打入冷宫,还想着自己能够再得到先皇的恩宠。所以她最喜欢唱的戏词就是当年汉武帝的皇后陈阿娇被打入冷宫后,司马相如给她作的《长门赋》。据说后来正是因为这首《长门赋》让陈阿娇再次被汉武帝想起来,于是将她从冷宫带回。所以那个时候,容妃娘娘以为自己也会跟陈阿娇一样,再次受到皇恩。可惜容妃不是陈阿娇,最终含恨死在了这冷宫之中。"老太监看到贺子升在看那幅画像,说道。

"你是说这幅画是张牧良所画?你是听说的,还是亲眼所见?"贺子升将那幅画像放下后问道。

"自然是咱家亲眼所见,当时张牧良画师还是我带他过来的。不过张牧良画师作画不喜欢别人在场,所以我是守在门外的。这幅画像张画师画得很用心,足足画了两个时辰,我在外面守着都有点困了。等到张画师出来的时候,我慌忙进去,看到容妃娘娘在低声哭泣。作为下人我也不敢多问,只是将张画师剩下的画纸和笔墨收起来。"老太监回忆着之前的事情说道。

"你是说当时作完画后,容妃非常难过,甚至在哭泣?"贺子升托着下巴,忽然问道。

"是的。唉,也就是那次以后,容妃开始性情大变,郁郁寡欢,没过多久就死在了这里。所以也有人说容妃的死和张牧良的画像有关系,就是从这件事情传出来的。"老太监哀声叹气地说道。

第79章　良言相劝

贺子升可以确定的是那幅从宫里传出来的画像源头，是从张牧良为容妃作的画，也就是说那幅神秘的《鬼婴》画像其实和容妃有关系。如此看来，贺子升对当年的画像的情况也有了一个大致的推测：容妃当年是因为自己的孩子出了问题，怀恨在心，对安妃实施了厌胜之术，结果被发现后打入冷宫。对于这件事，当年很多人都觉得疑点重重，因为先皇根本没有让锦衣卫仔细调查，只是根据安妃身边的侍女和太监总管两人的话，便直接定了容妃的罪。可是所有人都知道，太监总管黄槐和安妃的父亲关系非同寻常，当年安妃能够被选为贵妃，黄槐就是最大的功臣。所以这明眼人一看就知道，所谓容妃的厌胜之术应该就是污蔑，可是不知道为什么容妃竟然会承认。

下属来给贺子升换灯罩的时候，贺子升才发现自己竟然睡着了，他打了一个哈欠，问道："什么时辰了？"

"回大人，丑时了。陆大人来了，在外面等着。"

"陆河？他怎么来了？你们怎么不通报？"贺子升一听，立刻站了起来。

"是陆大人不让，看你睡着了，所以没有打扰你。"下属说道。

贺子升走了出去。

陆河端着一杯茶，轻轻喝了一口，将茶杯放到了旁边。

"陆大人，您来了怎么不喊我？"贺子升坐了下来。

"贺大人说笑了，你现在是皇上钦定的调查官，我来见你怎么敢耽误你的正事呢？"陆河笑着说道。

"陆大人，同在锦衣卫，客气话就别说了，您深夜造访，想必一定是有重要的事情吧？"贺子升问道。

"我听说贺大人最近在冷宫查之前的画像案，正好家父之前跟我说过一些关于当年冷宫容妃画像的事情,所以想着跟贺大人说一下,或许能帮上贺大人。"陆河说道。

"那太感谢了,有劳陆大人。"贺子升一听,不禁有点迷惑,不过他还是微笑着看着陆河。

"好,从哪里说起呢?贺大人应该知道家父生前曾经是十三影子卫其中一员。说起这十三影子卫很多人都听过,但是具体的情况没几个人知道。因为他们太神秘了,人人都以为他们是十三个人,其实不是,他们最早是二十八个人,按照二十八星宿的神将来设置,不过后来陆陆续续有的牺牲了,也有的离开了。最后到先皇驾崩的时候,只剩下了十三个人,所以干脆改名为十三影子卫。

"当年先皇驾崩前,十三影子卫接到新的任务后纷纷离开。只有我的父亲留下来,原因之一是我的父亲的对外身份就是锦衣卫,他也是十三影子卫里面唯一一个有双重身份的人,所以他没有办法离开,因为我们家都在京城。而我的父亲也是十三影子卫里第一个向皇上表明身份的人。皇上刚刚登基,大赦天下,所以并没有为难我的父亲,反而将他留在京城,继续之前的工作,只不过关于十三影子卫的事情,皇上不许他再提。所以一直到我父亲临终时才告诉了我一些关于十三影子卫的事情,还有当年先皇驾崩前的一些事情。当初先皇驾崩前,十三影子卫提前见驾,并分别领了任务。其中有一个任务就是调查张牧良传出宫外的那张画像。"陆河说道。

"那对于影子卫这样的高手,应该很容易调查出来吧?"贺子升听到陆河的讲述,不禁脱口问道。

"十三影子卫有一个不成文的规定,他们所有人每年都会到护城河的桥头上刻下一个属于他们的暗号。如果不在人世了,就会在那人的暗号下面打一个叉。如果两年之内都没来刻下新的,也就代表已经不在人世了。我父亲去世后,我去了护城河,在那里看到了十三影子卫的情况:十三影子卫的人已经全部牺牲。也就是说,当年先皇让他们调查的任务都失败了。"陆河叹口气说道。

"十三影子卫竟然都出事了?"这让贺子升有点意外,因为十三影子卫的人都是一等一的高手,怎么会轻易就都出事呢?

"所以有些事情涉及的可能不仅是一些疑惑,更可能是直接的危险。我之所以深夜造访,就是想让贺大人好好想想,你目前拿到的案子应该怎么查?真相又该是什么?"陆河说着站了起来。

"陆大人的意思是?"贺子升有点明白,但是又觉得不太清楚。

"整个锦衣卫,我觉得贺大人是难得的一个,所以才会以良言相告。其实宫中所传的关于张牧良那幅《鬼婴》画像的内容和当年容妃安妃之争，内容其实不难猜出，但是没有人敢那么想，更没有人敢去做。贺大人可以想想，如果有些真相真的是如人们所想，那将会对整个皇廷以及整个大明江山带来怎样的冲击？"陆河拍了拍贺子升的肩膀，然后离开了。

贺子升没有说话，他靠着椅子，看着陆河走出去的背影，皱紧了眉头。陆河的话，贺子升自然是明白的，这个画像案是皇上交代下来的，且不是通过正规手续下发到锦衣卫，而是让他来到皇宫里授命，这显然从程序上就不对。将来如果出了差错，自然是要他自己承担责任。而容妃的事情本来就关系重大，且不说当年的皇子事件，她的事情也关联现在的安太后，如果真的查出什么，位高权重的安太后这一关他过得去吗？

刚才陆河也说了，那幅神秘的《鬼婴》画像，意思很明确。如果画像的内容是真的，这个真相甚至会牵连到当今的皇上。面对这样的真相，皇上会怎么做？他贺子升又该如何面呈皇上？

调查容妃画像的这个任务对于十三影子卫的成员来说应该是举手之劳，可是为什么没有结论呢？还有曾经力挽狂澜的张牧良也遭到追杀，最后不得已用幻术消失？

贺子升忽然感觉自己陷入了一个巨大的旋涡中……

第80章　背后风云

贺子升没想到父亲会来找自己。

自从七公主的事情后，贺家的人便断绝了和贺子升的联系。对此他也毫无怨言，从小到大，在贺家人眼里，他和母亲本身就没被重视过，之所以后来被贺家人高看，全是源于七公主的青睐。说起来也是可笑，对于贺家人的态度，贺子升倒是从来没有放在心上。

"你毕竟是我的孩子，我是想说，想说你现在调查的事情……"父亲吞吞吐吐地说着。

贺子升看着父亲，心里莫名有一种难过。父亲一生战战兢兢，早些年跟随朝中谋士，险些站错队让贺家出事，也就是因为他懦弱的性格，朝中争权之人对他才没有多加理会。父亲的背后是贺家上下几十口，他背负的不仅仅是自己的仕途，更是整个贺家的命运。

"罗万春怎么会让你去做这个事情？这太危险了，如果稍不留神，会给我们贺家带来……"

"你放心，如果我做的事情有问题，不会连累贺家。我已经和皇上说了，我是我，贺家是贺家，这一点你完全可以放心。"贺子升听到父亲的话，顿时冷声说道。

"我、我不是这个意思，我的意思是……"父亲讪讪地说道。

"你的意思我自然明白的，或许这不是你的意思，是贺家其他人的意思吧？你回去告诉他们，出事了我贺子升一个人扛。"贺子升说完，转身离开了。

"子升，你、你……"父亲还想说什么，但是，贺子升已经头也不回地离开了。

一直到拐角处，贺子升才停下脚步，眼泪也落了下来。父亲乃至所有贺家人担心的终是他们自己,所以从一开始,他和母亲就是贺家的弃子,亏他之前还想着如果办好了这次的差事,可以帮贺家要个封赏,现在看来真的是没必要了。

不远处,退朝下来的群臣正在走出皇宫的长街,他们按照官职排列整齐,两人一排,有的低头说着什么,有的挺着腰板往前走去。这天下人的命运,就掌握在这些人的手上,可能翻云覆雨间就是一场灾难,也可能转瞬间就是一件喜事。

下属急匆匆地走了过来,耳语一番,贺子升皱了皱眉头,然后跟着他往前走去。

走出宫门,只见一辆马车停在那里,马夫站在一边,后面是两排护城兵士。看到贺子升过来,那名马夫立刻扶着贺子升上了马车,收起了踏板。

马车里,李太师闭着眼,似乎外面的一切与他无关,但是又似乎一切尽在他的掌握之中。

贺子升坐了下来,看着眼前闭目养神的李太师,不知道他葫芦里卖的什么药。

马车开始往前行进,李太师睁开了眼,看了看贺子升说道:"贺大人,叨扰你了。"

"不知太师找我什么事?"自从宁尚书的事情发生后,对于李太师,贺子升已经没有什么好感,甚至有点厌恶他,但是鉴于他的身份,贺子升自然不能多说什么。

"你可知为什么我会选择在马车上和你见面?"李太师说道。

"马车在行走,又是出宫之路,所以太师想和我说的事情是关于宫中之事,但是又不能让旁人听,所以最安全的办法就是在这行进的马车里面,也能保证我们的交谈只有彼此知道。"贺子升笑了笑说道。

"贺大人果然聪明,也难怪七公主对你青睐有加。既然如此,老夫我也不绕弯子,我就直说了。现在所有人都知道贺大人在调查当年容妃的画像事件,对于这件事老夫倒是知晓一二,想和贺大人探讨一番。"李太师看着贺子升说道。

"愿闻其详。"昨天陆河到访,今天李太师又出现,且都是和现在他调查的案子有关系,这让贺子升不禁大感意外。陆河的劝说可以理解,毕竟他的父亲是当年十三影子卫的人,陆河又是锦衣卫的,但是李太师的目的让贺子升有点捉摸不定。

"容妃当年的事情老夫正好略有所闻,当时老夫任职左丞相,先皇后来身体不适,朝堂一些事情我也会参与其中。安妃的父亲安平南本是户部尚书,但是自从她受到先皇宠幸,即使没有诞下皇子,安平南仍是连升三级,直接做了内阁首辅,可以说权倾朝野,所有跟风的群臣都以他马首是瞻。安平南为了排除异己,自然将所有对他有威胁的人一一杀害。所以,容妃的遭遇看起来是后宫之事,其实也是朝中势力之争。容妃的父亲是威武将军,一直驻扎边境,安平南怯于他手中的军权,所以通过后宫对容妃下手,再削掉他的军权。"李太师望着前方,说起前尘往事,眼神有点迷离。

"太师,您的意思是?"听到这里,贺子升有点明白了容妃的事情。

"我的意思很简单,当年容妃之事并不是简单的皇妃皇子之争,更牵连着朝堂上的变化,这一切先皇自然也是知晓的。虽然安妃后来没有诞下皇子,却依然做了皇太后,其中自然有安平南的功劳。你说现在皇上忽然找你调查当年容妃之事,究竟是何寓意?"李太师转过头看着贺子升。

"您是说……"贺子升不知道该说什么,李太师的话让他头皮发麻,后背发凉。如果说昨天陆河的话只是简单地提起了先皇与容妃的一些事情,现在李太师的话像一个炸雷,直接将贺子升的脑袋炸得嗡嗡作响。李太师的话不多,但是令人产生的疑点颇多。曾经的安妃是现在的皇太后,看似没有什么实权,但是先前她父亲安平南的门生在朝堂上也不在少数,更有几位藩王和安家关系匪浅。现在的皇上是先皇的侄子,当初被册封太子时特意拜了安妃为母后,因此也得到了安平南以及他的门生支持,才能稳坐朝堂。所以一直以来,皇上手里的皇权看似是自己的,其实根本就是安家的,尤其是七公主远嫁一事,皇上有心阻拦,却根本无力。因为在他的背后,是安太后决定着一切。而在整个朝堂上,能够和安家为之一争的人就只有李太师。现在李太师找到贺子升,好言相劝也好,怀有其他目的也罢,总之其中利害关系,贺子升现在才彻底明白过来。

"贺大人年轻,看不清这朝堂风云变幻,所以老夫才特意提醒。贺大人不妨想想,为什么这么多年,很多人明明早已经是对方的眼中钉、心头刺,却依然能和气共存,甚至见面都客客气气?天下之事,无非只是碗中水,只要不洒出来,无论里面是什么水,都可以温顺平和;但是一旦水从碗里出来了,就无法平和,一切都需要重新分配。"李太师说完,拍了拍马车的门框。

马车停了下来。

"希望贺大人记住我的话,请吧。"李太师笑了笑,对贺子升说道。

贺子升点了点头,从马车里出来了。

李太师的马车很快离开了。

贺子升转过头,看到自己竟然在香红院的门口……

第81章 子升赎莲

"公子，你来了？"一个女孩从里面走了出来，她端着一盆水，看到贺子升，眼里露出了欣喜的目光。

"莲儿？"贺子升认出了女孩。

"是我，我还以为公子以后都不会来了。"莲儿脸红了。

"胡说什么？这是贺大人，你呆头呆脑地站在这干什么？"这个时候，老鸨从里面走出来了，对着莲儿的脑袋敲了一下，怒声说道，接着笑脸嘻嘻地看着贺子升，"贺大人，里面请，里面请。"

贺子升皱了皱眉，刚才老鸨打莲儿的那下让贺子升有点不快，不过之前他也听莲儿说过，她们都是小门小户的穷人孩子，能来到这里已经不错了，很多没有进来的人也是被送到富户人家做丫鬟之类的，比起这里要差很多。

莲儿端着酒水进来了，贺子升抬了抬手说："莲儿，你留下陪我坐坐。"

"我，可以吗？"莲儿问道。

"你以为我来这里是找其他人吗？这香红院让我进来的唯一原因，自然是你。"贺子升笑着说道。

莲儿坐了下来，身体笔直，似乎有点拘谨。

"你这是怎么了？我记得之前你跟我可不是这个样子？"贺子升想起先前在香红院的时候，莲儿像一只小百灵鸟一样在他旁边叽叽喳喳的。那个时候贺子升整个人正在低谷期，不愿意和人说话，莲儿就一直守着他。说起来，那时老鸨让莲儿来照顾他，但是莲儿也说过，在这香红院，每个人都在钩心斗角，为钱可以做任何事情，连个敢说真心话的人都没有，所以贺子升的出现，也让莲儿觉得有了一个可以说话的人。

"公子，不，贺大人怎么忽然来这里了？"莲儿慌忙说道。

贺子升看了看莲儿："别叫我大人，还是叫我公子吧，别听老鸨乱说。"

"可以吗？"莲儿一听，眼睛顿时一亮。

"自然是可以的，别人可能不行，但是你可以。这段时间，我经常会想起在这里的那段日子，还有阿宁姑娘的琴声。"贺子升点点头，然后抬头看了看前面的窗台。

一切东西还和之前一样，只是有的人已经离开，真是"物是人非事事休，欲语泪先流"。

"对了，公子，阿宁姑娘来了一封信，说是要亲手交到你手上，之前我去锦衣卫找过你，但是他们说你去皇宫办事了，所以我就把信收了起来。"莲儿忽然想起了一件事，于是说道。

"给我的信？"贺子升愣住了。

"对，我给你拿去。"莲儿说着站起来走了出去，很快，她拿着一封信走了进来。

贺子升看了看那封信，然后打开了。

"送信的人说是阿宁姑娘嘱咐要亲手交给你，但是当时公子已经离开了香红院，所以送信的人只好给了我。"莲儿说道。

"奇怪，我和阿宁姑娘似乎并不相识。"贺子升说道。

"听二楼的姑娘说，公子之前昏迷的时候，阿宁姑娘还过来看过你，好像还在房间里待了好一阵子，看样子似乎和公子认识。只可惜当时我们不知道这件事，否则一定早点告知公子。"莲儿说道。

贺子升看起了那一封信，里面只有几句话：

"弦音夜色月清明，他乡不见故人泪。巧笑伊人无人回，锦书寄去前尘事。"

贺子升看着这四句话，不太明白，又想起刚才莲儿说的，在他昏迷的时候，阿宁曾经来探望过，还待了很长时间。莫非这阿宁真的是自己的旧识？可是，会是谁呢？

"姑娘们都说，公子真是翩翩少年郎，昏迷的样子都能让阿宁姑娘喜欢。"莲儿看着贺子升一脸迷惑的样子，不禁扑哧一声笑道。

"莲儿，莫要胡说。"贺子升看了莲儿一眼，然后忽然想到了一件事情，于是说道，"我、我要是帮你赎身，你可愿跟我走？"

"公子……公子说什么？"莲儿呆住了，继而脸色通红，低下头说道，"母亲说我还没到出阁年龄，不过公子若喜欢，也不需要……"

"不、不，莲儿，你误会了，我帮你赎身是希望你离开这里，你跟着我，不是那个意思，你误会我了。"看到莲儿的反应，贺子升顿时明白自己的话让莲儿误会了。青楼的女孩被人赎身，一般来说自然是被富贵人家带走做妾，莲儿还没到出阁年龄，所以在香红院只是一个使唤丫头，但是她耳濡目染这里的事情，自然明白其中道理。

"莲儿自知和公子身份悬殊，公子愿意带莲儿离开这里，莲儿万分欢喜，不管公子让莲儿做什么，莲儿都愿意。只是母亲那边可能不一定同意……"莲儿也明白了贺子升的话，不禁说道。

"这点你放心，我来安排。"贺子升忽然想带莲儿离开，第一是想起刚才莲儿动不动就被老鸨殴打的事情，第二是他此刻需要一个自己信任的女人帮忙。

对于贺子升提出的要求，老鸨自然不敢违背，收了贺子升的银子后便给莲儿办理了赎身的手续。香红院的姑娘们听闻莲儿的事情，纷纷出来祝贺，不难看出，她们的眼里都充满了羡慕。贺子升在香红院住的那段时间，对于他这样的翩翩少年，再加上官职是锦衣卫，可以说是前途无量。最重要的是全城都知道贺子升的事情，如此重情重义的男人，是很多女人眼里的良配，所以贺子升能帮莲儿赎身，在其他女孩眼里看来，那真的是天大的富贵。先不说莲儿过去有没有名分，即使是当一个丫鬟，也比在这青楼要好上百倍。

走出香红院，贺子升回头看了看身后。

"公子，是有什么东西忘了吗？"莲儿问道。

"没有，就是看看这里，以后我都不会再来这里了。"贺子升笑了笑说道。

"我听公子的。"莲儿说道。

"莲儿，你不问问我要带你去哪儿？"贺子升问道。

"不，莲儿相信公子。"莲儿摇摇头。

"你应该知道，我被贺家赶了出来，我的母亲在东城老家。"贺子升说道。

"公子，你是让我回去伺候老夫人吗？"莲儿问道。

"不，我母亲习惯了自己生活，你是跟着我的。"贺子升摇摇头。

"那就好，公子去哪儿，我就去哪儿。"莲儿笑了笑。

"走。"贺子升没有再说什么，然后往前走去。

"那……公子，我们到底要去哪里？"莲儿不禁快步追上去问道。

"皇宫。"贺子升说道。

第82章　特殊的人

莲儿换好衣服走了出来。

或许是第一次穿宫里面的衣服,莲儿还有点羞涩。

"姑娘真是清秀,好看。"负责给她梳妆的宫女看着莲儿,欢喜地说道。

"公子,你觉得呢?"莲儿抬头看了看贺子升。

贺子升围着她转了一圈,手摸着下巴,眼神盯在她的身上打量着,似乎觉得哪里还有些不合适。

"贺大人,是哪里不对吗?"那个宫女看到贺子升不太满意,不禁问道。

"头发的样子有点不太好,还有衣服左边也有点不太整齐的样子?"贺子升想了想说道。

"这个发型是最好的了,现在宫里的女孩都这么打扮,就连嫔妃们也喜欢这么打扮。"宫女说道。

"按照这个发型来。"贺子升说着从口袋里拿出了一幅画像,给宫女看了一下。

"这不是?"宫女惊声叫了起来。

"还记得来的时候我跟你说的话吗?"贺子升冷声说道。

"记得,记得,贺大人,我这就去帮她换。"那个宫女脸色一变,连忙说道。

宫女带着莲儿再次进入了内房。

贺子升站在门口看着前面,灯火通明的皇宫内院,时不时有巡逻的护卫走过,偶尔也有太监和宫女急匆匆地经过。月亮挂在夜空,在夜幕下,显得格外明亮。

很快,宫女带着莲儿再次出来了,贺子升看着莲儿的样子,点了点头,此刻的莲儿看起来和他想的样子一样了。

"对，就是这个样子。"贺子升走了过去，从口袋里拿出了一锭银子，递给了那个宫女。

"不不不，贺大人，这是奴婢应该做的。"看到银子，宫女慌忙拒绝。

"这个银子给你是有目的的，你明白我的意思吗？"贺子升将银子塞进宫女的手里说道。

"我、我明白。"宫女呆滞了一下，收起了银子。

"好了，你回去吧。"贺子升摆了摆手，那个宫女行了个礼，然后快速离开了。

"公子，你喜欢这样的莲儿吗？"莲儿站在镜子面前，看着里面的自己。

贺子升走了过去，站到莲儿的身后，然后轻声说道："这个宫女的手法确实不错，真的很像了。"

"像什么？莫非，莫非是公子的旧识？"莲儿问道。

"莲儿，你会唱曲吗？"贺子升没有回答她的问题，而是问了另一个问题。

"平日里也跟着姑娘们学过，不过唱得并不好。"莲儿抿了抿嘴唇说，"公子，想听莲儿唱曲吗？"

"对啊，我想听，你给我唱一曲吧。"贺子升点了点头。

"好。"莲儿虽然略带羞涩，但是并不矫揉造作，稍微清了清嗓子，开始唱了起来。

贺子升看着莲儿的样子，虽然比起那些专门唱曲的女孩差一些，但也是有模有样的，只是眼神和动作还有点稚嫩，不过已经很不错了。

一曲结束，莲儿又恢复了之前的样子。

"你唱一曲《还魂记》，会吗？"贺子升问道。

"这个，这个还真不会。"莲儿摇摇头。

"没关系，我一会儿带你去见个人，你到时候就会了。"贺子升笑了笑。

片刻后，莲儿跟着贺子升走了出去。

皇宫后院，犹如一个迷宫。饶是贺子升来了有几天，也只对几个地方熟悉，这次要去的是宫女太监们住的地方，他带着莲儿走了好一阵子才到后房。

此刻是休息时刻，忙了一天的宫女太监们都在做自己的事情。贺子升的出现，引起了宫女们的骚动，她们躲在一边咪咪地笑着，低声说着什么。但是当她们听说贺子升要找的人后，顿时像是惊弓之鸟一样，不敢再说话。

"梅姑姑在、在后面的黑水房，说起来也很好找，后面只有她一个人住。

只是，只是贺大人，你真的要找梅姑姑吗？"其中一个说出了贺子升要找那人的位置。

"谢谢你了。"贺子升笑了笑，然后转过身。

"大人。"那个宫女似乎想到了什么，又喊住了贺子升。

贺子升看着她。

"梅姑姑之前服侍的是容妃……容妃娘娘，你见了她可千万不要提起容妃娘娘。"那个宫女嘱咐了一句。

贺子升摆了摆手，然后离开了。

贺子升要找的人是之前服侍过容妃的侍女梅姑姑，当年叫小梅，当年因为她有幸躲过一劫，没有被牵连，但是在宫里过得如履薄冰。不过梅姑姑之所以能在宫里平安无事，最主要的还是仗着她有一个绝技，那就是化妆。无论是什么样的妆容，梅姑姑都得心应手，这也让她在后宫得到了很多人的庇护。毕竟这皇宫后院，如此技巧还是很多人都需要的。不过，梅姑姑性格古怪，所以宫女太监对她都忌惮三分。

贺子升带着莲儿穿过后房，两边的灯越来越少了，只剩下夜空的月光。不过因为周边的宫墙和树林，眼前看起来也是黑漆漆的。莲儿不禁有点害怕，伸手拉住了贺子升的衣角。

贺子升见状，伸手将她拉到了自己的身边，然后用披风将她护在了身体旁边。

莲儿顿时心跳加快，双手颤抖，双脚只是机械地跟着贺子升往前走着。

终于，他们看到了前面有一个亮着灯光的房子。

贺子升停下了脚步，看了看四周，眼前的房子想来就是梅姑姑所在的黑水房。

不知道是黑水房的位置还是其他原因，贺子升感觉有风吹过来，阴森森的，寒意入体，旁边贴在自己身上的莲儿身体甚至在微微颤抖。

"公子，这里是什么地方啊？怎么看起来黑漆漆的？"看着眼前的地方，莲儿有点害怕。

"没事，有我在，你不用担心。"贺子升说着，拉着莲儿走进了黑水房里面。

黑水房里面飘散着一股说不出的怪味，进去后反而感觉更冷了。一盏昏暗的灯下，一个佝偻的女人坐在那里一动不动。

"梅姑姑，我是锦衣卫贺子升，负责调查宫内突发的案件，有件事想请梅姑姑帮忙。"贺子升报出了自己的情况。

梅姑姑没有说话，坐在那里一动不动，仿佛是一个雕塑……

第83章　梅姑收莲

房间里静悄悄的，就连风都没了声音。

莲儿身体往后缩了缩，有点害怕。但是贺子升一把拉住了她，将她拉到了自己身边。

"梅姑姑，深夜打扰实属无奈，我奉命调查容妃娘娘画像一案，故有些事情特来请教……"贺子升再次说话了，不过这次他的话没说完，身后突然有个声音打断了他的话。

"既然是奉命查案，我怎么敢不配合？大人有什么就问吧，只不过事情有些久远，我老了，有些事情怕是记不清楚了。"

贺子升和莲儿回头一看，只见一个黑影站在侧面的帷布下面，仿佛一个鬼影一样直直地看着他们。

莲儿吓得慌忙躲到了贺子升的身后。

那个人影从黑暗中走了出来，宫女打扮，不过看上去年龄有点大了。她的两只眼睛闪着鹰一样的精明，目光打量着贺子升和他身后的莲儿。

"您是梅姑姑，那……"贺子升转头看了看前面那个桌子旁边坐的女人。

"我喜欢清净，不喜欢被人打扰，所以干脆放了一个假人在那里，有些不想见的人便用假人打发。"梅姑姑说着走到了那个假人面前，将它拎起来，放到了一边。

先前只是听说梅姑姑化得一手好妆容，本来贺子升还有点怀疑，但是看到旁边这个假人，他不禁心服口服。这假人如果不是梅姑姑本人说出来，还真的是难辨认真假。

"竟然做的假人跟真人一样，太厉害了。"莲儿也看到了那个假人的样子，不禁说道。

"大人有什么想问的就问吧，夜里风大，回去的路不好走。"梅姑姑坐了下来，点了一根蜡烛，整个房间顿时亮了不少。

"其实找梅姑姑是想帮个忙，莲儿，过来。"贺子升说着将莲儿拉到了前面。

灯光下，莲儿局促不安地捏着衣角，抬着眼偷偷看着前面的梅姑姑。

"这丫头？"看到莲儿的样子，梅姑姑脸色突然变了，甚至嘴唇有点微微颤抖，跟着竟然直接站了起来，走到了莲儿的身边，一把扣住了她的双肩。

莲儿被梅姑姑的样子吓到了，身体想往后缩，但是梅姑姑的手死死地扣着她的肩膀，仿佛两个铁箍一样搭在上面。

"公子，我、我……"莲儿无法挣脱梅姑姑，只好哀伤地看着贺子升，向他求助。

"大人将这丫头如此装扮，究竟有什么目的？莫非，莫非你要？"这时候，梅姑姑松开了莲儿，转头看着贺子升。

"不错，我是准备将她打扮成一个人，这个人梅姑姑自然是最熟悉的。现在她的样子自然还差一些，我想梅姑姑是化妆高手，做一个简单的模仿妆容应该很容易吧？"贺子升笑了笑说道。

"大人，你可知这么做的后果？"梅姑姑惊讶地看着贺子升。

"世间事如果都考虑后果，那太多事情都做不成了。关于容妃娘娘当年的事情，难道梅姑姑就不想知道真相吗？"贺子升盯着梅姑姑，沉声说道。

梅姑姑看着贺子升的目光，很快眼神低了下去。

莲儿留在了黑水房。

贺子升离开的时候，莲儿有点害怕，不过并没有说什么。

梅姑姑说了，如果想让莲儿彻底和他想的一样，至少要两天的时间。

走出后房的时候，贺子升听到有人跟着他，声音很轻，呼吸也很轻，感觉不是一般人。他假装没有发觉，快步往前走去，路过一个假山角落后，快速藏到了里面。

果然，一个身形敏捷的黑衣人从后面跟了过来，在他走过假山的时候，贺子升从背后出来了，手里的刀子一下子攻了过去。

黑衣人也不是普通人，感觉有人攻击，身体往后一闪，接着手里的长剑挥了过来，迎上了贺子升的刀。

黑夜之下，刀剑相接。

二人势均力敌，不过随着贺子升手里的刀加快速度，对方显然开始气势弱下去，身体一直连连后退。

终于，随着贺子升手里刀锋一转，绕过对方的剑挡，从下面直接刺向了对方的心口。

"贺大人，贺大人手下留情！"对方眼看着自己就要被贺子升刺中，于是慌忙求饶，并且停住了攻击。

听到对方的求饶，贺子升收住力道，最后他手里的长刀停下了攻击，然后打量着对方问道："你是什么人？"

"我是慈宁宫的护卫首领洛城风，我是奉太后的懿旨来请大人的。不过我一早就听说大人武功高强，今日一见，果然名不虚传。"洛城风说出了他的情况。

"太后找我？"贺子升愣住了。

"走吧。"洛城风耸了耸肩，然后转头往前带路。

在洛城风的带领下，贺子升来到了慈宁宫。洛城风去里面通报了一声，然后出来了。

"太后让你进去。"洛城风说道。

贺子升没有说话，抬脚准备进去，但是洛城风拦住了他，然后指了指他腰间的绣春刀。

贺子升明白了，于是将绣春刀取了下来，扔给了洛城风。

走进房间，贺子升看到太后坐在前面，周边竟然没有侍女和太监。

贺子升走到太后面前行礼，不知道为什么，他的心忽然有点忐忑。这次太后把他叫到寝宫，并且支开了所有人，就连护卫首领洛城风也被安排在门外。显然太后要和贺子升说的话应该非常重要，并且需要保密。

"贺大人，起来吧。"太后微笑着说道。

"不知太后深夜召微臣前来，所为何事？"贺子升问道。

太后抬了抬小拇指，然后轻声说道："也没什么大事，就是哀家听说你在调查容妃画像的事情？"

"微臣是奉命调查，不敢怠慢。"贺子升低头说道。

"想来你应该也查到了一些当年容妃和哀家的事情。贺大人，你可有想过，如果你的调查被一些有心之人利用，可能会牵连哀家。所以哀家的意思是往事已去，又何必重新去惊扰那段岁月呢？"太后微微抬眼看了贺子升一眼。

贺子升点点头："多谢太后关心，不过下官是受皇上钦点之命，如果查不出来，脑袋会搬家的。"

"这点你放心，皇上那边我来处理安排，你只要听我的就行。"太后轻轻咳嗽了一下，看着贺子升说道。

第84章　皇上重托

贺子升没有说话，也没有动。

太后的意思已经很明确了，之前容妃的事情让他不要再调查了，可是皇上那边的意思也很明确，当年的画像案牵涉的不仅仅是容妃和安妃的事情，更可能关系到皇位。太后和皇上两头都不敢得罪，现在他才明白了陆河和李太师的用意。之前他觉得李太师另有目的，可是此刻看来，李太师的劝慰确实是出自真心。

画像只是一个噱头，容妃的案子背后究竟有多少秘密，无人知晓。这一系列围着画像产生的谜团仿佛是一团乱麻，看似线头外露，其实混乱纠缠，根本无法抽出其中任何一条。

"贺大人，你可考虑清楚了？我知你年轻，本可前途无量，千万不要因一时糊涂自毁前程。"太后看到贺子升没有说话，不禁又道。

"太后言重了，我本就是一白丁，因为七公主的青睐才有了一些前程。自从和七公主分开后，我对自己的前程也就没什么幻想了。不过太后说得没错，当年容妃的事情确实非同小可，请太后放心，现在皇上要求我彻查画像之案，容妃只是和画像有关，至于她的其他事情我并不感兴趣。太后您也知道，容妃当年的画像一直在后宫流传，甚至有鬼怪之谣，如果不查清楚，后宫之谣无法肃清，始终让人惴惴不安。"贺子升想了想说道。

"鬼神之说纯属无稽之谈，所谓的画像谣言更是有心之人的祸乱之举。本宫在后宫这么多年，从来没见过什么鬼怪。贺大人，话已至此，你好自为之。如果你非要做一些让别人不高兴的事情，那就别怪祸从天降。"太后一下子站了起来，愤怒地说道。

贺子升一愣："太后，这、这后宫的画像传说确实不是谣言，先有容妃，后来是玉贵妃，还有长公主……"

"你给我闭嘴！容妃当年就是用这些邪术才遭到报应，这后宫最为禁忌的东西就是鬼神之说。贺子升，你莫不是以查案为幌子，祸乱皇宫？"太后指着贺子升大声喊道。

"属下不敢。"贺子升听到太后这么说，只好不再多说。

从慈宁宫出来以后，贺子升看了看夜空，银月光华澄澈。刚才他虽然没有回答太后的问题，却已经变相表明了自己的态度。在进入皇宫的时候，罗万春就跟他说过这次皇宫之行的凶险。虽然贺子升没有说太多，但是心里其实早已经有了自己的打算。从小到大，母亲就教导贺子升，无论什么时候都要做一个遵循内心想法的人，不要攀附他人，不要被他人左右，更不要低看他人。正因为这种性格，即使面对可以让自己富贵的七公主，因为内心的不喜，他仍是拒绝了；正是因为这种性格，贺子升才能在锦衣卫成为最为特别的一个人。

这看似平静却风起云涌的皇宫内院，埋藏了多少秘密？小到宫女太监，大到九五之尊，都是如履薄冰，小心翼翼，因为稍有不慎，就会灰飞烟灭。

贺子升刚回到住处，就有太监过来传话，皇上请他去御书房。

不用想，自然是皇上知道了太后找他过去的事想来询问。于是，贺子升跟随太监前去御书房。

御书房内，皇上正在挥笔作书，旁边贴身太监守在一边，已经昏昏欲睡，强打精神。

看到贺子升进来，皇上指着刚刚写好的字说道："贺卿，你过来，看看朕的这幅字如何？"

贺子升走了过去，然后拿起了那幅字看了一下。

"皇上的字真是下笔如有神啊。"旁边的太监连连夸道。

贺子升没有说话，然后将字放到了桌子上。

"爱卿有何见解？"皇上看着贺子升问道。

"启禀皇上，卑职对书法了解不多，不过所谓字传神，看这幅字的行笔流走，想来是体现了皇上写字的心情与境界。这幅字看似平稳，其实每个字的末笔都有颤迹，可见皇上对有些事情了如指掌，笃定不移，但是在关键时刻，还是有些事情没有把握。再加上皇上深夜宣召卑职，想来还是因为皇宫画像之事烦恼吧？"贺子升猜测道。

"贺卿，你果然心思敏锐。我听说太后找你了，可是询问画像之事？"皇上问道。

"正是，不过太后也没勉强我，让我自己考虑。"贺子升说道。

"那你是怎么想的？"皇上重新拿起了笔，然后在另一张纸上挥毫。

"画像的事情一定要查出真相，毕竟现在画像的案子已经不仅仅是在后宫谣传，甚至传入了民间。"贺子升说道。

"怎么说？"皇上愣了一下，抬起了头。

"之前容妃在后宫里的画像事件已经蔓延到民间，只不过先前的画像源于画师张牧良所作，而民间的画像事件则是以《牡丹亭》杜丽娘为蓝本。不过这些所谓的画像事件都只是表面，真正令人恐怖的是画像背后隐藏的秘密。所以，无论如何卑职都会查清这些隐藏在画像背后的真相，揭开这些迷惑后宫和民间的迷雾。"贺子升跪地说道。

"贺子升，你说容妃的画像事件背后的秘密，是指什么秘密？还有，太后让你停止调查，又是为何？"皇上问道。

"现在调查的线索还不全面，所以并无定论。至于太后让我停止调查的原因，可能是担心画像的事情影响后宫安宁吧？毕竟当年容妃的事情，加上最近长公主遇到的事件，都让后宫其他嫔妃心惊胆战，所以卑职认为只有调查出真相，才会解决这一切，否则也许还会再发生怪事。"贺子升说道。

"哈，罗万春让你来查案还真的是一个很好的选择。"皇上迟疑了一下，然后笑了起来。

贺子升低头不语。

"好了，你起来吧。"皇上放下了手里的笔，然后说道，"既然朕让你调查，你就放心调查。就像你说的，这皇宫内院确实埋藏了太多的秘密，朕很多时候都会被惊醒，因为总感觉有太多人想和朕说话。这些人虚虚实实，飘飘浮浮，似乎就遍布在这周围，却又根本看不见。朕是一国之君，九五之尊，真龙天子，所以他们都怕朕，即使内心有什么想说的，也不敢说。所以看起来朕的身边群臣数百，嫔妃万千，前呼后拥，可朕总觉得其实只有自己。"

贺子升抬起了头，看到皇上悲伤地看着前方，似乎有眼泪落了下来。

这个场景，他曾经在长巷的街头遇见过，七公主亦如此伤感。她说："如果我不是万人瞩目的七公主，只是一个普通的女孩，即使得不到你的喜欢和爱慕，至少还能在这京城守着你，想你的时候来看你。可惜，我生于皇家，我的命运根本不属于自己，而是属于整个国家，从此以后，我想你了，就只能望着家乡的方向看看。"

第85章　命运改变

"我怎么记得太后之前是极力让调查容妃之事,甚至让整个后宫的人积极提供线索,当时很多借着太后懿旨的太监和管事还在后宫各个地方进行调查,捞了不少油水。"明玉忽然说话了。

"对,这点我也知道,有人甚至告到了锦衣卫。当时罗大人他们收到了不少诉状,为此我们还专门在一起说过这件事。不过那时候我们还真不知道贺大人竟然在皇宫调查这个事情,现在想来,罗大人后来带人去宫里做事,也是为了帮助大人。"阿和点了点头说道。

贺子升走到前面,倒了一杯水,走到了门口。

空气安静下来,大家都没有再说话,只有篝火燃烧和铁锅里沸腾的声音。

明玉和阿和提出的问题贺子升自然是知道的,他们说的其实都没错,不过那是后来发生的事情了。

太后阻止贺子升调查容妃的事情,其原因不管是什么,在得到皇上的支持后,贺子升再次去了黑水房。

"公子,你来了。"莲儿欣喜地迎了过来。

"干什么?我说的话都忘了吗?"旁边的梅姑姑冷声看着莲儿。

"哦,我错了。"莲儿顿时低下了头。

"又来了,你是不是还想在这里陪我这老婆子两天?"梅姑姑生气了。

莲儿吸一口气,然后再次抬起了头,不过这次眼神忽然变了。刚才的样子一扫而光,取而代之的是一张冰冷的脸,她看着梅姑姑高声说道:"你是要我在这陪你?"

梅姑姑愣了愣,继而看着贺子升点了点头。

贺子升仔细看了看莲儿,她的样子看起来似乎变了不少,但是又没有什么变化，眼神和举手投足看起来仿佛是另一个人。想来这就是梅姑姑这两天教给她的，而这些改变是为了看起来像一个人，那就是容妃。

"梅姑姑，像吗？"贺子升问道。

"像，这丫头本来就有点像，经过我的教导，恐怕让那些宫里老人看，都不一定能分辨清楚。"梅姑姑说道。

"那就好。"贺子升说道。

"我知道你要做什么，这样，我再给你一个东西。"梅姑姑说着从旁边拿出了一块玉佩，然后交给了贺子升。

"这是何物？"贺子升愣住了。

"慈宁宫里守夜的负责人是我的故人，如果你想避开人进去，就把这个给她，她自然会帮你们。"梅姑姑说道。

贺子升接过了玉佩，然后带着莲儿离开了。

这一路，莲儿比起来的时候胆子大了很多，甚至说起了这两天梅姑姑教她的一些事情。

"莲儿，你怕吗？"贺子升忽然问道。

"不怕，因为我知道公子不会不管我的。"莲儿说。

贺子升想说什么，但是没有说出来。

"其实没什么的，如果真的有危险，公子不用管我。梅姑姑说了，这世上的人都是来还债的，不能老期望着让别人来帮自己，只有自己帮自己才是最好的。你放心吧，公子，我知道要做什么，真的出了事，我不会牵连你。"莲儿笑了起来。

"不，我应该保护你。况且，你本和这件事没有关系，是我带你进来的。"贺子升说道。

"对于莲儿来说，从被父母卖到香红院的那一刻，其实就已经没了自己的人生。香红院的姐妹们都知道，进了香红院这辈子就别想着出去了，唯一的奢望就是遇到一个能真心对待自己的良人，运气好的能被对方赎走，做对方的小妾。可是也有姐姐说了，小妾哪有那么容易！从青楼带回去的女人，主家的丫鬟都会轻看自己，又何况那家的女主人呢？所以我们的命运实际在进入香红院的那一刻，就已经注定了。公子带我离开那里，相当于给了我第二次生命，以前的姐妹都说了，在这世上要想改变命运，哪有那么容易？这些日子跟着公子，莲儿已经知足了，就算真的后面遇到什么事情，莲儿也不会埋怨公子半分。"莲儿说着眼泪落了下来。

贺子升看着眼前泪雨涟涟的莲儿，不禁心生感动，伸手抱住了她。

莲儿的泪浸透了贺子升的胸膛，滚烫如火。

银月当空，贺子升忽然有了一丝疑问，自己这么做到底是对还是错？就像莲儿说的，原本她就在香红院做一个普通的丫鬟，就算命运坎坷，但是至少可以平安地活下去。现在她被贺子升带了出来，虽然离开了香红院，要做的事情却危险万分。

"有时候，就算你拥有至高的权力，也还是保护不了你最亲的人，这是一个很简单的道理，很多人却想不到。"七公主远嫁的那天晚上，皇上对他说了这句话，此刻忽然想起来，贺子升不禁有点害怕，他甚至加大了力气，将莲儿贴在了自己的身上。

夜深了，贺子升带着莲儿来到了慈宁宫的门口。

守夜的负责人看到贺子升手里的玉佩后，又看了看莲儿说："跟我来吧。"

莲儿走了进去。

贺子升站在门口看着莲儿的背影，那一刻，他很想喊莲儿回来，但是最终话没有说出口。

很快，慈宁宫传出了闹鬼事件，太后说在夜里看到了死去的容妃。皇上派人过去调查，却没有任何发现。钦天监派人过去，也是没有什么发现，最后大家都认为可能是太后忧思过虑，产生了幻想。

贺子升再次被太后召见，来到了慈宁宫。

"你调查的容妃画像怎么样了？你查到了吗？"太后已经没有了上次的高冷，眼神充满了颤抖和惊恐。

"正在调查，不过画像之说只是一些有心之人的手段，所谓画像诅咒，都是无稽之谈。无论是从玉贵妃，还是长公主的事件看，都已经可以证明这点。"贺子升说道。

"不，不，贺大人，确实是画像有鬼。你快点调查，我这慈宁宫都有问题了。"太后说道。

"太后放心，卑职一定调查清楚。"贺子升低声说道。

太后不仅让贺子升调查，更是找来了北镇抚司的人一起调查。在慈宁宫容妃闹鬼的事件并不难查，很快贺子升就接到了锦衣狱的消息，说他们抓到了在慈宁宫闹鬼的人。

贺子升来到了锦衣狱，看到了被绑着的莲儿……

第86章　落泪告别

贺子升来到锦衣狱的时候，随行的人说了具体情况。

莲儿竟然是自首的。

北镇抚司的人在慈宁宫调查，盘问了很多人，最后嫌疑目光落到了守夜人身上。北镇抚司的人对外放话，如果凶手不出现，守夜人将会被处死。莲儿是因为不愿意连累那个守夜人，才主动自首的。

当然，莲儿只是说自己才是那个扮鬼吓唬太后的人，至于其他的不再多说一句。

本来北镇抚司的人准备直接处决莲儿，但是太后说这件事情贺子升也在调查，所以希望他们两方能通个气，一起办了这个案子，免得以后出问题，落人话柄。

见到莲儿的时候，她已经被拷打得不成人形，本来就消瘦的身体几乎没有一处好的地方，血水粘在头发上。但是她一直睁着眼睛，目光里面没有一丝胆怯，更没有一丝妥协。

行刑的人说审了这么多年，第一次见到这样的人，疼痛和酷刑对她来说似乎根本都不管用，她的样子显然已经是抱着必死的决心了。所以，后面干脆就没有再对她用酷刑。

看到贺子升，莲儿的目光柔软了许多，但是她依然没有说话。

贺子升站在她的面前，他们对视着。

千言万语，全部在眼神中。

贺子升其实一早就想到了这样的场面。

告别有很多种，有的是潇洒挥手的有缘再见，有的是依依不舍地希望他日再见，也有的是笑容满面的回头再见。

可是，很多时候，再见，就再也不见了，无论身在咫尺，还是远在天涯。

"贺大人，太后说等你这边见过后，就可以准备行刑的事情了。"旁边的人说道。

"我明白，你出去吧，我单独待会儿。"贺子升摆了摆手说道。

锦衣狱里只剩下了莲儿和贺子升。

贺子升伸手擦了擦莲儿脸上的血污和泪水。

"公子，你不该来的。"莲儿说话了，声音很轻，却很清晰。

"不，是我不该让你来的。"贺子升摇了摇头，此刻他是真的后悔了。

莲儿笑了笑，说道："我有话跟你说，你凑过来。"

贺子升凑了过去，他听到了莲儿微弱的呼吸声。

贺子升离开的时候没有回头。他不敢回头，他害怕自己回头看到莲儿的眼神，或者自己如果回头不知道会做出什么事情。太后好骗，北镇抚司的人不好骗，莲儿的出现只有一个原因，那就是让太后转变自己对画像案的调查态度，所以莲儿要么是皇上的人，要么是贺子升的人。因此北镇抚司的人才会让贺子升过来一起过案子，目的自然也很明确。不过，贺子升知道自己和莲儿的表现没有问题，北镇抚司的人也不会再追查什么了，毕竟他们知道莲儿出现的目的是什么。

莲儿行刑的那天，贺子升来到了黑水房。

偌大的皇宫，贺子升找不到一个可以让自己放松警惕的地方，因为到处都是眼线，到处都是看着他的人。皇上的人，太后的人，李太师的人，他们的目光都在贺子升的身上，都迫不及待地希望贺子升露出一丝破绽，此刻的贺子升关系着很多人的命运。

贺子升望着黑白不分的黑水房，喝了很多酒。

梅姑姑一言不发地坐在旁边，听着他絮絮叨叨地说了很多。

贺子升醒过来的时候，已经是晚上了，他准备走的时候，梅姑姑喊住了他。

"当年我在容妃身边的时候知道了一件事情，宫里的画师张牧良和容妃心意相通，不过两人非常守规矩，只是将彼此的爱意藏在心中。所以外面说容妃是被张牧良的画像诅咒害了，纯属传言。这件事情后来传到了先皇耳朵里，所以先皇甚至不顾当年张牧良有助他登基之功，暗自下令将张牧良杀害，最后张牧良才用方术在大庭广众下诡异失踪。"

"没想到这中间竟然还有这样的事情。"贺子升听到梅姑姑的话大感意外。

"跟你说这些，是希望你自己好自为之。所谓伴君如伴虎，可能稍有不对，就会死于自己设置的死亡陷阱。"梅姑姑说完转身回去了。

三天后，贺子升来到了御书房。

他把关于容妃画像一案的想法告诉了皇上。

容妃当年和安妃一起受到先皇的恩宠，后来容妃怀上龙种，可是让人没想到的是，容妃分娩的时候出了意外，导致胎儿亡故。容妃因为无法接受这一点，精神出现问题，一直认为是有人害她，最大的怀疑对象就是安妃。对于容妃的污蔑，安妃并没有忍让，让人调查容妃，最后找到了容妃利用厌胜之术的证据，于是容妃被先皇打入冷宫。

进入冷宫的容妃开始唱戏，几乎每天夜里都会唱，后宫也开始传出了画像诅咒的传说，甚至牵出了容妃当年皇子的意外事故，并且说法言之凿凿，还传到了民间。

容妃死后，关于她的传说一直流传于后宫之中，甚至后来都传到了先皇的耳朵里。先皇大感意外，于是命十三影子卫秘密调查，可惜后来先皇驾崩，这个事情也就不了了之。

本以为随着新皇登基，容妃的事情成了过去，可是，后宫再次出现画像事件。虽然这次的画像和之前容妃的画像不太一样，形式上却非常像，一样是皇上的爱妃，一样是因为意外被打入冷宫，然后一样从冷宫传出画像诡异事件，最后死在冷宫里。

贺子升将容妃和玉贵妃的画像情况仔细分析了一下，推测出了不同的结果：与容妃相关的画像是画师张牧良所作，画像的内容其实暗指容妃当年那个出事的皇子，目的就是为了动摇朝纲：因为先皇没有子嗣，所以如今在位的皇上是安妃的义子；而唯一能够撼动皇位的人就是当年容妃那个出事的皇子。那幅画像会出现显然是因为张牧良的狼子野心不死。

至于玉贵妃的画像案件，看似和容妃的一样，其实是两个完全不同的事件。

所以贺子升特别申请，两个画像案子应该分开调查，只有分开才能让两个案子显露出各自的特点，不会出现互相影响的情况。

第87章　背后迷踪

皇上听取了贺子升的意见，将画像案子一分为二：一个交给了北镇抚司，一个交给了南镇抚司。本来皇上希望贺子升来调查宫里容妃的画像案子，因为之前他调查了很多线索，真相几乎呼之欲出了，但是贺子升主动要求去追查民间流传的画像案。至于原因，贺子升说自己是一个喜欢挑战的人，正因为宫里的画像案几乎已经水落石出，所以他更希望把重要的事情担到自己身上。也就是说，京城流传的画像案，是贺子升主动要求去调查的。

"容妃的事情已经很清楚了，我们费了那么大劲，最后眼看着要水落石出了，你却将它转手交给了别人，你这是为什么？"对于贺子升的做法，罗万春实在无法理解。

"我觉得容妃的事情，虽然真相容易查清楚，但是后面引发的连锁反应不好处理，如果能够这样退出是最好的。师父您想，如果我们真的查出了容妃案当年的画像和皇子遇害的事情有关系，那么这个案子是否要翻案？为过世的皇子翻案，那不就是说要撼动现在皇上的位置吗？还有一点，虽然真相没有查出来，但是可以确定的是太后和当年的事情脱不了干系，所以这个案子看似清楚，其实真相十分复杂。别说是我们这个小小的南镇抚司，就是在金銮殿上，文武百官中怕是谁也无法说出真相。"贺子升解释了一下。

罗万春没有再说话，贺子升的话并不是没有道理，之前皇上让他们调查这件事情的时候，所有人都知道这就是一个烫手的山芋，可是皇命难违。为此，陆河还专门进宫找了贺子升一趟，希望他不要出错。现在贺子升全身已退，虽然还接下了调查宫外画像案，但是比起宫内的画像案，那可以说是截然不同。就像贺子升说的一样，宫内容妃的画像案看起来真相昭然若揭，但是可怕的是真相出来以后带来的连锁反应。这个案件，无论是放到谁身上，都是一个难以周全的难题。

"不过我认为宫内的画像案和宫外的画像案虽然有所区别，但还是有一定联系的。虽然说我推掉了宫内画像案的调查，但不能说这事情就和我们没关系了。如果北镇抚司他们推了这个案子，或者说用其他办法妨碍这个案子的进展，最终皇上恐怕还是会将这个案子交给我们。"贺子升分析道。

　　"那该如何是好？"罗万春问道。

　　"没有其他办法，唯一的办法就是找出画像案件的真相，然后听天由命。"贺子升望着前方说道。

　　"既然如此，我们南镇抚司只能全力以赴了。"罗万春握着拳头，坚定地说道。

　　轰动京城的画像案正式被提成了锦衣卫重案，贺子升做了缜密的调查计划，然后针对京城最近发生的几起画像案件进行调查。贺子升除了调查画像案，还在调查一个人，就是当年从皇宫离奇失踪的画师张牧良。因为在整个画像案里面，张牧良是一个至关重要的人物。先不说容妃的那幅画像是他所作，在宫内看了张牧良的画室后，贺子升觉得这个人肯定和画像案件有着千丝万缕的联系。于是，贺子升对张牧良的情况进行严密调查，甚至发布悬赏通告，关于张牧良的线索也越来越多。

　　之前了解的张牧良只是一个皇宫御用画师，还懂得方术，后面贺子升这边得到的线索多是关于张牧良不愿意让人知道的一些事情。张牧良的父亲早些年是江浙一带的大户商贾，且好善乐施，喜欢结交各种朋友。不过对于张家人来说，张牧良其实是一个耻辱。因为张牧良是他父亲在醉酒的情况下和一个丫鬟生的儿子。即使如此，张家依然没有承认和他们母子，甚至将二人赶出了张府。从那以后，张牧良便和母亲相依为命。

　　从小看透了命运的张牧良对自己一直非常严格，所以学会了很多东西。母亲去世后，张牧良更是专修方术风水。后来张家的生意不知道为什么，一夜之间一落千丈，又接连出事，最后家破人亡。

　　对于张家的落魄，有人怀疑可能是张牧良的复仇，也有人说是张牧良的父亲得罪了不该得罪的人。但是之后张牧良揭了皇榜，入了皇宫。表面上看，张牧良似乎是走投无路，实际上还有另外一个原因。贺子升记得之前在宫里听梅姑姑说过，张牧良和容妃关系匪浅。这一点，他在调查的时候也查到了一些。当初张牧良和母亲被赶出张家后，关于为了生活，张牧良的母亲便去了容妃家里做下人。偶然一次机会，容妃和张牧良相识，两人关系越来越好，直到后来容妃被迫进宫做了皇妃。

所以，张牧良进宫最大的原因是容妃。

京城后来发生的画像案件诡异莫测，甚至秦侍郎千金的案子还牵涉了钦天监的人。看起来毫无关联的几个案子，仔细一想却又似乎有所关联。

在追查案子路过香红院的时候，贺子升停住了，忍不住走了进去。

房间还是之前的房间，位置还是之前的位置，一切都没有变，只是站在一边负责伺候他的女孩已经是其他人。

那次贺子升喝了很多酒，一直到深夜才醒过来，旁边守着他的女孩都已经困得睡着了。贺子升没有喊她，放轻手脚离开了。

站在街头，贺子升内心忽然有了一个冲动：无论如何都要将画像的案件调查清楚，因为有太多的人牵连在其中。他甚至能听见他们在背后对自己的鼓励，还有那些殷切地看着自己的目光……

第88章　众人关系

慧海站了起来，推门走了出去。

已经是深夜。

今天的夜空格外明亮，繁星点点，照亮每个归乡的人的方向。

"阿弥陀佛，人有丝毫罪，永坠沉沦中。"慧海感叹道。

众人的事情讲得差不多了。

也许是时间太晚了，大家看起来都有点昏昏沉沉的。叶承安因为伤口的疼痛坐直了身体，旁边的叶童和红袖扶着他。

贺子升刚刚讲完自己的事情，端起水大口喝了起来。

阿和和明玉将面前的篝火调整一下，看起来快要熄灭的火瞬间又旺了起来。

"今天我来的时候听说了一件事。"这个时候，左向风忽然说话了。

众人抬起头看了看左向风。

"安城一家做丝绸生意的大户人家被灭了门，原因好像是之前这个大户人家资助过赵侍郎，且朝廷查出他们和赵侍郎的旧部有所联系。带队的好像就是梁大人，红袖，你应该知道这个情况吧？"左向风轻轻搓着手指问道。

红袖低下了头，没有说话。

听到左向风的话，叶承安眉毛一挑，似乎有点动容。

"就是刚才你们说的那个梁大人？他……怎么会是他？他不是好人吗？"旁边的叶童惊讶地问道。

"什么是好人？什么又是坏人？你觉得我们是好人还是坏人？"左向风呵呵一笑问道。

"大家萍水相逢……"叶童的话说了一半顿住了。

萍水相逢，今夜隐安寺来的人可不是那么简单的萍水相逢关系，之前刚到这里的时候，每个人都隐隐发现了这一点。所有人都和画像有关系，且每个人经历的事情听上去又像是有着其他人的影子。

容妃、七公主、宁尚书、赵侍郎、玉贵妃、李太师、皇宫内院、边关军、锦衣卫、南北镇抚司，这些人和地方可以说将所有人都圈在了其中。如果说京城是一个舞台，刚才说的这些人是戏曲里的主角，今夜的人却像是隐藏在黑暗里的配角。虽然看起来不认识彼此，却因为这些主角有着无法剥离的关系。

"各位施主如果困了，旁边有可以休息的厢房。不过地方不大，环境也不好，希望不要介意。"慧海转过身说话了。

"不用了，这天也快亮了，在这里还挺暖和的。"明玉说道。

"对，再说大家交流了一些想知道的事情。我们刚才说的这些情况，我觉得好像还有很多没有搞清楚的地方，既然能凑到一起，是难得的缘分，不如就再聊深入一点？"阿和看了看其他人说道。

"你想听什么？"贺子升问道。

"这……"阿和一下子被贺子升问住了，贺子升的问题其实跟其他人想的一样，具体想听什么，还真不知道。

"刚才听到大家的讲述，我有一些疑问，不如我就问一下吧？刚才红袖和贺大人说的那个阿宁姑娘，是不是和宁尚书的千金宁兰有什么关系？"左向风说着看了看贺子升和红袖。

贺子升听到左向风的话，不禁身体微微颤抖了一下。红袖也有点意外，她看着左向风，想说什么，但是又回头看了看贺子升。

"宁尚书全家不是都被行刑了吗？难道说宁兰没有死？"旁边的叶童听到他们的话，不禁问道。

红袖和贺子升沉默了。

众人都没有说话，中间火架下面，被新填进去的柴火烧了起来，发出了噼里啪啦的声音。

"阿宁姑娘是不是宁兰我并不知道，不过阿宁姑娘所做的事情的确是为了宁尚书。当日锦衣卫来调查天竺人被杀一案之后，阿宁姑娘就离开了清水楼。那天我正好碰到她在收拾行李……"红袖开口打破了沉默，在火光闪烁下，讲出了阿宁后面的事情。

看到红袖，阿宁停住了收东西的动作，然后对她笑了笑。

"阿宁姑娘，你这是要出远门吗？"看到阿宁在收拾行李，几乎把东西都收了起来，红袖不禁问道。

"是啊，你也看到了，我给梁大人带来了一些麻烦。虽然现在没什么了，但是为了避免后面再出问题，我准备离开这里了。"阿宁叹了一口气说道。

"那……你要去哪里？"红袖知道阿宁的事情，其实这清水楼是阿宁最好的容身之所。

"漫漫天涯，总有归处。我父亲昔日有个世交，前几天我给他修书一封，今日收到了他的回信。他住在安城，家境也算殷实，可以安排我在那里好好地生活。以后你在这里有什么难事可以去找梁大人，不过这清水楼的人还算不错，比起有些地方，要好很多了。"阿宁笑了笑说道。

红袖抿了抿嘴，不知道该说什么，从宫里逃出来后，红袖按照小翠的要求来到了这清水楼，然后遇到了很多人，唯一一个让她觉得心安的人就是阿宁，只是没想到会经历天竺人的事情。

阿宁开始收拾后面的东西，红袖见状，过去想帮忙，阿宁却想推开她。没想到两人争执的时候，一个东西从阿宁的包袱里掉了出来，那是一个蛇形玉佩，红袖慌忙捡了起来，然后愣愣地看着那个玉佩。

"给我吧。"阿宁看到那个玉佩，立刻伸手想从红袖手里拿走。

红袖却拿着那个玉佩没有松手。

阿宁愣住了，疑惑地看着她。

红袖从内衣口袋里面也拿出了一个玉佩，那个玉佩和眼前的玉佩一模一样。

"你怎么会有这个？"看到红袖从身上拿出来的玉佩，阿宁惊呆了。

"你到底是什么人？"之前从宫里逃出来的时候，小翠将红袖救了出来，然后给了红袖这个玉佩。小翠救红袖的条件就是如果有一天看到有人拿着和这个一样的玉佩，红袖必须用尽一切办法去帮助对方。

红袖来到清水楼，就是希望遇到小兰所说的人，只是她怎么也没想到阿宁竟然是那个人。

"我从宫里来的。"红袖说道。

阿宁松开了手，然后拿起那两个玉佩说道："你可知这玉佩是何物？"

红袖摇摇头："给我的人说如果遇到拿有同样玉佩的人，要用尽一切办法去帮助对方。"

"没错，的确是这样。她能够将这个玉佩给你，说明你的身份并不简单。你说你是从宫里出来的，你到底是什么人？"阿宁问道。

"事到如今，我也没什么可隐瞒的，其实我是玉贵妃的贴身侍女林盼儿。玉贵妃出事的时候，冷宫里一个叫小翠的姑娘救了我，然后给了我这个东西，帮我逃了出来。"红袖说道。

"不，你在撒谎，玉贵妃的侍女根本不配拿这个影子卫的蛇形玉佩令。"阿宁看着红袖，目光冷冷地说道。

第89章　接连反转

"蛇形玉佩令？你拿着的那个玉佩竟然是蛇形玉佩令？"旁边的阿和听到红袖的话，顿时站了起来。

贺子升扫了他一眼，冷声说道："不过一个蛇形玉佩令，阿和，你至于如此反应吗？"

"不，贺大人，这、这蛇形玉佩令，可不是一般的令牌。我听丁云凡说过，他下山就是为了寻找蛇形玉佩令。"阿和叹道。

"关于这蛇形玉佩令我也听过，其实刚才大家讲起十三影子卫的时候我就想到，应该会有人提到这个东西。"慧海这个时候说话了。

"这是什么令牌吗？还是十三影子卫的信物？"叶承安猜测道。

"蛇形玉佩令是当年先皇给十三影子卫的信物。据说这蛇形玉佩令一共有三个，如果能够合到一起，就可以调动边关军。不过这三个蛇形玉佩令分别被先皇给了三个信任的人拿着，不到万不得已的时候，很难集合到一起。还有人说，这蛇形玉佩令很是贵重，能够拿着它的人一定不是一般人。所以阿宁才会对你的身份起疑，你确实不应该是玉贵妃的侍女。莫非你真的是本该已经死在后宫的玉贵妃？"慧海走到了红袖的面前，真诚地问道。

红袖迟疑了几秒，然后抬起了头，眼神多了一丝坚定："不错，我确实不是林盼儿，我是玉贵妃。阿宁怀疑得没错，我的身份如果只是玉贵妃的一个侍女，根本没有资格得到这蛇形玉佩令。"

"你竟然是玉贵妃？那、那后宫里死去的那个玉贵妃才是真正的林盼儿？"叶承安忽然明白过来了，其他人也恍然大悟。

"后宫走水，无论是意外还是有人纵火，面对危险，玉贵妃和她的侍女，就是那个叫小翠的，要救人肯定是救玉贵妃。何必冒着生命危险，用替死的方法去救一个侍女呢？再说，想从皇宫里面逃出来，一个小小侍女怎么可能有那本事？其实先前我就感觉红袖的身份有问题，只不过没有说出来。当然，我也明白，红袖这么做自然是为了隐藏自己的身份。可是我没想到的是，您竟然是那个玉贵妃？"阿和跟着说道。

"玉贵妃出身将门，她的父亲本就是武将。虽然我不知玉贵妃的具体情况，但是她和罗海之前互相喜欢。那罗海本是玉贵妃父亲得力干将之子，也是习武之人，如此将才佳人能互生情愫，想来玉贵妃必然也是少有的文武双全的女子。"贺子升此刻也对红袖的身份完全知晓，于是说出了可以确定红袖身份的理由。

"如此看来，那个替你去死的小翠，身份自然也非同一般？要知道，能在皇宫自由穿梭，对于后宫之事又非常熟悉的，恐怕也不是一般人。"叶承安看了看贺子升。

"其实不难猜出来。"贺子升走到了阿和的面前。

阿和看到贺子升，眼神有点闪烁不定。

"阿和你前面说了，你从边关回来后救走了赵侍郎的女儿赵灵。为了活下来，你和赵灵选择了本不愿意走的道：赵灵进了宫，而你进了锦衣卫。这一切好像是你的师兄帮你们安排的。虽然我不知道你的师兄到底是什么人，但是能够让一个本该被杀头的囚犯进入宫内并且活下去，恐怕只有一个办法可以做到：让赵灵进宫后谁也无法查出她的底细，成为一个没有过去的人。之前我在皇宫里面待过，这样的情况几乎不可能，因为每个太监宫女，只要是在皇宫做事，他的来历身份都会被调查清楚，这也是为了保证不会出现问题。毕竟在这皇宫里面，住的都是皇上及其近亲，事关江山社稷。可是，关于赵灵入宫的消息却一点都没传出去，想来赵灵入宫后去的地方根本不会有人去查她的身份。确切地说，她待的地方可能甚至都没人发现，那就是只有……"贺子升没有说出那个地方，只是眼看着阿和。

"冷宫？"红袖突然说话了，"难道……难道那个小翠？"

"你是说赵灵进了宫，竟然一直在冷宫里面？"阿和也愣住了。

"除了那里，皇宫可有别处可作为她的安身之所？不过她进入皇宫里面成了一个不敢见光的影子，好歹也比在外面逃亡好很多。"贺子升叹了口气说道。

"可是，她怎么会同意？她怎么可能同意？这不可能，那个小兰绝不是赵灵。"阿和摇摇头，无法相信。

"你那个师兄能够说服你进入锦衣卫，自然也能够说服赵灵。我想唯一可以让赵灵同意的就是赵家被杀的原因。赵灵化身小翠潜伏在冷宫里面，她之所以愿意牺牲自己去救下玉贵妃,原因只有一个。"贺子升抬起了头,目光落到了玉贵妃的身上。

"不,不会的,不是这样的。"红袖摇着头,此刻当她知道了小翠的身份后,顿时情绪激动。

"当年玉贵妃的父亲丁盛帮助皇上平叛有功。玉贵妃嫁入皇宫后,皇上被李太师他们威逼利诱,以担心丁盛拥兵自重为由,卸了丁盛的兵权,并且将他的部下军队全部打散,分流到了各地。虽然丁盛将军没有了军权和兵马,但是当年他的很多部下对他还是情深义重的,所以赵灵将玉贵妃救出来,自然是因为丁盛将军。想来那个蛇形玉佩令本来是赵灵所有,她将这个东西交给了玉贵妃,自然也是希望还赵侍郎全家的清白,这件事可以通过帮助玉贵妃逃出去后得以实现。这也是赵灵会帮助玉贵妃的原因。"贺子升捏着下巴想了想说道。

"阿和大人,如此说来,救下你和赵灵的师兄,那个神秘的丁云凡,难道说也是宁尚书和赵侍郎的人?阿和,你师父到底是什么人?难道也是十三影子卫的人?他们是有什么特别的计划吗?"旁边的叶承安看了看阿和一连问了几个问题。

阿和皱了皱眉,犹豫着,不知道该怎么说。

第90章 三女身份

"我们锦衣卫每个人其实都有秘密,如果不是有着特殊的原因,谁会进入锦衣卫?所有人都知道,锦衣卫看似受命于皇上,其实背后有很多势力侵入其中。所以,每个锦衣卫都是在刀尖上舔血,大家都像一具没有感情的尸体,因为谁都不知道明天会怎样。"没有等阿和说话,贺子升先说话了。相对于其他人来讲,贺子升还算比较好,至少他有罗万春护着。不过到了生死关头,罗万春也只保自己。每个锦衣卫都是一枚棋子,活着,就是唯一的目的。

"其实也没什么可隐瞒的,只是关于我师父的情况,我确实不知。之前我讲了一些事情,我之所以进入边关军,也是师父安排的,我的身世我自己都不知道。我们所有人都是没有亲人的人,所以师父和师兄弟就是我们的亲人。但是师父说了,我们师兄弟之间也不能有感情,因为谁也无法预料后面师兄弟之间会不会针锋相对。我学艺成功后,师父让我去边关军投军,后来就进了第九营。刚才大家所说的事情,让我觉得可能我的师父确实和十三影子卫有关系。但是我从下山后就再也没见过师父,这些事情我自然也无法求证,更不知道该怎么去求证。说起来还真的很可笑,如果说现在要找和我真的有关系的人,可能不是别人,就是叶公子。"阿和苦笑了一下,看了看叶承安。

"我?"叶承安愣住了。

不仅叶承安愣住,在场的其他人都大感意外。

"你们还记得不?之前叶公子不是为了寻找他那个红颜知己,跑到了刘永福家里,结果撞破了刘永福用小莲给自己延绵子嗣的事情。后来我回去发现小莲被刘永福害了,于是给小莲报仇。刘永福在死之前告诉了我一件事情,他之所以这么做,其实是因为叶公子的家人吩咐的。只是这刘永福太该死了,我当时也没有问具体情况便杀了他。现在想起来,确实有点冲动了,因为从整体来看,事情远没有我想的那么简单。事后我了解了一下叶公子家的情况,才发现叶公子的父亲可不是一个简单的民间富豪。早些年,叶公子的家人可是在京城做生意,当时也算京城生意圈里比较冒头的一个。后来,也不知道发生了什么事情,他们才回到了现在的安城。"阿和说道。

"这事我听我母亲说过,当时我们家在京城的生意确实非常好,还进了京城商会。只是后来有一天不知道发生了什么事,家人很快全部离开了京城。关于这些事情,我父亲没跟我说过,也不让我过问。"叶承安想了想说道。

贺子升看着眼前这些人,本来之前以为所有人只是和画像有关系,但是现在看起来远非他们之前想的那样。他们之间认识的人和经历的事情,可以说有着千丝万缕的关系。如果仔细整理一下,可以得出一些线索。每个人所经历的事情、得到的线索,正好可以跟其他人对上,还能直接还原出一段之前不为人知的真相。

众人没有再说话,气氛顿时陷入到了沉默中。

明玉从背后的画筒里抽出了一幅画,徐徐展开。

"这个就是你在宫里遇到的那个翠竹?"旁边的左向风看到了那幅画,于是凑过去看了看。

"不错,她就是翠竹。"明玉点点头,眼神带着一丝哀伤。

"很漂亮。"左向风说道。

这时候,红袖走过来想倒杯水,结果无意中看到了明玉手里的画像,顿时一惊。

"怎么了?你是要喝水吗?"看到红袖的异样,左向风不禁问道。

"你这个……你这个画像上是翠竹?"红袖指着明玉手里的画像惊讶地问道。

"是、是啊。怎么,你认识?"明玉问道。

"她、她就是小兰啊!"红袖脱口说道。

"什么?你说她是小兰?你没搞错吧?"明玉呆住了。

听到明玉和红袖的对话,旁边的阿和立刻走了过来,看了一下那幅画像,颤抖着说道:"她,她就是赵灵。这是怎么回事?她怎么又成了翠竹了?"

"这到底是怎么回事?难道说翠竹、小兰、赵灵是一个人?"明玉说道。

"不,不可能,这怎么可能?"阿和无法相信。

"明玉,你不是说翠竹是长公主的侍女,进宫十几年了吗?那赵灵进宫才几年,怎么可能会是翠竹呢?如果说赵灵是小兰,暂且还可以相信,但是赵灵竟然会是翠竹，这似乎有点不太对啊！"看到她们的样子，叶承安不禁说话了。

"是，翠竹是这样跟我说的。还有，长公主等人也是这么说的啊！"明玉说道。

"也不是没有可能。"贺子升在旁边沉默许久，忽然说话了。

"怎么说？"明玉她们三人一起看向了贺子升。

"首先，你们确定明玉见到的翠竹、红袖遇见的小兰以及阿和遇见的赵灵，她们三个人的样子和现在明玉拿着这个画像上的女人非常相似……"

"不是非常相似，那分明就是一个人啊！"阿和激动地打断了贺子升的话。

贺子升瞪了他一眼，阿和顿时脸色通红。

"刚才听了阿和和红袖的遭遇，可能他们遇到的赵灵和小兰的确就是同一个人，但是现在突然又出现另一个身份，竟然是长期潜伏在长公主府里的侍女。其中关系我们暂时无法知晓，但是可以确定的一点是，无论她们三个身份是不是一个人，她们要做的事情似乎都是先前我们大家所分析的事情。她还拿出了蛇形玉佩令，给了玉贵妃。

"先前我们分析阿和的师兄将赵灵送进宫后，用什么样的身份瞒下赵灵的身份，之前我们认为是让她去了冷宫，现在看来应该是用了一个更稳妥的身份，那就是长公主宫里的侍女翠竹。所以综合这些情况看，我认为最大的可能性就是赵灵用这三个身份来隐藏自己的真实身份，为了完成她们的计划。"贺子升分析道。

第91章　明玉作画

赵灵的三个身份浮出水面，她的目的，众人自然明白。

赵侍郎全家被处死，唯一逃脱的赵灵，其最大的目的自然是为家人复仇。

阿和的师兄将赵灵带入宫中，想来能够让她听从一切安排的条件就是可以让她为赵家人复仇。

所有人都知道，导致赵侍郎全家被杀的人是李太师，而李太师也是害得玉贵妃深陷冷宫，还将玉贵妃的父亲兵权削落的人，所以赵灵将蛇形玉佩令交给玉贵妃，目的自然是希望她利用她父亲之前的部下一起来对付李太师。

李太师在朝中势力滔天，想对付他根本不是一件容易的事情。所以赵灵和玉贵妃这一步棋，只是整个计划中最小的一部分，真正的杀机应该是在隐藏在她们背后的人手中。这个人既可以操纵先皇时期的十三影子卫，还能够利用现在朝堂里的其余势力来进行计划。

这个人会是谁呢？

贺子升第一个想到的人就是皇上。因为李太师权倾朝野，在很多事情上对皇上处处相逼，作为天子，皇上早就对他一忍再忍，十分不满，只是苦于他的势力大，所以没有办法。再加上宁尚书、赵侍郎这些人之前都是皇上这边的人，他们被李太师逼死，等于是削去了皇上的手足，那么皇上怎么可能甘心如此被动呢？另外一点，十三影子卫说到底是皇家暗卫，那么能够轻易驱动他们的人，皇上也是最好的人选。

可是，如果说这些人背后的指使者是皇上，很多事情又显得有点矛盾了。皇上既然要针对李太师，又何必让贺子升调查当年容妃的画像？如果说当年的画像真的如传说中一样，万一查出贺子升推出的那个真相，不是对皇上一点好处都没有吗？甚至如果那个传说是真的，到时候皇上又该如何决断？

如果背后的人不是皇上，那又是一件多么恐怖的事情！

贺子升顿时感觉后背发麻，不寒而栗。

这个问题引起了所有人的沉思，大家都没有说话。

"明玉，你帮我们画张像吧？"这时候，红袖忽然说话了。

"什么？"明玉愣住了。

"难得大家能聚在一起，也算是一个缘分。天亮后我们估计就要分开了，这一分开兴许还不一定能再见着，留一张画像也算是给我们这次相遇留个纪念吧。"红袖笑了笑说道。

"也好，这是个不错的提议。"左向风跟着说话了。

"那好吧。"明玉看了看其他人。

大家都没有反对。

于是，明玉让大家坐到一起，进行了简单的排列，然后拿出笔和纸，对着他们开始作画。

因为人比较多，所以明玉只能一个人一个人地画。在明玉对一个人作画的时候，其他人也可以放松或者离开。

对明玉如何作画很是好奇的叶承安和叶童甚至来到明玉的身后，看着他作画。

明玉第一个画的人是红袖，因为她是这几个人里唯一的女人。

"明玉，你之前不是给玉贵妃画过画像吗？"突然，贺子升想起了一件事。

"对，我记得之前明玉说红袖看着眼熟，说她是玉贵妃的侍女林盼儿。明玉，难道你没认出她是玉贵妃吗？"阿和也想起了先前明玉的话，跟着问道。

"我的确给玉贵妃作过一次画，不过当时的玉贵妃和红袖确实有点不同，倒是当时旁边的林盼儿和此时的红袖有点相似，所以开始我以为红袖是玉贵妃的侍女林盼儿。"明玉看着眼前的红袖说道。

"其实明玉画师没有说错，当时他要给我作画，但我不想让人看到我的落魄样子，于是我和盼儿换了衣服和身份，让她扮作我。所以，明玉画师认出我是林盼儿，我也没有直接反驳。"红袖为明玉解释了一下。

"原来是这样啊！"阿和明白过来了。

"这人世间的身份不过是一个标签，今日富贵人，可能转瞬间就是阶下囚。想我父亲当年为了皇上不惜付出一切，甚至赌上全族人的性命，我还被选入皇宫，被迫和我喜欢的人分开，最后换来的却是这样的后果。本来之前我对小兰的托付还不太明白，甚至后来阿宁姑娘对我的劝说都让我放不下执念，但是此刻听到你们的经历，我才明白，为什么那么多人忍辱负重，甘愿受尽各种痛苦，却依然在坚持自己的想法。原因很简单：他们的内心还有希望，哪怕只有一点点火星，他们都认为可以成为燎原之火。"红袖微笑着说道。

"刚才其实一直想问，阿宁她现在如何了？"听到红袖提起阿宁，贺子升不禁问道。

"贺大人，你确定想见阿宁吗？其实就算真的见了又如何？你会做什么？你们又能做什么？你们之间有了一个很大的裂缝，已经不是从前了。"红袖轻声说道。

"她终究还是不愿意见我。"贺子升苦笑了一下，悲声说道。

"那如果七公主还活着，你愿意见她吗？"这时候，左向风忽然说话了。

"什么？"贺子升愣住了。

"我说，如果七公主活着，你愿意见她吗？"左向风重复了一下自己的话。

"愿意，我很想见一面。只可惜，我们再也无法相见了。"贺子升颤抖着说道。

"这世上的感情真的让人哭笑不得，爱你的人不见你，你爱的人见不着。我想如果七公主知道你的答案是这样的，可能她也不会那么难受。"左向风叹了一口气说道。

"你认识七公主？"贺子升看着左向风，疑惑地问道。

"认识，何止认识……"左向风的身体微微颤了颤，似乎在说一个惊天的秘密，"这一辈子，唯一让我觉得有意义的事情就是认识七公主。"

左向风的话让其他人有点意外，之前他一直没怎么说话，只是在听众人说话，如今突然说话，所有人的目光都落到了他身上……

第92章　江湖往事

这世上人和人的相遇只在一瞬间。

左向风是在被人追杀的路上遇到七公主的送亲队的。

当时他身边的人已经全部被杀,他的后背、肩上,甚至两条腿上全是伤。

追杀他的人说了,这一次无论如何都不会让他活着离开。

或许他命不该绝,在他倒下的时候,七公主的送亲队正好过来了。然后侍卫冲了过来,那些追杀左向风的人看到后不得不离开。

醒过来的时候,左向风看到了七公主。

左向风从来没想过,这辈子会喜欢上一个女人。

七公主站在河边,她穿着红色的喜服,头顶凤霞冠,阳光落在她的身上,像是一个仙女一样站在那里。

左向风看着这一幕,简直惊呆了。

"你这个贼人,好生无礼。"七公主的侍女看到左向风的样子,顿时生气地踢了他一脚。

"他受伤了,都是亡命天涯的人,不要为难他。"七公主转过了头,看到后不禁说道。

"对不起。"左向风立刻向七公主行礼。

"无妨,你身上受伤太重,我已经让随行的医官给你处理了。你找个地方好好休养一些日子就会没事。"七公主说道。

"对不起。"左向风还想说什么,但是话到嘴边又不知该说什么。

"我们要走了,你自己多多保重。"七公主说着,提了提身上的衣服,转身向前面走去。

左向风从小生活在江湖中,身边的人和事早就让他对感情失去了兴趣,一直以来早就习惯了独来独往，所以长年漂泊在各个地方。

他在各个地方都有熟人，在一个高国朋友的介绍下，他以调香师的身份进入了高国。

昔日的高国虽然在大明的扶持下稍有起色，但是很多地方还是比较落后的，尤其是女子的用品，非常缺少。左向风的香水一出，很快就成了高国朝廷后宫贵族的心爱之物，而作为创造者，他很快被高国请入皇宫。

后宫的嫔妃为了能够得到皇上的青睐，可以说是想尽办法，左向风的香水无疑是后宫嫔妃最期待的，所以他自然而然留在了高国。

左向风来到高国，目的只有一个，那就是为了救他一命的七公主。

可是，让他意外的是，他在皇宫找遍了任何一个地方，都没有找到七公主。

后来偶然才知道，原来七公主来到高国后就生病了，高国的人担心有问题，所以将她安排在宫外一个别院居住养病。

那个别院并不难找，左向风进去后正好看到了七公主的侍女香兰。香兰正在打水，弱小的身体拎着重重的水桶，摇摇欲坠。

于是，左向风走了过去，扶住香兰。

香兰看到他，表情从意外到欣喜，最后哭了起来。

短短几个月的时间，七公主的样子从一个风华绝代的天之骄女变成了一个眉目低沉、表情憔悴的女人。

"我的病不怨高国。从大明出来的那一刻，其实我的心就已经死了，人的心一旦死了，身体又还能撑多久？"七公主悲伤地说道。

"你既然不愿意嫁过来，为何又同意呢？"知道救下自己的人是七公主后，左向风特意了解了一下七公主的事情，得知七公主是主动要求远嫁的。

"本以为离开大明，距离会让思念变淡，可以开始新的生活。可是没想到，将一个人刻在了心里，即便你走得再远，最终还是无法忘记。我这一病可能就再也好不了了。这样也好，反正从离开大明的那一天，我就已经想到了这一天，只是苦了香兰。如果我离开了，也不知道她能不能回去？"七公主哀伤地说道。

"人总要有希望的，或许在这里会有更好的风景。你看，当初我以为自己都要死了，但是遇到了你，你肯定也没想到会在这异国他乡遇见我吧？不过我很羡慕你说的那个人，有朝一日，我真想见见他。"左向风说道。

"你说得没错，人总要有希望。可是我不是普通人，而且他心里有别人，就像我心里有他一样。我们就像草原上的草和沙漠里的水，根本无法相守，唯一能做的就是单方面地看着他。可是此刻我发觉老天真是残忍，连看的机会都不给我了。"七公主难过地说道。

七公主最后的那段日子，左向风和香兰一直陪在她的身边，高国的朝廷也派来了医师和服侍的人，但是都被七公主赶走了。

"即使身在他乡，我也希望身边是故土之人。如果他在身边就好了……"七公主目光涣散地说道。

左向风离开高国的时候，高国的皇上正在给七公主办丧礼。

左向风看着满街的白色，心里不禁万分痛苦。同时他也暗下决心，一定要找到那个让七公主痛苦万分，至死都念念不忘的人。

回到大明，左向风很快就知道了七公主之前的事情。那个在京城闻名的许愿井事件，年轻有为的锦衣卫为了保护七公主，坠入了许愿井里面，一起坠井的还有宁尚书之女。那次事件以后，七公主爱上了锦衣卫，但是命运偏爱捉弄人，年轻的锦衣卫却爱上了尚书之女，一段纠缠不清的孽缘因此产生。

数月后，宁尚书全家被杀，不过市井传言，宁尚书的女儿幸免于难，被人救走。

面对这些事情，左向风走进了李太师的府邸。

看到左向风拿着七公主的信物，李太师接待了他，并且知道了七公主最后的日子是如何度过的。

"老夫自知朝堂之上对人不善，老天对我施以惩罚，所以无儿无女。七公主是我唯一心疼之人，没想到也因为我错误的安排如此痛苦地离去，一切都是我的错。我后悔，后悔不该让她离开京城。这可恨的高国，竟然如此待我大明公主，简直岂有此理！"李太师痛苦地说道。

"高国昔日被太祖皇帝征服，可是后来发展迅速，已经完全不受控制。朝堂这次派出公主和亲，其实也是为了稳住对方，没想到如此待我大明。蕞尔小国，如此胡作非为，我定要禀告皇上，对高国举兵惩戒……"李太师愤怒地将拳头砸到了桌子上。

"不，太师如果此刻提出，皇上必不会同意。草民有一计可以帮助太师……"左向风凑到了李太师的耳边……

第93章　忘忧清香

"你竟然和李太师密谋?"听到左向风的话,其他人不禁震惊了。

"你究竟是什么人?难道我们大家来到这里并不是什么巧合,而是你们的计划?"贺子升突然明白了什么,抽出绣春刀,直接指到了左向风的脖子上。

左向风笑了笑,伸出两只手指夹住了贺子升的刀尖,轻轻推开。然后他转过身看了看其他人说道:"这隐安寺我来过很多次,闲暇之余会和慧海师父下棋诵经,讲论佛法。昔日释迦牟尼传法入世,本是苦于解救万民,所以心甘情愿毁去自己尊贵之身,只为普度众生。可是,众生是什么?是你,高高在上的锦衣卫大人;还是你,画技卓然的明玉画师?是你,身份尊贵的玉贵妃;还是你,富甲一方的纨绔子弟叶承安?其实我们都一样,哪怕是一个小小的书童,或者是一个不知来历的老兵头,天下人,为众生。"

"你到底要说什么?"叶承安不明白左向风的话。

"你们都说了自己的故事,那我也没必要遮遮掩掩,我也说一下我的故事吧。我出生在一个没有名字的地方,很小的时候,一群人来到我的家乡,杀光了我的亲人。那天夜里,村子里的火比天边的晚霞还要亮,对面山上的樱花在火光的映衬下格外好看,可是这世上好看的东西背后却是无尽的伤痛……"左向风看着眼前的篝火,说起了自己的故事。

左向风只不过是一个称呼,就像他曾经用过的无数个称呼一样。因为从他进入天机阁开始,那里的人就告诉他,他们没有名字,没有亲人,没有身份,他们和天机阁里的忍者刀、扶苏剑、迷魂香一样,只是天机阁的一个工具。如果说真的有一个固定的称呼,那就是石川野。石川野是天机阁的创始人,也是他们所有人的信仰与榜样。阁主说了,石川野是神,也是他们每一个人。所以,无数个石川野从天机阁出来，被阁主分配到各个地方执行任务。

来到大明的时候是一个下午，夕阳正好，晚霞正美，不过在他看来，却是一个血一样的开始，因为那是他的噩梦。每片晚霞的红，每朵樱花的白，都是他成为死士的见证。

和他一起来到大明的还有另外几个同伴，他们被安排在不同的地方，有的在锦衣卫，有的在市井，他们彼此并不认识，不过他们有统一的标志和身份的暗号。

他在大明成功地完成了很多次任务，因身份暴露，最后被天机阁带回东瀛。不过他的任务并没有结束，因为他是死士。又因为他对大明的熟识，所以他的下一个任务，自然还是在大明，只不过他的身份已经不是当初的身份，而是一名商人。他用一个新的身份出现在大明，利用生意往来，很快融入大明的各个阶层，包括皇宫内院。

离开天机阁的时候，阁主说过一句话：永远都不要揣摩天机阁的心思，因为它就像人群里的影子，你不可能知道谁会藏在你背后。

所以，天机阁出来的人忠心耿耿，不敢背叛，即使面对再大的诱惑、再大的痛苦，都不敢改变一切。

安太后大寿，整个皇宫一片祥和，所有人都在为安太后准备寿礼。看似平和的准备工作，背后却杀机四伏，各方势力相互制约，却又是谁都不敢轻举妄动。

他给安太后献上了一瓶香粉，名为"忘忧"。

"何谓'忘忧'？"安太后不解地问道。

"听闻太后夜不能寐，想来是心事过多，忧虑所致。'忘忧'取材于天竺。据说当年高僧玄奘西游天竺求取真经，路经一府邸，府邸种满了一种无名小花。玄奘问主人此花为何花，主人微笑说道，府邸所种之花名为'忘忧'，花香可以让人忘却一日烦恼，花瓣可以让人忘记身边琐事，花心则可以模糊前尘旧事。玄奘对这忘忧花深感意外：人之烦恼，多存于记忆；忘忧花之效，仿佛轮回转世。献此香粉，希望可以帮助太后散去忧虑。"他说道。

"好一个忘忧，那哀家就试一试。"太后被他讲的故事吸引了。

所谓"忘忧"，不过是一种迷香，让太后用上此香也是他潜伏到皇宫的首要任务。

夜深人静，他换上夜行衣来到了慈宁宫。

按照时间的推算，安太后应该已经用了"忘忧"，于是，他悄无声息地来到了安太后的寝宫。

事情进行得很顺利，一切结束后，他并没有离开慈宁宫，而是大摇大摆地坐在太后的寝宫外面。

安太后醒了过来，看到外面的他顿时勃然大怒，走出来才发现值夜的太监和宫女全部倒在地上，不省人事。

"你是什么人？竟然擅闯我的寝宫？"安太后冷静下来，看着他问道。

他取下了脸上的面具，然后微笑着说道："不知道安太后用了'忘忧'，效果可好？"

"是你？"安太后认出了他。

"不错，安太后好。"他给安太后行了一个礼。

"你到底要做什么？你可知道你深夜到我寝宫，是死罪？"安太后冷声说道。

"我来这里自然是有事情告知，'忘忧'确实可以让人忘记忧虑之事，但是它还有个作用我之前没有说。"他说道。

"什么作用？"安太后愣住了。

"'忘忧'能让你讲出你心里忧虑之事，所以太后你心里的忧虑之事，刚才我全部听见了，甚至有些你不愿意讲出的事情，在我的询问下也被我知晓。当然，你可以喊人过来，只是我可能无法保证不会将你心里的忧虑之事说出来。"他微笑着说道。

"你大胆，你、你能知道什么？简直一派胡言！"安太后一听，顿时怒气冲冲，浑身颤抖。

"太后不信也没关系，那我可以简单说一下，比如当年容妃诞下皇子的秘密，还有当今圣上的来历……"

"你不要再说了，你、你究竟是什么人？你要做什么？你有什么目的？"安太后惊恐地看着他。

"太后放心，我能够留下来告诉你这一切，自然没有对外说的计划，只要太后帮我做一些事情，我非但不会说出去，还会帮太后做一些事情，让你再也不用担心这些……"

第94章 太后揭秘

后宫，如同一个深邃的湖，看似风平浪静，实际暗流无数。前朝的每一个决定，都关系着天下万民的命运；而后宫的每一个阴谋，则关系着前朝的每一个决定。

安太后被胁迫，只好将希望全部寄托在了左向风身上，于是将她之前所做的一切全盘托出。昔日先皇在皇宫和民间安排了两方人马，用来制约朝纲的稳定性。一方是神秘莫测的十三影子卫，他们在先皇驾崩后便离开了皇宫，流向民间。从后来反水的影子卫处得知，他们是受先皇的嘱托离开皇宫的，并且手里拥有一个可以震慑朝纲的安国法宝，所以这些年来，无论是安太后，还是李太师，包括当今皇上，都在四处寻找流落民间的十三影子卫。因为他们谁都不知道那个震慑朝纲的安国法宝是什么东西，都担心那是致自己于死地之物。

先皇留下的另一方制约者则在皇宫之内，那就是皇宫里最神秘的一个人——曾经救下先皇的张牧良。所有人都知道，张牧良曾经给容妃画过一幅画，这幅画名字叫《鬼婴》。虽然后来这幅画被收缴，但是有知情者说，张牧良当时画了不止一幅画，被后宫这边拿走的只是其中的仿品，真品其实被他送给了可靠之人。

容妃的事情一天不解决，安太后一天都不会心安，所以她用尽办法，将张牧良逼走，以此告知后宫所有人，即使是张牧良那样的曾经的神人，依旧不是安太后的对手。只是安太后没有想到的是，张牧良走后，后宫的平衡制约没过多长时间便再次出现了问题，这次撼动平衡的人竟然是她之前从来没想到的皇上。要知道，皇上之所以能成为九五之尊，全是安太后自己一手安排的，她对皇上用心良苦，没想到皇上却成了她内心不安的隐患。

如果说出现问题的人是张牧良或者李太师，安太后可以用尽各种办法来对付他们；但是对于皇上，她却难以下手。皇上虽然不是她的亲生儿子，却是她从小养大，并且一手推上皇位的。要知道为了这个皇位，安太后一生做过太多得罪人的事，她现在已经没有什么可以倚仗的人了，皇上是她最后的依靠。如果皇上出了事，她必然也会受到牵连。

安太后已经调查清楚，皇上出现在安太后和李太师的平衡制约之中，主要是因为皇上发现了自己并不是皇家之人的秘密，于是安排人四处调查。而让皇上发觉这一切的人是兵部尚书宁尚书和身边的谋士。让安太后更加不安的是，宁尚书的女儿宁兰和七公主关系极好，而七公主又是李太师最宠幸的外孙女。这个也一直是安太后担心的问题：昔日李太师将女儿嫁给皇上做妃子，如果不是为了稳住朝纲，安太后是断然不会同意的。

所以，安太后决定利用李太师之手除掉皇上身边的宁尚书。所谓敌人的敌人就是自己的朋友，安太后向李太师透露了自己的担心后，很快，宁尚书的副手赵侍郎便被杀害了，紧接着便是宁尚书全家。

杀戮一旦开始就无法收手，虽然宁尚书和赵侍郎这些忠于皇上的人被杀，但是皇上对于自己要调查的事情并没有放弃，反而目标更加明确了，甚至找了贺子升来调查后宫的画像迷案。这让安太后更加寝食难安，因为容妃的画像案，关系到当年安太后最直接的秘密。

安太后对贺子升的威逼利诱，并没有起到任何作用，甚至还让她自己遇到了一些诡异事情。眼看画像案无法阻止，安太后只好顺水推舟，鼓励贺子升尽快查清案件的真相。

左向风的出现对于安太后来说其实并不是一件坏事，因为她正需要一个谋士来帮助自己。

"只不过，你这样的谋士不可能无缘无故出现在我的面前，我猜想你在来我这里之前应该也去找了李太师吧？"安太后讲完自己的情况后，目光直直地盯着左向风。

"太后果然心思缜密，对于我这样的人来说，帮谁都一样。至于怎么做，那就要看对方给我的条件。"左向风笑了起来。

"你想要什么？"安太后问道。

"我要的东西其实很简单，不会为难太后。我确实去找了李太师，也答应帮他做事，不过我是一缕风，不会固定停留在谁的身边。我之所以出现在这里，自然也是希望可以帮到太后。所以在这方面，我希望太后不要怀疑我的真心。"左向风说道。

"那说说你的计划。"安太后问道。

"很简单，太后不是说了吗？当年先皇安排了两股镇国之的势力，一股是十三影子卫，一个是张牧良。虽然十三影子卫已经流落民间，但是想找到他们也不是一件办不到的事情。另外就是张牧良画的画像较比棘手，其实张牧良的画像也好，十三影子卫手里的秘密也罢，综合到一起就是一件事。"左向风说着停了下来。

"什么事？"安太后脱口问道。

"容妃的那个皇子究竟去了哪里？"左向风说道。

太后愣住了，片刻后她点了点头："你说得没错，确实如此。无论之前先皇给过十三影子卫什么嘱托，又不管张牧良曾经想保住什么秘密，综合到一起其实都指向了当年容妃诞下的那个皇子。如果那个皇子长大成人，现在被有心之人知道，因为他是先皇血脉，自然能取代现在的皇上。到时候，皇室之争引发天下大乱，恐怕谁都无法收场。"

"所以不仅是太后，李太师也拜托我要找到当年那个皇子。"左向风微笑着说道。

"可是，这么长时间过去了，要想找到当年的人，恐怕并非一件易事。这么多年来，不仅我、李太师，还有很多心怀不轨的人都曾经四下寻找，可惜最终都是一无所获。"安太后叹了一口气说道。

第95章 自曝身份

离开皇宫后,左向风来到的第一个地方就是隐安寺。

和慧海相识的时候,左向风还不叫左向风,他的名字叫石川野。他的下属红雪第一次向他介绍慧海。那时候的慧海也不叫慧海,而是有一个让很多人闻风丧胆的名字——风断。

红雪说,风断爱上了她,而她也爱上了风断。

"天机阁的规矩你是懂的。"他说道。

"我自然是懂的,所以我才来找您,其实我完全可以和风断离开的,风断的身手很好,可能连您都不是他的对手。不过,毕竟您是我的上司,我还是想和您说一声。"红雪说道。

他看着眼前的红雪,笑了起来。

十年前,南飞燕带着红雪从东瀛来到了大明,她们是天机阁新派来的人,和他一样,即将融入大明的各个地方。

在京城天花楼,他宴请了她们,一桌子全是大明的名菜。南飞燕和红雪她们初入大明,都好奇地看着桌子上令人眼花缭乱的菜肴。

"要想融入这里,就要熟悉这里的一切,人们的衣食住行、好恶,以及其他所有的一切,否则稍有不慎,就有可能全军覆没。"他说道。

"我看街上人群熙攘,商贾温和,此处的人并不像我们想的那样吧?"红雪说道。

"那是表面。别看这京城表面平和,单单这个天花楼,锦衣卫、暗卫、东厂,各个势力的眼线都在盯着这里,大明朝廷看起来波澜不惊,其实暗潮涌动,各方势力互相争斗、制衡。"他看着外面说道。

"我们来这里是完成任务的,争取早日回家。"红雪兴冲冲地说道。

一个人在一个地方待久了，难免会心生情愫，尤其是遇到一个对她关怀的人。红雪说，风断和她一样，都是孤儿，他们在一起互相温暖对方，像是天生的一对。

红雪走了。

天机阁从来不会让自己的人出现偏差。

所以，他给南飞燕下了一道令，红雪不仅要死，风断也不能留。

于是，为了灭掉他们，他甚至毁掉了西南山这枚棋子。

不过风断还是很强，在天罗地网下依然逃生。当然，红雪的死，也让他彻底心死，最后遁入空门，进了隐安寺，法号慧海。

与此同时，因为南飞燕的死，石川野在京城的身份也暴露了。他遭到多方势力的追杀，最后机缘巧合下来到了隐安寺。

命运就是这么神奇，昔日他让人追杀风断，导致风断进了隐安寺。当然这一切，风断自然是不知的，因为他的情爱与过往都随着红雪的离开烟消云散了。

几次来往，左向风成了隐安寺的常客，也和慧海成了好友。他们在一起讨论众生，讨论佛法，有时候也会讨论一些往事。

于是，左向风自然知道了了尘的俗家往事，知道了他一直寻找的身世谜团，其中自然包括他们查到的当年从宫里出来的郑通。

知道这些线索后，在李太师和安太后的帮助下，左向风很快在安城找到了郑通的下落。

郑通的身份浮出了水面，他正是当年容妃身边的贴身太监。当年容妃诞下皇子，安太后的人买通郑通，让他和宫女小梅一起处理掉容妃的皇子，可是郑通和小梅在当天晚上一起偷偷逃离皇宫。从此以后，容妃诞下的皇子成了宫中一个谜，安太后那边以为郑通和小梅已经处理了皇子，担心被灭口，所以才逃离了皇宫。而张牧良留下的《鬼婴》画像却让其他人认为郑通是为了皇子的安全，将其带出了皇宫。于是，郑通和小梅成了众矢之的，先皇甚至听信谗言，让十三影子卫搜寻郑通的下落，而安太后也没有放弃对郑通的寻找。

郑通没想到多年后左向风会找到自己，面对他的询问，郑通一语不发，最后选择了自杀。

所有的调查戛然停止。

左向风调查了郑通所在之处周边的情况，并没有发现任何可疑的痕迹。之前对郑通逃亡的路线进行调查，也没有发现他携带皇子的情况。所以最后的怀疑目标落在宫女小梅身上。可是之前根据安太后和十三影子卫的调查，小梅当年出了皇宫就没了消息，他们根据获得的线索推测，可能小梅早已经不在人世。

左向风成功兑现了对安太后和李太师的承诺，他也得到了安太后和李太师给他的回报。就在他准备离开的时候，却遭到了一群黑衣人的袭击，最后他被打晕。

左向风醒过来的时候，他发现自己是在一个阴森陌生的地方。一个戴着面具的人站在他的面前，给了他两个选择：第一个是为他给安太后和李太师所做的事情直接伏法，第一个则是按照对方的要求做一件事。

左向风自然选择了第二个。

对方给他的第二个选择就是来这隐安寺。

左向风来到隐安寺的时候，直接跟慧海说出了自己的来意。没想到却被了尘知晓，于是起了争执，慌乱中，了尘被他们失手杀害。

正当他们准备处理了尘尸体的时候，外面却有人过来了，于是他们只好先将了尘的尸体放到了佛像的背后。

让他们没想到的是，黛夜雨霏霏的隐安寺，竟然陆陆续续来了这么多人。

随着众人讲述自己的事情，左向风也慢慢发现了那个戴着面具的人让他来这里的目的。

此刻，篝火晃动，左向风的讲述如同一阵寒风，吹醒了现场所有人的疑惑。

尤其是慧海，当他听到左向风说出自己真实身份的时候，脸色骤变。

贺子升的刀再次放到了左向风的脖子上。

杀气瞬间凝结，所有人都屏住了呼吸，目光全部聚集到了贺子升和左向风的身上。

"我说了我的身份，难道我不知道会有危险？贺大人，你听后对我做的这个动作很愚蠢，我以为你至少会问问七公主的事情，可惜了她对你的一往情深。"左向风摇了摇头说道。

"我和七公主的事情还轮不到你这个异国奸细置喙。"贺子升冷声说道。

"你觉得你真的杀得了我？"左向风笑着说道。

"难道不可以吗？"贺子升反问道。

"当然不可以，放开他！"这时候，身后的阿和忽然抽出了刀，抵到了贺子升的脖子上，冷声说道。

第96章　分类身份

"阿和大人，你、你在做什么？"看到阿和将刀指向了贺子升，旁边的人都愣住了。

贺子升没有动，也没有说话。

此刻，空气静得可怕，所有人的呼吸都显得小心翼翼。

左向风对于贺子升的刀剑威胁并无惧意，甚至看上去毫不在乎，他转过头看了看前面的红袖说道："你和阿宁在一起的时候，有没有问过她，为什么宁尚书家里那么多人，独独她能活下来？而且她可以离开京城，多次得到人们救助。"

"这个……"红袖愣住了，她不明白此刻左向风的提问是什么意思，关于这个问题，她自然是问过的，尤其是在阿宁认出她的身份的时候。

"阿和，真没想到你竟然会是李太师的人。"贺子升看了看旁边用刀指着自己的阿和说道。

"不，贺大人，我不是李太师的人。"阿和摇了摇头。

"那、那你是安太后的人？"明玉一听，不禁说道。

"不，安太后还没有资格来指挥我做事。"阿和摇了摇头。

"明白了，你自然是天机阁的人。你之前说的事情已经很清楚了，你出身不详，身份不明，这和左向风说的天机阁的情况很像。想来你们应该是一伙的。"叶承安感叹道。

"他不是我们天机阁的人。"左向风否认了阿和的身份，笑了起来。

"这、这是什么意思？既然不是李太师的人，也不是安太后的人，又不是天机阁的人，那、那你到底是什么人？"贺子升被他们的回答搞糊涂了。

"阿弥陀佛，左施主，真的好大一盘棋啊！"这时候，旁边的慧海突然一声感叹。

"大师还算通透，其实这也没什么可隐瞒的，很多事情最终是要有个结果的。所谓三千佛树，终有一根；万源追踪，大道合一。这世上从来就没有无缘无故的缘分，更没有莫名其妙的爱恨。每个人来到这世上都是还债，还债结束，彼此分开，各散天涯。"左向风笑着说道。

所有人都看着左向风，不知道他葫芦里到底卖的什么药。

"你是皇上的人？"忽然，贺子升说话了。

"先前我已经说了，我只是一个商人，脱离了天机阁。我对李太师说的话、对安太后说的话都是真的，谁给我的条件合适，我就跟谁合作。当然，这不影响我跟很多人合作，只要我把他们需要的东西给他们就好。"左向风耸了耸肩说道。

"我明白了，你……竟然……竟然和李太师、安太后以及皇上都有联系？那如此说来，今天这个局是你设的，你就是让我们所有人都来到这里的那个幕后人？"红袖意外地说道。

"让你们来到这里的幕后之人不是我，而是你们自己。"左向风摇了摇头说道。

"你究竟有什么目的？"明玉看着左向风问道。

"那就从你来说吧。你的父亲因为那幅多出来的画像被杀，而你以为是李太师所为，你可知其中真正缘由？你自认为找到了真相和凶手的动机，然后用所谓的判官笔进行复仇。我想也只有你自己知晓，所谓的判官笔不过是一个以讹传讹的虚假谎言。"左向风听到明玉质问自己，于是转头看着他说道。

"你知道什么？你这是什么意思？"明玉愣住了。

"明文墨，十三岁闻名于朝堂的天才画师，不过他最让人佩服的其实是通过一幅画鉴别出了高国人刺杀先皇的阴谋。这事本是皇家隐秘，很少有人知道。因为涉及两国关系，我想就连你明玉，都不知道自己的父亲有过这样的惊人举动吧？"左向风说道。

"这、这是什么时候的事情？"明玉确实从来没有听过这件事。

先皇在位的第十五年，高国使团来访，随行的还有高国丽雅公主，希望可以嫁入大明，以修两国之好。高国虽是小国，但是这样的和亲也是一番好意，再说丽雅公主为表诚意，除了带来丰厚的嫁妆，还当众跳了一支舞，可以说舞姿惊人，异域之风立刻让所有人大为震撼。

当时，为了记录这一场景，先皇特意找了御用画师记录，而明文墨作为陪同者，也被允许与其他画师一起作画。

三天后，先皇大婚，册封丽雅公主为丽妃。

明文墨只是陪同作画，所以并没有把画作交给御画室。夜里，他拿出自己的作品欣赏，想起之前画画的情景，然后从丽雅公主的眼里看出了不一样的感觉——那看似明媚诱惑的眼神，其实暗藏杀机。于是，他将自己的画作给父亲看了一下，父亲发现后，立刻带着他前去面圣。可惜他们官职卑微，又是深夜，再加上这只是明文墨的推测，所以上官便将他们赶了出来。

画师除了要掌握绘画技巧，更多的是观察人的眼神。当日丽雅公主一支舞，惊艳四方，所有人都在关注她的舞蹈，也只有年纪还小的明文墨看出了她眼神里隐藏的杀机。所以，明文墨的父亲相信明文墨不会有错。

无奈之下，父亲只好动用关系去找其他重臣，但是对于这种推测性的事情，无人敢冒险。眼看着时间越来越紧，明文墨想到了一个办法，之前他曾经和在宫里做侍卫的朋友发现有一个可以暗通先皇所在之处的狗洞，不过那个狗洞只能容一个孩子通行。

明文墨通过那个狗洞找到了宫里当值的侍卫，然后两人在那个侍卫的领班的带领下，及时阻止了丽妃对先皇的刺杀。那次事件，明文墨和那个侍卫得到了嘉奖，明文墨成了最年轻的御用画师，那个侍卫则成了皇上最信任的皇家侍卫。

丽妃的事情已经宣告天下，又关系到两国和平，所以先皇让明文墨画了一幅画像，作为处死丽妃的原因。这事自然也没有外人知道，后面的一切操作都由那个侍卫负责，而他正是后来的兵部侍郎赵之阳。

"这自然也是你父亲和赵侍郎关系极好的原因，他们有共同的秘密。"左向风说道。

第97章 掩饰部分

"可是,我的父亲为什么从来都没有说过这件事?"明玉听了左向风的话惊呆了。

"你父亲不说,自然是为了保护你。这事情关系皇家颜面和国家之间的和平,怎么可能大肆宣扬?先不说高国的丽雅公主刺杀先皇是高国国主授意还是丽雅公主的个人所为,只要没有说出来公布天下,大明和高国的表面就是和平相处,结成秦晋之好。所以这个秘密,无论是从个人利益还是国家大义,都不会让别人知道。你不是一直疑惑,究竟害死你父亲的那幅多出来的杜丽娘画像是谁作出来的吗?"左向风看着明玉问道。

"你知道内情?"明玉一愣。

"想来那一幅只不过对外宣称是杜丽娘的画像,目的是用来迷惑众人,那幅画像莫不是当年先皇让明文墨画的那幅丽雅公主的画像?"这时候,旁边的贺子升忽然说话了。

"你说什么?"听到贺子升的话,明玉越发震惊了。

"贺大人果然心思敏捷,快人一步。没错,其实多出来的那幅画像正是当年明文墨在朝堂画的那幅丽雅公主的画像。所谓成也萧何,败也萧何,明文墨成名于丽雅公主的画像,也没落于丽雅公主的画像。"左向风看着贺子升微微笑着说道。

"我怎么听不明白?"旁边的红袖一头雾水,满眼疑惑地看着贺子升和左向风,"既然那幅画像是明文墨自己画的,他怎么还在四处寻找画画的人,又怎么说是被冤枉的?"

"很简单,那幅多出来的画像不是别人放进去的,正是明文墨自己放进去的。他不过是自导自演了一出戏而已,表面上看是有人暗中捣鼓,其实所有的一切都是明文墨自己在背后操作。"左向风说道。

"不可能,这是为什么?"对于左向风的分析,明玉无法相信。

"原因只有一个。"贺子升说话了,"在朝廷放出杜丽娘画像的诅咒传说之时,明文墨的身份可以让很多人信服。虽然那幅画像是丽雅公主的画像,但是根据我们所了解,丽雅公主比较神秘,非常符合作为杜丽娘画像诅咒的源头。"

"什么?杜丽娘画像诅咒的源头?"贺子升的分析让明玉越发惊讶了。

"人人都以为杜丽娘的画像诅咒源于冷宫的容妃,其实那是将容妃的事情和后来的画像案件以讹传讹为一件事。容妃的画像涉及朝纲根基,甚至关乎皇上的皇位稳定。所以杜丽娘画像最早的作用不过是用来掩盖当年先皇处死高国丽雅公主的真正用意。一个秘密被遮掩得再好,终有一天也可能会被人发觉,所以唯一的办法就是让知道秘密的人不会开口。"左向风说着坐了下来。

"你到底什么意思?难道说我父亲的死和李太师没有关系?"明玉走到了左向风的面前,满眼愤怒地问道。

"明文墨也好,赵之阳也罢,每个人的死都有原因的。关于你父亲的死,我并没有真凭实据,他只不过是我遇到的事情里一个顺手知道的消息。至于他的死是什么原因,我刚才讲了那么多想来你应该有些明白了吧?"左向风看了看明玉说道。

其实现场所有人听到左向风讲述的关于明玉父亲的事情后,心里都有了一个大概的真相。既然明玉的父亲、赵之阳和当年先皇处死丽雅公主的秘密有关系,那幅导致明文墨被害的画像又是明文墨自己加进去的,且明文墨又不希望明玉调查自己的事情,而是想让明玉以后好好生活。综合这一切可以确定,明文墨的死显然是他自己造成的,或者说是他自己一手策划的。

"我明家世代为朝廷效忠,我父亲……我父亲更是救了先皇的性命,怎么最后会落得如此下场?其中肯定有什么误会!"明玉始终无法接受这个事实。

"明玉,你父亲的确深受先皇隆恩,正因为这一点,也许才导致了今日的罪责。刚才左向风说得不无道理,你父亲的死可能正是源于他对朝堂的忠心。他的死显然是为了保守当年先皇处死丽雅公主的秘密。据我所知,你父亲出事的那段时间,朝廷似乎正在和周边四国讨论各国边疆封地,如果那个时候,丽雅公主的真正死亡原因传出去,那么势必会影响到五国会谈的结果,兴许还会因这件事而让我大明成为其他国家的众矢之的。"贺子升说道。

明玉呆住了,没有再说话。对于这个真相明玉的确大吃一惊。一直以来他都以为父亲的死是受人陷害,甚至对于当年赵侍郎对父亲的爱莫能助还有点生气,可是此刻知道内情后，明玉反而有一种无法言说的痛苦。

"明玉，画皮画骨难画虎，知人知面不知心。观人不能只是以表面，最主要的是看一个人的内心。"明玉想起了父亲曾经对他说的话，当时听上去就是一些说教的词语，此刻却让明玉无法控制自己的情绪，甚至不禁流下了眼泪。

"你不要太伤心了，至少令尊大人大义，为了国家做出牺牲，你应该感到骄傲。"红袖看着明玉痛哭的样子，不禁对他说道。

明玉没有说话，只是低声地抽泣。

明玉的抽泣让其他人的内心都有点酸楚。

"明玉画师，或许你哭并不仅仅是为你的父亲吧？"左向风又说话了。

其他人愣住了，不明所以地看着左向风。

明玉停住了哭泣。

"后宫里有很多秘密，也有很多诡异离奇的地方，其中有一个地方叫许愿台，很多宫女太监如果心里有了不愿意告诉别人的秘密，就会去许愿台忏悔罪行，或许下心愿。据说那许愿台非常灵验，很多人的心愿都会实现。知道这个地方后，我非常好奇，便去找到许愿台，结果不小心看到了其中一个人的忏悔签……"

第98章　再无重逢

"许愿台的忏悔签,你、你竟然去过许愿台?你看到了什么?"听到左向风的话,明玉突然声音颤抖,目光惊悚。

"说起这许愿台,对于宫里很多人来说可是一个精神寄托之地。生活在宫里的每个人,上到天子后妃,下到太监宫女,哪一个不是小心翼翼,各怀心事?偌大的皇宫,每个人连一个可信任说话的人都没有。于是,许愿台的出现,让所有宫里的人有了一个向往之地。有的将心爱之人的名字写上去,有的将仇恨之人诅咒于此,更有人将内心愧疚之事刻于其上。巧合的是,我正好有一次听到了一个关于翠竹的忏悔故事,当时我还不太清楚故事里的男主是谁,不过现在我清楚了。"左向风说道。

"什么故事?翠竹有什么故事?"红袖问道。

其他人的目光也落到了左向风的身上。

左向风抿了抿嘴唇,迟疑了几秒,看着面前的篝火,说了起来。

许愿台上有两行字,不知道是谁刻上去的,但是清晰地道出了后宫里人们的悲欢离合泪、情爱别离伤。

人在天涯心在前,心在眼前咫尺远。

关于翠竹,宫里很多人都知道,因为她曾经是长公主的贴身侍女,在长公主遇到麻烦的时候,她不离不弃,守着主人,只不过后来出了意外。虽然宫内对翠竹的死有定论,但是私下太监和宫女的传言中却有另一个版本。据说,长公主居住的地方传出闹鬼事件后,其他侍卫和宫女太监都用各种办法离开,只有翠竹守着长公主。为了驱邪除鬼,钦天监的人来过,还从外面请来了法师,也就是隐安寺的慧海。

驱邪除鬼那天,翠竹和慧海在一起,结束后翠竹便出事了。

根据慧海所说，翠竹是在慧海驱邪的时候遇到了劫数。为此，长公主还给翠竹特意做了祭拜宴，很多认识翠竹的太监和宫女都过来参加。大家都没有说话，但是心里都有一个疑问：为什么翠竹的祭拜宴上，那个让翠竹最喜欢的男人却没有出现？

虽然翠竹没有说过那个男人的名字，但是熟悉翠竹的人都知道，那个男人对翠竹来说非常重要，翠竹甚至想过和那个男人一起离开。

许愿台上，翠竹一共用了一百三十八根许愿签，每一根许愿签上都是她的内心独白，连到一起正好是一段她的故事。

冷宫一次意外的邂逅，让她认识了那个男人，从此以后，翠竹在这皇宫里面多一份牵挂。她感觉男人就像是上天特意给她安排的礼物一样，男人的出现让翠竹第一次感觉到了什么是幸福。当然，男人的出现不可能是无缘无故的，他背负着父亲的仇恨在宫中行走，如履薄冰，小心翼翼。如果没有翠竹的帮助，恐怕他的身份早已泄露。

他如愿以偿地做了自己想做的事情，却在事成后拒绝兑现对翠竹做出的承诺。翠竹为了他付出了所有，也无法再回头。

"阿弥陀佛，怪不得当日在花露宫，翠竹会做出反叛长公主的事情，她至死都没有说出原因，原来是这样的。"听到左向风的讲述后，慧海顿时感叹道。

明玉的脸颤抖了一下，瘫坐到了地上，然后抱住了脑袋，发出了一个痛苦的声音。

"明玉，你为了自己的私欲，不惜利用翠竹达到自己的目的，如此忘恩负义之事你竟然能够做出来，真的是让我难以想象。"左向风看着痛苦的明玉，不禁说道。

"不是这样的，我没有放弃她，是她说自己职责所在，她不能放弃长公主。在我和长公主之间，她选择了长公主，所以是她背叛了我，我没有错。"明玉忽然抬起了头，冲着面前的左向风，歇斯底里地喊了起来。

"你错了，她为了你不惜背叛了长公主，如果不是她，你的所谓复仇画像能出现在长公主身边吗？你真的以为自己是画笔判官吗？长公主身上出现的事情真的是你的判官笔所为吗？如果没有翠竹，你怎么可能完成那一切？翠竹本以为可以在事情结束后跟着你一起离开，但是你选择抛弃了她。最终她只能选择一条不归路，将泣血相思于许愿台刻在忏悔签上。"左向风说着从口袋里取出了一抹红色的粉纱，走到明玉面前一挥。

红色的粉纱如同红色的雨，无声无息地落到了明玉的身上。他看着眼前缓缓而落的红雨，不禁张大了嘴巴。

花露宫外有一株红色的海棠花，那是翠竹来到花露宫的时候种下的，如今已经花朵满枝，枝干繁茂。翠竹穿着他们第一次见面时的衣服，笑容嫣然，宛如一个小女孩。她欣喜地介绍着那一朵朵海棠花，仿佛那就是她在花露宫里的整个人生。

"你会作画？太好了，给我画一幅吧？"翠竹看着明玉，目光炯炯。

"好。"明玉拿出了画笔和画纸。

翠竹坐在那里，一动不动，目光温和地看着他。

时光似乎在他们之间流转，一晃眼，仿佛历经千山万水。

明玉感觉鼻子酸楚，有眼泪要出来了，但是他用力控制着，因为他怕眼泪落下来，滴到画纸上。

"你放心，你的事情我可以帮你。不过你得答应我，事情结束后带我离开宫里。"翠竹对他说道。

"好。"明玉脱口说道。

从花露宫出来，走到宫门口的时候，两名侍卫拦住了他。

"你们是什么人？"他警惕地看着两名侍卫。

"我家主人要见你，请吧。"其中一名侍卫说道。

明玉不知对方是谁，但又无法逃走，只好跟着对方离去。

夜色下的皇宫，到处是灯火点点。明玉跟着两名侍卫来到了一个从来没来过的地方。侍卫请他进去后，从外面关上了门。

如果不是刚才两名侍卫带着自己过来，明玉简直无法相信眼前的房子会是皇宫里的房子。因为那房子分明就是宫外普通老百姓家里的样子，无论是家具还是墙壁，甚至窗户上的修饰、房子中间贴着的壁画，都是最普通的老百姓家里的装饰。

皇宫里怎么会有这样的房子？这让明玉简直无法相信。

一个穿着精致的男人站在前面，凝视着墙壁上的一幅画，那幅画已经很旧了，是民间挂在墙壁上最多的《观音送子图》。画像上的观音怀抱一个肥嘟嘟的胖娃娃，笑容满面。

明玉走到了男人的身边，不知道该说什么。

男人转过了身，打量了一下明玉。

好英气的男人。看到男人的样子，明玉心里不禁感叹。

"明玉画师,你和令尊很像啊!"对方笑了笑,然后坐到了旁边的凳子上,顺手拿起了桌子上的一个摆件,轻轻抚摸起来。

"先生是?"明玉不知对方身份,满腹疑惑。

"听说你们明家有一支判官笔,画的人物都活不了。我想让你用它为我画一幅画像。"男人说着,轻轻放下了手里的摆件。

"你要画谁?"明玉警惕地问道。

"我。"男人笑了笑说道。

"你说什么?"明玉呆住了,对于对方提出的要求,他还是第一次听说。

"我让你用判官笔给我作一幅画像,没听明白吗?"男人微微一笑。

明玉不明白。

"你有没有觉得这房子和宫里的建筑风格都不一样?"男人环视了一下四周说道。

"我不清楚。"明玉摇了摇头。

"这是我以前生活的地方,自从被困在这皇宫后,我就再也没有回去过。当年我刚入宫时不适应,差点丢了性命。无奈之下,他们就按照我之前生活的地方给我建造了这个地方。一晃已经十几年了。"男人的眼睛里闪出了亮晶晶的东西。

"你是,你是……"突然,明玉知道了对方的身份,立刻跪到了地上。

"明玉画师,你无须多礼。我既私传你前来,自然不希望点破身份。"男人摆了摆手。

"我不明白。"对于男人的要求,明玉有点困惑。

"昔日钦天监的人曾经为我卜过一卦,因为碍于我的身份说得很隐晦,我找人调查了一下,似乎是我命里会有一劫。我想了很久用什么办法来度过此劫,今日我忽然想到你们明家的判官笔,于是找你过来。"男人说道。

"好。"明玉已知今日之事是无法躲过,只能同意。

一炷香的时间过去了。

男人的画像悠然而成,跃于纸上。

明玉忐忑不安地将画像递给了男人。

"明玉画师,我能看看你的判官笔吗?"男人收起了画像,然后问道。

"好。"明玉将手里的判官笔小心翼翼地奉上。

"果然不是俗物,笔杆透着说不出的寒气,看上去确实有几分像钟馗的点鬼之笔。"男人夸奖道。

"此物祖上有言：万物有因果；所谓生死，皆在握笔之人。今日为您画像，定然可以祛除凶险。"明玉说道。

"很好，最近宫中传闻你为长公主偷偷画了一幅生死画，甚至还有人将那幅生死画给我看。今日见到明玉画师的手笔，想来应该是别有用心之人的栽赃陷害，所以你祖上的话也是有道理的。身带判官笔，怀璧其罪。这样，你今天就离宫去吧，这里的所有人、所有事也都到此为止吧。这判官笔作的最后一幅画就留给我吧，免得总让有心之人加害于你。"男人将判官笔交给了明玉。

"明白。"男人的话已经很明确，无论是建议还是命令，他都是无法拒绝的。

"你下去吧。"男人挥了挥手，转过身。

明玉走出了房子，转过头，想说什么，却又不知说什么。

夜空落下了一颗星，明玉想给翠竹留下一字半句，可是想起男人的话，他又犹豫了。

"明玉画师，你好自为之，要知道你的命运如何发展，就在你作的最后一幅画时的一念变化。"侍卫对明玉说道。

明玉自然明白，他给男人画了一幅生死画，从此以后，他的生死就在对方手里。那幅画可以让他平安无事，也可以让他获罪而死。

或许，从此以后，世上再无明家的判官笔，就像有些人的生命中遇见的人注定无法再相逢……

第99章 深夜暗访

贺子升走到了那个瓷瓶面前。

其他人的眼里闪出了惊讶的目光,只有左向风微笑着,手指在空中轻轻地晃荡着,仿佛在看一出即将登场的好戏。

贺子升拿起了瓷瓶,迟疑了几秒,他将里面的红粉倒在了手上,然后向空中挥洒。

红色的粉末在眼前宛如一张展开的红网,慢慢从半空落下来,将贺子升覆盖。

贺子升闻到了一股清香,这种香味是记忆里的香味,带着画面扑面而来。

三日前。

从皇宫认领皇命后,贺子升通过调查,终于有了关于画像的最新线索。最近发生的画像案件,都和一个叫清水楼的地方有关。为了调查情况,贺子升派了两个暗卫过去,结果都失去了联系,唯一的解释就是他们都已经失手了。

贺子升决定亲自过去看看。

清水楼,这个招牌不大、名气不响的花楼在众多花楼中并不出众,甚至经常去喝花酒的人都没怎么听过。之前贺子升带人去过一次,发现其经营并无问题。罗万春判断,要不就是清水楼没有问题,要不就是隐藏得很深,所以想从明面过去调查是不会有结果的。

于是,贺子升决定深夜暗地调查清水楼。

贺子升戴上了人皮面具,乔装过后已然是另一个样子,两名随从也是从来没在清水楼露过面的人。

灯火通明、万花招展的清水楼大堂,老板和女孩们笑脸迎客,穿堂送酒的小厮和醉眼蒙眬的客人,构成了一幅活色生香的众生图。

贺子升三人走进大堂的时候,老鸨立刻迎了过来。

"三位公子,第一次来吗?"

"对,偶然路过前面的街道,没想到这里还隐藏着一个风月之地,所以进来看看。"贺子升说道。

"那公子是喝酒,还是赏花?"老鸨问道。

"清水楼,有酒吗?"贺子升微微一笑,不过很快他发现因为戴着面具,脸上应该并没有任何表情。

"公子说笑了,名字只是名字,雅号而已,怎么可能会没有酒呢?不但有酒,还有姑娘。"老鸨笑嘻嘻地说道。

"那,带路吧。"贺子升指了指前面。

三楼天字号,打开窗就可以看到楼下的场景,这和其他花楼的房间设置倒是不一样,既可以关上窗户喝酒谈事,也可以打开窗户欣赏楼下之景。

陪酒的姑娘很快过来了,坐到了他们身边。

贺子升不喜饮酒,更是很少来这种地方,唯一印象深刻的就是住在香红院的那段日子。不过即使在香红院,他也是独自一人,几乎不出房门。

"公子常来这里吗?"陪酒的女孩问道。

"常驻。"贺子升点头。

"那可常来这花楼喝酒?"女孩又问。

"并不常来,偶尔会陪朋友一起。"贺子升说道。

"我看公子也不是常客,一本正经的,自是紧张所致,兴许还是一个雏儿。"另外一个女孩捂嘴跟着笑了起来。

"大胆。"对面的下属一听,立刻厉声喊道。

贺子升摆了摆手。

"好凶啊。"那个女孩立刻紧张地看着贺子升。

"见谅,我这朋友是一个莽汉,你们别紧张。我出去方便一下。"贺子升说着站了起来,走了出去。

贺子升知道,两名下属和自己在一起,多少会绷着,再说他们这次过来,两名下属本来就是为他打掩护的。正好贺子升也不喜欢这些莺莺燕燕之事,听着就让他有点脑袋发闷。

走到门口,贺子升揭了一下脸上的面具,透了一口气。这个人皮面具设计精妙,唯一的缺点就是戴的时间长了会闷气。

一阵琴声悠然响起,恍如寂静夜里的一声轻叹,又似乎是雪地里的一抹红梅。

贺子升顿时被琴声吸引了，不自觉地走了过去。

琴声传出的房间在走廊尽头，贺子升站在门口静静聆听。

也许是太沉浸于其中了，这琴声将贺子升的记忆牵连出来。

是她？贺子升一惊，想到了一个人，于是不禁想伸手敲门，但是手碰触到门的时候又停住了。

"进来吧。"这时候，里面的琴声停了下来，然后传出了一个女人的声音。

贺子升推开了门，走了进去。

一个女子坐在窗户面前，脸上戴着一层面纱，手正在轻压琴弦，调整琴音。

"唐突了。"贺子升忽然有点局促不安，行了一个礼。

"公子客气了。所谓千金易得，知音难寻。没想到这一曲《悲昨日》竟然会有人喜欢，还能沉醉于其中，这让我很意外。"女子抬起头看着贺子升说道。

"《悲昨日》是姑娘所作？"贺子升第一次听这曲子的名字，不禁问道。

"不，是我在香红院的时候，偶然听到一位姑娘弹奏的，于是跟对方学了这个曲子。只可惜那位姑娘在香红院没待多久，等我后来再去探访她的时候，她已经离开了。"女子说道。

"原来如此。"女子说的姑娘，想来是阿宁。

"莫非公子也听过这曲子？"女子问道。

"是，之前有幸在香红院听过，可惜并不知道这个曲子的名字。今日得知，确实让我有点意外。"贺子升点点头。

"啊，是吗？那公子觉得，我和那位姑娘的弹奏有何区别？"女子听到贺子升的话，不禁问道。

"曲解人意，听者如是。当日我在香红院的心情和此刻的心情本不同，所以自然也无法对两位姑娘的弹奏多做评价，只能说此曲总会让我想起一些旧年记忆。"贺子升叹了口气说道。

"那公子此刻的心情又是如何呢？"女子站了起来，走到了贺子升的面前。

贺子升这才看清楚眼前女子的外形。虽然女子戴着面纱，但是贺子升看得出来，对方应该是一个绝世美女。尤其是她的眼睛，仿佛是两个深邃的湖，带着说不出的秘密，吸引着和她对视的人忍不住想探寻。

贺子升感觉周边的风景瞬间暗了下去，眼前只有女子。她像是一个仙女站在自己的面前，然后慢慢伸出手，轻轻抚摸着贺子升的脸，柔声问道："公子，你觉得我美吗？"

女子脸上的面纱轻轻解开了，露出了一张美得惊人的脸。

"美。"贺子升说道。

女子笑了起来，然后整个人慢慢飞了起来，最后竟然贴进了一幅画像里面……

第100章 米罗花开

叶童从门口抱了一些柴走进来。

中间的篝火干柴已经快要燃尽，叶童将抱进来的干柴添了进去，火势很快上来了，映衬着他的脸。

明玉没有再说话，刚才左向风对他撒下的红色粉末似乎是一道带着颜色的咒语，将他禁锢在那里，一语不发。

众人从左向风嘴里听到的事实是，翠竹的一片深情似乎是被明玉辜负，只是明玉自己不愿意承认这一点，所以一直以来有着自欺欺人的幻想。直到现在，左向风撕破了他蒙蔽自己的理由，才彻底承认了自己的错误。

"昔日天竺国来访，使者说他们国内有一奇物，名为米罗花。此花外表雪白，内蕊却是火红的，宛如人心。用米罗花熬制成的花粉可以让人打开梦魇，看到自己内心的痛苦根源。"红袖看了看左向风不禁说道。

"不错，刚才我给明玉撒的正是米罗花粉，此刻明玉已经彻底看透了自己。想来这隐安寺一行，对于他来说也算是了结心里的梦魇了。"左向风点点头说道。

"左向风，你到底是何居心？你现在到底是为天机阁做事，还是为安太后？又或者说是为李太师，还是说为皇上做事？"贺子升看着左向风，眼里充满了疑惑和不解。

"以前我叫石川野，为天机阁做事，我带着和我一样没有感情的人分布在各个地方。我的身份暴露后，天机阁按照规矩对我进行追杀，想灭口。如果不是正好碰到了七公主外嫁的凤辇，我早已经死去。所以当我成为左向风的时候，就一心想守候在七公主的身边。可惜天公不作美，七公主那么好的人，却因为心思忧虑，香消玉殒。七公主临死之前拜托我一件事情，希望我能帮她完成，所以我回到这里，就是为完成七公主的遗愿。"左向风说着笑了起来。

"七公主让你做什么？"贺子升剑眉一紧，厉声问道。

"她自知会因为自己的事情牵连贺大人的前程，所以希望我过来帮你一把。贺子升，你以为会是什么？像七公主那么善良的人，难道还会害你不成？可惜七公主一往情深，却是一片深情付诸流水。贺大人，你爱的人始终不是她。这世间的情爱之事真是无解：七公主为了你舍弃一切，却始终无法得到你的青睐。"左向风苦笑着说道。

贺子升的目光散了，身体微微颤抖。

"左向风，这都是你一面之词，七公主外嫁和亲，本是为国为民，怎么……怎么最后却怪到了贺大人身上？"这时候，红袖说话了。

"红袖姑娘，不，应该喊你玉贵妃。你曾经深陷后宫，难道不知道其中的身不由己？七公主说是外嫁和亲，其实不过是皇上牵制李太师的一枚棋子。朝堂之势，表面看李太师权倾朝野，其实皇上也是布局高手。远的不说，就说宁尚书和赵侍郎，这些本是皇上左膀右臂的肱骨大臣，难道真的是被李太师杀的吗？"左向风看着红袖问道。

"自然是李太师，这些大家都知道。"红袖说道。

"玉贵妃，你为何来此，还记得吗？蛇形玉佩令的作用是什么，你不会不知道吧？"左向风跟着问道。

"这……"红袖愣住了。

"这隐安寺往西二十里就是京城，往东二十里是天子关，往西三十里是三百里虎头山，往北三十里是看不到尽头的洛河。所以只要拿下天子关，守住虎头山，基本上京城就是一个围城。此时秋冬季节，洛河上行船困难，三百里虎头山更是举步难行。京城外的军队及各地的藩王根本无法勤王，即使真的想通过虎头山或者洛水，那也势必要付出惨痛的代价。"左向风话锋一转，说起了隐安寺的情况。

"左向风，你的意思是有人要谋反？可笑，你可知道这京城的军队有多少？天子关为国之要关，岂是随便可以拿下的？"红袖冷笑一声。

"阿弥陀佛。天子关非常重要，所以守天子关的不止一个将领，更何况，天子关到京城还有三处烽火台。只要天子关有战事，烽火台就会燃起，那么距离天子关最近的三处兵营就会火速赶过去。"慧海说话了。

"没错，可是你们要知道，离天子关最近的三处兵营的将领都是藩王之子，如果他们知道了当年张牧良那张《鬼婴》画像的真相，勤王之师可能就变成了讨伐之军。"左向风说道。

"你是说有人利用当年那幅画像作乱？"贺子升一下子惊叫起来。

"如果说当年的那幅画像上的内容是真的呢？如果作乱的并不是现在的人，而是当年的人呢？贺大人，你应该最清楚皇上让你调查画像一案的初衷，他担心的不是画像真假，而是画上面的人如今身在何处？"左向风说道。

贺子升没有说话，红袖也愣住了。

左向风的话让他们陷入了沉思。

"我这里还有一些米罗花粉，如果有谁需要看看自己的内心，不妨过来试一下。我看外面雨也停了，想赶路的，可以趁早赶路。毕竟天黑路滑多雨水，并不是所有的路都通往自己想去的地方，所以，行路之难不在于路程遥远，而在于方向。如果方向错了，即使行遍千山万水也是枉然。"左向风从口袋里拿出了一个瓷瓶，放到了前面的桌子上。

众人的目光落到了那个瓷瓶上。

"这有那么神奇吗？"叶童小声问了一句。

"不过是看到自己内心的魔障而已，算不上神奇。每个人内心都有自己的世界，你看到的世界就是你自己的世界。在现实中，你可以隐藏身份，改变名字，修改经历，但是在你的内心世界面前，你就只能是自己。"左向风说道。

"既然是内心世界，又何必需要借用外物？又何必让外人知道？"红袖说道。

"可能不仅是面对自己的内心世界，有些东西或许你自己都记不得了，所以选择很重要。"左向风抬起头扫视了一下众人说道。

第101章　旧人重现

贺子升感觉身体都凝固了，整个人仿佛陷入了一个空洞的世界里面。

四周没有任何声音，眼前只有那个女人的画像在飘浮，时而远，时而近。

"什么人？装神弄鬼！"贺子升闭上了眼，思绪渐渐沉下来，一股力道从身体里腾地升起，冲破丹田。他发出了一声大叫，然后只听"砰"的一声，眼前的黑暗世界顿时炸裂，碎片般坠落下来。

女人的画像也消失不见了。

贺子升还站在那个房间里，对面那个女人依然坐在琴边，不过此时琴弦已经断裂。

"大人果然好功力。"女人笑了起来。

"你也不差，我竟然着了你的道。"贺子升冷哼一声。

女人收起了琴，将上面的断弦卷起来，挂到了一边。

"刚才的事情，你不给我一个解释吗？"贺子升抽出了长刀，指向了女人。

"虽然是普通的刀，但是刀尖一字笔，宛如绣春花，用的却是锦衣卫的绣春刀法。"女人说道。

"看来我不得不把你带走了。"贺子升说道。

"或许你应该去看看你的朋友，他们可不一定有你的身手。"女人轻笑了一下说道。

贺子升一惊，然后想起了一件事，于是立刻转身走了出去。

等他到天字号房的时候，跟着他一起过来的两名下属已经不见了。屋子里空荡荡的，之前酒菜满桌的房间里，此刻却安静异常，且桌子上也没有任何酒水食物，就连凳子也都摆放得整整齐齐。如果不是贺子升确定自己先前来的就是这个房间，还真的无法相信这转瞬间的变化。

身后的门忽然关上了，四个身着黑衣的蒙面人手持闪着冷光的长剑，分别来到了贺子升的东西南北四个方位，将他团团围住。

没有多说，四个黑衣人冲了过来。

贺子升抽出长刀，立刻和他们纠打在一起。

片刻后，大门破裂，四个黑衣人被踢出门外，倒在地上，动弹不得。

贺子升从房间里走了出来。

此刻的清水楼已经没有了进来时的热闹，甚至一个人都看不到。

贺子升走到一个黑衣人面前，用刀抵住了他的脖子，然后问道："我的同伴去了哪里？"

那个黑衣人摇着头，用力咬了一下嘴唇。

"不好。"贺子升看到他的举动，立刻伸手掐住了对方的脖子，然后用力一顶，对方嘴里吐出一颗黑色的药丸。

另外三个黑衣人已经歪身倒在地上，嘴里吐出了殷红的血。

"我的人去了哪里？说！"贺子升再次看着那个黑衣人问道。

"我、我说。我们是……"黑衣人说话了，可惜只说了一半，从对面射来的一道光亮瞬间掠过，黑衣人的脖子上多了一道红色的印记，倒在了地上。

贺子升循着那道光亮立刻追了过去。

杀死那个黑衣人的是一袭白影，看背影似乎是一个女人。最开始贺子升怀疑是那个弹琴的女人，但是他追上的时候发现并不是那个女人。对方似乎并没有刻意躲避贺子升的追杀，最后停在了清水楼后的一个房子门前。

"你是什么人？"贺子升问道。

女人缓缓转过了头，露出一张熟悉的脸。

"是你？"贺子升惊呆了。

"贺大人，别来无恙。"女人微微一笑。

"怎么会是你？"贺子升无法相信自己的眼睛。

"很多事情说来话长，贺大人如果不介意，进去喝一杯茶？"女人指了指前面的房子说道。

"我的人呢？"贺子升又问道。

"自然在里面。"女人说道。

"好。"贺子升收起了长刀，跟着女人走了进去。

房子不大，走进后却发现里面密密麻麻全是人。他们全部穿着军服甲胄，手里拿着长剑或者长刀。所有人整整齐齐地站在一起，军姿挺拔，显然是训练有素的士兵。

大堂中间坐着一个身披军甲的男人，两边站满了人，旁边还有五个被绑着的人，正是贺子升之前派出去的暗卫和一起来清水楼的两个下属。

女人走到了旁边，对着中间的男人行了一个礼。

"贺大人，没想到在这样的情况下与你相见，真是有点遗憾。"男人说道。

"王朗，是你？"贺子升认出了眼前的男人。王朝军功战绩不比赵之阳差，却一直跟着宁尚书，做他身边的谋士。贺子升还曾专门问过宁兰如此将才怎么会在宁尚书身边做一介谋士。宁兰说，宁尚书有恩于王朗，所以王朗宁愿舍弃前程。贺子升当时觉得，可能更多的是因为男人之间的义气情怀。

"对，是我，也只能是我。"王朗冷哼一声说道，"除了我，还有谁为宁尚书鸣冤？"

"你要做什么？谋反吗？"贺子升看着他身边的人，然后问道。

"不，只是帮宁尚书要一个说法。然后，顺便用仇人的人头祭拜宁尚书一家的在天之灵。"王朗说道。

"看来你这一切都是为我准备的了？"贺子升看了看周围黑压压的人，然后问道。

"不错，我们自知你贺大人武功高强，又在锦衣卫身居高职，想将你拿下，哪有那么容易？不过贺大人，你放心，我们并不是莽夫，民间传说是你害死了宁尚书全家，我们是全然不信的，所以希望从你口里知道真相。"王朗说道。

"你想知道什么真相？"贺子升问道。

"宁尚书全家被杀，你在其中究竟起了什么作用？是不是因为你爱慕七公主，所以帮着李太师陷害宁尚书？"王朗厉声问道。

"乱臣贼子，你有什么资格来问我？"贺子升冷笑一声问道。

"那我呢？"一个清脆冷漠的声音从人群中传来，接着一个纤细的身影走了出来。

贺子升转过头来，看着慢慢走过来的人，他顿时感觉后背发麻，身体微微颤抖。

那个人走到了他的面前。

贺子升感觉自己的呼吸几乎要停下来，他看着眼前人的样子，耳朵里听到了一个震耳欲聋的声音，仿佛整个世界都被隐去。

"宁兰，你、你没死？"贺子升脱口而出。

"是的，托你贺大人的福，我侥幸没死。你很失望吧？"眼前的女人正是宁兰。

"我、我不是这个意思。"一切恢复正常，只是悲伤像水一样在眼前弥漫，贺子升感觉胸口压抑，呼吸不顺，于是将脸上的人皮面具摘了下来，露出了本来的样子。

"好精致的人皮面具，这做工的样子和制式，真的和当时追杀我们的人戴的一模一样。"宁兰走过来拿起了贺子升手里的面具，悲声说道。

第102章　决斗转变

火把照着每个人的脸，所有人都没有说话。

似乎只有外面的风在猎猎作响。

"宁小姐，不要再跟他多废话。杀了他们，为宁尚书报仇！"王朗说话了。

"对，杀了他们。"旁边的军士们跟着一起喊道。

宁兰看着贺子升，眼神中弥漫着一层淡淡的悲伤。

这个场景，像极了当初的告别。

"贺大人，当初为了七公主，我们告别时说得很清楚了。可是，为什么最终还是因为你们的事情，毁掉了我们宁家？你让我成了宁家的千古罪人，即使我死一万次都不足以抵罪。"宁兰说道。

"不是这样的。"贺子升摇着头，他不知该怎么解释。

宁兰走到了前面那五个贺子升的同伴面前，让人取下了他们嘴里的塞布。

"一群乱臣贼子，天子脚下想要行凶，就凭你们？真以为我们锦衣卫是吃素的？"贺子升的同伴对着宁兰等人大声咒骂。

一把刀瞬间刺进了那个锦衣卫的胸口，骂声戛然而止，他愕然地看着对方，然后对着贺子升说道："贺大人，贺……"

"住手！"贺子升看到这一幕，立刻飞身过去，一把抓住那个行凶之人的手，另外一只手掐住了他的脖子，将他直接推到了旁边的墙壁上。

宁兰站在那里没有动，铁青着脸。

"今天你们谁都别想走！"王朗厉声说道。

旁边的人立刻将长剑刺进了另外一个人的胸口。

"不要！"贺子升松开手里的人，想过去挽救，但是等他来到那个人身边的时候，为时已晚。

"贺大人，卑职先走……一步了。"一个被刺的同伴悲伤地说完，垂下了头。

"宁兰，你……你要杀要剐冲我来！"贺子升发出了痛苦的叫声，然后抽出长刀，直接指向了面前的宁兰。

"你以为你是谁？贺子升，今天你必须死在这里，以祭奠宁尚书全家在天之灵。你放心，等你死后，我们会把你的尸体送给李太师。我们要让他看看，和他狼狈为奸、陷害忠良的人会是怎样的下场！"王朗愤声说道。

"好，既然如此，也不必多说什么了。"贺子升撕下了衣服下摆一块布，缠到了刀柄上，然后说道，"你们不是想杀进皇宫吗？你们不是要为宁尚书申冤吗？那就先从我这里开始。"贺子升话说完，挥刀向王朗砍了过去。

打斗开始了。剩余的两个下属挣脱了绳子，忍着伤痛站到了贺子升的身边，三人靠在一起面对周围虎视眈眈的敌人。

血一样的厮杀开始了，哪怕贺子升武功再高，也终是无法抵挡多人的攻击。当最后一个下属挡在他面前，帮他挡下了致命一击的时候，他立刻跪倒在了地上，扶住了那名下属。

看到失去抵抗的贺子升，攻击的人停了下来。

宁兰和王朗走了过来，站到了贺子升面前。

"贺大人，当初……当初罗指挥使说过，宁尚书全家虽已死，但是还有一些随从会卷土重来，恐会给你带来灾祸。可惜你仁慈，否则也不会有今日之祸。你现在看到了，这些人，根本……根本不值得你为他们做这些……"那个下属说完，停住了呼吸。

贺子升抬起了头，嘴唇颤抖着，他感觉整个人都在哆嗦。

当日宁尚书全家被行刑，罗万春命人去暗杀宁尚书昔日手下的三大旧将，包括一直跟随宁尚书的王朗。但是贺子升感觉亏欠宁尚书，于是让人拦住了去执行任务的人。

"贺大人好手段，你的属下到死都以为你是一个多么好的人。你一边对他们说放过宁尚书的旧人，一边却派人去截杀他们。我们当年跟着宁尚书的三兄弟，其余两人都被你们杀掉，你却在下属面前将自己营造成一个仁慈的好人。"王朗用剑指着贺子升颤声说道。

"哈哈哈！"贺子升凄惨地笑了起来，身上的血顺着伤口流下来，落在地上。

本来靠近他的人，被贺子升的样子吓到了，竟然往后退却了几步。

宁兰的眼泪落了下来，她嘴唇颤抖着，想说什么，但是话到嘴边又咽了回去。

"我贺子升顶天立地，无愧于这天地，今生唯一做错的事情，就是爱上了你——宁兰。因为你，我辜负了七公主；因为你，我被赶出贺家；因为你，我没有在当日杀掉你们这些乱臣贼子，导致今日之祸。李太师说得没错，这朝堂之上，哪来的清白之人？这世间天地，更没有什么英雄良人，所有人不过是为了一己之私。你们这些人，打着为宁尚书复仇的旗号，可是真正的目的又是什么，我想只有你们自己最清楚。当初在朝堂之上，宁尚书自己亲口认了自己的错，即使那个错是别人强加给他的，他自己认了，与他人何干？这朝野之间的斗争，本就是翻手为云，覆手为雨，又怎么能算在我一个小小的锦衣卫身上？你们今天就算杀了我，又能怎样？换来的不过是朝廷对你们更大的追杀，你，你，还有你！"贺子升指着身边的几个军士，愤怒说道，"本是报效国家的儿郎，是家里引以为豪的骄傲，转瞬间就成为谋反者，甚至牵连全家。这，就是你们要的结果吗？"

"胡说八道，一派胡言！贺子升，你休要再为自己辩解，拿命来！"王朗说着冲了过来。

贺子升站了起来，挥刀挡了过去。

王朗的刀锋凌厉，带着不容躲避的锋利，很快贺子升的身上又多了几道伤口。其中有一刀刺中了左脚，令贺子升不禁一下子跪到了地上。

"贺大人，上路吧！"王朗说着，抬起手里的刀。

贺子升抬起了头，看到前面不远处的宁兰，不禁笑了起来。

王朗的刀挥过来的时候，一支羽毛箭从前面飞射过来，一下子将王朗的刀震开。

接着，数十个黑色的人影从外面飞身跃进，其中一个纵身挡到贺子升身前，站到了王朗的面前。

看到进来的这些人，王朗脸色顿时一变。

"是锦衣卫，是贺子升的救兵来了！"人群中有人惊恐喊道。

"这么欺负我南镇抚司的人，真当我锦衣卫没人了吗？"站在王朗面前的人拿着一把扇子，冷声说道。

"你是南镇抚司锦衣卫指挥使——罗万春？"王朗脱口说道……

第103章　昔日记忆

王朗的人在一个一个地倒下。

锦衣卫们站在了罗万春和贺子升的身前。

面对他们的逼攻，王朗的人有的已经开始放弃抵抗，有的眼里露出了决一死战的光芒。

"你们让开。"这个时候，宁兰从那些人后面走了出来，站到了他们的面前。

罗万春看了看贺子升，然后伸手一挥，身边的锦衣卫们停下了脚步。

"我能和你单独聊聊吗？"宁兰看着贺子升说道。

"你想说什么，就直接说吧。"贺子升面无表情地说道。

"可不可以放过他们？所有的罪责我一个人承担。"宁兰抿了抿嘴唇说道。

"不，宁小姐，我们不会走的。"旁边的王朗一听，立刻说道。

"宁小姐放心，今天他们要想对你下毒手，除非从我们兄弟的尸体上踏过去。"身后的几名随从大声说道。

"放了他们，然后让他们卷土重来吗？"贺子升冷哼一声说道。

"不，我可以让他们立下誓言，他们离开后不会再来京城，更不会再报仇。"宁兰摇摇头说道。

"你觉得可能吗？"贺子升看着王朗他们。

"宁小姐，我们不会苟且偷生，你不要求他们。今天就是死，我们也要和他们拼到底。"王朗听到宁兰的话后，立刻和其他人走到了宁兰的面前，持剑对着贺子升。

这时候，罗万春挥了挥手，身后的锦衣卫立刻冲了过去。

贺子升没有动，他静静地看着锦衣卫冲上去和王朗他们打斗到一起。王朗他们显然不是锦衣卫的对手，很快就被杀光，最后只剩下王朗和宁兰两个人。

宁兰不会武功，且是一介女流，所以锦衣卫的人并没有对她攻击。

王朗很快被制伏了。

罗万春带着王朗和其他人离开了，留下了宁兰和贺子升。

房间里只剩下了宁兰和贺子升两个人，周围都是两边被杀死的人。

"你赢了。"宁兰忽然笑了起来。

"天子脚下，你们胆子太大了，不可能会成功的。"贺子升说道。

"有些事情不成功，便成仁，根本没有退路的。"宁兰漠然地说道。

"所以，这就是你的成仁，让这些人全部为了你们愚蠢的想法陪葬？"贺子升指着地上躺着的人，悲愤地说道。

"贺大人，有些事情你永远不会明白。我们终是两个世界的人，即使曾经多么地想靠近彼此，可是事实证明，你我并非同路之人。要杀要剐，悉听尊便。"宁兰往前走了几步，来到了贺子升的面前。

贺子升看着宁兰，他们彼此的距离很近，甚至他都能听到宁兰的心跳声，彼此的呼吸都在颤抖。

"你知道，我不会杀你的。"贺子升沉默了几秒，脱口说道。

"收起你虚伪的脸，你这样只会让我更加痛心。"宁兰悲愤地看着他。

"宁兰，不要这样。"贺子升感觉自己的心被用力扎了一下，生生地疼。

"我该怎样？向你跪下来求饶，然后俯首认罪吗？"宁兰说道。

"你知道的，我不是这个意思。宁兰，你好不容易逃出生天，应该重新开始生活的，为什么要让自己走上不归路？"贺子升说道。

"我不像你，贺大人。我全家已死，怎么可能重新开始？你以为你们赢了吗？不，今天这些人死了，没关系，还有更多的人，他们会像我们一样前仆后继地为自己想做的事情付出一切。所以无论如何，事情没有结束，我是不会认输的。"宁兰忽然身体贴住了贺子升。

贺子升身体一颤，不知所措地站在那里。

"如果有下辈子，让我们好好相爱吧。"宁兰忽然将嘴唇凑了过来，吻住了贺子升的嘴唇。

贺子升感觉脑子顿时一片空白，他的身体在发抖，感觉宁兰的舌头轻轻地触到他的舌头，一股说不出的凉意侵入。紧接着，一种微微发麻的感觉顿时蔓延到整个口腔，继而扩散到整个脑袋，他想说话，却说不出来。

宁兰的眼泪落了下来，目光哀伤地看着贺子升。

贺子升笑了，他的眼前开始泛起了白色的光。恍惚中，他看到了一个画面，那是当年在许愿井的时候，他跳下去救七公主，宁兰毫不犹豫地跟着跳下去的场景。

这些画面在眼前闪烁，最开始清晰无比，后来慢慢变得模糊，最后是一片漆黑……

贺子升手里的刀落在了地上，他感觉脑袋开始剧烈地疼痛起来。

"贺大人，你，没事吧？"旁边的红袖慌忙扶住了他。

"这些……这些是真的还是假的？我怎么之前都想不起来？左向风，是不是你在搞鬼？"贺子升抬起头看着左向风问道。

"你中的毒有一个很好听的名字——断情草。宁兰将断情草的毒药藏在了自己嘴里，在亲吻你的时候给你下了毒。罗万春为了救你，不惜深夜进宫，可惜断情草太过厉害，几乎无解。所有人都以为你可能要死了，但是你醒了过来。只是，断情草的毒性影响你，失去了一些记忆。"阿和说话了。

"宁兰呢？她怎么样了？"贺子升颤抖着问道。

"断情草的毒性太强，御医虽然帮你解了毒，但是它的毒性还是留在了你的头脑之中，所以你失去了关于宁兰后来的感情记忆。其实这样的结局对于你来说是最好的，我想这也是宁兰所希望的。"阿和说道。

"宁兰呢？宁兰她怎么样了？"贺子升再次问道，这一次声音提高了很多。

"宁兰毒倒你以后，自己也毒发晕倒。我们在带着你们回去的路上，宁兰的同伙劫走了她，所以宁兰的生死，无人知晓。"阿和说道。

贺子升呆坐到了地上，目光痴痴地看着前面，没有再说话。

记忆已经汹涌而上，贺子升想起了被截断的那些记忆。他也终于明白，自己为什么会来到这里。他走到了红袖的面前，目光直直地看着她。

"你想起来了？"红袖说道。

"是的，我想起来了。"贺子升点点头。

红袖看着前方，无奈地叹了一口气……

第104章 宁兰绝别

七天前，天子关，冷夜。

宁兰看着王朗正在前面集合军马将士。

红袖走到了她的身边，然后问道："你真的决定了吗？"

"有些事不是决定，是必然要做。"宁兰看着那些军马将士排列整齐地站好，说道。

"可是……"红袖还想说什么，宁兰已经往前走去。

或许，这就是命运吧。

红袖已经按照计划，将父亲昔日的旧部归拢到一起，他们不日将抵达天子关。

"我们有共同的仇人，所以我们应该是朋友。李太师为了让他的人上位，不择手段，滥杀无辜。皇上对于李太师的做法非但没有严惩，反而任其为所欲为。所以无论是李太师，还是皇上，都应该为他们犯下的错付出应有的代价。"宁兰站在人群面前，激动又愤慨地说道。

红袖离开了人群，走到了前面的悬崖，一眼望去，前面是看不到尽头的滔滔江水。

难道皇上真的像他们所说的一样吗？

当初皇上一道圣旨，给了丁家天大的富贵。只是除了红袖自己，没有人知道，这富贵的背后有着怎样的痛苦。当时红袖埋怨父亲，甚至还跪在书房一整夜，希望父亲可以帮她拒绝皇上的青睐。

可是，父亲没有同意。

"你的心情我自然是知道的，可是你不知道的事情还有很多。先不说皇命难违，抗旨是死罪，即使皇上真的同意了，你知道我们丁家面对的会是什么吗？"

父亲对她冷声说道。

"当然知道，父亲救了皇上，如果让皇上的脸面不好看，从此以后我们丁家怕是会就此没落，再也不会有现在的荣华富贵。"红袖悲声说道。

"你一介女流，又怎么会知道其中的利害关系？你以为皇上将你纳为贵妃是对我们丁家的感激吗？不，等以后，你自然会明白的。"父亲苦笑着离开了。

那个时候，红袖并不明白父亲的意思，可是后来在某一瞬间忽然就明白了过来。曾经那个在战场上威武不屈、腰背挺直的将军，在那一刻，仿佛一下子老了十几岁，步履都颤颤巍巍。

进宫后一个月，红袖便知道皇上收走了父亲手里的军权，并解散了丁家军。理由很简单，皇上考虑父亲年龄太大，应该让贤，且丁家军之前仗着救过皇上，自视过高。所以在李太师的建议下，皇上将丁家军打散，分到了各个不同的地方。

再次见到父亲，红袖才明白了当日父亲的一番话：让她进宫做贵妃是假，皇上的真正目的是要拿走丁家的军权。

"可是，这是为什么？我们丁家一心为皇上着想，更是在皇上遇到危难的时候护驾救主，没有父亲的丁家军，当日京城危机都无法解除。"面对这样的局面，她不解。

"正是因为我们丁家有救驾之功，所以更不能占有兵权。其实皇上如此对我们，还算不错了；如果换一个人，可能会找个机会除掉我们丁家满门。"父亲怆然说道。

谁知道，父亲一语成谶。

本以为收了丁家的兵权，她依仗着自己贵妃的身份还可以护住丁家。可是，后宫女人的争权夺位，不亚于刀光剑影的战场，尤其是李太师的女儿李妃进宫后，所有的一切都变了。开始，她以为只要自己容忍就可以平衡一切，可是后面事情的发展让她明白，在这样的争斗里，从来都是不死不休，甚至她们在后宫的一个举动，就能够引发前朝家族之间的动荡。

风雨飘摇的丁家，怎么能够和如日中天的李太师对抗？

最终，她落败了。

进宫五年，皇上只见过她三次。第一次是入宫第一天，第二次是安太后大寿，最后一次便是她被贬入冷宫。皇上的眼睛里有一丝愧疚，或者说是一丝难过；那似乎是与李贵妃的咄咄相逼有关，或者说是因为她说起了丁家的错付。

本以为到了冷宫，就已经到了命运的尽头。

可是，冷宫的走水，让她彻底明白了人心的残酷与阴冷。

无论那个隐藏在冷宫里的小翠是什么人，无论在冷宫里对她下手的人是谁，昔日的玉贵妃已经死在了冷宫中，逃离皇宫后，她的名字叫红袖。

红袖走天涯，从此无他人。

命运如此，她答应了小翠的要求，所以无论风雨，都要应承。

宁兰走到了她的身边，然后说道："你可知在冷宫代替你去死的人是谁？"

红袖看了看宁兰，愣住了。

"你应该记住她，毕竟所有人的生命都是一样珍贵的。对方能够为你付出生命，自然是因为对你信任有加。"宁兰说道。

"你说得没错，这里这么多人要做的这件事情，自然也是因为对你信任有加。只是，我们能成功吗？"红袖问出了心里的疑问。

"我知道你心里有疑问，放心，你的人不用跟着我进京。我会和王朗将军先带人进去，如果我们出事了，你到时候就去距离这里三十里一个叫隐安寺的地方。在那里，你可以有新的选择。你……身份特别，和我们不一样，我们也不希望你做自己不愿意做的事情。"宁兰说道。

"隐安寺？那是什么地方？"红袖呆住了。

"或许，那是一个让你可以重新开始生活的地方。如果我们成功了，我也会去那里。希望到时候我们能在那里见面。"宁兰看着前方的江水，叹了口气。

"既然如此，为什么我们不一起过去？既然有选择的机会，你为什么不跟我一起？"红袖问道。

"每个人的命运不一样，自然走的路也不一样。如果你到了隐安寺，记得不要轻易暴露自己的身份，毕竟，所有的选择都需要自己的判断。不要再像之前那样，轻易地将自己摆到别人的面前，到时候连回头都没有机会。"宁兰笑了笑说道。

江风怒吼，壮士一去不复返。

红袖站在天子关，看着宁兰和王朗他们先行离去，不知道为什么，一滴泪落了下来……

第105章 寻根问源

贺子升看着红袖，嘴唇颤抖着问道："所以说，你在接到了宁兰他们失败的消息后，便来到这里？"

"对，宁兰走的时候我们约定，每天都会让人传信过来，如果传信中断，或者传信的方式变了，那说明他们失败了。为了防止被朝廷追杀，造成更大的损失，其余的人不会轻举妄动。三日前，传信的人变了，所以我便知道宁兰他们失败了。按照之前宁兰说的话，我便来到了这隐安寺。"红袖说道。

"莫非他们的情况你也知晓？"贺子升听完红袖的话，忽然想起了什么，转头看着左向风。

左向风轻轻搓动着右手指，若有所思地看着前方说道："有些事总需要解决，命运也好，缘分也罢，终要有一个结果。当年我还叫石川野的时候，看尽了尔虞我诈、钩心斗角，有人用尽办法想得到自己想要的东西，最后却发现一无所获的人是自己。我们所有人能够来到这里，是因为每个人都有自己执着的劫，既是劫数，自然是有人化劫，有人度劫。我其实也是过来度劫的，只不过正好这里有人和我的劫数有关系而已。"

"少爷，我们……我们难道也和他们说的一样吗？我们和他们根本不是一条路上的啊！"叶童听到左向风的话后，不禁说道。

"既然能在这风雨夜出现在隐安寺，必然不会没有原因。探花郎，你初受皇恩，如果能看清方向，将来必然前途无量。你是为情而来，想来也是深情之人。自古多情伤离别，你出现在我们这些人中间，实属有点意外。"听到叶童的话，左向风不禁说道。

"探花郎要见的女人会是谁呢？"旁边一直沉默的明玉忽然说话了。

这个问题一下子引起了所有人的注意。的确，之前大家都在关注彼此之间的关系，无论是江湖纷争还是朝堂风云，似乎叶承安和叶童就像两个普通的看客一样，因为他们的事情和其他人的事情都没有任何关系，如果真的要找，唯一的关系也就是叶承安的父亲叶世安曾经和京城一些官员有交情。但是这和此刻叶承安他们所处的环境，并没有直接联系。

"我最早的时候说了，来这里是为了见安绣绣，她是清水楼的女孩。只是刚才你们这么一说，好像清水楼并不是一个简单的地方。"叶承安抿了抿嘴，叹了一口气说道。

"可是当日我去清水楼之后，清水楼就再无其他人了。而且清水楼里都是宁兰他们的人，难道说探花郎你钟情的人竟然也是乱臣贼子之流？"贺子升冷冷看了叶承安一眼。

"不，怎么会？绣绣不是这样的人。不可能的，这绝对不可能。"叶承安无法相信这个推测，他奋力地解释道。

"你去清水楼见过安绣绣吗？"左向风问道。

叶承安摇了摇头。

"那你如何确定她就一定是清水楼的人呢？"贺子升跟着问道。

"这……"叶承安一时语塞。

"我记得你拿着她的画像，那幅画像似乎是民间流传的杜丽娘鬼像。"贺子升说道。

"对，还有个东西，是《牡丹亭》，这也是她给我的。她擅长跳舞，说在清水楼的时候，很多客人会去看她的舞蹈。"叶承安忽然想了起来，于是从旁边拿出了一个木制盒子，那里面正是之前安绣绣给他的礼物，并且安绣绣与他约定，要拿着这个东西来隐安寺见面。

"叶公子，这话本我见过。"红袖说话了，她拿起了那个话本，然后说道，"这是宁兰的东西，我之前见过，那安绣绣跳的舞蹈是什么舞？可是你平常所见之舞？"

"从未见过，之前我也常去青楼喝酒，也见过一些小娘子跳舞，但是安绣绣跳的舞蹈我从来没见过。她的舞蹈看上去好看，却带着一丝丝恐怖。她说是她家乡的传统舞，外面少见。"叶承安摇摇头说道。

"可是这样？"红袖说着走到了中间，然后挥动衣袖，做了几个舞蹈动作。

在场的人虽然不是舞蹈大家，但是平常的舞蹈还是见过不少的，尤其是京城流行的女子舞蹈，几乎可以说是家喻户晓。但是此刻红袖跳的舞蹈看起来却很奇怪。一般来说，女子跳舞都是为展现美感，再者，舞蹈是用来传达舞者的内心言语的，所以也算是另一种表达形式。此刻的红袖是在模仿舞蹈动作，所以动作和节奏有点生疏僵硬，但仍然展现了安绣绣跳舞时的大致情况。

"对，就是这个舞蹈，我也见过。"旁边的叶童看着红袖的舞蹈，脱口而出。

"这是……这是当年阿宁在牡丹宅跳的杜丽娘鬼舞？"阿和说话了，眼里满是震惊。

"没错，我听到叶公子的描述后，第一个想到的就是这个舞蹈。我还想到了那个化名安绣绣的人是谁。"红袖停下了舞蹈然后说道。

"是谁？"所有人的目光都聚到了红袖的身上。

"就是宁兰啊。之前宁兰不是曾经在牡丹宅跳过这个诡异的杜丽娘鬼舞吗？刚才我听到叶公子的描述，加上其他情况，所以我推测，符合这些条件的人恐怕就只有宁兰姑娘了。"红袖说道。

"宁兰？"这个名字一下子让众人的心里一震。

"还真的有可能，毕竟现在我们这些人似乎都和宁兰的事情有关系。她竟然有如此手段，不过她做这些是为什么？难道就是为了替宁家复仇吗？"明玉惊声叫道。

"我不相信，这不可能，安绣绣怎么会是你们说的宁兰？这不可能的。"叶承安摇着头，无法相信这样的情况。

"叶公子，很多事情自然是无法想象的。安绣绣也好，杜丽娘的鬼像也罢，不过是过眼云烟。"慧海说道。

"大师入空门，自然可以信手拈花，一念成佛，一念成魔，可是我等凡夫俗子，又怎么看得开这些呢？"贺子升叹气说道。

第106章　身份质疑

红袖站到了窗户边，望了一下外面说道："这天怎么还没亮呢？怎么看起来反而越来越暗了？"

"破晓时分吧，也是黎明前最暗的那一刻。"阿和说道。

"这米罗花粉所剩不多，不知道剩余的诸位谁还有兴趣看看自己的内心，要知道这样的机遇并不多。"左向风回过头看了看剩余的人问道。

大家都没有说话，用过的人在回首，没有用过的人在犹豫。

面对内心，并不是谁都有勇气的，尤其是一些自己已经忘了的事情，现在通过米罗花粉可以想起来。很多时候，人们会因为一些记忆太过痛苦而选择忘记，可是，现在如果有机会可以想起来，并不一定可以勇敢面对。因为，你不知道会有什么样的记忆出现在脑海里，并且可能从此要承受那段记忆重新出现后带给自己的痛苦。

"其实有一个人应该更适合。"这时候，贺子升说话了。

"谁？"其他人看了看他。

"就是他。"贺子升用眼睛在众人身上扫了一遍，最后指向了叶承安身后的叶童。

"啊？"叶童往后退了一步，很是意外。

"他、他是我的书童啊！"叶承安脱口而出。

"对，正因为他是你的书童，我们才疏忽了他的情况。你们看看，这隐安寺里的人，大家的经历都有联系，可是唯独这书童不一样。现在他与这些事件唯一的联系就是你的书童，这恐怕和我们所有人的情况都不太一样。"贺子升说道。

"的确，仔细一想，我们确实疏忽了。"左向风跟着点了点头。

"或许叶童……叶童他只是一个书童呢？他应该和叶公子是一体的吧？"红

袖对于他们的话似乎有点不同意见。

"不，叶童是一个个体，怎么能和叶公子为一体呢？即使真的是一体，那他们也得是经过同样的事情。难道说叶童和安绣绣也有联系吗？也许我们只是不知道他的情况而已。叶童，你能说说你的情况吗？"贺子升摇了摇头，走到了叶童面前看着他问道。

"我、我不知道啊！"叶童看着叶承安，一脸无助地说道。

"叶童是我的书童，从小在我叶家长大，他、他什么都不知道，你们这是什么意思？"看到贺子升他们将矛头对准了叶童，叶承安不禁有点生气。

"探花郎，你别生气，我们没有其他意思。只是我们来到这里的情况太过诡异，大家想知道真相就只能坦诚相对。现在我们所有人，似乎只对叶童的情况一无所知。再说，你难道不想知道真相吗？"贺子升说道。

"可是叶童什么都不知道，他一直是跟着我的。你们想让他说什么？"叶承安看着贺子升说道。

"你说叶童从小在你们叶家长大，那你们应该是从小就认识了？"贺子升问道。

"不错，从小我们就在一起。虽然叶童是我的书童，但是我拿他当兄弟看。"叶承安说道。

"那叶童的父母可还在？"这时候，慧海忽然说话了。

"自然不在了。听父亲说，叶童是我叔叔当年从京城回安城的时候在一个破庙里避雨捡到的。我叔叔因为孑然一身，也没有妻妾，本来想让叶童当他的养子，但是叶家族长们不同意，后来便把叶童以书童的身份养在了叶家。"叶承安说道。

"那叶童，你可愿意试试这米罗花粉，或许通过这米罗花粉，可以找到更多的线索？"左向风看着叶童问道。

叶童可能不太习惯这么多人的目光聚到自己身上，不禁有点紧张。

"左向风，你到底要做什么？为什么如此为难一个小小书童？"叶承安皱了皱眉，冷眼看着左向风。

"慧海大师，事到如今，是不是应该把真相告知他们？"左向风说着看了看慧海。

"阿弥陀佛，人各有命运，一切都已经注定。隐安寺之谜，本应让他们自己察觉。天机如果说破，后果又岂是你我能够承担的？了尘师兄的前例已然如此，我们难道要继续自我毁灭吗？"慧海叹了口气说道。

"公子，各位大人，叶童愿意去试一下米罗花，我不想各位因我为难。"这时候，叶童说话了。

"可是……"叶承安还想说什么，叶童却已经走到了米罗花粉瓶面前，然后深深呼吸了一下，将里面的花粉倒出来一点，撒在了面前。

所有人的目光都在叶童的身上，或许是因为他的情况的确和其他人不一样，大家更期待从他的身上能够找出更多的线索。

叶童闭上了眼，鼻子吸到了米罗花粉的味道，仿佛是一种清香，又似乎隐隐带着一点清凉。叶童感觉自己的身体轻飘飘的，整个人仿佛飞了起来，等到他睁开眼的时候，却发现自己在叶家的后宅。

叶童从记事开始就知道，叶家后宅是所有人的禁忌之地，对那里的记忆除了那个通往后院大门上的铁锁，还有叶家管家的训斥。所有叶家的人都知道，后院是不可踏定的地方。至于那里究竟有什么秘密，没有人知道。有人猜测可能是叶家不能对外公开的秘密，也有人猜测那里可能是叶家的富贵根基；更有人说那里住着一位叶家的老祖宗，因为活的时间太长，已经成了魅。叶家的兴旺全靠这位老祖宗，老祖宗活了太久，喜欢吃的东西不太一样，所以才不让其他人靠近那里，担心会成为老祖宗的盘中餐。

可是此刻，叶童却身在后宅里面，这个从小就害怕又好奇的禁忌之地。

叶童想离开，却看到一个人影从前面经过。这个人影他太熟悉了，于是没有多想，立刻跟了过去。

那个人影走得很快，似乎根本没有注意到后面有人跟着他。

那个人似乎对叶家后宅非常熟悉，几步就来到了一个房间门前，敲了敲窗户，然后闪身钻了进去……

第107章　见到恩人

叶童走了过去,来到了那个房间旁边。

门里传出两个人的对话,叶童凑过去仔细听。

"你来了?"一个低沉苍老的男人声音从里面传了出来。

"是的,你等很久了吧。"一个熟悉的男人声音跟着传出来。

叶童凑近窗户缝隙看了进去,只能看到两个人的侧影。他们相对而坐,中间的桌子上放着两杯茶,两杯茶中间放着一个黑色的盒子。

"看来我们担心的事情还是发生了。"那个苍老的声音悲伤地说道。

"有些事情是无法阻止的,更何况这是通天之事。"那个熟悉的声音说道。

叶童感觉那个熟悉的声音在哪儿听过,于是侧着身体想看清楚,但是因为位置问题,只能看到男人一个侧面,无法看清楚对方正面的样子。

"你准备怎么办?"那个苍老的声音问道。

"当初既然答应了这件事,就想到了后果,即使真的牺牲整个叶家,我也无怨无悔。"那个男人说道。

"为了我这样的废人,将整个叶家的命运赌上,值得吗?"闻言,那个苍老的声音颤抖起来。

"不只是为了你,你明白的。"男人说道。

"大哥,我想她了。"那个苍老的声音终于哭了起来,低着头,整个身体都在颤抖。

"既然命运要将我们推出去,你也别再这样隐忍下去了。我这边有她的地址,你去看看她吧。如果灾难真的降临整个叶家,至少在死的时候,你不会有遗憾。"那个发出熟悉声音的男人竟然是那个苍老声音男从的大哥。

"好,我对不起叶家。如果有来生,我一定弥补我对叶家造成的一切伤害……"

"你不用说了，大哥心里都明白。我们是兄弟，如果不是你，这叶家也不会是我的，你才是叶家真正的主人。"男人跟着怆然泪下。

这时候，叶童突然听出了男人的身份，他是叶家的老爷叶世安。

那么，被关在后院里的这个声音苍老的男人，就是老爷的弟弟，而关于叶世安弟弟的情况，在整个叶家不是什么秘密。

叶世安的弟弟名叫叶世宁，从小喜欢舞刀弄枪，不学无术，不欢喜读书。他和叶世安遇事沉稳、独当一面的性格完全不同，却深受叶老太爷的喜欢。

只是后来，谁也没想到叶世宁在安城觉得无聊，突然有一天就去了京城，那时候他大约十八岁。从此以后杳无音信，即使在他父亲去世的时候都没回来。

所有叶家人都以为他死了，所以后来在叶老爷去世后，在他的坟前也给叶世宁立了一块墓碑。

可是，让所有人没想到的是，十年后，叶世宁突然回家了，还带了一个嗷嗷待哺的孩子。关于自己这些年在外面的情况，他闭口不谈。当时的叶家生意已经做得很大，家族利益涉及很多人，即使当时的叶世安已是家主，也不能完全做主。所以，当叶世宁提出要让他带回来的孩子成为叶家一员时，遭到了其他人的反对，甚至还要求将叶世宁赶出叶家。最后，还是在叶世安的强力要求下，叶世宁和那个孩子留了下来。叶世宁为了不让大哥为难，自己住进了叶家后院，那个孩子则被叶世安带走，那正是叶童。因为和叶世安的儿子叶承安年龄相仿，叶童便成了叶承安的书童。

对于自己的情况，叶童自然清楚，只不过他来到叶家的时候太小，根本没有任何回忆。再加上叶世宁在叶童小的时候就住到了后院，这个事情又是对所有人保密，所以叶童根本没有什么印象，甚至以为叶世宁早已经死了。

所以，此刻当他知道这个后院里深藏的男人竟然就是叶世宁的时候，顿时震惊万分。要知道，叶世宁是唯一知道他身世的人。

叶世安离开了，叶童看着前面的房门，犹豫了一下，推门走了进去。

听到有人进来，叶世宁还以为是叶世安，不禁说道："怎么又回来了？"

看到进来的人是叶童，叶世宁愣住了。

"你就是……就是叶世宁？"叶童颤抖着问道。

"你是叶家人？速速离开！"叶世宁脸色一变，冷声说道。

"我听到叶世安和你的对话了，你是不是叶世宁？"叶童又问道。

"你是？"看到叶童的样子，叶世宁眼里露出了疑惑，继而觉得有点熟悉。

"我是……我是之前你带到叶家的那个孩子，我叫叶童，我、我以为……"叶童颤抖着，不知道该说什么，也许是太过激动，他竟然流下了眼泪。

"是你？"听到叶童的话，叶世宁身体一震。

"你记起我了？"叶童说道。

"当然，我怎么会不记得你？孩子，你、你长大了。"叶世宁走过去，眼泪落了下来，伸手想触碰叶童的脸，却又停住了动作。

"你的脸？"叶童这才看清楚，叶世宁的左脸非常恐怖，似乎是烧伤后的疤痕，密密麻麻的痂，仿佛是一条条丑陋的虫子。

"对不起，孩子，吓到你了，对不起。"叶世宁顿时感觉到了自己的情况，慌忙转过了头。

"不，叶叔叔，我不怕的。我听说过我的情况，是你带我来到叶家，你是唯一知道我身世的人，我想你定然认识我爹娘。他们……他们为什么不要我了？"叶童说着低下了头，这个问题在他心里很多年了。虽然在叶家，叶世安说他是书童，但是叶家对他如同自家人一样。可是，其他人还是看不起他，认为他是无父无母的孩子，甚至还有人认为他是叶世宁在外的私生子。基于叶世宁这一层的关系，很多人对他都带着仇视，如果不是叶承安的护佑，他的生活怕是会难以想象地痛苦。所以很多时候，他很想问问叶世宁，他的父母为什么不要他？是因为他们出了什么事吗？或者说，就像那些人想的一样，他真的是叶世宁的私生子？

"不，孩子，你的父母并不是不要你，而是，而是……"叶世宁似乎不知道该怎么说，颤抖着声音。

"而是什么？"叶童紧张地看着叶世宁。

"你、你会明白的，只是，只是不是现在。"不知道为什么，忽然叶世宁的神情平静了下来。

"我要你告诉我，你告诉我。"叶童问道。

"好，下次你过来，我告诉你。有些事情我需要好好想想。"叶世宁笑了笑说道。

"真的？"叶童再次确认。

"一定。"叶世宁点头。

第108章　发现线索

"你可认得此杯？"看到老鸨的神情，叶童的心顿时跳到了嗓子眼。

老鸨看着那个杯子，两只手颤抖着，她慢慢将杯子放到桌子上，然后轻叹一口气说道："对不起，我、我不认得。"

"不认得？这怎么可能？这上面写着你们香红院的名字，然后，然后……"叶童也不知道该怎么说其他的，总之看到刚才老鸨的反应，他不相信对方不认识这个杯子。

"公子你说笑了，香红院这个名字又不是只有我这一家，据说杭州、云南，还有很多地方都有。再说如此精致之物，在我们香红院当杯子用，有点大材小用了。"老鸨笑了起来，将那个杯子放到了桌子上，但不难看出，她的目光一直在杯子上，显然是认得杯子。

"也是，这样精致的杯子，在这香红院确实有点不合常理。也罢，那就这样吧，你且去吧。"叶童若有所悟地点了点头，然后摆了摆手。

"不知公子是从哪里得到的这个杯子？看起来这个杯子价值不菲，我好生喜欢。如果公子能转让给我，不论多少钱都好说。"老鸨往前走了两步，又转过身问道。

"实在不好意思，此物对我至关重要，即使万金我都不会转让。"叶童笑了笑说道。

"那我多问一句，不知道公子是从哪里得到此物？"老鸨又问道。

"这个我不想回答。总之如果你想起什么了，希望你可以告诉我，到时候我必有重谢。"叶童说道。

"好，那不知公子怎么称呼？"老鸨又问道。

"我姓叶。"叶童说道。

"啊，叶、叶公子？"老鸨一呆，脱口说道。

"对了，你把刚才那个女人喊来，我想她陪我坐坐。"叶童说道。

"好、好的。"老鸨眼神有点呆滞，关上门出去了。

没过多久，刚才那个女人走了进来，她坐到了叶童的身边，帮他倒酒。

"不知姐姐怎么称呼？"叶童看着女人问道。

"冬梅。"女人说道。

"冬梅姐姐，你在这香红院十五年，想来对这香红院应该很了解吧。"叶童问道。

"那是自然。这么说吧，除了青姨，整个香红院也就数我资历最老了。我看公子清秀单纯，也不像是经常来青楼的人，想来是来此处打听消息的吧？"冬梅说的青姨就是老鸨。

"冬梅姐姐好眼力。实不相瞒，我的确是来这里询问之前的一些事情。十八年前，我有一位远房亲戚可能在这里待过。对了，和他一起的还有一名大内侍卫，不过他们的身份应该没有公开，他们应该是这里的贵客，因为香红院还给了他们这个东西。"叶童知道如果按照常理询问，怕是跟刚才一样，即使对方知道什么也不愿意说，所以他干脆根据自己了解的情况编造了一下，然后拿出了那个杯子，放到了桌子上。

"这是……这是香红院的龙凤杯。公子，你怎么会有这个杯子？"看到那个杯子，冬梅惊叫出声。

"你认得此杯？"果然，叶童欣喜地看着冬梅。

"我只是听过，并没有见过，但是看到这个杯子的样子，和我听过的是一样的。这香红院原先是属于官家的教坊司，专门为皇室贵族提供舞女乐手，后来上面一直不给钱，无奈之下，为了生存，教坊司便变成了青楼。但是因为这里经常会有一些有钱人过来喝酒品舞，为了防止有人捣乱，特意做了这种龙凤杯，用来给尊贵客人使用。只是后来不知道出了什么事情，这龙凤杯没有再在香红院出现过。"冬梅想了想说道。

"那你可知这龙凤杯都有谁用过？"叶童问道。

"对了，青姨知道的，之前我记得青姨就有过一对龙凤杯。"冬梅忽然说道。

"是吗？"果然，老鸨青姨知道这杯子的情况，刚才叶童的猜测没错。

"你可以问问青姨，不过这时间太长，也怕青姨记不起来了。"冬梅说道。

"好，谢谢你了。"叶童笑了笑。

从香红院出来，叶童并没有走远，而是躲到了旁边一个馄饨摊位上，从那个馄饨摊的位置正好可以看到对面的香红院门口。叶童相信青姨见到了这个龙凤杯，如果她知道龙凤杯的秘密，必然会有动作。

果不其然，没过多久，叶童看到青姨换了一身便装从香红院走了出来。于是，叶童立刻跟了过去。

青姨走得很急，所以没有留意到后面叶童的跟踪。叶童跟着青姨来到了香红院后面几条街后的一个巷子里，在其中一个宅子前，青姨敲门后走了进去。

叶童看了看那个宅子，发现旁边的院墙并不高，于是直接攀爬上去，翻身进入了宅子里面。进入宅子后，叶童看了看，宅院很安静，并且装饰不错，院子里面假山流水、雕花刻木，应有尽有，看起来是一个富贵人家，只是不知道为什么，好像没有什么人。

叶童沿着走廊往前走去，看到了一处房子，里面亮着光。叶童蹑手蹑脚地走了过去，来到房子门口，透过门缝看进去，发现里面似乎是一座佛堂，上面供奉着一尊菩萨，前面长明灯点着，还有燃烧的佛香。

叶童轻轻推了推门，走了进去。

的确，房子里面是一座佛堂，只不过上面除了供奉的菩萨以外，还有两个灵牌，上面是两个人的名字：一个是宫九，另一个竟然是叶世宁。

叶世宁的灵牌怎么会在这里？看着眼前的灵牌，叶童顿时惊呆了。要知道，叶世宁才死了没多久，但是这灵牌看起来似乎已经有些年头了。

"你就是青菱说的那个持有龙凤杯的叶公子？"突然，身后传来了一个声音。

叶童一惊，回头一看，只见一个四十多岁的女人站在身后，表情冷漠，目光警惕地看着他。

不知道为什么，叶童看到这个女人，有一种说不出的感觉，即使对方表情冷漠，眼神警惕，但是叶童并不反感，反而有一种莫名的亲近感。

"没想到你竟然跟着她来到了这里。"那个女人说着走了过来。

看着女人越来越近，她的样子也越来越清晰，叶童不禁愣在了那里，半天都没有说话，只是直直地盯着对方……

第109章　亲人下落

"你、你可认识我叔叔叶世宁？"叶童看着女人，忍不住问出了心里的疑问。

女人看着前方，眼睛里闪着泪光，嘴唇颤抖着。

"你定然是认识的，对吗？还有王四九，王四九你也知道吧？"看到对方的反应，叶童立刻追问道。

"你可是世宁带回去的那个孩子？"女人吸一口气，看着叶童柔声问道。

"是、是的。我是叶叔叔带回叶家的那个孩子。"叶童点头。

"想来世宁应该出事了，不然，你也不会来到这里。"女人说着，眼泪落了下来。

"叶叔叔担心我的身世被人知道，然后自杀了，这个东西是管家给我的。管家说当时叶叔叔是让他销毁的，他担心我以后会用到，因为关系到我的身世，便留了下来。我顺着上面的线索找到了香红院，我从香红院老鸨的眼神里看出她定然认识这个东西，但是她说不知道。于是我守在香红院的门口等，终于发现她出来了，最后跟着她来到了这里。"叶童不知道为什么非常信任眼前的女人，一股脑将自己的事情都讲了出来。

女人终于忍不住自己的情绪，一把将叶童抱在了怀里，然后放声哭了起来。

叶童感觉女人的怀抱非常温暖，或许是从来没有人抱过他，他感觉非常舒服，就像躺在了云朵棉花里面，又像是回到了母亲的身体里面。他忘记了一切烦恼与悲伤，像一个婴儿一样沉沉睡着了。世界安静了下来，叶童仿佛看到了小时候的自己，似乎就是在这样的状态下他安静地睡着了。

不知道什么时候，叶童醒了过来，他发现自己躺在一张陌生的床上。他坐起来，看到了那个女人。

"我……"叶童想起自己先前是被女人抱住，竟然就那样睡着了，一时间有点尴尬。

"你睡醒了，来喝点东西吧。"女人倒了一杯热茶。

叶童走了过去，坐到了女人的对面，拿起了茶杯，滚烫的热茶散发着诱人的香味，让他忍不住喝了一口。

"你判断得没错，我的确认识叶世宁和王四九。"女人说话了。

叶童抬起了头，看着女人。

女人的目光看着前方，讲起了关于她和叶世宁的往事。

从前面的御林街穿过去就是香红院的后门。

那个夜晚，月黑风高。

女人和同伴在王四九的掩护下一路逃亡来到了御林街分叉口，眼看着追兵越来越近，王四九提议大家分开走，等到安定下来后，去东边的莫家茶馆见面。女人往前面走，他带着同伴往左边走。没有多想，女人立刻往前跑去，跑到尽头的时候才发现那里竟然是死胡同，而身后的追兵也越来越近，于是女人只好拍打香红院的后门。就在她几乎绝望的时候，后门开了，她迅速跑了进去。

开门的人就是叶世宁，那时候他住在香红院的后院，是香红院的贵客。

追兵们跟了过来，然后进行搜查，和叶世宁一起帮着女人逃避追兵搜查的人，正是现在香红院的老鸨青菱。当时的青菱正当年少，貌美如花，是叶世宁在香红院最喜欢的一个姑娘。

女人衣服褴褛，妆容粗糙，头发混乱，当时还抱着一个刚出生的孩子。她怎么也没想到自己这样的处境，竟然会得到叶世宁的青睐，并且从此付出一生，坚守誓言。

看到追兵离开，女人决定离开。

"这么晚了，你去哪里？再说，追兵虽然走了，兴许出去还能碰到。你就在我房间吧，放心，这里除了青菱，不会有其他人过来。这孩子也算乖巧，刚才追兵过来搜查，竟然没有出声。"叶世宁看了看女人怀里的孩子说道。

"真的可以吗？我、我其实出来匆忙，没有……没钱给你。"女人说道。

"你看我像是缺钱的主儿吗？放心住吧，这样，你先洗漱收拾一下，我出去前厅喝点酒，晚点过来。"叶世宁将手里的扇子一下子打开，笑了一声走了出去。

也许人和人的相遇就是从彼此信任开始的。

青菱给女人打来了热水，还给她拿了一套崭新的衣服。于是，女人用热水擦了一下身子，换了新衣服。

本来她以为叶世宁会很快回来，结果一直到很晚都没见人。后来女人实在困了，便抱着孩子到床上睡下了。

不知道过了多久，女人忽然感觉有人在盯着自己，她警惕地伸手打了过去。

"啪！"她重重地打在了眼前人的脸上，等到仔细看清楚的时候，才发现眼前的人是叶世宁。

"啊，对不起，对不起。"女人惊慌失措地道歉。

"没事，没事。"叶世宁捂着脸，痛苦地说道。

"我不知道是你，真的对不起，我帮你看看吧。"女人红着脸，愧疚地走过去，看了看叶世宁脸上的情况。还好不算严重，只是有一道红印，于是她轻轻抚摸了一下，又吹了吹。

"你真美。"叶世宁呆住了，直直地看着女人。

女人害羞了。她何曾被一个陌生男人这么看过，一颗心一下子跳到了嗓子眼。

空气沉默了，女人甚至能听到彼此的呼吸声。

"唐突了，我刚才有点情不自禁。其实刚才你睡着的时候，我并不是有意冒犯的，本来想帮你盖被子，结果看到你的样子被吸引住了。"叶世宁解释了一下。

"没关系，你是好人，没关系的。"不知道为什么，女人并没有觉得叶世宁的行为乖张放浪，反而心里有点小欢喜。

"你应该累了吧，早点休息吧，我到地上睡，守着你们。"叶世宁说着从旁边的柜子里拿出了一床被子，放到了地上。

"不，这怎么好意思，还是我睡地上吧。"女人一听，慌忙说道。

"这孩子万一醒了，你也可以哄一下，还是睡床上方便些。"叶世宁将女人拉住，让她坐到床上。

那个晚上，女人很困，却翻来覆去无法入睡。

两人在一起住了十九天。

叶世宁提出要带女人回老家，并且娶她过门。

可是，女人拒绝了，因为她还要和王四九见面。王四九以及他带走的同伴，还不知道什么时候会来。

虽然女人没有答应跟叶世宁回家，但是那天半夜的时候，她主动躺到了叶世宁的身边，从背后抱住了他。

第二天，叶世宁回了老家，并且带走了那个孩子。两人约定，一个月后到莫家茶馆见面。只是他们没想到，那次以后，就再也没有见面……

第110章 真实身份

叶童静静地听着女人讲述。他自然也知道，女人口里所说的那个孩子就是他自己。当他听到叶世宁将自己带走后，其实很想问，眼前的女人究竟和自己是什么关系，还有当时和女人分开逃跑的王四九又和自己是什么关系。不过，没有等他询问，女人自己讲了起来。

"其实在叶世宁将你带走的那一刻，我心里是忐忑不安的，不过后来冷静下来，觉得可能这也是上天的安排。因为在当时的状况下，那是最好的安排。关于你的情况，叶世宁从来没问过，直到那天晚上……"女人继续说着，脸上带着温暖回忆的微笑。

当叶世宁看到女人身体下面的一片殷红，顿时惊呆了："你、你竟然是处子之身？"

女人低头羞涩地抱住了叶世宁："你定然以为这个孩子是我的孩子吧，其实不是，他其实……"

"不要说了，我想还是不要告诉我为好。"叶世宁说道。

"好。"也就是从那一刻开始，女人看到了叶世宁身上的担当和正直。换作其他人，无论是于公还是于私，都会想问清楚孩子的来历，毕竟谁也不愿意身边有这样一个来历不明的孩子。但是叶世宁不想知道，就像当初他救下并收留女人时一样，毫不犹豫，不问原因。

"其实你不知道孩子的身世最好，我真希望你以后都不会知道，因为只有这样，这个孩子才能平安地生活下去。"女人对叶世宁说道。

"他就是我们的孩子，等我带他回去安置好后，我就来找你，你不是要等你的朋友吗？"叶世宁说道。

"好。"女人笑着说道。

命运的发展让人无法预料。

女人在莫家茶馆并没有等到王四九和她的同伴,反而等到了追杀他们的人。躲避的时候,女人误上了一个外地客商的货车,等到她从货车里出来的时候,已经离开了京城。

从此以后,女人便过上了漂泊流浪的生活。无论她去哪里,都有追杀她的暗卫和抓捕她的通缉令。为了躲避追杀和通缉,她只好隐姓埋名,四处躲藏,不敢以真实身份现身。

就这样,时间一点一点过去了,后来先皇去世,新皇登基,大赦天下,很多犯过错的人都被赦免罪责,得以寻根认祖,返回家乡。女人也跟着人潮回到了京城,再次来到了香红院。

十几年过去了,香红院的样子没有变,但是里面的人已经变了,就连跑堂的小二都换了人。

女人看着眼前熟悉却又陌生的香红院,想起昔日和叶世宁在这里的那点点滴滴,仿佛一切就在昨日。正当她伤感又遗憾准备离开的时候,却看到了一个熟悉的人,那是青菱。不过,此时青菱已经是香红院的老鸨了。

两个人见面,十分激动欣喜,她们说起了之前的事情,不禁感慨万分。自然而然地,也提起了叶世宁。

"他曾经来找过你两次,后来我把你留给我的东西给了他,我实在不忍心。你不知道,当时他说,对你的思念连一个念想都没有。这么长时间过去了,你说的那个王四九也没出现过。"青菱说道。

"或许真的是天意吧。"女人叹了口气。

"你这次回来要去找他吗?"青菱问道。

"其实很纠结,想看看他过得怎样,又担心去了会不会给他造成影响,等等看吧。"女人说道。

虽然新皇大赦天下,但是女人为了安全,并没有住在香红院,而是找了一个比较隐秘的宅子。这个宅子是青菱用私房钱买下来,准备以后离开香红院后住的地方,因为空着,便让女人暂时住在了那里。

大概半个月后,香红院来了一个奇怪的客人。他找到青菱,拿出了一个侍卫令牌,还有一个红色的锦囊,锦囊上面绣着两个字:落央。

青菱立刻派人过来找女人,因为那个客人拿出来的令牌和锦囊,正是女人之前拜托青菱要她留意的人的东西。

女人来到了香红院,见到了那个客人,他正是女人一直等待的王四九。

两人在房间里谈了很久，最后王四九离开了。

女人欣喜地告诉青菱，她准备去找叶世宁了。

可是这时，青菱让人去探听叶世宁的消息却得知，叶世宁自从找不到女人后，便意志消沉，郁郁寡欢，不知去向。叶家的人对于叶世宁的事情也是绝口不提，甚至有消息说叶世宁早已经死去，派去的人还在叶世宁父亲的坟边，看到了叶世宁的墓碑。

听到这个消息，女人刚刚燃起来的希望瞬间破灭了。

最后，女人决定放弃了。

可能有些人注定是无法在一起的。

在青菱的宅子里面，她供奉了两个灵牌，一个是叶世宁的，一个是宫九。

这两个人都是和她生命密切相关的人。

听到这里，叶童明白了很多，但是女人并没有说出重点，比如他的身世。他刚想问女人，女人却站了起来，走到了前面。

叶童跟了过去，只见前面有一个佛龛，上面供奉着两个灵牌，那正是叶世宁和宫九的牌位。在他们两个灵牌的上面，还有一个灵牌，上面用一张黄色的锦帕覆盖着。

"想来你应该知道了我的名字，王四九拿着的那个锦囊就是我的，上面的两个字就是我的名字——落央。"女人说着掀开了那张黄色的锦帕。

叶童看到了那张黄色锦帕下面的灵牌，上面写着两个字——朱宁。

"这个是？"叶童看着眼前灵牌上的名字问道。

"我的名字叫落央，我和宫九本是后宫的宫女和太监，王四九则是御前侍卫。我们皇宫里面的生活，和外面的民间生活是天上地下的区别。可是我们谁也没想到，有一天晚上，我们的命运发生了难以想象的转折，而让我们改变命运的转折点不是别人，正是这个灵牌上的名字——朱宁，也就是你。"落央说着，转过头，看着叶童说道。

"我？朱宁？这、这是什么意思？你是说，我的真实姓名叫朱宁？"叶童听到落央的话，顿时惊呆了……

第 110 章　真实身份

第111章　落央故人

"这名字本是你母亲给你起的，因为一些特殊的情况，并没有等到你能用，便发生了一些变故。当初我和宫九救你出来，也是受你母亲所托。只是事关重大，不敢对外透露丝毫你的消息，因为稍不留神，可能就会搭上我们所有人的性命。即使放到现在，你的身份依然敏感特殊，你能找过来，我不知道是因为你内心的渴求，还是有其他原因。不过你得知道一点，你的身份非常重要，所以你千万不要再追问了，否则只会给你带来危险。"落央说道。

叶童原本以为落央会说出自己的身份，可是他只听到了一点点皮毛。从小到大，他所受的委屈瞬间爆发了，他站起来痛哭起来："落央，我该称呼你什么？你和我到底是什么关系？为什么我知道不知道自己的身世，要你来决定？我父母把我带到这个世界，为什么却隐藏我的一切？从小到大，我身边的人，哪怕只是一个杂役或农夫的孩子，都有父母的疼爱，就算……就算是府里买来的无父无母的丫鬟，最起码也知道父母死在了什么地方，葬在了哪个坟头。我呢？我对自己的情况一无所知，只知道我是叶世宁从京城带回来的。我问家主，家主说叶世宁已经死了。如果不是老管家偷偷留下了可以找到这里的信物，我心中依然一无所知。现在，我好不容易找到了你，你明明知道我父母的情况，为什么不告诉我？你们口口声声说什么害怕我知道了自己的身份会给我带来危险，我看你们是怕给自己带来危险吧？既然如此，当初你们为什么要带着我出来？为什么要把这危险扛在自己身上？为什么不把我留在父母身边，哪怕他们死了，我也愿意和他们一起去死，而不是惶惶不可终日，过着这种像无头苍蝇、行尸走肉一样的生活。"

"不，不是你说的那样。你怎么能那样说？你可知道多少人为了你付出了多大的代价？你不要这样想，我、我实在不能告诉你的。"落央看到叶童哭了，不禁跟着哭了起来，然后走过来，伸手想抱住他。

叶童将身体往后退了退，躲过了落央的拥抱，然后收起了哭泣，冷声说道："没关系，既然你不愿意说出我的身世，我也不勉强你。我的身世和你留给叶世宁的两个信物有关，一个是这香红院的龙凤杯，另一个是皇宫里的侍卫令牌。香红院这边的事情我已经了解清楚，剩下的就是这个侍卫令牌，我自己去皇宫询问这侍卫令牌的秘密。关于我的身世，我不需要问你，我自己去调查。"

"不可以，你在胡说什么？你知道你在说什么吗？你一介白丁，怎么可能进入皇宫？就算你进去，你能活着出来吗？"落央一听，慌忙说道。

"这就不需要你操心了，我家公子正在科考，叶家在京城也有一些关系，等到公子高中的时候，自然会受到皇上的御见。到时候我让公子帮我询问，相信皇上定然可以查出其中原委。"叶童说道。

啪！落央伸手打了叶童一巴掌，然后身体颤抖着说道："你、你这是自取灭亡！你这样做，不但会害死你家公子，还会害死整个叶家。你太、太让我失望了。"

"我自然会将事情告诉公子，不过我相信公子的为人，他不是贪生怕死之辈，还有叶家的人也不是。如果叶世宁不是因为爱上了你，怕连累你，他一个翩翩少年郎，怎么会因为我落得如此下场？求求你，不要再拿着我的身世，来毁掉别人的人生了。落央，我不管你和我家里人是什么关系，从今以后，我们都不要见面了。之前你对我的恩情我铭记于心，有机会，我会倾力报答，但是以后，我希望我的事情我可以自己决定。"叶童颤抖着嘴唇，声音悲伤地说道。

"好，既然你下了如此决心，那我带你去见一个人，或许只有他可以帮你。"落央的眼泪落了下来，她看着眼前的叶童，最后说道。

落央写了一封信，让青菱找人送了过去，剩下的便是让叶童回去等通知。

三天后，香红院来人找到了叶童，让他过去一趟。

在青菱的带领下，叶童来到了一个偏僻的房间，然后推门走了进去。

房间内，落央坐在桌子旁边，床上还坐着一个人。不过那个人的面部蒙着一层纱，看不清样子，床边左右各站了四名高大威武的护卫。

叶童坐了下来，然后打量了面纱后的那个男人，因为隔着纱，看不清样子。

"人来了，可以说了吗？"里面的男人说话了。

"事情非常重大，我希望只有我们三人在。"落央看了看那个男人说道。

男人明白了落央的意思，挥手对四名护卫说道："你们出去等。"

"是。"那四名护卫转身走了出去。

"现在可以说了吧？"叶童看着落央。

"可以。那是十八年前，当时我在容妃娘娘身边做侍女，而宫九是安妃娘娘身边的太监，王四九则是御前侍卫。我们三个人虽在不同的地方服侍不同的主人，但我们和容妃娘娘都是老乡，所以容妃娘娘对我们非常照顾，经常会让我带一些家乡的礼物给宫九和王四九。私下我们三人关系非常要好，但是又不敢表现出来。因为容妃娘娘和安妃娘娘表面没什么，私底下却明争暗斗，后来她们又都怀了龙种，所以每次见面聚会，我们只能在后宫一个隐蔽的假山山洞里面。对于这样的情况，其实我们也很苦恼，尤其是王四九，他总希望宫九能够过去像我一样服侍容妃娘娘，这样我们大家也就不用偷偷摸摸见面。我曾经也问过容妃娘娘，能不能把宫九调过来，但是容妃娘娘说，如果她提出来，宫九非但不能调过来，还会被安妃杀死。其中的利害关系，我自然是懂的。不过容妃娘娘答应我，等到她生下皇子，如果能得到皇上封赏，她会提出将宫九要过来。所以，我们都很期待容妃诞下皇子。可是，我们谁也没想到，那一天到来时，却发生了一件大事……"落央看着前方，身体往前绷着。看得出来，即使这么多年过去了，想起当日之事，她依然心有余悸。

第112章　分娩真相

那个夜晚的雨来得很快，落央看到容妃娘娘身体不适，恐怕是要分娩了，于是立刻去了御医坊。当她带着产婆来到新宁宫的时候，容妃已经满头大汗，浑身颤抖。产婆一眼就看出，容妃娘娘是到分娩的时候了。

兴奋的值守太监立刻跑去御书房向皇上报喜。容妃娘娘忍着剧痛，拉着落央，让她去找王四九过来。

当时情况紧急，容妃娘娘身边只有一个侍女和一个太监，虽然他们和落央一样，伺候容妃娘娘多年，但是容妃娘娘对他们并不信任。容妃娘娘让落央去找王四九，落央自然是明白其中道理的。因为容妃娘娘和安妃娘娘的皇子之争，如果安妃那边知道了，肯定会有所行动，所以如果王四九能过来，应当可以保护他们。于是，无奈之下，落央只好离开容妃娘娘，去寻找王四九。

平常王四九都在御花园附近执勤，那天也是不巧，王四九临时被领军调去了坤宁宫。落央找到他时已经过了好一段时间。听到落央的话，王四九二话不说，立刻跟着她去了容妃的寝宫。

让落央和王四九没想到的是，当他们回到新宁宫的时候，现场一片狼藉，那两个值守的太监和宫女竟然死在了现场，产婆也消失不见了。容妃躺在床上，昏迷不醒，在她的身边，有一个血肉模糊的东西，看上去诡异无比。

落央顾不得其他，立刻过去扶起了容妃娘娘。

容妃很快醒了过来，看到眼前的一幕，顿时惊呆了。

"这是我的孩子吗？怎么会这样？这是什么东西啊？"容妃哭了起来。

"容妃娘娘，这、这……"面对这样的情况，落央和王四九也惊呆了，他们也是没想到容妃竟然诞下了一个怪物，如果让皇上发现，那容妃恐怕凶多吉少了。

于是，王四九立刻上前准备处理那个血肉模糊的东西，容妃却在这个时候拦住了他们。

"你们快去找宫九，我的孩子应该是被安妃的人带走了，她买通了产婆和外面的护卫，我没办法阻拦。安妃肯定会害死我的孩子，宫九知道了必然会接下这个差事，到时候你们带着皇儿离开皇宫。"容妃娘娘用尽力气说道。

"容妃娘娘放心，等我们找到小皇子，我们定然会去找皇上禀明这一切。安妃这心如蛇蝎的女人，一定要受到应有的惩罚。"王四九一听，怒声说道。

"对，王大哥在御前当值，到时候就算我们直闯御书房，也要将这一切告诉皇上。"落央跟着说道。

"不，不要，千万不要。你们如果有幸救下皇儿，一定要离开皇宫，永远都不要回来了。切记，关于他的身世也永远不要说出来。枕头下面有一些金银首饰和皇上赐给我的出宫腰牌，你们拿着备用。记住我的话，如果救下了皇儿，无论发生什么事情，都不要回来，更不要对任何人提起他的身世，就让他做一个普普通通的人，平平安安地活下去就好。本宫……在这里拜托……拜托你们了。"容妃说着，用尽力气坐起来，对着他们跪了下来。

"娘娘，你不要这样，我们……我们定然会拼死保住皇子。"落央哭了起来，她自然知道容妃的意思。

"好，事不宜迟，我们现在就去。娘娘，您……您保重。"王四九担心耽误了事情，于是拉着落央离开了。

事情果然像容妃推测的一样，王四九刚来到安妃的寝宫前，就看到宫九和一个宫女抱着一个襁褓从里面出来。看到王四九，宫九脸上露出了欣喜的表情，但是他没说什么话，显然是忌惮旁边的宫女。

"这么晚了，你们做什么去？"王四九走过去拦住了他们。

"回大人，安妃即将分娩，宫里的御医都束手无策，推荐了宫外十里街的妙手阿婆，我们过去请她。"宫九说道。

"好，那你们快去吧。"宫九他们抱着的襁褓里面必然就是容妃的皇子，他们借着给安妃请外面的产婆为由，实际上是去处理容妃的皇子。

知道了他们的具体去向后，王四九立刻带着落央往皇宫外面赶去。所幸有容妃给的腰牌，再加上守门的是王四九认识的同僚，他们赶在宫九他们之前出了皇宫。

宫九说他们要去的地方是十里街，所以王四九和落央赶到了十里街路口隐藏起来，等待宫九他们过来。

很快，宫九和那个宫女过来了。王四九蒙上面巾，直接出去拦住了他们，然后将那个宫女怀里的襁褓抢了过来。就在王四九准备杀死对方的时候，宫九却拦住了他。

"大家都是为主人，也是迫不得已，不要杀她。"宫九向他求情。

也正是宫九的一念慈悲，让那个宫女趁机跑了。

"这宫女肯定会告诉安妃，我们要立刻离开京城。"王四九见状说道。

"应该不会吧。安妃只是派了我们两个人过来处理小皇子，就算那个宫女回去报信，恐怕也要很长时间。"宫九似乎不相信。

"这是皇子之争，说白了是皇位之争，死我们几个人算什么？只怕安妃以及新宁宫、御医坊，所有和容妃有关系的人都难逃干系。容妃已经告知我们，如果找到小皇子该怎么做。事不宜迟，我们快点离开吧，如果让安妃的人抓住了，后果不堪设想。"王四九说道。

事情果然如同王四九猜的一样，他们在刚离开十里街没走多远，后面就有追兵过来了，王四九一边和追兵搏斗着，一边掩护着他们往前跑。走到御林街的时候，追兵已经越来越近，无奈之下，王四九让落央带着那个襁褓往前走，他和宫九则引着追兵离开。他们约定等到事情安稳下来，到京城的莫家茶馆见面。于是，三人就此分开……

第113章 叶童选择

"你是说,我……我就是你们从宫里带出来的那、那个孩子?"听完落央的话,叶童顿时惊呆了,声音颤抖着问道。

"不错,你就是我们从宫里带出来的那个孩子。"落央落下了眼泪。

"不,这不可能!这怎么可能?我、我竟然是容妃的孩子,我竟然是先皇的孩子?"叶童呆滞地看着前方。

"当初你的襁褓里有容妃娘娘放的信物,宫九在新皇登基的时候曾经找到我,我们约定这个事情永远不会再说出来,因为这涉及国家根基。不管现在的皇上是什么人,至少他是现在被承认的皇上,就像容妃娘娘说的一样,她希望你能离开皇宫,好好生活,一辈子都不要再回来。"落央看着叶童,眼里全是哀伤。

"原来这就是我的身世……哈哈,原来我竟然是皇子,真的太可笑了!"叶童歇斯底里地叫了起来。

"这样的事,任谁知道都是难以接受的。天之骄子的地位和一个书童的地位,云泥之别。"旁边的男人叹了一口气说道。

"为什么安妃如、如此狠毒?大不了,让她生下的皇子当皇上就行了,为什么要让我和父母分离,甚至要杀死我?"叶童等情绪平复了下来,忽然想起了什么,看着落央问道。

"很简单,因为当年安妃根本就没有怀孕,她一早就打好了如意算盘。她在容妃娘娘快要分娩的时候,从外面找了一个刚刚产下的婴儿,将孩子抢过来,然后开始布置自己的计划。计划确实非常成功,在得知容妃分娩的时候,安妃立刻对外宣布自己也要临盆分娩。安妃的计划顺利实施,唯独可怜的是容妃娘娘,十月怀胎,却连自己的孩子都无法留住,还被安妃换成了一个不知名的东西,从此被打入冷宫。因为涉及皇家颜面,所以对外说的是容妃利用厌胜之术来蛊惑人心，因此才被打入冷宫的。"落央凄楚地笑了起来。

"这群浑蛋，竟然如此害我母亲！"叶童愤怒地站了起来。

"好了，现在我已经告诉你一切了，其实你就算知道了也没有用，毕竟当年的安妃已经是安太后，而你只是叶家的一个书童，你能怎样？所以，你还是听你母亲的话，忘记这些过去的事，做一个普通人，好好生活吧。"落央说道。

"你说得没错，我只是一个书童，我能怎样？我什么都做不了的，当年你们能把我从皇宫里救出来，对我已经是天大的恩情了。我没有死在当年的纷争中，是母亲用尽力量帮我找了一条路。"叶童苦笑着说道。

"或许你还有一条路可以选择。"这个时候，旁边的男人说话了。

叶童抬起头看着对方，目光有点疑惑。

"我可以帮你得到你失去的一切，包括帮助你为容妃复仇。"男人说道。

"你是什么人？你为什么要帮我？"叶童看着对方。

"我的身份你无须知道，你只要知道，我可以帮你就行。当然，至于要不要这么做，全在于你的一念之间。不过就像落央说的一样，平平淡淡过一辈子，有时候也比那皇城里的荣华富贵生活要好很多。当然，作为子女，明知道自己的母亲被人害死却不去报仇，也很难说得过去。"男人搓着手指感叹道。

"你说得没错，作为子女，如果不为母亲报仇，枉为人子。可是，我没这个能力，她可是高高在上，甚至皇上都要忌惮三分的安太后。"叶童摇着头，眼泪落了下来。

"我说过，如果你愿意，我可以帮你。不过你也不用着急回答，你可以考虑一下，毕竟这不是一件小事。"男人说道。

"好。"叶童同意了。

"你是和你家公子一起来科考的吧？大概十几天后就放榜了，到时候我会派人找你，你再给我答案。"男人说着站起来走了出去。

房间里剩下了落央和叶童，他们都没有说话。

沉默片刻后，落央叹了口气说："你不该答应他的。"

"我没有答应他，我只是在考虑。"叶童说道。

"如果不想是可以直接拒绝的，你考虑，说明你为他的提议动心了。"落央说道。

"他是什么人？他真的可以帮到我吗？"叶童问道。

"我已经告诉了你一切，以后你也不要再来找我了。"落央说着站了起来，准备离开。

"你是要和我诀别吗？"叶童问道。

落央没有说话，站在那里。

"大不了，我拒绝那个人，我回叶家继续做书童，难道不可以吗？"叶童犹豫了一下说道。

落央转过头看着他说道："有些事情一旦有了苗头，是无法压制的。你的眼里已经有了光，迟早是要亮出来的。当初我和宫九、王四九冒着生命危险将你从宫里带出来，为的是容妃娘娘。现在你长大了，你有自己选择的权利。我只是后悔自己没有把你的身世做得更严谨一些，以至于你发现了这些线索。这样的结果，是我对不起容妃娘娘，对不起当年为了这件事情付出的所有人。"

"我……"叶童欲言又止。落央说得没错，如果他压根就不想做那些事情，当那个男人询问的时候，他就直接拒绝了。

离开香红院，叶童回到了住处，正好碰到老板在骂一个落魄的书生。原因很简单，书生住客栈的钱不够了，被老板赶了出来。这时候，一个官差过来了，看到这一幕对老板狠骂了一顿，最后扶起那个书生说："你安心在这儿住下，如果你金榜高中，这点事情又算什么呢？"

那个官差离开了，老板眼里虽然有不甘，但是又不敢不从。

这就是权贵的厉害之处。

叶童似乎明白了什么。

半个月后，科考放榜。

叶承安中了探花。

叶童在收拾东西准备离开的时候，有人找到了他。

"我家主人问你考虑得如何了？"对方问道。

第114章　何去何从

叶童的故事震惊了在场的所有人，尤其是叶承安。

"你说的是真的吗？你竟然是容妃娘娘的孩子？如此说来，当时如果没有发生那些事情，你竟是九五之尊？"红袖惊呆了。她原本以为在这个隐安寺里，她的隐藏身份是最高的，没想到叶童的身份才更令人震惊。

"可是我怎么从来没听你说过这些？这、这怎么可能？"叶承安无法相信。

"那既然你知道了自己的身份，你是如何答复那个男人的？"阿和问道。

叶童吸了一口气，看了看在场的其他人然后说道："我没有回复他，因为当时我知道了另一个消息：香红院的青菱派人过来告诉我，落央死了，她是自杀的。本来我可能会答应对方，但是落央的死让我忽然乱了心神，所以我没有回复对方。后来对方给我带来了一个口信：如果我有答案了，可以来隐安寺，在这里我可以做出选择。所以，你们都说了自己来隐安寺的事情，其实我来也是有原因的。"

"这真是有意思了，一个本应成为皇上的皇子、一个被打入冷宫逃出生天的贵妃、一个锦衣卫的千户大人、一个神秘的潜伏者，还有一个半路出家的和尚，以及从宫里出来的画师和刚刚金榜题名的探花郎，这是有人刻意安排的，还是巧合呢？"阿和看着众人，不禁冷笑着说着每个人的身份。

"这世上从来都没有巧合的事情，所有的巧合都是人为安排。每个人都有自己的选择，也有自己的命运。你做什么样的选择，等待你的就是属于你的命运。"这时候，左向风说话了。

"我似乎明白了一些事情。"红袖看着叶童，然后又看了看其他人。

"你想到什么了？"贺子升问道。

"我们每个人讲的事情，联系到一起的目的是什么？从最早杜丽娘的画像诅咒到后面发生的一系列事情。无论是我从冷宫被替换出来，还是宁尚书和赵侍郎全家被杀后产生的后果，包括最后叶童的真实身份，这一切连到一起，只指向一件事。"红袖颤抖着说道。

"谋反。"贺子升脱口而出。

"不错，杜丽娘鬼像案不过是一个噱头，它引发出来的一系列事情，从赵侍郎全家被杀，到宁尚书全家被杀，以及后面所有发生的事情，最终只会造成一个后果，那就是所有受害人的势力勾结到一起，形成一个谋反的局面。所以说，杜丽娘鬼像也好，宁尚书、赵侍郎被杀也罢，所有的一切都是借口，这些人真正的目的其实是让这些事情产生连锁反应，然后集合到一起，就是谋反。"红袖说道。

"明白了。所谓起事自然要师出有名，我们这些人出现在隐安寺就是这个'名'。玉贵妃是丁将军的后人；阿和是赵侍郎边关军的旧部；叶承安是被安绣绣约到这里，自然也应该有一定的作用。至于慧海大师，你之前去过宫里，和宁兰也是熟人，想来也是宁兰的人。左向风你刚才自己也说了，你是一个为自己的人，谁给的价格高就为谁服务。那现在是不是只看我的立场如何了？"贺子升冷眼扫视了一下其他人问道。

"是这样的吗？我们……我们也不清楚啊！"叶承安看了看身边的叶童不禁问道。

"自然是这样的，我想了尘之所以被杀，自然是因为不同意谋反。"贺子升冷声说道。

"啪啪"，左向风拍了拍手，笑着说道："贺大人，你分析得没错。了尘太固执了，他代表的是十三影子卫，可惜他不愿意和我们一起起事，所以只能杀了他。贺大人，你应该知道你代表的是谁吧？"左向风说道。

"我代表的自然是锦衣卫，如此说来，如果我不同意和你们一起反叛，你们也会杀了我？"贺子升问道。

"你一定会同意的。"左向风笑了起来。

"为什么？左先生，你一个异国人，凭什么如此笃定？"贺子升对于左向风的忍耐实在是到了尽头，不禁怒声骂道。

"因为宁兰，还有七公主。"左向风说道，"干脆我说得更清楚一点吧，贺大人，即使你不同意也改变不了锦衣卫加入我们的事实。南镇抚司的人已经同意，唯一没有表态的就是罗万春，而罗万春的态度取决于你。"

"说到现在，我还不知道你们的主人是谁。安太后，还是李太师？又或者说是你这个外国人背后的人？"贺子升问道。

"贺大人，如果你同意了，我自然会引荐你见我的主人。不过没关系，即使你不同意也没事，因为你一个人无法阻止我们的计划。"左向风说道。

"有些事不是人多人少的事情，如果我不同意，除非你从我的尸体上踏过去，否则休想成事。"贺子升抽出了绣春刀，然后走到门口，黑色的披风被夜风吹得猎猎作响。他将刀指向了众人，目光坚定地看着他们。

"贺大人，你这又是何必呢？当日你带人过去清水楼，杀了王朗的人，你可知道那是宁兰对你的一次试探。她始终不相信你会跟她作对，她对你还有最后一丝感情，结果却落得个全军覆没，她也陷入了困境中。其实按照我们的约定，她应该会来这里亲自给我们每一个人解锁各自的命运之门，可惜因为你，她只能让我们在这里自行打开。"左向风无奈地说道。

"你是说宁兰还活着？"贺子升愣住了。

"不说你了，现在我来问一下其他人的想法，你们可否愿意与我们一起起事，拿回属于我们自己的东西。刚才贺大人说我们是谋反，其实是错的，我们是辅佐宁王，也就是昔日容妃娘娘的皇子、真正的天子朱宁，拿回属于他的皇位。"左向风指着叶童厉声说道。

"宁、宁王？朱宁？"叶童顿时呆住了。

"不错，你是宁王，也是唯一的王，更是我们这次出师京城的旗帜。"左向风说道。

"你们不会成功的，你们如果答应了，就成了乱臣贼子，不会有好下场的！"贺子升怒声喊道。

"贺大人，你太吵了，不如先休息一下吧。"左向风摇了摇头，挥手撒出了一把红色的药粉，如同一道红光直接射进了贺子升的眼睛。他似乎闻到了一股淡淡的清香味道，开始眩晕起来，最后直接栽倒在地上……

第115章 囚禁线索

滴答,有水声。

贺子升想睁开眼,但是感觉眼睛似乎被粘住了一样。他用力想睁开,却无济于事,耳边传来的声音渐渐清晰,是有人在惨叫,还有一股说不出的怪味道。

这里是什么地方?

地狱吗?

贺子升想回忆,但是脑子里一阵刺痛,恍惚中,他又晕了过去。

仿佛在一片黑暗的潮水中,上下左右没有任何光亮。他漂浮在其中,看着四周的黑暗,不禁有点惊慌失措,于是大声喊了起来。

没有声音,就连他自己的声音都听不到。

贺子升用尽力气向前走去,终于,他看到了一个光亮。最开始如同一枚铜钱那般大小,接着越变越大。随着他往前追去,那个光亮似乎也在向他靠近,从最初的铜钱大小变成了灯笼般大小,等到他靠近后,发现那竟然是一扇门,一扇闪着光亮的门。

贺子升毫不犹豫地推开了那道门。

黑暗过去,光明重现。

贺子升睁开了眼,回到了人间。

"你醒了。"有人说话了。

贺子升抬起头看了一下,发现罗万春站在面前,背对着他。

"我、我这是?"贺子升感觉脑袋沉重,还有点疼。

罗万春转过身走了过来。

"我睡了多久?"贺子升揉了揉脑袋问道。

"一天一夜吧。"罗万春说道。

一天一夜。他想起之前的事情：在隐安寺，左向风道出了准备谋反的计划，并让他们加入其中。贺子升拒绝，然后被迷晕了。

"算算时间，他们的人应该冲进皇宫了吧？也不知道勤王的军队到哪儿了？"罗万春叹了一口气说道。

"师父，这是怎么回事？"贺子升有点不明白。

"你我师徒二人因为不同意参加他们的反叛，被关在这里等待他们发落。"罗万春说道。

"原来如此，哈哈！"贺子升忽然笑了起来。

"你笑什么？"罗万春看着他问道。

"只是觉得可笑。"贺子升站起来走到窗边看了看外面说道，"师父，我们就这样待在这里吗？"

"你想做什么？"罗万春问道。

"好歹你也是锦衣卫的指挥使，我们不应该为皇上做点什么吗？难道就看着这些人胡来？"贺子升不甘心地说道。

"我当然想过，可是，把你我关在这里的人正是皇上。"罗万春苦笑了一下说道。

"什么？皇上？这是什么意思？"贺子升一下子蒙了。

"来传旨的公公就是这么说的。而且，你也是皇上的御林军送回来的。"罗万春说道。

"我是御林军送过来的？这怎么可能？我当时去隐安寺查案，后来被人迷晕了。对了，可能那几个人里有皇上的人。这究竟是怎么一回事呢？"贺子升越发迷惑了。

"天子步棋，步步为营。从我们去清水楼抓王朗开始，我就知道这事情没那么简单。王朗一行人能潜伏在清水楼，如果不是在京城有内应，根本不可能做到。"罗万春说道。

"那内应会是谁？李太师吗？还是安太后？"贺子升问道。

"王朗一行人是宁尚书的旧部，还有宁尚书的女儿带队，当初害死宁尚书的人是李太师，所以他们不可能和李太师联手。至于安太后，一个在后宫可以呼风唤雨的女人，想在外面调兵遣将，甚至布谋设局，恐怕还没那个能力。"罗万春摇摇头说道。

"那会是谁？这朝堂势力无非就他们两方，难不成王朗他们起事，根本不是为了所谓的复仇，而是被别人利用？"贺子升想起了左向风，这个曾经化名石川野，潜伏在朝廷多年的天机阁的人，他的背后甚至牵连着东瀛国。

"王朗他们被抓后，我第一时间去禀告了皇上。既然他们要反叛，肯定不会只有这么一点人,所以我们推测这只是他们的先头部队,大队人马必然在后面。他们安插在京城的内应也会有所行动。于是,我们把王朗剩余的人关在了一个比较容易埋伏的地方,等待他们的同伙上钩。大约是在三更的时候,有人来了……"罗万春说了起来。

早已经准备好的罗万春对着身后的人一挥手,大家很快四散闪开,躲到了旁边。

进来的是十几个黑衣人,他们的目的很明确,直接奔向房间里面的俘虏。

罗万春见此状况,立刻围了过去瓮中捉鳖。

可是没想到的是,进入房间的黑衣人武功高强,且他们的目的并不是去救王朗的人,而是要杀了他们。这些人如同一道黑色的旋风,来得快,也去得快,在杀死了王朗的人后,立刻离开了现场。

面对房间里一地的尸体,罗万春震惊万分。要知道,他带着的锦衣卫也不是普通人,对方的目的很明确,就是杀死俘虏,所以对于罗万春的人,他们并没有过多的纠缠。否则,罗万春他们也不可能毫发无损。

罗万春去了皇宫请罪。

皇上没有责怪他,而是让他回去好好反思一下,如果有需要会再找他。

接着罗万春就被带到了这里。

再后来,贺子升也被送了过来,不过当时他是昏迷状态。

"肯定有问题。"听完罗万春的话,贺子升一拍大腿叫了起来。

"我也觉得不对,但是我问了几个人,得到的消息就是如此。如果不是你被送过来了,我是决定出去看看的。现在你醒过来了,我看不如我们出去看看?"罗万春提议道。

"可以,我没问题。"贺子升也有此想法。

这时,门外有人进来了。

罗万春和贺子升警惕地看着对方。

"两位大人,我家主子给你们的信。"对方将一张纸递给了他们。

罗万春和贺子升半信半疑地接过了信,打开看了一下:"慈宁宫,有你们想要的答案。"

"你家主子是谁?"贺子升看着对方问道。

"主子说了,到了那地方,一切真相都会清楚。当然,你们也可以在这里待着,等主子忙完事情后,再过来跟你们细说。"对方说道。

"那我们跟你过去吧。"罗万春和贺子升对视了一眼,对对方说道。

第116章　针对太后

慈宁宫。

这里是皇后为了自己的孩子明争暗斗、费尽心思，最终得以住进去的地方，也是那个万万人之上的九五之尊进来也要低头的太后寝宫。

这个好不容易得来的地位，安太后其实坐得并不安心，其原因不仅她一个人知道，几乎整个后宫，大到嫔妃，小到宫女太监都很清楚。因为她的这个皇太后之位来源于多年前与容妃的争斗，而且她用了见不得人的手段，导致容妃失败，最后被打入冷宫，含冤死去。虽然这件事情大家都知道，但是没有人敢说出来，因为没人会拿自己的性命去当谈资。

在所有人眼里，皇上就是安太后的皇子，皇上的帝王之位也是安太后帮他拿到手的，也就是说，威胁皇太后的尊严，就是挑衅皇上的尊严。所以，一直以来没人敢对安太后过去的事情有所质疑。但是，随着朝堂上的权势出现两极分化，李太师的权力越来越大，连他的门生都肆无忌惮地提起当年容妃娘娘的事情，这让安太后坐立难安，甚至夜不能寐。

左向风的出现让安太后更加害怕，尤其左向风明确地告诉她，李太师有专门针对她的计划，安太后便决定一定不能让这样的事情发生。所以，她给了更多的报酬来买通左向风，为的就是了解李太师的整个计划，以方便对付李太师。

此刻，慈宁宫内热闹非凡，这似乎也是慈宁宫里第一次来这么多陌生人。他们坐在座位上，好奇地打量着慈宁宫的装修和各种奢华罕见的摆件物品。

安太后出来的时候，所有人都站了起来，行礼跪拜。

"诸位免礼。"安太后摆了摆手，然后坐了下来。

左向风坐在最前面的位置，看了看安太后。

安太后眼神有点疑惑，她挥了挥手，旁边的侍女立刻将耳朵凑了过来。

一番耳语后，那个侍女走到了左向风的身边，刚想说什么，左向风却站了起来，对着安太后说道："太后，不用着急，今日在座诸位都是有缘之人，至于他们为什么来这里，自然是和太后有关系。"

"左向风，你这是何意？"对于左向风的突然变化，安太后有点意外。要知道，这些人全是左向风带来的，还跟安太后说都是可以帮她的人，但是现在左向风说的话似乎又另有深意。

"这位女子，太后应该比较熟悉吧？"左向风指了指后面坐着的女人，她正是红袖。

红袖站了起来，然后抬起了头。

"你是，玉贵妃？"安太后仔细看了看红袖的样子，突然说道。

"太后安好。"红袖跪在了地上，沉声说道。

"你不是，你不是死在冷宫了吗？怎么……怎么回事？"安太后惊讶地看着左向风。

"玉贵妃昔日是因为受李太师的女儿李妃诬陷，被打入冷宫。她的性格太过倔强，所以为奸人所害，不过好在玉贵妃福大命大，躲过了一劫。否则真的是枉死在那幽冥一样的冷宫里，今日自然也无法站在这慈宁宫里。"左向风说道。

"那他们又都是谁呢？"安太后的目光掠过红袖，看到了后面的人身上，"好像我还认识几个。这不是隐安寺的慧海大师吗？据说之前长公主的寝宫不太干净，是慧海大师来帮忙作法驱邪的。怎么？今日来到我慈宁宫，莫非也是来这里清除邪祟？"

"阿弥陀佛，太后言重了。慧海为出家人，本应四大皆空，可惜师父一直都说我入不了空门，因为总有前尘往事放不下。虽然隐安寺是我的修行之地，但是师父在离开的时候也说过，如果我放不下红尘俗事，隐安寺也不过是行人过客的一座避风挡雨的破庙而已。"慧海站起来，朗声说道。

"那大师，你放不下的红尘俗事又是什么？"安太后看着慧海问道。

"慧海从小命苦，身世飘零。先前跟随师父学武修艺，师父仙逝后，我下山闯荡江湖，结果爱上了一个女人。可惜她红颜薄命，我们有缘无分。万念俱灰下，我投身空门。我一直以为情爱在我这里无法放下，所以才无法真正遁入空门。可是后来无意中知道了自己的身世，才明白原来佛门可以容忍万罪之人，却无法容忍内心还有罪过之人。因为我内心对父母的歉意，还有对情爱的伤痛，所以我注定无法成为空门之人。今日来到这慈宁宫，如果说真的要清除邪祟，清理罪恶，那也是清我自己的罪恶。"慧海沉声说道。

"大师就是大师，说得真好。我记得你还有个了尘师兄，为什么没见他来？"安太后冷笑一声问道。

"太后见谅，了尘师兄跟慧海一样，虽是空门之人，但是内心仇恨太多。之前我陪着了尘师兄做了很多事情，可惜了尘师兄被红尘迷失了眼睛，不愿意回头，所以只好献身佛祖，舍弃这花花世界。"慧海说道。

"你们隐安寺可真是有趣，每个人都忘不了红尘俗事。既如此，这寺庙还不如不叫隐安寺，反正你们都是一群假和尚、伪信徒。"安太后一听，不禁有点生气。

"隐安寺本身就是一个给过路众生提供休息的破庙，所谓信者永生，佛在心里，更在世间万事万物。入空门者，只要四大皆空，虔诚皈依，即使只有眼前三寸土，依然是佛法无边。"慧海闭上了眼说道。

"好，好，你们真的很好，我倒要看看，你们这些人到底要做什么？"安太后点着头，看着下面的人生气地说道。

"太后，我们来这里其实是为了求证一件事情。"左向风跟着说道。

"什么事情？"安太后看了看他。

左向风拍了拍手，后面坐着的叶童站了起来，走到了中间。

"你是何人？"安太后看着叶童，不禁问道。

"太后对我应该并不熟悉，不过对于我的母亲可能非常熟悉。"叶童冷眼看着安太后说道。

"你、你母亲是谁？"安太后愣住了。

"我的母亲是容妃娘娘，也就是昔日那位和你亲如姐妹，结果被你害死的容妃。"叶童颤抖着嘴唇说道。

"你说什么？"安太后一惊，差点从椅子上摔下来，她的表情惊讶，后背甚至有点发抖。

"太后。"旁边的侍女扶住了她。

"我说得不够清楚吗？我就是当年被你用怪物换走的容妃的皇子，后来被宫九、落央和王四九救出，流落宫外的那个孩子。"叶童说道。

叶童的话说出来，顿时震惊了在场的所有宫人，他们开始窃窃私语。

对于当年安太后对容妃做的事情，朝内也好，后宫也罢，很多人都是比较清楚的。不过多数人都以为，当年即使容妃生的是皇子，也早被安太后害死了。所以，叶童的身份一说出来，所有宫人都震惊不已。

"胡说八道，简直一派胡言！"这时候，有人从外面走了进来……

第117章　蒙尘往事

听到来者的话,所有人的目光都望了过去。

进来的是一个太监,确切地说是一个老太监,看得出来对方气势很足,想来并不是普通的太监。

果然,那些宫女和太监,甚至现场有些官员对他都是尊敬有加。

"陈公公?"看到那个太监,安太后脸上也露出了笑容。

左向风等到对方走到身边后才认出了他,也难怪连安太后对这个太监态度都不一样,原来他竟然是之前侍奉先帝的太监总管陈公公。

"你是何人?"看到陈公公过来,叶童不禁问道。

"咱家是先帝的贴身总管陈哲,给面子的喊我一声陈公公。"陈哲冷哼一声说道。

"你刚才说我的话不对,是什么意思?"叶童看着他问道。

"当然是你的身份不对。你这个不知道哪里冒出来的黄毛小子,竟然说自己是容妃娘娘的皇子,简直可笑,太可笑了。要知道,当年容妃娘娘生产的时候,包括后面在冷宫的很多事情,咱家都是看在眼里的,当年的事情我最清楚了。容妃娘娘分娩后我到了现场,看到的就是一个血肉模糊的怪物,为了皇家的面子,当时容妃还求我不要说出去。我看你们这些人今天来到慈宁宫,显然是图谋不轨。我已经带了御林军过来,不管你们今天有什么阴谋,我都不会让你们乱来。"陈哲指着现场的其他人说道。

"陈公公,是皇上让你来的吗?皇上在哪里?"听到陈哲的话,安太后不禁欣喜地问道。

"启禀太后,皇上稍后就到。您尽管放心,这些事情交给咱家。我倒要看看这些宵小之辈,又能翻起什么风浪!"陈哲怒声说道。

"陈公公，如果我没记错，你应该是皇上登基后就告老还乡，离开皇宫了吧？"这时候，红袖说话了。

"玉贵妃，你竟然能从冷宫逃生，确实让咱家没想到。不错，我是从皇上登基后就离开了皇宫，这有什么问题吗？"陈哲冷声说道。

"当然没问题，我只不过是偶然知道，当年你出宫后，并没有放下皇宫里的事情，颐养天年，而是一直深受太后的恩宠。对宫里很多事你还会隔空参与，毕竟你还有很多心腹现在仍活动在皇宫各个角落。还有，你说我从冷宫逃生让你意外？不知道容妃娘娘会不会也从冷宫里逃了出去？如果你们忽然见到了当年的容妃娘娘，是不是还会这么泰然自若？"红袖笑着说道。

"这不可能，你胡说什么！"安太后听到红袖的话，不禁大声说道。

"玉贵妃，说起来你也是戴罪之人。你从冷宫逃出来，现在又来到这里，究竟要做什么？"陈哲看着红袖，厉声说道。

"刚才不是已经说了，为的是求证当年容妃娘娘皇子之事。陈哲，你应该清楚这件事情的后果。"红袖说道。

"你们……你们要造反吗？"安太后听后不禁说道。

左向风一行人提出为当年容妃娘娘的皇子之事求证，其实目的已经很明确。如果当年容妃娘娘的事情有隐情，且现在叶童还说自己就是当年容妃的孩子，那么安太后扶持的皇子，也就是现在的皇上自然要让出皇位，而安太后也要为当年做的事情付出应有的代价。

"你们究竟是什么人？即使这事情真的有问题，也轮不到你们来这里置喙。"一个大臣从后面走了过来，看着左向风他们问道。

左向风他们能够来到慈宁宫，自然是安太后安排的。最开始安太后并不知道左向风这样做的目的，否则她断然不会同意这些人来到慈宁宫。本以为左向风是来给她解决问题的，没想到却是来给她制造麻烦的。现在安太后非常后悔，没有确认这些人的情况，就让他们来到了慈宁宫，造成了现在骑虎难下的局面。

"不要再说了，这些人涉嫌谋反。陈公公，直接将他们给哀家拿下，玉贵妃既然没死在冷宫，就再把她送回去。"安太后不想再拖下去，免得节外生枝，于是对陈哲说道。

"好，来人，将这些人全部给我拿下。"陈哲一听，对外面大声喊道。

门外的御林军立刻冲了进来，将左向风他们围住。

"我看谁敢？"这时候，外面有人走了进来。

看到进来的人，所有人都愣住了，包括那些御林军，他们看着陈哲和安太后，不知所措。

进来的人是李太师。

"果然是你，李太师。我就说他们这些人哪里来的倚仗？李太师，你终于忍不住了。"安太后看到李太师，顿时心里一沉。

"太后，你别误会，我只是一个旁听者，我也想知道当年容妃娘娘的事情到底是怎么回事。毕竟当年容妃进宫后对我也有过一些照顾。如果说这个孩子真的是容妃娘娘的孩子，那他就是先皇的独子，我作为三朝元老，怎么能让先皇的血脉流落人间，任他人冒坐龙位呢？这让我们这些文武百官有何颜面去面对先皇，又该如何给天下百姓交代呢？"李太师义愤填膺地说道。

"对，李太师说得没错，如果太后你身正不怕影子斜，又何惧当年的真相呢？"有人跟着说道。

"我？"安太后看了看旁边的陈哲，不知道该说什么。

"太后的事情岂是你们可以随口质问的！李太师，即便你是当朝太师，也不能如此蛮横。你、你是要造反吗？"陈哲看着李太师说道。

"安太后，关于当年的事情，今天您必须给个答复，要不然恐怕真的无法堵住天下人的悠悠之口。更何况，现在已经有人说自己是当年容妃的皇子，如果你找不出反驳的证据，那就不仅是当年的后宫之事，更是牵连国家的天下之事。"李太师盯着安太后说道。

"你们口口声声说当年的事情和我有关系，你们又有何证据？还有你说你是容妃的皇子，证据呢？难道仅凭你们几个人的片面之词吗？"安太后冷笑了一下，然后问道。

"当然不会。来，带上来，让安太后看看我们给她准备的礼物。"李太师笑了笑，然后拍了拍手。

第118章　皇位之争

李太师拍了拍手，两个护卫带着一个男人走了进来。

众人看着进来的男人不知所以，不禁低声窃语。

进来的这个男人，似乎并没有几个人认识，所以大家更不明白李太师的意思。

安太后仔细看了看进来的男人，也没什么印象，于是看了看李太师问道："李太师，这是何意？这人又是做什么的？"

"太后，你真的不认识眼前这个人了吗？您不妨仔细看看他，或许会想起什么。"李太师对安太后说道。

安太后往前走了两步，仔细看了看那个男人的样子，她觉得似乎有点熟悉，但是又想不起来是谁。

"你是，你是王四九？"倒是旁边的陈哲认出了男人，惊声叫了起来。

王四九，这个名字一下子被喊出来，顿时让在场的人大吃一惊。因为谁都知道，当年容妃生产之日，容妃的宫女落央、安妃寝宫的值守太监宫九和御前侍卫王四九突然消失，三人都来自一个地方，平常关系亲密。他们在同一时间失踪，必然不是巧合，而且后来有人发现，容妃和他们也是老乡。

"罪人王四九见过太后、太师。"王四九跪地叩拜。

"起来吧。"李太师没有等安太后的话，直接说道。

"你是王四九？你这么些年都去了哪里？"安太后无法相信这一切，不禁问道。

"容妃娘娘分娩那天晚上，我在御花园附近当值，宫女落央找到我说容妃娘娘临产，她担心有人会祸害皇子，希望我过去帮忙。因为容妃娘娘和我们是老乡，平常对我们也照顾有加，所以我便去了新宁宫。等我们到的时候，容妃娘娘已经生产完毕……"王四九将当年他和落央见到的事情,以及容妃娘娘托孤,他们在救下皇子的情况仔细说了一遍,包括他们出宫后如何躲避朝廷的追兵和安太后派来的杀手。

对于王四九说的事,叶童等之前在隐安寺的人都已经听过,其他人却大多是第一次听。虽然他们也明白安太后与容妃争权时难免会用一些非常手段,可是此刻知道了当时安太后为了争权竟然如此心狠手辣,众人不寒而栗。

这些事情安太后自然是知道的,如今听到王四九的讲述,顿时脸色大变,嘴唇哆嗦。她不甘心地指着李太师和王四九叫嚣:"不,王四九,你在胡说八道!陈公公,把他们杀了,全杀了!"

"太后,你在说什么?即使你是高高在上的太后,也不能滥杀无辜,更何况现在我们在查的事情涉及皇室尊严、天下百姓。"李太师往前走了一步,盯着安太后沉声说道。

"李太师,你要做什么?自古以来王储之争,嫔妃之间常有嫌隙。我和容妃当年的确不和,不过这样的事情很正常,所谓成王败寇。现在坐在龙椅上的是我的孩子,我是皇太后,过去的事情已经过去,你们找来这个所谓的容妃之子,想做什么?当年容妃产下的是一个怪物,已经被先皇处死,你们莫非是在质疑先皇?再说就凭这个消失多年的王四九的几句话,就要挑战皇室尊严吗?我看你们分明是蔑视朝纲,别有用心!"安太后指着李太师怒声说道。

"太后息怒,您说得自然没错,王储之争,有些摩擦不足为怪。但是如果有人的孩子并不是皇室血脉,而是外来之人,那就不仅是皇室的事情,而是天下大事。老夫作为三朝元老,受先皇所托,辅佐皇上,自然不敢忘记,但是如果我辅佐的根本不是皇室血脉,而是莽夫之后,这让我如何对得起天下百姓,又该如何面对先皇的嘱托?"李太师冷声说道。

"李太师,你这话是什么意思?"安太后吸了口气看着他。

"把人带上来。"李太师冲着后面的护卫挥了挥手。

很快,一男一女两个人跟着护卫走了进来。他们衣着朴素,步履缓慢,也许是因为没见过这么大的场面,所以战战兢兢。

两人走到了李太师和安太后面前,扑通一下跪到了地上。

"太后,你可认得这两个人?"李太师问道。

安太后冷哼一声:"天下之大,什么阿猫阿狗都让我来认吗?"

"路明夫妇,你们抬起头,看一看可否认识眼前的人?"李太师转头看了一下那两个跪在地上的人说道。

路明夫妇抬起了头,看到前面的安太后,他们顿时身体一颤,立刻又低下了头。

"路明夫妇,我问你们,你们可认识眼前的人?如实回答,否则你们知道后果的。"李太师又问道。

"李太师,你这是在威胁他们吗?像你这样,随便去找几个人过来,不听你的话,都会被你杀死,试问哪个人敢不听你的?"安太后看了看李太师说道。

"当然不是。路明夫妇,我告诉你们,如果你们如实回答,非但不会有事,还会见到你们当年被抢走的孩子。"李太师说着,目光又落到了路明夫妇身上。

"真的,你说的是真的?"路明的老婆一听,抬起头,看着李太师,惊喜地问道。

"这里是什么地方?我是什么人?这里这么多人,我会骗你们吗?"李太师甩了一下衣袖说道。

"好、好的。我、我见过她,不,是太后,太后娘娘。"路明的老婆说道。

"什么时候?在哪里?详细说一下具体情况。"李太师走到他们面前接连问道。

"就是在……"路明的老婆刚想说话。

这时候,门外传来了一个声音:"皇上驾到。"

所有人都停住了动作,立刻跪到了地上,迎接皇上。

很快,皇上走了进来,然后走到了安太后身边。

"李太师,今天这么热闹,怎么没有通知朕过来?"皇上看了看李太师和其他人,问道。

"启禀皇上,老臣正在彻查一桩陈年旧事,因为涉及皇室,为了避嫌,所以没有告知皇上,请皇上恕罪。"李太师跪地说道。

"什么陈年旧事,连朕都要避嫌?既然如此,为什么不请宗人府来报备清查?莫非这调查一事,李太师你要一人做主?"皇上扫了下面其他人一眼,怒声问道。

"微臣不敢,只是这件事情太过重大,臣没有得知确切的真相,实在不敢向皇上请示。不过,现在马上就有结果了。既然皇上您来了,不如一道听听?"李太师说道。

"好啊,那既然如此,朕就一道听听,看看你们到底要调查什么,又查到了什么。"皇上听后,直接坐到了太后旁边,表示同意。

第119章 关键证人

李太师转过身,环顾了一下四周,然后说道:"今天的事情涉及皇室威严,无关人等先退下去。"

众人顿时面面相觑,很快,后面的一些大臣行礼退出。

旁边的一些宫女太监也跟着出去了。李太师的意思很明确,接下来他们要面对的是皇室隐私,这种情况下最好的办法就是离开现场,否则稍有不慎可能就会惹祸上身。现场很多人明白这一点,都退了出去。

最后只剩下安太后、陈哲、李太师、左向风一行人,还有皇上和他的贴身太监,以及两名御前侍卫。

跪在地上的路明夫妇和王四九也没有离开。

"好了,李太师,现在你可以继续了吧?"皇上看了李太师一眼说道。

"路明夫妇,你们继续说。现在皇上都来了,更不用担心有人对你们不利。"李太师看着路明夫妇说道。

"好,那我们……我们说。二十年前的七月初八,我们家里来了几个人,为首的是京城有名的产婆秦阿婆。因为我老婆从怀孕到后期养胎都是秦阿婆在照应,所以也算比较熟悉。我老婆生产在即,秦阿婆所说的一切事情我们都照办,只是我们没想到的是,秦阿婆在帮我老婆接生后突然拉住了我……"路明抬起了头,然后说起了当年的事情。

喜得麟儿,路明非常高兴,拿出银两感谢秦阿婆。没想到秦阿婆非但没要,反而拿出了一百两黄金递给了路明。

"秦阿婆,你这是什么意思?"路明有点不明所以。

"路先生,你遇上天大的富贵了。"秦阿婆神秘兮兮地说道。

"什么意思?"路明不明白秦阿婆的意思。

"我这边有人从宫里来，想带你的孩子进去。具体的情况，你也不需要多问，你只需要知道，孩子以后会一飞冲天，不再是普通人了。"秦阿婆说道。

"这怎么可以？我、我们的孩子？"路明一听，顿时说道。

"这么说吧，人家选中你的孩子是你的福气，这事情非比寻常。当然，你如果不同意也没关系，但是你要想好了：你知道了这些事情，以后还想好好生活下去吗？所以听我一句劝，将孩子送进去。你想，这孩子跟着你以后能有什么前途？但是被人家带走以后就不一样了，那将是非富即贵，这也算你们父母对孩子做的最好的安排了。"秦阿婆连哄带吓地说道。

路明被秦阿婆的话说动了，于是回去和媳妇商量了一下，最终同意了。不过他们也提出了一个要求，那就是孩子送过去以后，他们想亲眼看看对方是什么人，且想再看一眼孩子，不然就算死，也不同意。

秦阿婆经过交涉后，同意了路明夫妇的要求。

于是，一个月后，路明夫妇在秦阿婆的带领下进了皇宫，来到了宫妃宫里。秦阿婆交代他们只能看一眼，其余的事情也不需要多问，更不要多说话。

路明夫妇见到了收养他们孩子的人，她正是当年的安妃，也是如今的安太后。当时看到她的样子和宫里生活的情况，路明夫妇知道秦阿婆并没有骗他们，他们也看到了孩子被安妃抱在怀里，想来以后也不会受苦，便离开了。

"原来是你们？"听完路明夫妇的话，安太后忽然说话了，她自然也是想起了路明夫妇。

"太后，你想起了什么？"李太师看着安太后问道。

"他们的确来过我当时住的宫里。只不过是因为当时皇上一直夜哭不止，那秦阿婆说她的两个远房亲戚在当地专门治疗这个症状，所以才让他们来的。怎么到了你们这里，竟然编造出这样的故事？路明，你们夫妻二人可知道你们所说的事情，后果有多严重？"安太后看着路明夫妇厉声问道。

"草民当然知道，不过草民说的都是事实，都是事实啊！"路明夫妇一听，立刻连连磕头。

李太师看了看旁边的皇上，他看起来似乎没有什么表情，只是仔细打量着前面跪着的路明夫妇。

"既然两方都有理，真相的关键应该就在那个秦阿婆身上。李太师，为何不请那个秦阿婆来一证真相呢？"左向风看了看李太师和安太后，说道。

"不错，你们所说的情况都和这个秦阿婆有关系，为何不找她来？"旁边的皇上也说话了。

"启禀圣上,老夫确实去找过这个秦阿婆。只不过她早在二十年前,办完路明夫妇的事情后就已经离开了京城,不知去向。"李太师说道。

"是吗?怎么会如此巧合?"皇上听后不禁说道。

"想来可能是有人担心事情败露,将她灭了口。当然也有可能是这秦阿婆自知事关重大,为了明哲保身,自己离开了。"李太师说道。

"李太师,你什么意思?你诬陷哀家?你说这秦阿婆是我们皇家之前常请来帮忙的产婆,哀家都不认识她,怎么可能对她下杀手?"安太后怒声说道。

"太后自然不会这么做,因为我已经找到了秦阿婆。"这时候,皇上说话了。

"什么?"皇上的话让安太后和李太师大吃一惊。

皇上对着旁边的贴身太监点了点头,太监往前走了两步,然后对外喊道:"皇上有旨,宣锦衣卫罗万春、贺子升以及秦阿婆觐见。"

听到太监的宣召,左向风一行人顿时都愣住了。因为先前在隐安寺,贺子升不愿意与他们一道起事,被左向风用迷烟迷倒,后来被人带走。其他人还以为他已经死了,没想到现在竟然被皇上宣召而来。

罗万春和贺子升带着一个五十多岁的女人从外面走了进来,女人正是秦阿婆。

三人走到中间依次给皇上、太后和李太师行礼。

"秦阿婆,这里有你的一些故人,你看一下,讲讲自己知道的一些事情吧。"皇上轻轻说道。

"是。"秦阿婆跪地,然后站起来转过了身,目光扫向了众人。

第120章　逼宫退位

秦阿婆的目光从路明夫妇转移到了旁边的王四九，然后落到了安太后和陈哲身上。

看到秦阿婆在看自己，安太后不禁有点紧张，旁边的陈哲倒是显得镇定。他看到秦阿婆目光对准自己的时候，不禁说道："秦阿婆，你到底想说什么？"

"陈公公，我年龄大了，眼神也没以前好使了，所以看人看事我得仔细些，毕竟这件事情非同小可。"秦阿婆冷声说道。

"那你可得好好看看，万一出错了，那可是诛九族的大罪。"陈哲说道。

秦阿婆没有理他，转过身对皇上行礼，然后说道："草民已经想清楚了，也看清楚了。正是因为这些事情，草民二十年隐姓埋名在外地，不敢回京。这段往事隐藏了二十年，如今能够提出来，也算是了却了我内心一个遗憾。"

"好了，秦阿婆，你别说了。"安太后站了起来，然后看着秦阿婆说道，"当年的事情是哀家的错，你们这些人，不用一个一个这么大义凛然。没错，是我让人换掉了容妃的孩子，然后让人送出了宫外。你们不用再说了。李太师，如果你今天带着这些人来就是为了帮容妃正名，那你就冲着哀家来，哀家一人全受。"

面对安太后的愤怒，所有人都没有说话。

"太后，您这又是何必？既然您承认当年换走了容妃的孩子，那您应该知道这个错误的严重性。宫中久传当年太后您其实并没有怀孕，刚才秦阿婆与路明夫妇所说之事，是否正好证实了您用路明夫妇的孩子顶替了容妃的孩子？也就是说，其实您扶持走上皇位的孩子，并不是皇室血脉，而是来自民间的路明夫妇之子。"李太师说着，目光落到了皇上身上。

"李太师，你终于说出了你的真实目的。"皇上的目光和李太师的对上了。

"皇上，这件事情牵涉皇室血脉和天下百姓，臣自知无论是谁都不敢提出这种要求。但是老臣乃三朝元老，深受先皇重托。如果让先皇知道，我们所辅佐的皇上竟然是一枚阴谋的棋子，老夫又有何颜面去见先皇，又该如何面对天下百姓？"李太师沉声说道。

"李太师，你的意思是朕并不是皇室血脉，而你要辅佐真正的皇室血脉，也就是你们现在所找到的当年容妃的孩子，就是他吗？"皇上冷笑一声，然后伸手指着前面的叶童，厉声问道。

叶童看到皇上突然指向他，顿时往后退了一步。

旁边的叶承安拉住了他，然后看着他说道："既然你是容妃的皇子，那你就是皇子，又何必如此惧怕呢？"

"我、我……"叶童看了看其他人，有点不知所措。

"哈哈，你看看他，哪里像是有皇室血脉之人？李太师，我看你是借他为旗号，给自己的造反找个理由吧？"安太后笑了起来。

"他像不像皇子并不重要，这皇帝之位看的不是像不像，而是是不是。安太后，当年你为了一己之私，换掉容妃的孩子，嫁祸给她。所幸的是，苍天佑我真龙，当年你的阴谋如今已经摆在桌面上，你应该怎么面对自己的罪责？至于你当年从民间找来的替身皇子，根本不配这九五至尊之位。"李太师说着甩动了一下衣袖。

"那看来你们今日到慈宁宫，是有备而来。这些人自然也是你的人？"安太后看着左向风一行人说道。

"这些人并不是我的人，而是天下之人。我从来没有去问过他们，是他们自行组织到一起。要怪就怪你早些年种下了罪孽的种子，如今是要偿还了。"李太师说道。

"那朕倒想听听，李太师要我们怎么还？"皇上看着李太师问道。

"臣已经通过内阁以及众大臣的一致决策，您虽然不是我们皇室血脉，但是毕竟从小深受皇恩。再说当年的事情，您并不知晓，所以只要您能将皇位让出，我们不会为难您。至于安太后，整个事情的始作俑者，实在罪无可恕，不杀不足以平民愤。"李太师说道。

"李太师，你说得这么冠冕堂皇，好像一切都在你的掌握之中。你凭什么可以这么自信？就凭宁尚书和赵侍郎的这些旧部，还是说靠天机阁的左向风？"皇上笑了起来。

"不，老夫凭的是当年的真相，凭的是伦理纲常、皇室尊严。"李太师说道。

"李太师，一切都是哀家的错，所有的罪责哀家愿意一力承担，只是皇上已经亲政多年，这泱泱大国风调雨顺，万里河山，一派盛世景象。如果你现在让皇上让位，必会天下大乱，甚至还会引起与周边国家的战乱，这就是你所说的为了天下百姓，为了万民安康吗？"安太后颤抖着说道。

"太后说错了，皇上确实亲政多年，但是如果没有我们几个元老辅佐，怎么可能有现在的太平盛世？无论如何，如果他不是皇室血脉，是万万不能坐在这龙椅上的，否则各地藩王和外族他国，都会以此为借口对朝廷宣战。到了那个时候，我们要面对的才是真正的天下大乱！"李太师怒声说道。

这时候，罗万春和贺子升站到了皇上的面前，对着李太师说道："无论是谁，想对皇上不利，先从我们的尸体上踏过去。"

"李太师，你说得没错，不过这一切得基于你所说的一切是事实。"皇上挥手让罗万春和贺子升退下，看着李太师说道。

"老臣说的字字真实，绝无谎言。"李太师说道。

"那你是根据什么证据来确定朕就是路明夫妇的孩子，而这个就是容妃娘娘的孩子呢？就凭秦阿婆和王四九的片面之词？"皇上质问道。

"这些都是人证，物证这块，老臣自然也是有的。"李太师说着，对后面的护卫挥了挥手……

第121章　放弃皇位

李太师所说的物证，竟然是容妃的遗物。

这让在场的人不禁大感意外。当年容妃郁郁寡欢，后来甚至在冷宫自尽，现场并没有留下什么遗物。所有人都以为容妃自尽是因为无法忍受丧子之痛，没想到事情背后另有隐情。

"当年容妃娘娘仙逝，我安排在冷宫的人第一时间赶到了现场，看到容妃留下的遗物后，在其他人没来之前，拿着遗物离开了。这就是容妃娘娘的遗物，也能证明，他就是容妃娘娘的孩子。"李太师拿着遗物，走到了叶童身边说道。

"是什么？"众人好奇。

李太师将遗物打开，显露在众人面前。那是一个龙形吊坠，不过只有一半。李太师举着那个吊坠说道："这是先皇之前赐给容妃的皇家吊坠，本应该是戴在容妃娘娘的皇子身上的，但是当时事出突然，容妃娘娘便将这个吊坠一分为二，一半塞到了皇子的襁褓里面，另一半自己留了下来。"

看到李太师手里的吊坠，叶童顿时惊呆了，立刻从脖子上取下了一个吊坠。这是他从小就戴在脖子上的。他也曾经怀疑过这个吊坠可能和自己的身世有关系，只是没想到现在看到李太师竟然拿出了另外一半吊坠，还说了这个吊坠的来历。

"这两半吊坠拼合到一起，竟然真的是同一个吊坠，这是铁证如山啊！"看到那两半吊坠拼凑到一起的样子，左向风不禁说话了。

一时间，所有人又开始窃窃私语。

显然，李太师拿出的这个证据足以证明，叶童就是当年容妃的孩子，再加上先前王四九、秦阿婆以及路明夫妇所说的一系列事实，可佐证叶童就是容妃娘娘所生，他才是真正的皇室血脉。

"李太师，你为了将朕和安太后推下去，还真是费了不少功夫。这潜龙玉佩都被你找到了？真是不容易，太不容易了。"皇上听后，不禁拍手笑了起来。

"老臣说了，这么做是为了天下百姓，更是为了先皇嘱托。既然你不是皇室血脉，这九五之尊的位子自然也不属于你。"李太师说道。

"李太师，朕其实很好奇，你凭什么觉得他们都会为你所用？我们暂且不说他们是不是因为你所说的这些才跟着你一起来这里，就说玉贵妃吧。所有人都知道她是被你的女儿陷害，才被打入冷宫的，你说她凭什么用丁盛的旧部来帮你？还有宁尚书和赵侍郎的死都和你有着莫大的关系，他们的旧部又怎么会和你站在一起呢？"皇上问道。

"因为我们有共同的敌人，所以敌人的敌人就不再是敌人。"李太师说道。

"听上去好像很有道理。"皇上笑了笑，然后往前走了几步，来到了叶童的面前。

面对皇上的目光，叶童显得有点胆怯。

皇上的目光移到了旁边的叶承安身上，然后笑了笑说道："探花郎，朕记得你，你的那篇《策君论》写得很不错。你的书童竟然是当年流落民间的皇子，面对这样的情景，你觉得朕该怎么做？是让出这个皇位，还是继续坚持？"

"不，我不坐。皇上，我不坐。我只是想知道真相而已，至于皇位，我根本不在乎。"这时候，叶童突然说话了。

"这高高在上的皇位，你竟然不坐？"皇上看着叶童问道。

"或许这样的皇位很多人都想坐，但是我真的没兴趣。现在我才明白落央和叶世宁他们为什么希望我永远不要知道自己的身份。原本我只是自私地想知道自己的父母是谁，但是现在我才明白，他们为什么会拼死也要护住我的身世秘密。原来我这所谓的身份不仅会给自己带来麻烦，还会给整个天下带来麻烦。所以，我不要坐这个皇位，我只愿是我家公子的伴读。他高中探花郎，我作为伴读，也会受到叶家人的高看。"叶童说着，泪光涟涟地看着叶承安。

"为君者，心系天下，心系臣民。火来，君不动，燃灰烬也，亦然为前；水来，君不移，弱水三千，亦为民者。"叶承安高声念了起来，这是他科考时写的文章，在他的心里，皇上应该就是万民的代表，更是国家的梁柱，无论是野火还是洪水，都无惧。此刻，当他知道皇上不是皇室血脉的时候，他的内心也是震惊不已。不过他还是有自己清晰的判断："自古以来君为世袭制，皇室血脉自然重要，但最重要的是为君者的胸怀与志向。叶童从小跟我一起长大，是我的书童，更是我的伙伴，他的命运也只能是个书童。如果给他一个偌大的天下，他根本无从下手，甚至会被人左右，成为别人的傀儡，祸国殃民。反之皇上登基以后，天下太平，万民盛安，即使皇上不是真龙血脉，又有什么关系？自古以来，为民者，当为大义。我的《策君论》，皇上能够看进去，并且点我为探花郎，足以证明皇上胸怀天下。所以，我会以叶家少主的身份命令他，这次所谓的皇室事件，他不会参与，也不为自己争取什么。任何想以他为名头谋反的人，都是痴心妄想。叶童，你可愿意听本公子的话？"叶承安转头看着叶童大声问道。

"叶童听从公子的话，只愿做公子身边的伴读，无心于其他。"叶童对着叶承安鞠躬说道。

李太师看到这一幕，不禁看了看左向风。

左向风无奈地耸了耸肩。

现场所有人都明白，叶童的态度一开始就很明确，他并无意争夺所谓的皇位，只不过是想知道自己的真实身世。即使后来知道了自己竟然是皇子，甚至可能当上皇帝，他依然选择放弃。

"你真的愿意放弃这一切？"皇上看着叶童再次问道。

"九五之尊，哼，真的很有诱惑力。权力无边，荣华富贵无边，听上去好厉害。可是，能让我父母回来吗？你可知，我最大的愿望就是见我父母一面，这皇位，可以换来吗？"叶童颤抖着声音问道。

"你说得没错，这皇位再好，失去的父母也见不着，最想要的亲情都无法得到。"皇上的声音沉了下去，然后他抬起了头，吸了一口气说道，"不过，朕可以帮你，让你见到你心心念念的亲生父母。"

"你说什么？"叶童一下子呆住了。

第122章　身份真相

"皇上，您、您这是何意？"叶童听到皇上的话，不禁有点意外。

"朕说得很清楚，朕可以满足你的愿望，让你见到自己的亲生父母。"皇上说着，走到了前面路明夫妇面前，伸手将他们扶了起来。

路明夫妇身体颤抖着，目光激动地看着眼前的皇上。不过，他们的眼神中更多的是一种爱意，那是所有人都明白的感觉。

"二十年前，你们舍弃了自己的孩子，帮了太后的忙，却失去了自己的骨肉，这种感觉我自是有体会的。父母思念孩子，孩子想念父母，这本就是人世间最大的痛苦。不过你是幸运的，想见的人终会再见。"皇上的眼泪落了下来。

路明夫妇也是泣不成声。

"李太师，你不是好奇我会如何面对这样的场景吗？你不是想利用叶童的身份来逼我让位吗？可惜，你的如意算盘打错了。你带了这么多证据来证明我不是皇室血脉，那我就借着你找来的人问几个问题。"皇上说着，转头走到了秦阿婆的身边，然后问道，"秦阿婆，你当年是给后宫的嫔妃接生，你可还记得当年容妃娘娘的孩子有什么不太一样的地方吗？"

秦阿婆慌忙跪下，然后思索了一番说道："具体也没什么特别的地方，因为当时情况比较紧急，在容妃娘娘生产的时候，旁边还有安太后派来的人看着，所以我也没有太仔细去看。对了，好像，好像那个孩子的胸前有一个米粒大小的胎记。"

"可是这样的胎记？"皇上说着，直接解开了龙袍，露出了胸口，只见那胸口处有一个米粒般大小的胎记。

"啊！"秦阿婆一下子张大了嘴巴，惊讶地看着眼前皇上胸口的胎记。

众人都被皇上的举动和他胸口的胎记震惊了。

如果按照秦阿婆他们所说，当年容妃的孩子身上有一个这样的胎记，那么怎么会出现在皇上身上呢？

"这是怎么回事？皇上，您、您身上怎么会有这个胎记？"秦阿婆问道。

李太师也无法相信自己的眼睛，他径直走到了叶童的身边，然后将他的上衣扯了下来，结果发现叶童的身上并没有那个胎记。

"皇上，这、这怎么会？难道……"太后也被眼前的一幕惊呆了，睁大眼睛看着皇上。

"罗万春，你来告诉他们这是怎么回事。"皇上回头看了看罗万春，说道。

罗万春走了过来，然后扫了众人一眼说道："二十年前，我十八岁，我的叔父是当时御前侍卫领班。我从小跟着叔父习武练艺，最大的梦想就是像叔父那样，成为皇宫里的御前侍卫。容妃娘娘生产的那天晚上，我正好跟着叔父去了皇宫当值，叔父担心我冲撞了皇上，所以交代我不要在后宫乱走动，甚至给我划定了一个活动范围。正好，那个活动范围里就有容妃娘娘的新宁宫……"

那天晚上也许真的是巧合，罗万春很早就听人说冷宫里面有闹鬼之说，本想着去冷宫看看能不能撞到诡异之事，结果误打误撞竟然来到了新宁宫的后面，正好看到了两名侍卫和两名宫女来到新宁宫。那两名侍卫，罗万春认得，他们本该在前门值班，此刻却来到了后宫，这让罗万春觉得有点奇怪，便跟过去看了一下。

两名侍卫守在门口，两名宫女抱着一个黑色的包袱，走进新宁宫的寝宫。大约过了片刻，两名宫女急匆匆地走了出来，之前抱着黑色的包裹变成了一个黄色的襁褓，还能听到婴儿的哭声。

罗万春看到此处，顿时明白了过来：这四个人去新宁宫将刚才黑色的包袱换成了黄色的襁褓。罗万春不知道他们要做什么，于是跟了过去。

四个人来到了后面的宫宅，罗万春跟着他们进入里面，看到那个女人抱着那个襁褓走进了一个房间。于是他贴到窗口，听到了里面的对话。

说话的是两个人，罗万春也不知道是谁，不过对话内容他听得很清楚，二人要将刚才那个从新宁宫抱出来的孩子送出宫外，永远不要再出现。

接下来，那两个人出来了，却没有带出那个襁褓。罗万春闪身钻进了房间里面。他本来是想救下那个孩子，但是当他进入房间后才发现床上竟然有两个孩子，并且都是初生的婴儿，分不清谁是谁，唯一可以辨别他们身份的就是襁褓的颜色。那个从新宁宫抱出来的孩子，外面是黄色的襁褓；另一个则是红色的襁褓。想起刚才那两个人的对话，罗万春不禁焦急万分，一时间不知道该怎么办。最后他想到了一个办法，将两个孩子的襁褓换了一下，然后躲到了一边。

过了一会儿，一个宫女和一个侍卫从前面走了过来，抱起了那个黄色襁褓的孩子，急匆匆地离开了。

罗万春望着他们的背影，那一刻，他不知道自己做得是对还是错，不过他总觉得从新宁宫抱出来的那个孩子本该留在皇宫。毕竟他是皇室血脉，怎么能流落宫外呢？

"所以，"罗万春转过头对着叶童说道，"皇上说可以让你见到亲生父母，那是因为当年王四九他们从宫里带出去的那个孩子，并不是容妃娘娘的孩子，而是当年安太后从路明夫妇要来的孩子，也就是说，你的父母就是路明夫妇，他们此刻就在你眼前。"

罗万春的一番话，顿时让在场的人大吃一惊，尤其是路明夫妇，他们本以为自己的孩子是眼前的九五之尊，可是此刻却反转了——原来那个寻找父母的可怜的叶童，才是自己的孩子。

"所以……所以你，你一直都知道自己的身世？"安太后听到皇上的话后，颤抖着问道。

"朕自亲政以来并无实权，前朝有李太师把控朝野，后宫是太后一手遮天，朕就像是夹在其中的一个小孩，甚至自己想要一个东西都做不了主。无奈之下，朕只好培养自己的人。宁尚书是第一个忠于朕的人，其他人朕自然也暗示过，不过他们都没有表态。之前朕不明白，后来才知道，想来他们是无法信任朕的身份，毕竟知道当年事情的人都以为朕并不是真龙血脉。后来罗万春告诉了朕当年他看到的一切，并且提议为母妃正名，但是宁尚书不同意。因为朕太弱了，别说朝堂之上，后宫之内所有人都以为朕不是真龙血脉，就算朕告诉他们，朕是真龙血脉，依然不可能得到朕想要的效果。于是朕只好听宁尚书的话，忍辱负重，为了能够走到今日，朕甚至只能眼睁睁地看着宁尚书和赵侍郎他们赴死。

"朕一直记得宁尚书被杀前一天晚上，在天牢见他的那一面。当时朝堂里明争暗斗，天机阁混入朝内，边境有外族虎视眈眈。宁尚书为了国家安危，更为了让朕的皇位稳固，宁愿选择牺牲全家。所有的一切，都是为了今日的真相。李太师，你可满意？"皇上伸手指向李太师，怒声问道。

"原来皇上你早就知道自己的身世，原来那些所谓的杜丽娘鬼像、宫里的诅咒、闹鬼的后宫等事，所有的一切都是你在背后操作？甚至……甚至你还买通了左向风？难道……难道天机阁的人也是被你算计的？"李太师问道。

"天机阁的孽党自然不是我算计的。如果要感谢，那就感谢慧海的师父，他用自己的生命了结了天机阁那些党羽，并且让慧海彻底成了隐安寺的守寺人。"皇上感叹道。

"阿弥陀佛，原来师父说的大义，竟然是这个道理。慧海惭愧，此刻才幡然醒悟。"听到皇上的话，慧海不禁脱口说道。

"哈哈，好，很好，这隐安寺本是老夫一手安排，以为是可以为叶童正名的推力，没想到这一切却早已经被皇上洞察。老夫一生立于朝堂，算计朝政，没想到自己精心布置的局竟然是你为我设计好的圈套。真真……真真是可笑。也罢，成王败寇，败了就败了，我无话可说。"李太师瘫坐到了地上，苦笑着说道。

"李太师劳苦功高，又是三朝元老，朕知你一心为国，精力憔悴，是该好好休息休息了。至于太后……"皇上转头看了过去。

安太后面如死灰，低头不语。

"太后当年害我母妃，实属恶毒，念在你对朕有养育之恩，就去皇陵陪守父王吧。"皇上叹了一口气说道。

"谢皇上，谢皇上。"安太后跪到了地上，身体瑟瑟发抖。

"好了，现在该说说杜丽娘的鬼像诅咒案了。贺子升，这个就交给你了。"皇上说完对着旁边的太监点了点头，然后离开了慈宁宫……

第123章　背后杀机

贺子升看了一下周边的人，除了李太师、安太后、罗万春和几个侍卫外，剩余的都是在隐安寺遇见的人。这让他想到刚到隐安寺的时候，将红袖错认为是追杀的杜丽娘鬼影，还因此伤到了红袖旁边的叶承安。

"这杜丽娘的鬼像诅咒案，其实已经真相大白，相信大家通过刚才的事情，心里也明白了大概。无论是当年的宁妃，还是后来的容妃，包括玉贵妃、长公主，还有宫里这个杜丽娘的鬼像诅咒，其实都是子虚乌有。至于民间发生的杜丽娘鬼像诅咒，要从秦侍郎的千金秦环说起。这个之前我在隐安寺也和大家讲过，那不过是钦天监丁云凡和秦环利用杜丽娘的鬼像所设的圈套，但是后来秦环死在了丁云凡的手上。这个案子我们也已经查清楚，不过之前我并没有告诉大家，丁云凡的真正动机是什么。丁云凡本是天机阁之人，他那么做，其实是为了挑起朝廷大臣之间的内讧，好让天机阁的人从中收集线索。对于天机阁的内情，我们要感谢左向风。他本是服务于天机阁，后来却遭到天机阁追杀，所以才会选择和皇上合作。正因为左向风提供的信息，皇上才得以掌握天机阁在我朝的势力以及眼线，最后通过暗卫以及其他人，将他们的人都消灭了。"贺子升说道。

"那如此说来，隐安寺的事情也是在左向风的掌握之中？"明玉看着左向风问道。

"不，隐安寺一事并不是安排的。若要问为什么我们能在那里遇见，应该是缘分吧。对于我来说，脱离了天机阁，我不为任何人服务，安太后也好，李太师也罢，包括皇帝陛下，都给了我不同的承诺，所以我自然要对得起他们。所以隐安寺一行，并不是我安排的。"左向风问道。

"那看来应该是李太师的杰作了？"叶承安看着对面的李太师说道。

李太师此刻大势已去，瘫坐在地上，对他们的话根本不再理会。

"不管怎样，这事终于结束了，只是我们该如何收场？"这时候红袖说话了。

"什么意思？"其他人不明白红袖的话。

"你们大多数人不在皇宫，自然不明白其中的利害关系。我们现在知道了皇室的秘密，知道了不该知道的东西，你们觉得还能走出这慈宁宫吗？"红袖惨然一笑，说道。

红袖的话让其他人悚然一惊，他们这才发现，身后站着的侍卫和护卫军，每一个都虎视眈眈。而先前站在安太后后面的宫女太监，以及李太师的几个随从，竟然不知道什么时候都不见了。

"难道皇上要对我们下毒手？这、这怎么可能？"叶童愣住了。

"哈哈，你们都是一群蠢货！你们以为帮助皇上保住皇位，他就会放过你们吗？你们真的太天真了，今天这慈宁宫里的人，怕是一个都走不出去了！"李太师忽然笑了起来，歇斯底里地喊道。

"不，不可能。太后还在这里。皇上说了，让太后去守皇陵，皇帝金口玉言，怎么会出尔反尔？"叶承安说道。

"守皇陵没错，可以活着守，当然也可以死了守。李太师说得没错，你们终是不了解皇上。"安太后脸色变得蜡黄，喃喃地说道。

"阿弥陀佛，罪过罪过。"慧海双手合十，低声念了一句佛号。

"他们说的是真的吗？"贺子升转头看了看身后的罗万春。

罗万春没有说话，只是看着前方。

慈宁宫的门被关上了，周边的护卫军和侍卫抽出了刀剑。

慈宁宫外，贴身太监给皇上递过来一杯茶。

皇上接过了茶，呷了一口说道："什么时候了？"

"算算时间，应该开始了。"太监说道。

"你说他们会不会骂朕？"皇上看着慈宁宫方向说道。

"皇上乃九五之尊，所谓君让臣死，臣不得不死，他们能有什么怨言呢？"太监跟着说道。

"其实朕想过很多，可是真的没有其他办法。"皇上叹了一口气，眼泪落了下来。

"这太平天下就是这样，一将终成万骨枯。就像宁尚书、赵侍郎，还有很多千千万万为了江山社稷而死的人，这是他们的命运，也是皇上您的命运。"太监说道。

皇上没有说话，他看着前面，眼前出现了一张又一张的脸。他们有的青春年少，有的沉稳低敛，有的高谈阔论，有的低声细语，仿佛七巧板一样组成了一幅锦绣壮丽的山河图。

"真的没有其他办法了吗？"皇上又问了一句，可能是在问自己，也可能是在问天地。

"还有一个办法。"这时候，身后忽然有人说话了。

皇上一惊，回头看了一眼。

身后的人慢慢走了过来，身影有点模糊，走到皇上身边。他的样子逐渐清晰，那竟然是左向风，皇上刚想说什么，左向风突然扬起了手，一把红色的细沙瞬间向皇上飞过来。

"护驾！"旁边的太监看到这一幕，顿时大吃一惊，站到了皇上的面前。那红色的细沙已侵入太监的鼻子，令他顿时愣在了那里，同时闻到一种说不出的味道。

身后的侍卫们冲了过来，将左向风按在了地上。

"皇上，请听我说！"左向风大声喊道。

皇上犹豫了一下，冲着侍卫摆了摆手，侍卫松开了左向风。

"刚才的细沙是一种香粉，名为忘情散，所中之人可以忘掉刚刚经历的事情。比如这位公公，他现在定然已经忘记了刚才发生的这一切。所以，对于慈宁宫里的人，我可以帮皇上完成想做的事情。"左向风说道。

"你确定要这么做？"皇上问道。

"是，虽然我们接触时间不长，但是他们并不是坏人，都是命运悲惨之人。"左向风点点头。

"好，朕准了。"皇上看着左向风说道。

"多谢皇上。"左向风跪地叩拜。

第124章 再次重逢

下了山路，叶承安看到了前面不远处的灯光。

这个发现让他顿时兴奋起来，然后对着旁边的叶童说道："看，前面有灯光，我们可以到那里休息一下。"

"太好了，公子，我还以为今天晚上要流落街头了。真是柳暗花明又一村。"跟着叶承安的叶童说道。

有了灯光的指引，他们走得更快了，随着灯光越来越亮，他们发现，那竟然是一座寺庙。

终于，来到寺庙的门口，叶承安看到门楣上挂着一块匾：隐安寺。

叶童走过去敲了敲门，但是并没有人来开门。

叶童回头看了看叶承安。

叶承安走了过去，犹豫了一下，刚要叫门，门却自己开了。于是他们走了进去。

里面的人看到有人进来，顿时目光都聚了过来。

叶承安看了里面一眼，只见里面一男一女围着篝火正在喝茶，旁边还有一个和尚。那个男的竟然是锦衣卫打扮，这让叶承安不禁有点意外。

"公子，他们看起来似乎有些面熟？"叶童说道。

"两位也是过来避雨的吗？快来吧，外面雨太大了。"那个女人站了起来说道。

叶承安走了过去，然后说道："晚生叶承安，这是我的书童，我们从京城回家，路过这里。"

"京城来的啊，我说看起来怎么有些面熟。在下锦衣卫千户贺子升。"那个锦衣卫介绍了下自己。

"大人客气了。"叶承安行了一个礼。

"我看这水需要再加点了。"这时候从后面走出来另一个和尚，端着一盆水说道。

"我来，了尘师兄，您休息吧。"那个念经的和尚看到这个情况，立刻站了起来。

"没看关系，慧海师弟，难得师兄回来一次，让我来。"了尘笑着说道。

这时候，门外突然传来了一个敲门声。

"又有人来了吗？"叶童看了看大门道。

"应该是我的手下阿和。"贺子升说着走到了门口，打开了门。

门外走进来两个人，一个是锦衣卫打扮，一个是素衣装扮。

"贺大人，这位是明玉画师，我带他过来了。"那个锦衣卫打扮的男人对着贺子升说道。

"真没想到这隐安寺今天晚上来了这么多人。"了尘哈哈笑着说道。

"是啊，人齐了吗？"不知道为什么，贺子升脱口问了这一句。

"应该齐了吧？"叶承安扫视了一下众人说道。

"我给大家分茶。"女人站起来拎起水壶，走了过去。

"哦，还不知道女施主的名字？"慧海问道。

"我叫丁墨玉。"女人笑着说道。

"对了，贺大人，这是刚才收到的最新消息。"阿和忽然想起了一件事，从怀里拿出了一纸公文，递给了贺子升。

贺子升拿起来看了一眼，皱了皱眉。

"出什么事了吗？"阿和看了看他问道。

"是今天被北镇抚司处以斩刑的一个罪犯，来自天机阁的重要人物——左向风。"贺子升说道。

"左向风？"听到这个名字，叶承安愣住了。

"怎么，你认识？"看到叶承安的样子，贺子升不禁问道。

"觉得这个名字有点熟悉，但是想不起来是谁。"叶承安摇摇头。

"天机阁的人诡计多端，可能随时在我们身边卧底，听过这个名字也不足为怪。"阿和说道。

"确实，不过不知道为什么，听到这个人被行刑，我有一点难过。"贺子升说道。

"贺大人还是心地善良，怪不得有人说你不适合待在锦衣卫。"阿和笑了起来。

　　贺子升没有说话，转过头看了看窗外。

　　月圆如盘，本该明亮美丽，但是不知道为什么，贺子升总觉得旁边有一丝看不清楚的阴影……